ビッグデータベースボール

トラヴィス・ソーチック
桑田 健 訳

角川新書

BIG DATA BASEBALL

Published by arrangement with Flatiron Books.

Japanese translation rights arranged with Flatiron Books,

A division of Holtzbrinck Publishers, LLC, New York

Through Tuttle-Mori Agency, Inc, Tokyo

本書を母、父、レベッカに捧《ささ》げる

目次

２０１３年のピッツバーグ・パイレーツの主なスタッフ

クリント・ハードル――――監督。２０１３年は就任３年目のシーズン
ニール・ハンティントン―――ゼネラルマネージャー（ＧＭ）。就任６年目
ダン・フォックス―――――分析部門の創設者・部長。フロント入りして６年目
マイク・フィッツジェラルド―分析官。就任２年目
レイ・シーレッジ―――――投手コーチ。就任４年目
ニック・レイバ―――――守備コーチ。就任５年目

第１章　話し合い

低迷の続くピッツバーグ・パイレーツ

彼は何事をも恐れず、何事にも敬意を払うことを信条としていた。しばしばそう口にしていた。それでも、２０１２年10月初旬のその日、自宅で来客を待つクリント・ハードルが何の不安も抱いていなかったとは考えられない。家の外では、灰色の雲に覆われた空が、ペンシルバニア州西部の起伏に富んだ丘陵地帯に広がる木々の鮮やかなオレンジ、黄、赤と、見事な対照を成している。野球シーズンが終わり、多くのコーチや監督たちは軽い虚脱状態に陥っていた。投手と捕手が春季キャンプに姿を現す2月から初秋までの8か月近く、野球こそが彼らの生きがいだった。だが、ある日を境に、そんな生活は終わりを告げる。プレイオフが始まった今、ハードルの率いるピッツバーグ・パイレーツがグラウンドに立つことはない。パイレーツが最後にポストシーズン進出を果たしてから、20年もの月日が経過している。来客を待つハードルの気持ちが晴れないのは、それが理由だった。

その2年前、ピッツバーグ・パイレーツから監督に就任してほしいとの要請があった時、親しい友人の多くは断った方がいいという意見だった。今でも友人たちとの電話での会話を覚えている。先が見えない仕事だ、みんながそう口を揃えた。パイレーツは20年間、ポストシーズンに進出していないじゃないか。そればかりか、その間に勝ち越したシーズンすらない。これはアメリカのプロスポーツ史上、最長の負け越し記録だ。1992年のナショナルリーグのリーグ優勝決定シリーズ第7戦、バリー・ボンズからの返球よりも早くシド・ブリームがホームに生還した日を最後に、パイレーツはポストシーズンに進出できていない。シドがホームに滑り込んだ日は、ピッツバーグで野球が死んだ日なのだ。

強いパイレーツを見られなくなって以降、多くが変わった。選手、コーチ、球団幹部が、新しくやってきては去っていった。観客動員数が減少した。何年たっても変わらないのは、試合に負けることと、チームのために費やせるお金が少ないこと。市場規模の大きな球団と小さな球団との収益格差は、1990年代初め以降、各地のテレビ放映権の急騰と不均衡により、劇的に拡大している。そのことは、パイレーツの戦力補強戦略から高額のフリーエージェント選手が外れることを意味する。2010年のシーズン開幕時点で、メジャーリーグの球団の平均年俸総額は8900万ドル。それに対して、パイレーツの年俸総額はメジャー最低の3500万ドル。若手選手の育成も、相次ぐドラフトでの指名の失敗で、思うような結果を残せずにいた。例えば２００２年、パイレーツはブライアン・バリントンをドラフトの全体の第１位で指名したが、それ以降でほかの球団が指名した中には、プリンス・フィルダー、ザック・グレインキー、スコット・カズミアー、ニック・スウィッシャー、マット・ケイン、コール・ハメルズといった、そうそうたる将来のスター選手の名前が並んでいる。バリントンはまだ記憶に新しいパイレーツのドラフト大失敗のほんの一例にすぎない。訳注1

パイレーツがＮＦＬのスティーラーズ、ＮＨＬのペンギンズに次いで、ピッツバーグ第三のスポーツチームの地位にあることを、ハードルはわかっていた。スティーラーズもペンギンズも、スーパーボウルとスタンレー・カップを制覇したばかりだ。一方、パイレーツは２００１年以降、球場に２００万人以上の観客を集めることのできた年がない。

ハードルの友人たちは、北アメリカのプロスポーツで最悪と見なされているチーム以外からのオファーを待つべきだとアドバイスした。けれども、友人たちが口にしなかったし、口にする必要もなかったのは、ハードルがメジャーリーグの監督になれるのはおそらくこれが最後のチャンスだということだった。この機会を逃したら、３度目の監督就任要請があるとは思えない。ハードルはもう若くはない。７月には53歳を迎えた。それなら、ピッツバーグに賭《か》けてみてもいいじゃないか。

訳注1　広島やオリックスでプレーしたバリントンは、メジャーリーグでは１勝しかできなかった。

ハードルは友人たちの意見を聞き、パイレーツからの監督要請を断るべきだという多くの理由に耳を傾けた。それでも、断ることはできなかった。

2010年のシーズン、ハードルはテキサス・レンジャーズの打撃コーチを務めていた。だが、自分がやりたいのは監督であって、コーチではないことはわかっていた。ほとんどの野球コーチと同じように、ハードルもラインナップカードの記入という究極の権力が振るえる機会を望んだ。彼は自らが率いることを好んだ。ある1つの領域を専門とするのではなく、チームのあらゆる側面に関わりたいと思っていたのだ。だが、何よりも大きかったのは、ピッツバーグの野球チームを再建できれば、素晴らしい物語になると思ったからかもしれない。ハードルは困難に喜んで立ち向かう、そんな人間だった。

熟考に熟考を重ねた末、ハードルはパイレーツの監督に就こうと決心した。ただし、自分に合う仕事だとは感じたものの、妻のカーラにも、これが家族にとって正しい決断だと納得してもらう必要があった。以前にコロラド・ロッキーズの監督を務めていたハードルは、その後も家族でデンバーに暮らしていた。家族はデンバーの街を愛していた。そのため、ハードルはピッツバーグが単なるうすら寒くて魅力に欠ける工業都市ではないことを、妻に納得してもらわなければならなかった。納得させるには、ピッツバーグの街の再生について売り込むのがよさそうだった。「ラストベルト」と呼ばれる地域の中で、ピッツバーグは最も華麗な変貌《へんぼう》を遂げた都市だろう。製鉄工場が閉鎖になり、市民の多くが苦しんだ時期を経て、経営の安定した製薬業が発展したほか、成長著しいハイテク産業も進出した。街と郊外の丘陵地帯の下に掘られた炭鉱の火が消える一方で、天然ガス産業が活況を呈した。２０００年代後半のアメリカ各地の多くの都市とは異なり、住宅価格が暴落することも、市の経済が破《は》綻《たん》することもなかった。

けれども、ピッツバーグの野球チームだけには、再生の手が届かないままだった。19世紀にピッツバーグ・アレゲニーズがプロ野球チームとして産声をあげた場所からそれほど遠くないところに、２００１年には新球場のＰＮＣパークが建設された。しかし、光り輝く真新しい球場とは対照的に、グラウンド上のチームはぼろぼろの状態だった。野球チームも市と同じように再生できるのだろうか？　ハードルは再生可能だと信じた。自分にはピッツバーグで変化を起こす自信がある、そう言ってハードルはカーラを説得した。

２０１０年11月14日、ハードルはパイレーツと正式契約を結ぶ。考え方や習慣の全面的な「受け入れ」を常日頃から公言している彼は、街にも球団にも真剣に関わるとの姿勢を示すために、自らピッツバーグ市民になることを決め、煉瓦《れんが》造りの広大なコロニアル様式の邸宅を購入した。家が建つのは球場から25キロほど北に位置するハンプトン郡区の丘陵地帯にある広い一画だ。

監督クリント・ハードルの苦悩

その2年後、クリント・ハードルは同じ家で来客を待っていた。パイレーツ再建への自信は、時が経過して疑いが頭をもたげるにつれて、次第に崩れつつある。契約はまだ1年間残っているが、最初の2シーズンはいずれも負け越しに終わった。コロラド・ロッキーズ時代も含めて、ハードルはメジャーリーグの監督を10年間務めたが、そのうちの9シーズンで負け越している。試合中は1カートンの風船ガムがなくなるのではないかと思うような勢いでガムを噛《か》み続けた。工場の箔《はく》押し機のように絶え間なく口を動かし続けることが、ストレスを軽減するための方法であるかのように。しかし、このシーズンオフに彼が感じた不安は、特定の試合結果だけが原因なのではない。2012年のシーズン後半に差しかかると、ファンやマスコミからの再出発を求める声が、パイレーツの首脳陣を替えるように求める声が、否応《いやおう》なしに耳に入ってくるようになった。ハードルが再び職を失う可能性は十分に考えられる。だが、それは家族にとって厳しい問題だった。2人の子供——10歳のマディーと7歳のクリスチャンは、ここでの生活にすっかり慣れたところだ。ピッツバーグに来るという決断は、果たして正しかったのだろうか？　だが、今さら考えても仕方がない。ハードルは決して後ろを振り返らないと、結果を見て後悔しないと誓っていた。逆境を経験するのはこれが初めてではない。自分はピッツバーグにいる。再建しなければならないのだ。

パイレーツの監督としての最初の2シーズンは、思わしい結果を残せなかった。２０１１年と２０１２年のシーズンはいずれも、前半戦は予想外の好調で勝ち越しを維持し、希望と期待が高まったものの、後半戦はいずれも無様な成績で、19シーズン連続負け越し、さらには20シーズン連続負け越しに終わった。ピッツバーグ市民は２０１１年と２０１２年の後半戦を、「歴史的失速パート１」および「歴史的失速パート２」と命名した。「歴史的失速パート３」が許されないことは、ハードルも自覚している。

かつてメジャーリーグの選手として活躍したハードルは、身長1メートル90センチ、体重90キロ以上という堂々とした体格だ。キャッチャーミットのような手のひらに、白髪交じりの短髪を逆立てた髪型で、その存在感と体型はどこに行ってもその場の注目の的になる。しかし、自分の野球チームの現状に思いを馳《は》せていると、来客を待つその力強い体軀《たいく》の下に無力感ばかりが募ってくる。

ようやく1台の車が自宅に通じる道路に姿を見せた。木々に覆われた周囲の広い敷地の前を通り、私道に進入してくる。ハードルにはこの先に何が訪れるかわかっていた。それは我々の多くが最も恐れること――未来と変化だ。

GMニール・ハンティントンの経歴

その時、玄関に近づいていたのはニール・ハンティントン。身長1メートル72センチでいかり肩のパイレーツのゼネラルマネージャー（GM）は、ハードルと比べると体がひと回り小さい。ブロンドの髪と若々しい顔立ちからは、とても43歳には見えない。言葉を選びながら慎重に話をするハンティントンは、計算高い性格の持ち主だ。ハードルとは異なり、ハンティントンはプロ野球の試合への出場経験がまったくない、外部からやってきた人間だった。

ハンティントンはエリート校として知られるマサチューセッツ州のアマースト大学に通っていたが、上流階級の出身というわけではない。ニューハンプシャー州の酪農家の息子だ。彼が今でも鮮明に記憶しているのは、8月半ばの気温35度を超えるむせ返るような暑さの中で実家の納屋の垂木《たるき》に上がり、兄たちが下から投げる干し草の塊を受け取っていたことだという。投げる速さに追いつけず、取り損ね、干し草の直撃を受ける彼を見て、兄たちのあげる笑い声が納屋の中に響き渡る。その時の納屋での経験が、ハンティントンに働くことの大切さを教えてくれた。

ハンティントンは常に学業優秀な生徒だったが、いちばんの情熱を注いだのは野球だった。彼がアマースト大学を選んだ理由は、ディビジョンⅢのレベルとはいえ、野球を続ける機会を与えてくれる最高の学校だったからだ。野球選手としてのハンティントンは、特別に優れているわけではなかった。試合の戦術に関してや、いかにして相手より優位に立つかに関していつも考えるようになったのは、おそらくそれが理由だろう。子供の頃から、ハンティントンはチーム編成という考えに魅了された。ＡＰＢＡの野球シミュレーションゲームで遊ぶのが好きで、いい結果を出すためにゲームの欠陥を探そうとしていた。ＡＰＢＡの野球ゲームには、全メジャーリーガーとその技量を記したカードが付いている。盤上には野球のグラウンドが描かれていて、その上で走者を進めたり、満塁や走者なしなど様々な試合状況を作り出したりすることができる。また、ランダムな数字を出すためのサイコロもあった。遊び方は単純そのもので、投手のカードと打者のカードを出し、サイコロを転がすと打席の結果が決まる。サイコロの目の数字は、選手の実際の成績に基づいて確率からはじき出したいくつもの結果に対応している。ハンティントンはいつもルールの抜け穴を探していた。足の速い選手が楽に盗塁を成功させられることに気づくと、そうした選手で先発メンバーを固めたりした。

ハンティントンは大人になったら普通の生活を送るのだろうと考えていた――どこかの学校で教師でもしながら、コーチとして野球を教えるのだろうと。ところがある日、アマーストの卒業生で、モントリオール・エクスポズのＧＭのダン・デュケットが、１９６６年から同大学の野球チームの監督を務めていたビル・サーストンに電話をかけ、夏の間インターンとして働いてくれそうな学生を知らないかと訊《たず》ねた。その時に推薦されたのがハンティントンだった。この1992年のインターンとしての経験が、エクスポズでのフルタイムでの仕事につながる。モントリオールではスタッフの人数も資金も限られていたため、数多くの仕事がハンティントンに回された。単なる雑用もあったが、夢のような仕事もあった。1994年、ハンティントンはエクスポズでビデオによる先乗りスカウトを務めることになる。エクスポズはこの手法を導入した最初の球団の一つだった。ほとんどの球団は、対戦相手の球場に先乗りスカウトを派遣していた。だが、エクスポズは、NASAが使用するような開発からまだ間もない巨大なテレビ用衛星アンテナを設置し、試合の映像を受信する方法を選んだ。ハンティントンには、次の対戦相手の試合を録画し、分析する仕事が課された。また、モイゼス・アルー、ラリー・ウォーカー、マーキース・グリッソムといったエクスポズのスター選手が、試合後にその日の自分の打席を確認したいと思った時のために、映像を用意する作業も依頼された。メジャーリーグがストライキ入りする前の1994年8月11日の時点で、エクスポズは年俸総額がわずか1900万ドルだったにもかかわらず、メジャー全球団の中で最高の成績を残していた。次のシーズン、ハンティントンは選手育成部門の副部長に昇格した。当時のエクスポズには、フロントのフルタイムのスタッフとしては、GM、編成副責任者、マイナーリーグの編成部長、ハンティントンの4人しかいなかった。

モントリオールでの経験は極めて貴重なものとなった。ハンティントンは市場規模の最も小さな球団がナショナルリーグで成功するのを目の当たりにできたのだ。そして間もなく、彼は野球界におけるデータ革命の揺籃《ようらん》期に関わることになる。その場所はアメリカンリーグで最も厳しい環境にあると言われたクリーブランド・インディアンスだった。

クリーブランド・インディアンスのデータ革命

1990年代前半、インディアンスのGMジョン・ハートは、コメディー映画『メジャーリーグ』の題材になるほどまでに落ちぶれた球団を引き継いだ。ハートのもとでインディアンスは強豪チームとなり、1995年と1997年にはワールドシリーズ進出を果たす。ハートはマイナーリーグの監督やスカウトを経てGMにまで上り詰めるという、伝統的な出世の道を歩んだ。クリーブランドではほかのどのチームよりも厳しい問題と資金的な制限に直面したものの、ハートは数多くの新機軸を導入した。その中で最も大きな影響を残したのが、ハート自らが「パイロット・プログラム」と名づけたものだ。ハートは自分自身の強みが伝統的かつ主観的な判断にあると考えていたが、それを埋め合わせるために、若くて意欲に燃えるエリート大学の卒業生を雇い、その当時生まれつつあった野球のデータ的な側面を研究させた。このプログラムのおかげで、ハートは12月のウインター・ミーティングへの出席に合わせて、相手チームの情報を数多く収集することができた。野球界で毎年恒例のこのウインター・ミーティングでは、多くのトレードや契約が行われ、新しい選手がお披露目され、仕事を求める何百人もの人が訪れ、それ以外にも選手の代理人やマスコミやフロントの重役たちが一堂に会する。会場となるホテルのバーは、早朝まで噂話や情報の交換の場となる。ハートは契約の詳細、メジャーリーグ在籍年数、成績の傾向、ライバルチームの若手選手の力などの情報すべてを、トレードやフリーエージェントの交渉に際してすぐに参照できるように、リング式のバインダー一冊にまとめてくれと要求した。これらの作業は、彼が集めた高教育・低賃金の、それまで野球界の外にいたスタッフの手に委《ゆだ》ねられた。1998年、そんなスタッフの一人としてハンティントンが加わることになる。

ハンティントンはインディアンスのマイナーリーグ編成副部長として雇用され、野球界で最初に台頭したデータ通スタッフの中の一人として名を連ねた。彼と同じように、同僚の誰一人としてプロでの野球経験がなく、これはメジャーリーグのフロント入りするまでの道のりとしては極めて異例だった。それにもかかわらず、この時のハンティントンの同僚のうちの4人——ポール・デポデスタ、ジョッシュ・バーンズ、マーク・シャパイロ、クリス・アントネッティが、後にメジャーリーグのGMに就任している。

「我々は間違いなくその最先端を走っていた。今や［データ分析は野球において］とてつもなく大きな存在だ」ハートは語る。「我々が最先端を走ることができたのは、私が自分の限界を認識していたからだ……我々は若くて有能で、野球と関わりたいと思っていた人間によるパイロット・プログラムを開発した。［彼らが］集約に協力してくれた最新の情報のおかげで、インディアンスは時代を先取りすることができた。あれは楽しかったよ。まさに何かが生まれているという感じだった」

だが、エリート大学を卒業したばかりの安くて有能な労働力がもたらした優位は、短命に終わった。ほかのチームもデータ分析に興味を持ち始めたからだ。

「我々が最初に失ったのはポール・デポデスタだった。彼は言ってみれば、チームの先発投手の3番手か4番手のような存在だったな」ハートは言う。「［オークランドのGM］ビリー・ビーンが電話をかけてきたのを覚えている。その時初めて、［自分たちのやっていることが］うまくいっているとわかったのさ。ビリーは1998年のウインター・ミーティングの時に私に電話をかけ、『ジョン、君のところには私が雇いたいと考えている人物がいる』と言ってきた。私は『へえ、本当かい』と答えた。すると彼は『ポール・デポデスタだ』と言った。それに対して私は『くそっ、やられたな』と言ったよ」

野球界初のデータベース「ダイヤモンドビュー」

ハンティントンはクリーブランドでGM補佐にまで昇格した後、2007年にパイレーツからGMへの就任要請を受ける。パイレーツが目をつけたのは、ハンティントンに先乗りスカウト、選手育成部門、データ分析という様々な経験があることだった。さらに、彼の忍耐強さや、市場規模の小さい球団を成功に導いてきた経歴も、パイレーツが注目した点だ。ハンティントンと、彼の直前に新たな球団社長として迎えられたフランク・クーネリーは、ドラフトにつぎ込む資金を大幅に増額することで意見の一致を見た。また、ハンティントンとパイレーツの球団首脳は、インディアンスの野球に欠かすことのできなかった要素も取り入れたいと考えた。ハートのもとで、ハンティントンはクリーブランドが独自に開発したデータベース「ダイヤモンドビュー」を目の当たりにした。『クリーブランド・プレーン・ディーラー』紙によると、ダイヤモンドビューのソフトウエアの最初のバージョンが完成したのは2000年のことで、当時ハートのGM補佐だったマーク・シャパイロが、各ライバルチームのトップ選手や有望な若手選手をランク付けできるコンピューター・データベースの作成を依頼したことがきっかけだった。これは基本的に、ハートがウインター・ミーティング用に作成させた報告書を、コンピューター化した増補版と言うべきものだ。

ダイヤモンドビューはオークランド・アスレチックスの『マネー・ボール』より時期が早

く、野球界初の広範囲にわたるコンピューター・データベースとなった。大量のサンプルデータを素早く分類して、傾向を見極めたり成績を予測したりしながら、日々新しいデータを取り込むことも可能だった。ダイヤモンドビューは瞬く間に進化を遂げ、スカウティングレポートや成績の指標を補う要素として、映像、怪我の状況、年俸額などが組み込まれた。このソフトウエアに基づいて、インディアンスは重要な決断を下すようになる。

例えば、２００２年のシーズン後にベテランのスター選手ジム・トーメイとの契約を延長しなかったことも、『クリーブランド・プレーン・ディーラー』紙はデータベースに基づく判断がその一因だとしている。ダイヤモンドビューによると、過去22年間で35歳を過ぎてから超一流に値する活躍ができた打者は、バリー・ボンズだけだった。トーメイが要求していた6年契約をのむと、37歳のシーズンまでの契約を結ばなければならないことになる。インディアンスが35歳の誕生日以降までを含む長期契約を拒んだため、トーメイはフィラデルフィアと6年契約を結んだものの、34歳から急速に衰えが目立ち始めた。また、インディアンス時代のハンティントンが選手の年俸を分析した結果、１９８５年以降に限ると、球団年俸総額の15パーセント以上を1人の選手が占めているチームはワールドシリーズを制覇していないことも判明した。ダイヤモンドビューによるこの事実の発見も、トーメイに関するインディアンスの決断に影響を与えた。ダイヤモンドビューがあれば、大量のデータに簡単にアクセスできるし、それらを分析することもできる。そのおかげで、市場規模の小さなインディアンスが、心情的な判断でトーメイと再契約するという過ちを犯さずにすんだのだ。

ハンティントンがピッツバーグにやってきた時、チームは暗黒時代にあった。『マネー・ボール』の刊行から4年、インディアンスがダイヤモンドビューを参考にするようになってから10年近くが経過していたが、パイレーツにはそもそもデータ分析部門すら存在していなかった。ハンティントンのもとで、チームはようやく分析部門をゼロから構築し始めることになる。パイレーツは独自のダイヤモンドビューを構築しようと考えた。分析部門と独自のデータベースを立ち上げるためには、データを構築する人物、データを分析する人物、そのためのソフトウエアが必要になる。これは時間のかかる作業だった。

しかし、ピッツバーグで最も足りないのはその時間だった。ファンの我慢は限界に達しており、常にプレッシャーがかかっていた。ハンティントンがGMに就任してから最初の5シーズン、パイレーツは相変わらず負け越しが続いた。その一方で、市内には成功を収めているチームが存在していた。NFLのスティーラーズは2005年と2008年のスーパーボウルを制覇し、NHLのペンギンズは2009年のスタンレー・カップを手に入れた。Tシャツには次のような文字がプリントされた。「ピッツバーグ：この街にはチャンピオンたちがいる……あと、パイレーツも」

最後のチャンス

ハンティントンもハードルも、自分たちに残されたパイレーツでの時間が少なくなりつつあることを実感していた。シーズン終了時点で、ハンティントンと彼のスタッフが解雇されるだろうとの憶測が広まっていた。市民の多くは体制の変化を望んでいた。オーナーのボブ・ナッティングがマスコミに対して、来シーズンも同じスタッフで行くと発表し、そうした憶測に終止符を打ったのは、11月6日になってからのことだ。多くのファンと同じように、ナッティングも２０１２年のシーズン後には不満がたまっていた。11月6日の記者会見で、ナッティングは次のように語っている。「もし怒りを覚えたら、10まで数えるといい。激しい怒りを覚えたら、１００まで数えるといい。信じられないほどの怒りがたまって爆発しそうだったら、４週間待てばいい」シーズン終了後、ナッティングはチームの見直しに取りかかり、編成関係のあらゆる側面を調査した。最終的にオーナーは、罪をなすりつけてもいいような人間はいないと判断した。それでも、ハンティントンとハードルには、もうこの2シーズンのような失敗は許されない。首になりたくないのなら、勝たなければならなかった。ただし、ハンティントンはまだ若いので、失敗したとしてもやり直しがきく。彼は新しい世代の人間で、たとえピッツバーグでは結果を出せなかったとしても、ほかのチームで重要な役割を与えられる可能性がある。一方のハードルは、伝統的で昔ながらの考え方を持つ監督で、20世紀の野球の常識に通じた頑固で保守的な人間だと見なされている。今よりも大幅に低い年俸でどこかのチームのベンチコーチを務めるか、あるいはもっと重要度の低い役割ならば適任かもしれないが、監督としてチームを率いるのはこれが最後のチャンスだった。

ハードルとハンティントンは球団全体での会議に先立って、同じ立場から物を考え、チームの戦力を調べ、何らかの計画を絞り出すために――奇跡を生み出す方法を考えるために、2人きりで話し合いの場を持つことにした。2人がハードルの自宅のダイニングテーブルで会うことにしたのは、できるだけ関係者の少ない状態で内密の話をするためだった。2013年のシーズンには、ただ勝ち越せばいいというのではなく、ポストシーズンに進出する必要があるとの声も聞こえていた。ファンの信頼と自分たちの地位の安定を築くためには、劇的な改善が必要とされる。2012年のパイレーツは79試合に勝ったが、2013年にポストシーズンに進出するためには94勝前後が必要だと考えられる。野球の世界において、15勝の上積みというのはかなり厳しい数字だ。事実、2013年のシーズン前、ほとんどのマスコミはパイレーツをナショナルリーグ中地区の4位か5位と予想し、21シーズン連続の負け越しは確実と見なされていた。

ハードルの自宅で顔を合わせた2人は、軽い雑談から入ったが、すぐに厳しい現実を突きつけられる。パイレーツが２０１３年のシーズン用に割り当てられたフリーエージェントの獲得資金は、約１５００万ドル。シーズンオフのフリーエージェント市場では、平均的な先発野手や先発投手が１シーズン当たり１０００万ドルの年俸を受け取っていることを考えると、これははした金に等しい。しかも、パイレーツはこの金額で、25人のメジャーリーグ登録枠にぽっかりと空いた３つの穴を埋めなければならなかった。大金を費やして勝利をつかむことはできない。手持ちの金を巧みに振り分ける必要があった。

ハンティントンはドラフトを通じてチームを構築するべきだという信条の持ち主だった。だが、ドラフトで指名した選手がメジャーリーグに定着するまでには、少なくとも5年を見込んでおかなければならない。しかも、プロスポーツのドラフトの中で、野球ほど非効率的で当てにならないものはない。パイレーツのファームには希望の兆しが見え始めており、選手層にも厚みが出て、有望な若手も台頭していたが、すぐに活躍が期待できるわけではない。『ベースボール・アメリカ』誌が２０１３年のシーズン前に選出したパイレーツのマイナーリーグの有望選手上位10人の中で、シーズン中にメジャーリーグに昇格するだろうと予想されていたのは、投手のゲリット・コールただ１人だった。

現有戦力をいかに活用するか？

ハードルとハンティントンは何とか工夫をして、個々の戦力のかさ上げを図る必要があった。けれども、前年度の選手と9割が同じ2013年のチームで、そんなことは可能なのだろうか？　シーズンオフが始まったばかりのその日、2人が検討したメンバーは、外れの選手ばかりが入っているベースボールカードのセットを目の前にしているかのようだった。

先発投手は疑問符だらけだし、正捕手を任せられる選手がいない。チームの誰もが捕手の獲得を急務だと考えていた。すでにパイレーツは、守備に問題を抱えたベテラン捕手のロッド・バラハスに対して、350万ドルのオプション契約を行使しないことに決めていた。

内野に目を向けると、ハンティントンがGMになって最初のドラフトで指名したペドロ・アルバレスが、2012年には30本のホームランを放ったが、同時に彼はメジャーリーグ全体で見ても空振り率が異様なまでに高い選手の一人で、三塁の守備にも大きな疑問がある。一塁手はギャビー・サンチェスとギャレット・ジョーンズを併用する予定だが、どちらもスター選手のレベルではない。

ベテランのショートのクリント・バームズは、ハードルのお気に入りの選手だ。チームのまとめ役で、出場機会が少なくても不満をこぼさず、記者に対しても丁寧に対応する。ショートとしての守備力も平均以上。だが、打撃には陰りが見え始めていた。成績が大きく伸びることは期待できないが、来シーズンも優れた守備を見せてくれると当てにできる。

明るい面がないわけではない。ニール・ウォーカーはレギュラーの二塁手として定着した。外野手では25歳のセンター、アンドリュー・マカッチェンが打撃の各部門で自己最高の成績を残し、ナショナルリーグのMVPで第3位に入る票を集めた。しかし、彼にそれ以上の活躍を求めるのは酷なのではなかろうか？

23歳のスターリング・マルテは、メジャー1年目の2012年のシーズンで、長打力とスピードの片鱗《へんりん》を見せた。ハードルは来シーズンからは彼をレギュラーとして、1番打者に起用することを考えている。しかし、マルテとマカッチェンを除くと、先発メンバーの中に平均以上のスピードを備えた選手がいない。全体的に見ると、強みよりも疑問符の多いチーム編成だった。

会合の席では、ハンティントンもハードルも、夢や非現実的な期待を抱かなかった。自分たちが率いなければならないのは前のシーズンで79勝に終わったチームで、かなり強力な助けが現れない限り、再び5割を切る成績に終わるとしか思えない。しかも、取りたてて若いチームというわけでもない。若いチームならば、経験を通じての成長が期待できる。2012年、パイレーツはメジャーリーグで12番目に若いチームだった。25人枠の選手の平均年齢は29歳に少し満たない程度だ。現実的に厳しい数字だと言わざるをえない。しかし、それでもハンティントンとハードルは、あまりお金をかけずにすむ15勝分の上積み方法を見つけなければならなかった。それは不可能に近い話だった。

話し合いの場で、2人は疑問をぶつけ合った。すでにある戦力をどうやって最大限に活用するか？　同じ選手からどうやったら最高の力を引き出すことができるか？　戦術的な観点から見た最も大きなインパクトは何だろうか？

「別の選手を獲得したり、フリーエージェントに大金を費やしたり、あれこれと作り直したりすることが、簡単な対応策だとは限らない」ハードルは語る。「何が問題なのかを見極める。手持ちの選手を見極める。力を引き出すためには、それ以外の何に手を加えたらいいだろうか？」

大物の強打者を獲得するだけの資金がない以上、得点力を増やすという側面では手の打ちようがない。しかも、選手の打撃技術を一朝一夕に変えるのは難しいと考えられている。打てるか、それとも打てないか、そのどちらかしかないという。打撃面に関して、パイレーツは現有戦力で乗り切るしかなかった。

未踏の領域――データに基づく新たな守備戦術

2人の話の中心となったのは、パイレーツの分析チームが試す価値ありと判断した、これまで未踏の領域だった。それは失点を防ぐこと。すなわち、守備。失点を防ぐことは、野球においてそれまで未開拓だった領域の一つで、ハードルが監督を務めた最初の2シーズンにおいて、パイレーツが十分に踏み込まなかった側面でもある。分析官たちはパイレーツの守備を再検討し、失点を減らすためのデータに基づいた戦術を開発した。その中の理論の一部は、年俸総額を増やさなくても可能だとされた。そのほかのデータに基づいた戦術は、過小評価されている選手をフリーエージェントで獲得すれば対応できるものだった。

ハンティントンの率いるデータ処理軍団が提唱していたのは、野球の歴史においておそらく最も積極的で、チーム全体に大きな影響を及ぼす守備へのアプローチだった。この新しい戦術は、10年前にオークランド・アスレチックスが主導した『マネー・ボール』革命とも、それに先行したダイヤモンドビューによるデータ分析とも、まったく異なるレベルの話だ。アスレチックスが活用した出塁率は、確かにそれまで過小評価されていた数字だったが、どんなベースボールカードの裏にでも書いてあるので、どのチームでもすぐに参照することができた。それに対して、ハンティントンが提唱した戦術は、それまでは記録も分析もされていなかったデータから明らかになった、野球において重要と思われる要素を徹底的に利用するものだった。この戦術を採用するためには、ハードルが大量の新しいデータを理解し、パイレーツの高性能なコンピューター・データベースの中に蓄えられた、何百万もの、これまで野球の世界にはなかった新たなデータ要素を信用しなければならなかった。こうした素晴らしい理論も、これまではデータがなかったために、長く表に出ることがなかった。それが今では、様々な場所からそうした数字が押し寄せる洪水のごとく流れ込んでくる。例えば、２００７年からメジャーリーグの各球場に設置され始めたPITCHf/xと呼ばれる自動投球認識システム。レーダーを使ったボールの軌道追跡技術でゴルフの世界において名を成したデンマークの企業トラックマンによる投球追跡システム。これまで記録に残されていなかったプレイごとの詳細を追うためにベースボール・インフォ・ソリューションズ（ＢＩＳ）などの企業が採用した大勢の分析官たち。

短期間のうちにあまりにも大量のデータが流入したため、各チームは十分に対応することができずにいた。多くの球団はそうしたデータをほとんど活用していなかったが、ハンティントンは注目していた。だが、フロント主導による守備戦術を実行に移すためには、複数の重要な領域でこれまでにない変化が必要だった。

まず、選手の守備位置を変えなければならない。野球の歴史を通じて、選手のグラウンド上での守備位置はデータに基づいたものではなかった。単に等間隔に並んでいただけだ。新しい戦術では、選手はこれまで慣れ親しんできた守備位置から移動することになる。

また、チームは投手の投球スタイルを変え、背後の野手の新たな守備位置を最大限に活用しなければならない。そのためには、投手に対して球種や投げるコースを変えてもらう必要があった。

フロント側も、捕手の最も大切な技術は簡単に目に見えるものではないし、投手の伝統的な数値は本当の能力を表していないという考え方を認め、それに基づいて選手に投資しなければならない。

組織の上から下に至るまで、協力、協調、会話、尊重の精神が、当たり前にならなければならない。古い考え方のコーチたちも、プロとして一度も打席に立ったことがないスタッフからのデータに基づいた決定や考え方を受け入れなければならない。データの分析官も、パイレーツの空気やクラブハウスの雰囲気に今まで以上に溶け込まなければならない。

最後のポイントが重要だった。この10年間、メジャーリーグのほぼ全球団が、データ分析のための専門家を少なくとも1人は雇用している。けれども、そうした分析官からしばしば聞こえるのは、自分たちの調査が実際の試合でほとんど活用されていないという不満だ。データを実行に移す際に妨げとなるのが監督だった。ここ数十年の間に、チーム編成や選手の獲得に対する監督の影響力は大きく低下しているものの、試合中の戦術に関しては今もなお監督が大部分を取り仕切っている。監督は毎日ラインナップカードを作成する。試合の戦術も決定するし、球団内の誰よりも選手と直接コミュニケーションをとる機会が多い。

たとえフロントの作成した計画がこれまでになく美しく、劇的なものだったとしても、監督やコーチに受け入れられなければ、それが機能することもない。球団首脳やフロントのスタッフの多くはアイビーリーグの出身者で占められ、野球経験はほとんどゼロに等しい一方で、監督やコーチはほぼ例外なく全員が元選手だ。ハンティントンには別の監督を探すことなどできなかった。彼は任期の終わりが近づき、何もできない大統領も同然の存在だ。来シーズンはハードル監督のもとで迎えるしかない。パイレーツがハードルを選んだ理由に、指導力とコミュニケーション能力がある。しかし、それと同時に、ハードルならば新しい時代の考え方を受け入れてくれるのではないかとの期待もあった。

それでも多くの点で、ハードルは20世紀の野球の考え方から教えを受けた伝統主義者であり、２０１２年に彼が試合で採用した戦術も、その大半は保守的なものだった。彼は選手たちのことを「部下」と呼び、「心臓の鼓動」という表現を使って試合における人間的な要素の重要性をしばしば口にする。あらゆるものを数値化する必要性は評価していない。彼が信じるのは自分の目に見えるものだけだ。けれども、ハードルは自分の目に見えないものを信じるようにという難問を突きつけられた。戦術の大部分はフロントの考案によるものだが、それを実行するか否かはハードルの双肩にかかることになった。

第２章　過去の亡霊

全米注目の若手選手

１９７８年３月20日号の『スポーツ・イラストレイテッド』誌の表紙を、クリント・ハードルの写真が飾った。写真の下の説明には、「今年の怪物：カンザスシティのクリント・ハードル」と書かれている。写真はカンザスシティ・ロイヤルズの春季キャンプでの午前の練習中に撮影されたものだ。光り輝くような満面の笑みこそ変わらないものの、今よりも若さにあふれた顔つきをしている。かつて茶色をしていたふさふさの髪は、今では白髪に変わり、短い髪の毛が逆立った様はヤマアラシを思わせる。日に焼けた艶《つや》のある肌はもはや面影なく、しわの寄った赤ら顔は、怒りの激しさによって色の濃淡が変化する。外見がこれほどまで劇的に変化したという事実が、経過した時間の長さを如実に物語っている。

その時の雑誌の表紙は今もなお見かけることが多い。サインを求める遠方のファンから、郵便で送られてくることがある。時には直接手渡されることもある。その表紙を目にするたびに、手の届かなかった目標を、花開くことなく枯れてしまった可能性を思い知らされるというのは何とも残酷な話だ。過去について、可能性について、変わることのできなかったかつての自分について、ハードルほど目の前に突きつけられる機会が多い人間もいないだろう。

表紙の写真を目にするたびに、ハードルはその時から自分の人生がどれほど大きく変わったかに思いを馳《は》せる。自分がどれほど大きく変わったかに思いを馳せる。その表紙を見るたびに、自分がこんなにも若々しい外見をしていたことに驚かされる。あの当時、自分が何を考えていたのか、振り返ろうとする。自分は何をしていたのか？　なぜそれをしていたのか？　自分の中の優先順位はどうなっていたのか？　あの当時、優先順位を間違えてばかりいたことは認識している。だが、後悔はしないことに決めている。少なくとも、他人にはそんな姿を見せない。自分はリーダーなのだ。リーダーは人前で迷いを見せてはいけない。

野球の世界における自分の失敗を表す記念号として、あの時の『スポーツ・イラストレイテッド』誌が今も刷られているのではないだろうか？　それとも、自宅の大掃除をするたびにファンが見つけるものだから、あの表紙がいつまでたっても消えないのだろうか？　ハードルは冗談めかしてそんなことを言う。

「『プレッシャーがなかったら』もっとうまくやれたかって？　それは間違いないな」ハードルは２０１３年のウインター・ミーティングでの記者会見の席で語った。「だが、過去の経験のおかげで今の私があるのも間違いない」

さらにその数年前、ある記者会見で表紙について質問されたハードルは、次のように答えている。「逃れなければならない過去の亡霊ならたくさんある。［雑誌の表紙は］過去の亡霊じゃない」

ハードルにとっての過去の亡霊の一つが、多大な期待だった。

１９７８年の春、ハードルはメジャーリーグで最も有望な若手選手の一人だった。最も有望視されていたと言っても過言ではなかっただろう。野球の世界では、春は希望の季節だ。ひいき目に見れば、あるいは果てしなく夢想すれば、どのチームであっても、どの選手であっても、どんなことでも可能に思える。けれども、時にはひいき目に見すぎたために、期待が非現実的な大きさにまでふくらんでしまう。イメージが現実を歪《ゆが》めてしまうのだ。ファンは常に、次に現れる選手の方が有望だと信じたがっている。もしかすると、フロントや監督、コーチたちまでもがそう信じているのかもしれない。結局、彼らも人間なのだ。その年の春、カンザスシティの誰もが、ハードルはスターの座に手が届きそうなところにいる、いや、すでにスターの座を手中にしていると考えていた。ハードルこそが次のジョージ・ブレットなのだと考えていた。雑誌の表紙のハードルからは、本人もそう信じていたような印象を受ける。その瞬間の彼は、心配事など何一つなく、失敗など経験したことがないように見えた。

事実、ハードルはそんな人生を送ってきた。

打撃練習でハードルが打球を軽々と遠くまで運ぶと、チームメイトは足を止めて見入った。打撃練習など飽きるほど見ているプロの選手たちが、そんなことをするのはめったにない。ハードルは人付き合いがよく、積極的で、自信に満ちあふれていた。端整な顔立ちで、チームメイトを見下ろす1メートル90センチのスリムな体型をしていれば、その自信もうなずける。

クリント・ハードルの生い立ち

雑誌の表紙を飾るようになるまでの道のりは、ミシガン州で始まった。1957年7月30日、ハードルはフェリス州立大学でショートを守ったことのあるクリント・ハードル・シニアの息子として生まれた。父のクリント・シニアは大学在学中にシカゴ・カブスのスカウトの目に留まったものの、卒業後は軍隊に召集された。数年間、兵役に就いた後、クリント・シニアは除隊になる。故郷のビッグラピッズはミシガン州中部の小さな町で、そこでは仕事の口がほとんどなかった。1961年、ある友人がケネディ宇宙センターでの仕事を紹介してくれた。金に困っていた彼は、その申し出に飛びついた。妊娠中の妻、息子、娘を連れて向かったフロリダでは、その年の10月にアポロ計画がスタートすることになっていた。クリント・シニアはいちばん下っ端として採用された。ＮＡＳＡでの最初の仕事は、コンピューターのプリンターから次々に吐き出される紙とカーボン紙の写しを分けることだった。

部屋いっぱいの大きさのコンピューターと、大きな音を立てて回転するテープドライブを見たのは、その時が初めてだったという。クリント・シニアはコンピューターの仕組みとプログラミングを学び、ＲＣＡやグラマンなどの企業でＮＡＳＡからの派遣として作業をするまでになった。その後、施設のコンピューター運用および維持管理を担当する部門の部長にまで昇進する。彼の部門の役目は、打ち上げまでの間、ロケットやシャトルのコンピューターをモニターすることで、打ち上げ後はヒューストンがその業務を引き継いだ。やがてクリント・シニアは３００人以上の部下を率いるまでになる。彼は月に１度は施設内を歩き回り、副部長から新人の作業者に至るまで、できるだけ多くの部下たちと顔を合わせるようにしていた。

「私の下で働いているスタッフの全員と話をしたよ……自分たちはこの計画の一員なんだ、そう感じてほしいと思っていたからね」クリント・シニアは語る。「部下が信用するようになってくれれば、自分の信用も高まるというものだよ」

ハードルは父について次のように述べている。「父は人と人をつなぐ人間だった。人を適所に配置していたよ」

ハードル自身にも南部に移ったことが好結果をもたらした。アメリカの南東部では、温暖な気候のおかげで年間を通じて野球ができる。フロリダ州やアトランタ近郊で野球のアマチュア選手が多数輩出される理由はそこにある。その地域の子供たちは、野球をより多くプレイすることができる。教会に行った後の日曜日の午後、友人たちがすぐ近くの大西洋《たいせいよう》のビーチでサーフィンを楽しんでいる時、ハードルは野球の練習に出かけた。メリット・アイランド高校のグラウンドで、父が投手を務めて息子の打撃練習に付き合ってくれた。２人が何時間も打撃練習を続ける間、母と２人の妹は外野で球拾いをしてくれた。

クリント・シニアは息子に対して、バットの先端を振ろうとするのではなく、グリップ部分を常にしっかりと握るように指示し、強いスイングを教え込んだ。父の仕事のシフトが合わない時には、放課後に息子と母でキャッチボールをした。ハードルは１年中野球を楽しむかたわら、時にはフロリダステートリーグのココア・アストロズでバットボーイを務め、プロの試合を間近で見た。その時に出会った中には、ジョン・メイベリーなど後にメジャーリーグで活躍した選手もいる。

驚異の高校生

成長したハードルの身長は１メートル72センチある父を大きく超え、理想的な長距離打者としての体型になった。そのおかげで、瞬発力のある筋肉と強い体幹のたまものであるバットスピードに、豪快なスイングとボールを飛ばす力が加わり、最強の組み合わせが誕生したのである。筋肉と体幹の強さは、メリット・アイランド高校のクォーターバックとしてレーザー光線のようなパスを投げる際にも大いに役立った。高校時代のハードルは、アメリカンフットボールと野球という2つのスポーツでプロの注目を集めた。運動能力の中で彼に欠けていたのは、足の速さだけだった。

高校3年生のシーズン中、ハードルはメジャーリーグのスカウトの目の前で、今もなお伝説として語り継がれる打撃を披露した。アトランタ・ブレーブスの春季キャンプに招かれたハードルは、『ESPN』誌の記事によれば、プロの打者でもめったに飛ばすことがない場所――球場の隣にある浄水場に何発も打ち込んだという。当時ロイヤルズの選手育成部門にいたジョン・シューホルツは、言葉を失った。長年にわたってブレーブスのゼネラルマネージャー（GM）を務めたシューホルツは、後にこの時のことを振り返り、40年近く野球に関わってきた中で高校生があんな大きな当たりを飛ばしたのは後にも先にも見たことがないと語っている。

メジャーリーグのほとんどの球団が、少なくとも1人のスカウトにハードルを担当させた。カンザスシティ・ロイヤルズのマイナーリーグの投手インストラクターだったビル・フィッシャーの自宅が高校の近くにあったことから、ハードルはロイヤルズに親しみを覚えるようになる。1978年の例の『スポーツ・イラストレイテッド』誌の記事の中で、フィッシャーはハードルについてこう語っている。「彼は柵越《さく》えの打球を飛ばし、その先の排水溝にまで叩《たた》き込んだ。彼と一緒に練習するのをやめたのは、恐怖心がいちばんの理由だったよ。打球が当たったら殺されるかもしれないと思ったほどさ」

フロリダ州にあるロイヤルズのマイナーリーグの施設に招かれたハードルは、フィッシャーの表現を借りると「それまで見たこともないような最高のショー」を披露した。フィッシャーはロイヤルズのスカウトたちに、1975年のドラフトでハードルを指名するように—できるだけ早めに指名するように勧めた。その言葉に従い、ロイヤルズはリー・スミス、カーニー・ランスフォード、ルー・ウィテカー、アンドレ・ドーソンといった後の大スターよりも先に、ハードルをドラフト1巡目（全体の9番目）で指名した。ハードルは有望なクォーターバック候補として授業料免除を約束されていたマイアミ大学を断り、5万ドルでロイヤルズと契約する。ちなみに、ハードルは学業も優秀で、高校時代の成績でAではなくBだったのは、自動車教習の1科目だけだった。ハーバード大学からも奨学金の申し出を受けていた。

そこからは一気にスターの座に駆け上がっていくように思われた。1976年にミッドウエストリーグの有望選手第1位に選ばれた後、ハードルは1977年のメジャーリーグのキャンプに招待され、オープン戦で3割の打率を残す。2Aを飛び越して3Aのオマハに昇格すると、打率3割2分8厘、16本塁打、66打点を記録し、1977年のリーグ最優秀新人賞とMVPを同時受賞した。1977年9月18日、ハードルはメジャーリーグへのデビューを果たし、そのシーズンに102勝をあげたチームのライトとして先発出場する。20歳になったばかりでのメジャーデビューは、球団創設から9年目を迎えたロイヤルズの最年少記録だった。その最初の試合の5回、ハードルはグレン・アボットからロイヤルズ・スタジアムの左中間スタンドの噴水に打ち込む、飛距離137メートルのホームランを放つ。試合終了後、ハードルはファンから1時間半にも及ぶサイン攻めにあうが、その間も笑顔を絶やすことはなかった。スターになるのが運命のように思えた。見た目の面でもパワーの面でも、チームを変えてしまうほどの力を持っていた。その年、マイナーリーグから昇格して9試合に出場したハードルは、打率3割8厘、2本塁打、7打点の記録を残した。

1978年、アメリカを代表するスポーツ誌の表紙を飾り、後世にまでその写真が残ることになったその年の春に、ハードルが再びメジャーリーグのキャンプに姿を見せると、興奮と期待はさらに高まった。写真が表紙を飾っただけでなく、記事の中にあるハードルの評価が絶賛の嵐だったのだ。ロイヤルズのGMジョー・バークは「私は17年間メジャーリーグで仕事をしているが、今まで見た中で一、二を争う期待の若手だ」、スカウト部長のシューホルツは「彼の将来性を想像すると興奮でおかしくなりそうだ」と語った。ロイヤルズの打撃コーチのチャーリー・ラウは、打者としてこれほど有望な若手は見たことがないと評した。ロイヤルズのスター選手ジョージ・ブレットも、その年の春に「クリントと俺には共通点が多い」と話している。「俺たちが親しくなった理由の一つはそこだろう。１９７４年、全米が注目する中、俺はメジャーリーグで結果を残そうとしていた。今年はクリントの番だ。フロントから言われたことを今も覚えているよ。タバコを噛むな、バーに行くなってね。俺は大切な宝物だった。今ではクリントが彼らにとっての宝物だ。きっと彼のことも守ろうとするだろうな」

けれども、ロイヤルズはプレッシャーと期待からハードルを守ることができなかった。そればかりか、自滅からも守ることができなかった。

「表紙の呪い」と遠ざかるスターの座

[訳注2]『スポーツ・イラストレイテッド』誌の表紙の呪いは、おそらく呪いなどというものではなく、数学的な問題なのだと思う。なぜなら、『スポーツ・イラストレイテッド』誌は、絶頂期にあるスポーツ選手を、あるいはどん底にいるスポーツ選手を特集するからだ。ハードル

の場合、あの表紙の後に待っているのは下り坂しかなかった。

　1978年のシーズン、ハードルは可もなく不可もなくといった成績を残した。打率は2割6分4厘、ホームランは7本。次のシーズンはほとんどがマイナーリーグでの出場にとどまったが、1980年にはメジャーで2割9分4厘を打ち、復活の兆しを見せたかに思われた。だが、130試合に出場してわずか10本塁打での2割9分4厘では物足りない。アマチュア時代や打撃練習の時に披露した長打力は、試合になると影を潜めた。ハードルはまわりの人すべてを喜ばせようとしていた。打撃コーチのラウはハードルが強いライナー性の打球を打つことを期待した。ロイヤルズの監督のホワイティー・ハーゾグは、ハードルがホームランを打つことを期待した。

「クリントがすっかり取り乱して電話をかけてきたことがある」父のクリント・シニアは語る。「『パパ、どうしたらいいんだろう?』ってね。私は答えてやったよ。『クリント、よく聞け。ハーゾグが監督だ。彼がおまえのボスだ。彼の言う通りにしなければいけないよ』」

　問題はカンザスシティのロイヤルズ・スタジアム（現カウフマン・スタジアム）だった。そこは今でもホームランが最も出にくい球場の一つで、しかもハードルがプレイしていた当時

訳注2　『スポーツ・イラストレイテッド』誌の表紙を飾ったチームや選手は、不振に陥ったり怪我をしたりするというジンクスがある。

は、フェンスを手前に動かしてスタンドまでの距離を縮める前だったのだ。

マスコミからの疑問の声がクラブハウスに伝わるようになり、チームメイトやコーチが「ハードルは何がいけないんだろう?」とささやき始めると、その声は頂点に達した。選手やコーチたちは、マスコミやファンの意見など気にしないとしばしば口にする。しかし、外部の声が選手たちに伝わるのは避けようがない。発言や声が届かなければ、逆に選手の側が好奇心を抑え切れなくなる。

まるで雪崩を打つかのように、グラウンド上での問題が原因でグラウンドの外での問題が大きくなり始めた。4打数無安打に終われば、ハードルはその試合のことを忘れようとバーで時間を過ごす。そのことが翌日の試合でのプレイにも影響を与える。父からは夜遊びを控えるように諫《いさ》められたものの、クリントは聞く耳を持たなかった。

「最初は発散したいだけだった。その日のつらさを忘れたかったのかもしれない。あまりいい1日ではなかったが、夜は楽しいかもしれない、そういうことさ」ハードルは語る。「問題は、夜に楽しんだのなら、その次の日には結果を出さなければいけないことだ」

期待からくる押しつぶされそうな重圧が、傍目《はため》にもわかるようになった。1981年の記者たちとのインタビューで、ハードルは次のように語っている。「すべてを期待通りにできていたら、リーグのホームラン王になって、首位打者にもなって、癌基金に1000ドル寄付して、マリー・オズモンドと結婚していただろう」

ハードルの成績は坂道を転がるように下がり始めた。1981年にはロイヤルズでわずか28試合の出場にとどまり、シーズン後にチームを離れることになる。野球界の次のスター候補ともてはやされてからわずか3年後、アメリカで9番目に優れたアマチュア選手としてドラフトで指名されてからわずか6年後のことだ。1981年のストライキ中にバーテンダーとして生計を立てていたハードルは、シーズンオフにシンシナティ・レッズへとトレードされた。レッズでの1年目の打率は2割6厘で、ウェーバーにかけられ[訳注3]、ニューヨーク・メッツが獲得した。1983年のシーズンはそのほとんどで、1984年にはシーズンを通して、マイナーリーグ生活を送った。メッツで短期間ながらメジャーに昇格した時も、打率は2割に満たなかった。打つ方は一向に復調せず、守りでも足が遅いために守備位置が限られてしまう。1987年、メッツでの出場はわずか3試合にとどまった。そのシーズン中のある日、ESPNの特集によれば、メッツ傘下の3Aチームの監督ボブ・シェイファーは、ハードルを椅子に座らせ、いい加減に生活を見直さないと自分が彼にとって最後の監督になると諭したという。実際にその通りになった。ハードルの現役生活は終わりを迎えた。メジャーリーグでの最後の打席は、1987年6月26日にフィラデルフィアで代打として起用された時で、

訳注3　「ウェーバーにかける」とは、球団がその選手の支配権放棄を発表すること。

フィリーズのケヴィン・グロスに対して三振に倒れた。その時ハードルは29歳。本来ならば選手として絶頂期を迎えているはずの年齢だった。

現役引退後の人生

ハードルは野球以外の人生を考えなければならなくなった。だが、彼には何ができただろうか？　頭はいいが、大学を出ているわけではない。高校卒業後、すぐにプロ入りしたため、大学進学の機会を犠牲にしてしまったのだ。けれども、選手として大成できなかったにもかかわらず、ハードルはまだ野球に魅力を感じていた。ボールに触れているのが楽しいし、戦術を考えるのも楽しいし、単調な練習すらも楽しかった。人と真剣な話をするのも、ジョークを言い合うのも好きだったし、クラブハウスの雰囲気も好きだった。

「私は野球が好きだったが、選手としては半人前だった」ハードルは言う。「マイナーリーグを統括している人に、来シーズンの監督に空きがないか聞いてみた。相手はいい考えだと思ってくれたのだが、それは『選手を引退するべきだ』と言われたのも同然だった。彼はその話をほかの人たちにも伝えた。するといろいろな人から私のところに電話がかかってきて、口を揃えてそれは素晴らしい考えだと言うのさ。20人以上から言われたよ。絶好のタイミングで下した最高の決断だと」

翌１９８８年のシーズン、ハードルはフロリダ州ポートセントルーシーにあるメッツ傘下の１Ａのチームの監督に就任した。ハードルにはこれこそが自分にふさわしい仕事のように感じられた。若い選手と交流するのは好きだったし、自分の知識を教えるのも楽しかった。「あの当時は、人間としてもプロの選手としても、若い選手のいい手本になれると思った。いい面でも、悪い面でも、横道にそれた面でも、そのすべての面で」ハードルは語る。「しかも、１日の終わりには野球の試合を見られるのだから」

ハードルには存在感があり、カリスマ性があり、その声には張りがあり、彼に面と向かって歯向かう人間はなかなかいなかった。１９９１年、ハードルはペンシルバニア州ウィリアムズポートにあるメッツの２Ａのチームの監督に昇格した。けれども、酒と縁を切ることはできずにいた。グラウンド上では存在感を示すことができたものの、そこから本当の幸せを感じることができなかったのだ。この頃までにハードルは２度の離婚を経験していた。地元のバーに入り浸る日々も続いていた。

ハードルの両親は息子のためなら努力を惜しまなかった。現役時代は新聞のボックススコアで成績を追った。パイレーツの監督就任後は、フロリダ州でパイレーツの試合を見るために、特別なテレビ契約を交わしている。父のクリント・シニアは、試合をテレビで見終わるたびに「まるで息子が出場していたかのように、くたくたになったよ」と冗談交じりに語っている。息子に会うために遠くの球場にも足を運んだ。どん底にあった時には、何とか手を差し伸べようと試みた。ハードルの2度目の結婚生活が破綻《はたん》してまだ間もない頃、息子のもとを訪れたクリント・シニアは、散歩でもしようと声をかけた。「人生というのは不公平なものだ、そう言って聞かせた」クリント・シニアは語る。父は息子に向かって、過去のことでふてくされたところで何の好結果ももたらさないと諭した。ハードルは前に進まなければならなかった。心の安らぎを見つけなければならなかった。

生涯の伴侶との出会い

1991年の春、ハードルはカーラという名の魅力的で聡明《そうめい》なブルネットの女性と出会う。会計士として働いていたカーラは、野球選手を追いかけるような女性ではなかった。ハードルが彼女と出会ったのは、税務申告の準備をしていた時のことだ。電話番号は聞き出せなかったものの、何とかして彼女にもう一度会いたいと考えたハードルは、彼の人生で最も重要な作戦を練った。カーラを招待する口実を作るために、友人にパーティーを主催してもらったのだ。この作戦は成功した。1992年に3Aのノーフォーク・タイズの監督に昇格し、1994年にはコロラド・ロッキーズのマイナーリーグの打撃インストラクターとなったハードルは、6年間にわたる交際を経て、カーラにプロポーズした。だが、答えは「ノー」だった。それはハードルが予想していなかった返事だった。彼は元スター選手で、元メジャーリーガーで、マイナーリーグのチームがある町ではちょっとした有名人だ。自分にはカリスマ性があることもわかっていた。2度の結婚を経験しているから、自分は結婚するのが得意なのさ、そんな冗談を言ったこともある。けれども、カーラは首を縦に振らなかった。彼女は2人の関係が意味のあるものに発展しつつあることは認めていたものの、結婚に踏み切るためには、ハードルに生活を立て直してもらわなければならないと考えていた。カーラにはハードルの飲酒癖が我慢できなかったのだ。ハードルには、今の自分も過去の自分自身も受け入れ、そこから逃げようとするのをやめる必要があった。カーラの目に映るハードルは、いまだに『スポーツ・イラストレイテッド』誌の表紙に取りつかれ、期待の有望株というかつての評価と、手に入れることも到達することもできなかった地位に苦しめられている、1人の男性だったのだ。

「彼はいろいろな問題を抱えていたように思います」カーラ・ハードルはESPNとのインタビューで語っている。「そうした過去の亡霊を克服してもらわなければなりませんでした。それは私の力ではどうにもできないことだったのです」

クリントのようなかつての有名人は、普通の人よりも大目に見てもらえることがあるし、人生のやり直しがきくこともある。必ずしも非難されるとは限らず、むしろある程度の融通を利かせてもらえることの方が多い。けれども、この時ばかりは違った。ハードルは変わらなければならなかった。何があれば幸せになれるのか、ハードルは自分で答えを見つけなければならなかった。ハードルの見つけた答えは、コーチをしている時、監督をしている時、他人を助けている時に、いちばんの幸せを感じるというものだった。また、酒を飲んでいない時の方が幸せだし、再び神を信じるようになった時の方が幸せだということにも気づいた。ハードルは[訳注4]アルコホーリクス・アノニマスのミーティングに参加し——ハードルは今でも時々ミーティングに顔を出す——、好きな聖書の一節を口にするようになった。

　１９９８年11月、41歳になったハードルはようやく酒を断った。それ以降、彼は一滴も酒を口にしていない。１９９９年、ハードルは再びカーラにプロポーズし、今度はオーケーの返事をもらった。最も有望な若手選手と言われた時から数えて21年を経て、彼の人生はようやく上向き始めたように思われた。１９９４年からロッキーズのマイナーリーグでインストラクターを務めていたハードルは、１９９７年にメジャーリーグの打撃コーチに就任した。２００２年には監督に昇格する。しかし、成功と幸せは長続きしなかった。

監督に就任したものの

コロラドでハードルが監督としての1年目のシーズンを送っていた時、カーラとの間に第一子となるマディソン・ライリーが誕生した。だが、早産だった娘は、遺伝子疾患のプラダー・ウィリー症候群と診断された。ハードルがその診断結果を知らされたのは、ヒューストンへの遠征中だったという。記者に語ったところによると、ハードルはホテルの部屋に戻り、「この25年間で流したよりも多くの量の涙を3日間で流した」そうだ。この病気には、認知障害、行動障害、慢性的な空腹感といった恐ろしい症状があるばかりか、有効な治療法が存在しない。

2007年のシーズン開幕後、ロッキーズが不振にあえいでいた時、デンバーのテレビ局のある記者がハードルに、「身も心も打ちひしがれるような」敗戦はあったかと訊《たず》ねたことがある。ロッキーズの監督に就任以来、いまだに勝ち越してシーズンを終えたことのないハードルに対しては、シーズン前から首が危ないのではないかとささやかれていた。それから数か月が経過した10月、ロッキーズが予想を覆してワールドシリーズ進出に近づいていた時、ハードルはその時の質問を思い出して、次のように語っている。「『身も心も打ちひしがれるような』思いをしたのは、生まれたばかりの娘に先天性の異常があると医者から知らされた時だった。野球はスポーツだ。自分はそのことを学んだよ。そのことを受け入れたから、それを選手たちとも共有しようと努めている」

訳注4　アルコール依存症などの飲酒問題を解決しようとする自助グループ。

ハードルの世の中を見る視野は広がったものの、彼の野球人生はコロラドで新たな岐路に直面することになる。２００９年の春、ロッキーズを率いてナショナルリーグを制覇してから2年と経たないうちに、開幕から18勝28敗とスタートダッシュに失敗したハードルは、５月29日に監督を解任された。ロッキーズの監督を務めた8年間で、勝ち越したのは１シーズンだけだった。監督としての通算成績を見ると、負けた試合（６２５）が勝った試合（５３４）を１００近く上回っている。

グラウンドの外でのハードルは別人のように変わったものの、グラウンドの中では保守的な傾向が強いままだった。伝統的な教えを守ることで期待の若手に成長することができたし、コーチおよび監督としての経歴を重ねることもできた。彼は20世紀の保守的な野球の通説によって育てられてきた。統計はしばしば嘘をつき、主観的な判断こそが最も重要で、野球経験のある人間だけが野球を深く理解できる、そう強く信じてきたのだ。頭から否定していたためか、あるいは意図的に無視していたためかはわからないが、21世紀に入ってから野球の世界に流入し続けているデータを、ハードルは決して調べようとしなかった。

ハードルがワールドシリーズに導いたのは、メジャーリーグの中でも最も伝統的な球団の一つだった。ロッキーズのフロントには、統計の数字を分析する人間が１人もいなかった。ロッキーズが伝統的な考え方に固執している一例として、送りバントをあげることができる。

これは昔からある戦法だが、統計的に見るとチームが得点する可能性をほぼ確実に減らす作戦であることがわかっている。ところが、打者に有利とされるクアーズ・フィールドを本拠地としているにもかかわらず、メジャーリーグで２００４年から２００６年までの間に最も多くの送りバントをしたチームはロッキーズだった。そのロッキーズで、ハードルはこれまた野球の世界での伝統にならって不振の責任を問われることになった。チームの編成や選手の成績において、監督が関与できる部分はほとんどないにもかかわらず、不振の責任を取って最初に首を切られるのは、ほとんどの場合は監督なのだ。

ロッキーズの監督を解任された後、ハードルは自分の人生において長い間欠けていたあるものを手にすることができた。それは自分の時間だ。これまでの自分を振り返り、これから何をしたいのかを考えることができた。何にも縛られる必要はなかった。けれども、のんびりしていられる時間にも限界があった。自分はまだ野球から離れることができない、ハードルはそのことを強く感じていた。２００９年のシーズンが後半に入ると、ハードルは誕生間もないメジャーリーグ・ベースボール・ネットワークの解説者となった。張りのある声と陽気な性格の持ち主のハードルはテレビ向きだったし、豊富な逸話をきちんと整頓《せいとん》した引き出しから探すかのようにいとも簡単に披露することができた。次の機会が訪れるまでの時間つぶしとして、テレビ出演も悪くないと考えたのだ。

セイバーメトリクスの世界へ

ＭＬＢネットワークの本社は、ニュージャージー州シコーカスのビジネス街の、これといった特徴のない倉庫風の建物の中にある。ハードルはそこで何が自分を待ち構えているか、まったく予期していなかった。だが、ここでハードルはセイバーメトリクスに目覚めることになる。セイバーメトリクスとは、データに基づいた客観的な野球の分析法を意味する言葉だ。

テレビ局のスタジオで、ハードルは新たな時代の野球の考え方とセイバーメトリクスのデータに初めて触れた。ここでは無視することも、逃げることもできなかった。コンピューターの薄型モニターがあちこちに置かれていて、データ通のインターンや分析官が何人も行き来している。これまで自分が無視してきた野球の要素に囲まれたハードルは、場違いなところにやってきてしまったように感じた。放送席に座って番組の準備が始まると、今度は解説者に提供されるデータの量に圧倒された。解説者というのは自ら調査をして自分なりの傾向をつかむ少し賢い人間くらいに考えていたハードルは、ＭＬＢネットワークが持つ支援体制と情報収集のための設備に、言葉を失ってしまった。例をあげると、ある投手がスライダーを投げる頻度と、その平均の球速および縦の変化の数字を訊ねれば、たちどころにその答えが返ってくるのだ。

同僚はウェブサイトのFanGraphs.comを紹介してくれた。ここは誰もが利用できるデータの宝庫で、ハードルもこのサイトを利用して、放送中に使おうと考えた理論や直感の裏付けとなる統計データを探すなど、自ら調査を始めるようになる。MLBネットワークに所属する若い分析官や助手たちからは、『ベースボール・プロスペクタス』や『ハードボール・タイムズ』などのウェブサイトで生まれている統計に基づいた理論を教えてもらった。セイバーメトリクスの世界が過小評価されていると見なしている選手は誰で、過大評価されていると見なしている選手は誰なのかについても、学ぶことができた。

「あたかも『オズの魔法使い』の世界に入り込んだような感じだった」ハードルは語る。「『知れば知るほど、知らないことに気づかされる』っていうじゃないか。一度入り込んだら、抜け出すことはできないよ」

ハードルがグラウンドの外から野球を見ている時間はそれほど長くなかった。２００９年11月４日、ハードルは打撃コーチとしてテキサス・レンジャーズと契約する。テキサスでは相手投手の傾向を見るために統計に基づいて作成したスカウティングレポートを取り入れ、自分のチームの打者のためのゲームプランを立てるヒントにした。２０１０年のシーズン終了後、パイレーツの監督候補として面接を受ける頃には、豊富な知識を披露できるまでになっていた。パイレーツはハードルのリーダーシップと情熱を評価していたが、それと同時に彼の知識の深さと、新しい時代の統計的な野球への関心の高さにも驚かされることになる。分析の最先端にいるわけではないことは、ハードル自身も認めていたが、その世界に自らが関わっていると感じていたし、野球の世界に入りつつある新しいデータへの理解力もあると思っていた。

しかし、ハンティントンと話をした２０１２年10月のうすら寒いその日まで、ハードルはパイレーツの監督を２シーズン務めたものの、球団の分析部門から送られた統計的な発見を試合の中で生かしたことはほとんどなかった。

チームが不振にあえいでいたにもかかわらず、ハードルは伝統と手を切り、目に見えないものを信じることがどうしてもできずにいた。これまでずっと自分の直感を信じてきたからだ。

「論理的な統計分析の結果を、頑《かたく》なに受け入れようとしなかった時もあったように思う。どうにもしっくりこなかったのだ。その種の教えを受けてきたわけではないからね」ハードルは語る。「深い知識も、十分な知識も、十分な理解も持っていなかった。よりよく理解するためには、部屋の模様替えをするように、頭の中を切り替えなければならなかった」

パイレーツは葛藤《かっとう》に悩むハードルを伝統から切り離す必要があった。野球界のどこでも、監督やコーチたちはビッグデータの動きを一歩下がって眺めており、それはパイレーツにおいても同じだった。ハンティントンと彼の率いる分析チームは、変革をもたらすためにハードルから全幅の信頼を得る必要があった。自分たちの主張を納得してもらうためには証拠がなければならないが、彼らはようやくその証拠を手に入れたと確信していた。

第3章　データの裏付け

ある実験の始まり

スポットライトも何もない状況下で、実験が密《ひそ》かに始まった。2010年の2月下旬のことで、場所はフロリダ州ブレーデントンにあるパイレーツの春季キャンプ用施設内のとあるグラウンドだった。そのグラウンドはパイレート・シティ複合施設の宿泊所、打撃練習用のケージ、オフィスビルのさらに裏手にあり、金網に囲まれている。メキシコ湾から絶え間なく吹きつける強風を防ぐために、風除《よ》けのフェンスが立っているが、ほとんど効果はない。ゲート付きの駐車場があり、周囲はヤシ、ヤマモモ、ゴムノキなどに囲まれ、下草が生い茂っているために、外からは完全に遮断されている。

そんなグラウンドで、選手育成部長のカイル・スタークは、不思議な行動を取っていた。手に持っている地図のような紙には球場の図が記されていて、様々な位置に×印が付いている。内野を歩くスタークはもう片方の手に白いペンキのスプレー缶を持ち、二塁ベースと三塁ベースのほぼ中間に当たる内野の深い位置に×印を描いた。背が高く、茶色の髪と青い瞳《ひとみ》のスタークは、少し歩いて今度は二塁ベースのすぐ後ろに別の白い×印を描き、さらに一塁ベースと二塁ベースの間に当たるライト前の浅い位置に向かい、そこにもまた×印を描いた。彼はいったい何をしているのか？　白いものの交じった顎《あご》ひげを蓄えたマイナーリーグのコーチたちは、そんなスタークの行動を見ながら不思議に思った。埋まっている宝物でも探しているのだろうか？　ある意味、それは正解だった。

冬から初春にかけて、スタークはパイレーツの分析部門の創設者兼部長のダン・フォックスと、何通ものメールをやり取りしていた。パイレーツの職員の中でもほぼ無名に近い存在のフォックスは、『ベースボール・プロスペクタス』の元ライターで、石油関連企業シェブロンのデータ設計を手がけたこともある。彼が試合前や試合後にインタビューを受けることはないし、ファンや選手も彼のことをほとんど知らない。２０１３年のメディアガイドの14ページ目のいちばん下にある紹介記事には、顔写真のほか、フォックスがチーム内では「情報システムと分析の構築、開発、普及」の責任者だという内容が、約１００語の文章で記されている。その日、グラウンド上でスタークの奇妙な行動を眺めていたコーチたちのほとんどは、フォックスの名前を聞いたことすらなかった。だが、スタークはフォックスの研究に興味をひかれていた。数か月に及ぶメールのやり取りの結果、スタークはその日、そのグラウンドを訪れ、×印を描くことになった。×印が示すのは、隠れた価値の在《あ》り処《か》。スタークが手にしていたのは、ある意味で宝の地図でもあったのだ。

2つの「ウィリアムズ・シフト」

野球では1チーム9人の選手がグラウンド上で守備に就く。そのうちの2人、投手と捕手は、位置が決まっている。けれども、残りの7人の選手に関しては、理論上はグラウンド内のどこを守っても自由だ。だが、野球の歴史を通じて、選手たちはこれまでずっとお馴染《なじ》みの守備位置に就き続けている。内野手と外野手は打球が最もよく飛ぶ場所ではなく、ほかの野手と等間隔になるような場所で守る。外野に目を向けると、選手が常に同じ場所にいるために、芝生の一部が剝《は》がれてしまうほどだ。野球のグラウンドの広さが平均で1万2000平方メートル前後なのを考えると、グラウンド内に偏って野手を配置するのは直感に反する作戦だった。

このような伝統的な守備位置は、100年以上にわたり、裏付けの乏しい証拠に基づいて続けられてきた。19世紀から20世紀にかけて、選手たちや監督たちは個人的な記憶や観察だけを基準にして、守備位置に関する決定を下していた。

しかし、野球が産声をあげて以来、誰もが――選手も、コーチも、監督も、全員が間違っていたとしたら？　野球の歴史を振り返ると、短期間ではあるものの、伝統からの逸脱を試みた例がないわけではない。一般に３人以上の内野手が二塁ベースのどちらか一方の側で守備に就くことを、「極端な」あるいは「変則的な」守備シフトと呼ぶが、記録に残る最初のこうした守備シフトの例は19世紀にさかのぼる。１８７7年5月9日、『ルイビル・クーリエ・ジャーナル』紙は、ハートフォードの監督ボブ・ファーガソンがルイビル・グレイズ戦で披露した奇妙な守備の戦術について記している。ファーガソンは内野手の守備位置を変えただけでなく、３人の外野手全員をグラウンドの片側に移動させたこともあった。

その後、極端な守備シフトが見られることはほとんどなかったが、アメリカ野球学会（ＳＡＢＲ）によると、１９２０年代にはナショナルリーグの複数のチームの監督が、引っ張り専門の打者サイ・ウィリアムズ対策として、３人の内野手を二塁ベースと一塁ベースの間に配置した例があるという。左打ちのウィリアムズは長打力があり、打席では常に引っ張ることを意識していたため、多くの打球がライト側に飛んだ。彼はナショナルリーグで通算２００本のホームランを記録した最初の打者で、１９００年以前に生まれた選手で通算２００本以上のホームランを放ったのは、ウィリアムズのほかにはベーブ・ルースとロジャース・ホーンズビーしかいない。けれども、ウィリアムズと彼に対する守備シフトの有効性は、時がたつにつれて忘れられてしまった。

これとは別の「ウィリアムズ・シフト」が、野球界において伝統的な守備位置から大胆に離れた事例の第一号と見なされている。大打者のテッド・ウィリアムズに対しては、すでに1941年から一部のチームが変則的な守備シフトを採用していたが、「テッド・ウィリアムズ・シフト」が初めて登場したのは、1946年7月14日にフェンウェイ・パークで行われたダブルヘッダーの第2試合だと見なされることが多い。その日の第1試合、テッド・ウィリアムズはクリーブランド・インディアンスを相手に5打数4安打、うち3本がホームランで8打点を叩《たた》き出す活躍を見せた。そのため、第2試合でウィリアムズが打席に立った時、インディアンスの監督兼選手でショートを守っていたルー・ブードローは、通常のショートの守備位置から二塁手の守備位置に移動した。インディアンスの二塁手は浅いライト前に、三塁手は二塁ベースよりも少し一塁ベース側に移った。この守備位置はあまりにも衝撃的だったため、その月の終わりに出た『スポーティング・ニューズ』誌に、この時の守備シフトの写真が掲載されることになる。記録に残る第二次世界大戦後初の極端な守備シフトに対して、ウィリアムズは2打数1安打（二塁打）、2四球だった。大胆に守備位置を変更してもウィリアムズを抑えられなかったことが、守備シフトの普及にそれから65年もの歳月を要した一因だったのかもしれない。

「テッド・ウィリアムズに関する話は聞いたことがあったよ」ハードルは以前『ピッツバー

グ・トリビューン・レビュー』紙にそう語った。「審判が別の審判に当時の話を聞かせている場面だったかな。［ウィリアムズが］フェンウェイの打席に立つと、相手はとんでもない守備シフトを採用した。最初にそのシフトが敷かれた時、ウィリアムズは打席を外してまじまじと見つめた。審判が『なかなか面白いな』と言うと、［ウィリアムズは］『そうでもない。高いところまでは守れやしない』と言ったんだ」

けれども、それ以前と同じように、守備シフトは再びほとんど姿を消すことになった。なぜだろうか？　その理由は、極端な守備シフトを敷くべきだという確固たる証拠が、変則的な守備シフトが有効なことを証明するデータが、存在しなかったためだ。その当時は誰一人として打球の方向を統計的に記録していなかったから、伝統的な守備位置から離れようと考えるには、自分の目で見た証拠が必要になる。仮に誰かが記録を残していたとしても、もう一つの壁が存在する。「恐怖」という名の壁だ。従来の考え方に反する行動を取るには、勇気と信念が必要になる。なぜなら、そのようなオーソドックスではない試みが失敗すれば、ファンの激しい非難を浴びることになるからだ。野球の歴史を振り返っても、20世紀を振り返っても、各チームの守備位置はほとんど変わることがなかった。そこに登場したのがジョン・デュワンだった。

ビル・ジェームズの「プロジェクト・スコアシート」

1984年のある晴れた土曜日の午後、デュワンはシカゴにある自宅のキッチンでランチを食べながら、最新版の『ビル・ジェームズ・ベースボール・アブストラクト』を楽しんでいた。1977年から1988年まで毎年出版されたこの本は、野球を統計の面から深く研究した最初の書籍として知られる。ジェームズはそれまで誰も行ったことのないようなやり方で野球について記し、ほかの誰もが行ったことのないような事柄を数値化した。例えば、1985年版の『ベースボール・アブストラクト』で、ジェームズはマイナーリーグの有望選手の打撃成績から将来のメジャーリーグでの打撃成績を予測するシステムを紹介した。球場の形状が統計にどのように影響を与えるか、守備位置によって選手寿命の長さがどのように変わってくるか、などのほか、守備の重要性とそれに対する理解の欠如についても書いている。

デュワンと同じく、ビル・ジェームズも野球界の外の人間だ。ジェームズは1970年代、カンザス州ローレンスにあるストークリー＝ヴァン・キャンプ社のポークアンドビーンズの缶詰工場で夜勤の警備員として働きながら、執筆活動を始めた。彼の著作は野球の世界に客観的かつ科学的な考え方をもたらすうえで最も大きな功績があったと考えられている。1980年代初め、ジェームズにはコアなファンがつくようになった。野球の考え方を進化させたいという同じような興味を抱いていた人たちだ。ジェームズはボックススコアを食い入るように眺め、これまで誰も数えたことのなかった事柄を数値化していたものの、それはビッグデータではなかった。『ウィキペディア』の定義によると、ビッグデータとは伝統的なツールでは処理不可能な大量かつ複雑な情報を意味する。ジェームズとデュワンの頭にあったのは、野球の理解をより深めるためにはもっとデータが必要だということだった。

１９８４年版の『ベースボール・アブストラクト』で、ジェームズは「プロジェクト・スコアシート」と命名した草の根運動の実施を提唱する。これはファンのネットワークを作ってすべての試合のスコアをより詳細に記録してもらい、その情報をコンピューターのデータベースに入力するというものだ。１９８４年版の『ベースボール・アブストラクト』でジェームズは、「プロジェクト・スコアシートが軌道に乗れば、野球の成績を測定してきた過去の物差しはすべて時代遅れになり、研究のためのあらゆる選択肢が我々の目の前に降臨することだろう……次の世代のファンたちが、我々のような知識不足に悩まされるようなことがあってはならない」と記している。プロジェクト・スコアシートのネットワークに参加してくれるボランティアをジェームズが探しているという部分を読み、ランチを食べるデュワンの手が止まった。「今でも覚えているよ。『うわっ、そうだよ、これこそ僕がずっとやりたかったことなんだ』って思ったことを」デュワンは語る。これはすべてのスポーツのプレイごとの情報をデジタル化したいというデュワンの夢とほぼ同じだった。パーソナル・コンピューターが身近になり、高性能になり、手の届く価格になったことで、このプロジェクトが可能になったのだ。ロヨラ大学で数学とコンピューターサイエンスの学位を取得していたデュワンにとって、これはうってつけの仕事だった。

デュワンはすぐにキッチンのテーブルを離れ、電話帳でジェームズの番号を探した。3週間後、デュワンはプロジェクト・スコアシートのためのデータ収集と入力を始め、1年後にはプロジェクト・マネージャーとしてソフトウエアのプログラムを書いたり、アメリカ各地にいるデータ入力のための人員を管理したりするようになっていた。作業者にはグラウンドを複数の区域に分割したスコア記録用のテンプレートを送り、それぞれのプレイをどのように記号化して入力するかを教えた。1994年までに、複数の管理者の指導のもとで進められたこのプロジェクトは、1984年から1994年にかけての試合のデータの収集を終える。試合数は2万3000、プレイの数は170万に達した。

ジョン・デュワンのB－Sと正しい守備の評価

1987年、デュワンはただの趣味にこんなにも夢中になっていていいのだろうかと考えた。妻のスーも仕事を辞め、データ収集に多くの時間を割くようになっていたほどだ。デュワンは趣味にかける負担を減らすか、それとも趣味を生涯の仕事にするかの二者択一を迫られることになる。結局、プロジェクト・スコアシートと野球の統計分析の魅力に勝てず、保険数理士としての安定した生活を捨てる決心をした。デュワンは Sports Team Analysis and Tracking Systems（スポーツチームの分析と追跡システム）の頭文字を取ってＳＴＡＴＳという会社を起業し、その社長に就任した。最初の本社はシカゴにある自宅内の予備の寝室だった。その後、会社が拡大していくにつれて、地下室へと移り、さらにはまともなオフィス用のスペースを借りることになる。

今では髪が白くなり、黒くて太い眉《まゆ》がいっそう際立つようになったデュワンだが、いまだに予備の寝室で仕事をすることも少なくない。１９８７年、ＳＴＡＴＳはポストシーズンの野球中継用に調査結果をＮＢＣに提供し、１９８９年にはレギュラーシーズン中の放送用としてＥＳＰＮにもデータを提供するようになった。ジェームズとデュワンのおかげで、野球のデータ量は大幅に増加した。

２０００年、デュワンはＳＴＡＴＳをニューズ・コーポレーションに売却し、その2年後にベースボール・インフォ・ソリューションズ（ＢＩＳ）という別の会社を設立した。この会社では打球の行方と1球ごとの投球のデータがより詳細に記録された。

ＢＩＳにおいて、デュワンはメジャーリーグの全試合――年間２４３０試合のすべてのプレイを見るために、ビデオスカウトを採用した。ＢＩＳによるプラス・マイナス・システムを考えてみよう。これは個々の守備のプレイの評価がいかに向上してきたかを理解するうえで重要な指標だ。プラス・マイナスは、ある野手が処理した打球の数が、同じ守備位置の選手のリーグ平均と比べてどのくらい多いか、あるいは少ないか測定する。ＢＩＳのビデオスカウトは、それぞれの打球のグラウンド上の落下地点あるいは捕球地点を正確に記録し、その位置を座標に変換し、コンピューター・データベースの情報として蓄積する。ジェームズのプロジェクト・スコアシートでは、グラウンド上をカバーする均一の格子を使用して、どの区域にボールが落下したかを記すだけにとどまっていた。２００９年、ＢＩＳは打球の強さに関してもより正確な測定を開始した。フライやライナーの場合は、打球が落下するか捕球されるまでの滞空時間をストップウォッチ風の表示で計測する。内野ゴロの場合は、投球がバットに当たってから内野手が最初に打球に触れるまでの時間が計測される。そのデータに基づき、ＢＩＳは野手が処理した打球の数が、同じ守備位置のリーグ平均と比べてどのくらい多いか、あるいは少ないかを記録する。野手はポイントを引かれたり、加えられたりする。その後、プラス・マイナスのポイントは、それぞれの野手の防いだ得点の数がリーグ平均と比べてどのくらい多いか、あるいは少ないかを数値化するために、得点価値へと変換される。これを「守備防御点（ＤＲＳ：defensive runs saved）」と言う。

それ以前の野手は、主に「エラー」という主観的な統計によって守備力を判断されていた。エラーは公式記録員の判断で決まる。打球に対する野手の守備範囲の広さなど、より重要な要素に関しては、誰一人としてきちんとした裏付けのある説明ができなかった。

ソフトボールチームの内野手だった頃、デュワンは守備が好きだった。守備に強い関心を抱いているのは、それが理由なのだろう。デュワンは自分の守備に自信を持っていて、内野の中でもより難しいとされる左側の2つのポジション、三塁かショートの守備に就くことを率先して選んだ。また、野球シミュレーションのボードゲーム「ストラット・オー・マティック」にも夢中になった。これはＡＰＢＡと同じように、実際の能力に基づいた確率を各選手のカードに割り当て、サイコロを転がして出た任意の数字で結果を決めるものだ。実際の野球ではエラーや守備率という単純な方法で守備の価値を測定していた一方、ストラット・オー・マティックでは各選手に守備力のランクを与えていて、守備の強いチームを編成することが重要な要素を占めていた。こうしたことがきっかけとなり、野球の世界では野手の打率やホームラン数ばかりに目を向ける傾向が強い中で、デュワンは守備の価値を高く評価するようになっていった。

「最高の選手の本当の価値とは何かを、きちんと評価したいと考えるようになった。なぜなら、目で見たことが嘘かもしれないからだ。それは何だって同じだよ。自分の行動や自分が感じたことが、必ずしも現実とは限らないのだから」そうデュワンは言う。

野手をグラウンド内のどこで守らせるかに関して、野球界の理解は間違っていた。デュワンと彼のチームは、打球の特徴に関する興味深いデータを突き止めた。例えばBISは、メジャーリーグの打者のゴロの73パーセントが引っ張る方向に飛んでいることを発見した。つまり、左打者の場合は右方向にゴロを打つことが圧倒的に多いのだ。また、ライナー性の打球の場合は、その数字は55パーセントになる。メジャーリーグの打者が引っ張ることの少ない唯一の打球はフライで、引っ張る方向へのフライはわずか40パーセントにとどまる。10年間にわたる調査でも、これらの数字には毎年ほとんど変化がなかった。

「ベースボール・インフォ・ソリューションズの詳細なデータを見た時」デュワンは語る。「変則的な守備シフトのことをじっくりと考え始めるようになった」

守備シフトと守備防御点

自らのデータベースからいくつかの貴重な教訓を得たデュワンは、2011年のシーズン後、その情報を公開するようになる。2012年3月のアメリカ野球学会の分析会議の席で、デュワンはメジャーリーグの20チームの関係者に対して、守備シフトの価値を説明した。2011年に最も多く変則的な守備シフトを敷かれた打者8人を見ると、相手が守備シフトを採用した場合には打率が5分1厘も下がっている。この8選手はいずれも長打力のある左打者だった。野球界において極端な守備シフトが敷かれるのは、このタイプの打者に限られていた。ジム・トーメイやアダム・ダンのような左打ちの強打者に対して、各チームはこれまでの経験に基づいて守備シフトを採用していたが、デュワンはメジャーリーグの１００人の打者——全体の25パーセントの打者に対して守備シフトを敷くべきだと主張した。

引っ張り専門の右打者に対する大胆な守備シフトは、まったく見られないわけではなかったが、極めてまれなことだった。ＢＩＳのデータベースによると、20世紀以降で右打者に対して極端な守備シフトが初めて敷かれたのは２００９年6月11日のことで、この時はゲイリー・シェフィールドを打席に迎えたフィラデルフィア・フィリーズが野手の守備位置を左に寄せた。２０１０年と２０１１年には、ＢＩＳやインサイド・エッジといった調査会社によって打球に関する大量のデータが提供されていたにもかかわらず、各チームが守備シフトを採用したのは1試合平均でわずか０・８回にすぎず、しかもそのほぼすべては左の長距離打者が打席に立った時だった。

２０１２年3月30日、ジェームズが運営する統計分析に関するウェブサイトBillJamesOnline.com に寄せた記事の中で、デュワンは２０１１年のメジャーリーグで最も守備がよかったのはタンパベイ・レイズで、守備防御点を合計すると85点だったと発表した。

2011年、レイズは91勝をあげたが、もしレイズの守備が平均的だったら、つまり守備防御点が0点だったならば、10点が1勝に等しいという基準を採用すると、チームの勝ち星は8または9少なかった計算になる。レイズは2011年のメジャーリーグで最も積極的に極端な守備シフトを採用したチームで、その数は216回に達する。その次に採用数の多かったのはミルウォーキー・ブルワーズの170回。ほかに2011年の変則的な守備シフト採用数が100回を超えたのは、クリーブランド・インディアンスとトロント・ブルージェイズの2チームしかなかった。

ここでデュワンは考える。2011年に極端な守備シフトを最も多く採用したチームが、最も守備のいいチームだったのは、単なる偶然なのだろうか？

デュワンは興味深い比較調査を行った。2010年のブルワーズと2011年のブルワーズを比べてみたのだ。ブルワーズの個々の選手を見ると、守備力ではレイズに劣っている。それればかりか、ブルワーズの内野手の守備力はメジャーでも最低だった。一塁手のプリンス・フィルダーは、BISによると2010年のメジャーリーグで最も守備の悪い一塁手で、守備防御点はマイナス17点だった。二塁手のリッキー・ウィークスは35人中34位で、守備防御点はマイナス16点。カンザスシティ・ロイヤルズからトレードで獲得したショートのユニエスキー・ベタンコートの守備防御点は、ロイヤルズ時代の2010年にはショートとしては最下位のマイナス27点。三塁手のケーシー・マギーはブルワーズの内野手の中では最も守備力が高かったが、三塁手としては全体の31位で、守備防御点はマイナス14点だった。これほどまで守備の下手な内野手が揃うことも珍しい。

では、ブルワーズの新監督ロン・レニキーは２０１１年に何をしたか？　デュワンの調査から、メジャーリーグで守備シフトに最も消極的なチームの一つで、２０１０年の採用数はわずか22回だったブルワーズが、２０１１年には１７０回の守備シフトを敷き、２番目に積極的なチームへと変貌《へんぼう》していたことが判明した。

ＢＩＳでは変則的な守備シフトを２つに分類している。１つは３人の内野手が二塁ベースの片側に集まる「テッド・ウィリアムズ・シフト」、もう１つは内野手が伝統的な守備位置から離れるものの、テッド・ウィリアムズ・シフトほどは大きく移動しない「そのほかのシフト」だ。デュワンによると、２０１１年のブルワーズは引っ張り専門の左の強打者に対してテッド・ウィリアムズ・シフトを45回採用した。このような左打者に対しては、ほかのチームもテッド・ウィリアムズ・シフトを敷き始めていた。しかし、ブルワーズはデータに基づいてより洗練された細かい守備位置の変更を行い、ほかのナショナルリーグのチームが対策を講じないような選手に対しても、１２５回の守備シフトを敷いている。これにより、ブルワーズの守備は格段に向上した。

守備防御点で見ると、2011年のフィルダーは前年よりも8点多くの失点を防いだ。ウィークスは9点、マギーは17点も向上し、ベタンコートはロイヤルズ在籍中の前のシーズンよりも20点多くの失点を防いだ。

2011年のブルワーズの内野手全員を見ると、守備防御点が56点も向上しており、守備シフトを多く採用しただけで5勝から6勝は上積みできた計算になる。守備シフトを敷いた時の打率は、2010年に77勝だったチームは、2011年には96勝を記録することができた。守備シフトを敷いた時の打率の測定をBISが開始した2010年以降、ゴロおよび短いライナー性の当たりの時の打率(BAGSL)、すなわち守備シフトによって処理が可能になるタイプの打球の時の打率は、通常の守備位置の時よりも守備シフトを採用した時の方が1シーズン平均で3分から4分も下がっている。

それでも、2012年のメジャーリーグ全体を見ると、1試合当たりの採用回数は1・9回とわずかに増えたものの、極端な守備シフトの大部分はごく一握りのチームが採用しているだけで、中でもレイズとブルワーズがその有効性をかたく信じてますます積極的に守備シフトを敷いているにすぎなかった。

最適な守備位置のために

２００４年というかなり早い時期から、ＢＩＳはデータに基づいた守備位置の最適化をメジャーリーグの各チームに提案していた。野球界の多くが興味を示してくれたものの、その提案がグラウンド上で生かされることはほとんどなかった。なぜだろうか？

「なぜなら、うまくいかなかった場合は無様な結果になるからだ」デュワンは言う。「変則的な守備シフトは、これまで長年にわたってプレイしてきた守備位置に内野手を就かせるという通念に反する考え方だ。伝統を破るのは難しい。けれども、分析を行うことで、その価値を見出《みいだ》せる。守備シフトの採用によって防ぐことのできた失点が見えてくる。守備シフトの採用によって処理できたゴロの割合が見えてくる」

けれども、思い切った守備シフトを採用して3人の内野手を二塁ベースの片側に配置した時に、打者がシフトの裏をかいて野手の少ない側にヒットを打った場合、それが意図的であろうとたまたまであろうと、目も当てられない結果になる。投手は不満を感じるし、内野手はそもそもなぜ守備シフトを敷いているのかという疑問を感じるし、監督やコーチの信念も揺らぐことになる。

とはいえ、これまで見過ごされてきた非効率的な部分を改善しない手はない。２０１２年10月の時点の集計では、各チームが打球をアウトにできた割合はわずか30パーセントで、これはプロ野球が始まってからほとんど変わっていない。2012年までを見ると、パイレーツは守備シフトの採用をわずかに増やしただけで、守備に関しては平均以下のチームだった。守備防御点で見ると、2010年のパイレーツはマイナス77点、2011年はマイナス29点、2012年はマイナス25点だった。

パイレーツは運動能力的に見て優れているとは言えない野手を伝統的な守備位置で守らせており、数字はその驚くべき非効率性を物語っていた。パイレーツの守備シフト採用回数は、2010年は84回、2011年は87回にとどまった。2012年になっても、ハードルは変則的な守備シフトの全面採用に踏み切らなかった。しかし、蓄積されたデータと反論の余地のない証拠があれば、ハードルを納得させることができるかもしれなかった。

パイレーツのフロントオフィスは本拠地PNCパークのレフト側外野席のすぐ後方にある。ハンティントンが初めてその石灰岩のファサードをくぐった時、そこには当然あると思われていたものが存在していなかった。『マネー・ボール』の出版から4年、インターネットの利用を促すことになるMosaicブラウザが発表されてから14年、パーソナル・コンピューターが普及し始め、ビル・ジェームズが『ベースボール・アブストラクト』を刊行するようになってから約30年が経過していたにもかかわらず、パイレーツはいまだにデジタルの暗黒時代にいた。フロント内には分析部門も、専用のデータベースもなかった。データの分析や処理を担当する職員も、システムも、まったく存在していなかったのだ。

『マネー・ボール』でオークランド・アスレチックスが採用した指標は、今日の基準で考えるとかなり初歩的なものだった。アスレチックスは野球界がそれまで正しく評価していなかった出塁率を活用した。この数字はメジャーリーグ公式サイトの選手紹介ページでも、有望選手を紹介した大学野球のディビジョンⅠのサイトでも、簡単に見つけることができる。しかし、新たな投球追跡技術、高性能コンピューター、詳細なデータを提供するＢＩＳのような企業が登場した現在、野球は加速度的に増加する大量のデータとともに、まったく新しい時代に突入していた。チームがデータ分析の競争で後れを取れば、追いつくことも加速度的に難しくなる。

何十万もの打球から、何百万もの投球の結果や位置や速度まで、大量の新しいデータが流れ込んでくると、情報の数値化や処理、さらにはそこから意味を読み取ることすら容易ではなくなる。そのためには、アルゴリズムを作成することができ、データベースのプログラミング言語に精通した、コンピューターサイエンスの専門家や数学的な思考を持つ人間が必要だ。分析を担当するフロントの人間は、データを独自の測定基準や価値や利点で分析する必要があるため、できるだけ生のデータを欲しがる。

ゼネラルマネージャー（ＧＭ）に就任したばかりのハンティントンの優先事項の一つが、

データベースを構築するデータ設計者を探すことだった。クリーブランド・インディアンスで働いていた時、チームは野球の世界で最初の、かつ最も広範囲なデータベースの一つとされるダイヤモンドビューを開発した。マウスを数回クリックするだけで、インディアンスの野球編成部門のスタッフは、何千人ものプロ選手の成績の傾向や今後の予測、スカウティングレポート、負傷歴、契約状況を画面に呼び出すことができた。そのようなシステムを作り出すためには、それを構築できる人物を見つけ出さなければならない。その人物こそがダン・フォックスだった。

分析官ダン・フォックス――野球少年と数学

アレゲニー川沿いにPNCパークが建つピッツバーグのノースショアで、ランチタイムにダン・フォックスとすれ違ったとしても、彼がパイレーツのフロントに欠かすことのできない人物とは気づかないだろう。ワイヤーリムのオークリーの眼鏡をかけ、どこにでもあるようなカーキのズボンとゴルフシャツを着たフォックスは、性格が穏やかで、はっきりとした口調で簡潔に、静かに話をする。最も目につくのは背の高さで、ひょろっとした体型ながら身長は1メートル80センチを優に上回り、しかも頭をきれいに剃《そ》り上げている。

フォックスは1968年にアイオワ州ダベンポートで生まれ、同じアイオワ州のデュラントで育った。ここは中西部の小さな田舎町で、東西と南北に走る10本ずつの通りから成る広さ2・5平方キロメートルの町の周囲には、トウモロコシ畑が広がっている。母はダンとデヴィッドの2人の息子に十分な教育を与えると同時に、子供時代には学校の劇や楽団への参加など、たくさんの経験をさせてやろうとしたが、フォックスと兄のデヴィッドは野球にしか興味がなかった。2人は近所の公園で野球を楽しみ、日曜日には祖父の家でシカゴ・カブスの試合を観戦し、デュワンと同じようにストラット・オー・マティックで何時間も遊び続けた。これまたデュワンと同じように、フォックスは過小評価されている選手や独創的な戦術を見出そうとするビル・ジェームズの本や調査に影響を受けた。

ダン・フォックスが最初に興味をひかれたのは、ジェームズによる左右別の成績の検証だった。これはある打者（または投手）が左投手（または左打者）と右投手（または右打者）に対して、それぞれどのような成績を残しているかを示すものだ。当時、この情報はどこを探しても見つからなかった。存在すらしていなかったし、誰も発表していなかった。そこで、ジェームズは自ら調査を始めた。彼は『スポーティング・ニューズ』誌を熟読し、左右別の成績のほか、ホームとロード、デーゲームとナイトゲームなどの状況別の成績を計算して、自身の『ベースボール・アブストラクト』で紹介した。フォックスはそれを見て革命的なデータだと思った。重要な決定のもとになるような新たな統計群を1人の人間が見つけ出したことに、驚嘆すると同時に魅了されてしまったのだ。

野球のほかにフォックスが大きな興味を抱いていたのはパーソナル・コンピューターで、しかも早い時期から触れることができた。銀行員だった父が、1980年代初めにオズボーンのパーソナル・コンピューターを購入したからだ。最初期のポータブルなパーソナル・コンピューターだったオズボーンは、重さが約10キロで、スーツケースほどの大きさがあった。そのマシンを使って、ダンと兄のデヴィッドはコンピューターコードの書き方を覚え、ストラット・オー・マティックのカードの分析に利用するようになった。

ダン・フォックスはアイオワ州立大学に進学し、コンピューターサイエンスを専攻した。卒業後はシェブロンで働き、1990年代半ばにカンザスシティに本社のあるコンサルティング会社クイロジーに転職する。彼は明晰《めいせき》な頭脳とわかりやすいプレゼンテーションだけでなく、他人に教える能力でも瞬く間に知られるようになる。はっきりとした口調と、数字を処理してそこから意味を導き出す能力という組み合わせは、フォックスにとって貴重な武器となった。AMCシアターズで分析部門を統括する兄のデヴィッドは、データベース技術に関する弟のセミナーに何度か参加したことがあるが、普通ならば聞く側がついていけないような複雑なアイデアやアプリケーションに関して、弟がわかりやすく、それでいて効果的に説明するのを見て驚かされたという。

「IT関係の人間は数字にどっぷりつかっている、そんな先入観を抱く人が多いが、弟は数百メートル上空から俯瞰《ふかん》して物を見る方法を心得ている」デヴィッドは『ピッツバーグ・トリビューン・レビュー』紙に語っている。「それがコミュニケーションを図るうえで大いに役立っている。弟は木を見ながらしっかり森も見ているんだよ」

ダン・フォックスをよく知る人や彼と一緒に働いたことのある人は、彼が顧客との間の通訳のような役割を果たしていたと語っている。技術側の専門用語や複雑な部分を、フォックスはわかりやすい言葉や適切なたとえを用いて説明することができた。同僚たちの話によると、この業界で彼ほどのコミュニケーション能力を持っている人物は数少ないとのことだ。

最初のコンピューター・プログラマーの一人とされるグレイス・ホッパーの言葉が正しいことを、フォックスは理解していた。『イノベイター』誌に採録されたインタビュー記事の中で、ホッパーは次のように述べている。「他人に理解させることができないのであれば、数学を学ぼうとしても無駄なことだ」

ブログがもたらした転機

フォックスのこうした生まれ持った才能と、データを扱ってその発見を広めることへの興味に気づいた同僚は、ソフトウエア開発に関するブログを書いてみたらどうかと勧めた。面白そうだと思ったフォックスは、２００３年にホームページを開設し、ソフトウエア開発に関する2本のブログを執筆した後、野球についての文章を書いた。その後、ソフトウエア開発関係のブログは1本も書かれていない。

フォックスのブログの内容は野球が中心となり、次第に注目を集めるようになった。２００３年、野球マニアのウェブサイト TheHardballTimes.com は、フォックスに対して定期的に連載してほしいと要請した。お金にはならなかったものの、これによりフォックスの知名度が高まった。このサイトを通じて、フォックスは野球業界に関わっていない一部のコアな野球ファンから注目されるようになる。２００６年までに、敬虔《けいけん》なキリスト教徒のフォックスは家族とともにコロラドに移り、子供支援団体のコンパッション・インターナショナルのデータ設計士として働き始めた。フォックスがばらばらだったシステムを統合した結果、彼の在籍中に年間の寄付金額は３００万ドルから８００万ドルに増えている。その頃、BaseballProspectus.com のライターのウィル・キャロルがフォックスに連絡を入れ、有給の地位を提示した。このサイトはセイバーメトリクス系のウェブサイトの中でも有数の質と影響力を誇るところだ。

フォックスは『ベースボール・プロスペクタス』での自らの連載コラムを「シュレーディンガーのバット」と命名した。これは物理学者のエルヴィン・シュレーディンガーが、粒子レベルでの物質のふるまいと人間の目で観察できる物質のふるまいとの矛盾を調べようとした思考実験の名称「シュレーディンガーの猫」をもじったものだ。フォックスは自身の連載の目標について、「勝ち星と量子」と題した記事の中で次のように説明している。

「［シュレーディンガーは］人々に対して、自分たちが知っている、あるいは知っていると思っている現実そのものの性質について、より深く考えさせた。そのような物質に関して何かを語るほど深いものが野球にあるなどと言うつもりはないが（結局のところ、野球は娯楽にすぎないのだから）、このコラムを通じて、少なくともたまには、従来の概念とセイバーメトリクスの概念の両方を検証するようなふるまい実験を考案し、私たちが共通して持つ趣味に関してより深く考える一助になることができれば、と希望している」

フォックスはこのウェブサイトに100本の記事を寄稿し、その時点まで正確な数値化がなされたことのなかった問題の測定に焦点を合わせた。「［ビル・ジェームズは］かつて『ベースボール・アブストラクト』の中で、走塁に関して我々が測定する必要のある要素はすべて知られているが、誰もそれを数値化しようとしていないだけだ、と述べている」その当時、走塁を数値化しようと試みていたフォックスは語る。「その次に、私は試合の状況に応じた守備システムを書き上げ、それに関する記事を何本も執筆した」

BaseballProspectus.com では、今でも走塁の評価用にフォックスが作成した公式を使用している。フォックスは投球追跡データを使い、バリー・ジトやリッチ・ヒルの大きく縦に割れるカーブや、デレク・ロウやロイ・ハラデイのシンキング・ファストボールの軌道を3Dで視覚化する作業も行った。

２００８年１月10日、フォックスはコロラド州の自宅で、「ゲッティング・シフティ」と題したBaseballProspectus.com用の記事のために、守備シフト理論を調べていた。この作業用に、フォックスはレトロシートによるプレイごとのデータを使用した。レトロシートとはデラウェア大学の生物学の教授デヴィッド・スミスが１９８９年に始めた試みで、プロジェクト・スコアシートによる詳細なプレイごとのデータの追跡が始まった１９８４年以前のものも含めた、歴史上のすべてのプレイごとのデータを収集することを目的としていた。フォックスは１９５６年から１９６０年までのメジャーリーグの全左打者の打球の分布を調べた。それによると、左打者はライト方向へボールを引っ張る確率（打球の48パーセント）が、センター方向（24パーセント）やレフト方向（28パーセント）へ打球を飛ばす確率の2倍だということが判明した。ヤンキースのスター選手ロジャー・マリスは引っ張る打球が極端に多い打者で、打球の82パーセントがセンターからライト方向に飛んでいたが、マリスに対して思い切った守備シフトが敷かれたという記録は残っていない。

２００８年１月24日、フォックスは「シンプル・フィールディング・ランズ・バージョン

1・0」と名づけた守備評価システムを公開した。ここで彼が作成した守備の指標は、レトロシートから集めた何千ものプレイごとのデータ要素を1つの数字に集約することで個々の選手を測定し、各メジャーリーガーの守備力を評価するものである。フォックスは数時間で作成した自身の守備システムについて、次のように書いている。「ソフトウエア開発者でもある私にとって、このようなプロジェクトの面白さは結果（ディック・アレンがどれほど守備の下手な選手だったか？）にあるのではなく、結果が生成される過程（実際にはコード）にある」

データベース構築作業

この頃になると、野球業界の人間も気づき始めた。3か月後、野球業界の中からフォックスに次の仕事の声がかかることになる。連絡を入れてきたのは、BaseballProspectus.comを見てフォックスの仕事に関心を持ったピッツバーグ・パイレーツ。フォックスはそれまでにも複数のチームの関係者と短い話をしたことがあったが、真剣な依頼の電話はこの時が初めてだった。GMのハンティントンはフォックスを分析官として招きたいと考えた。彼はフォックスの野球に対する考え方や、これまで一度も測定されたことのなかった事柄を数値化する方法を評価していた。電話で話をしたハンティントンは、フォックスの考え方だけでなく、話し方や意見の伝え方も気に入った。ハンティントンが望んでいたのは、データによる客観的な考え方と、コーチやスカウトからの主観的な意見とを融合させることだ。しかし、パイレーツの限りある資金では、２００８年に雇うことのできるデータ関係のフルタイムのスタッフは1人だけだった。つまり、フォックスはデータ分析官とシステム設計士という2つの役割をこなさなければならないことになる。自分が興味を抱いている分析や調査を行うには、そのためのデータ収集システムと組織を構築しなければならない。フォックスはその難問に挑むことを決め、２００８年初めにパイレーツのスタッフの一員となった。

そのようなシステムをゼロから構築するとなると、まずは遅れを取り戻さなければならない。最初の1年間、フォックスの時間の9割はチームのデータベース構築に費やされた。データベースはManaging Information, Tool and Talent（情報、ツール、人材の管理）の頭文字からＭＩＴＴと命名された。フォックスはまず、必要なデータの出典を調べ、データの使用権を購入し、ソフトウエアを書き、それらの要素のすべてを1つのシステムに統合しなければならなかった。それが完成してからようやく、興味のある質問を投げかけ、その答えの追究を楽しむことができるようになった。

けれども、疑問を呈したり伝統に挑戦したりすることに興味を抱いていたパイレーツの職員は、フォックスだけではなかった。２００８年、マイナーリーグの内野インストラクターのペリー・ヒルは、守備位置の変更という独自の実験を開始した。ヒルは自らの経験に基づいて、内野手の守備位置は打者が引っ張った時に打球の飛ぶ側に寄せる方がいいのではないかと考えた。そこで、マイナーリーグのショートと二塁手に、三遊間あるいは一二塁間のより深い位置を守らせるようにした。つまり、右打者が打席に立った時にはショートを三塁ベース寄りに、左打者が打席に立った時には二塁手を一塁ベース寄りに、それぞれ守らせてみたのだ。ヒルはこの守備位置の変更をマイナーリーグの全チームに対して適用するべきだと主張し、その基準を徹底させるために、パイレーツのマイナーリーグの各球場の内野グラウンドに塩ビ管を切り分けて作った8本の杭《くい》を打ち込んだ。管の先端は地面と同じ位置になるので、そこにあると思って探さなければ見えない。この管を目印にして、4人の内野手は右打者か左打者かに応じて新しい守備位置に就き、その守備位置を勝手に変えてはならないことになった。

ヒルに対してこの実験を行う許可を与えたのがカイル・スタークだった。型破りな発想を常に求めるスタークは、2012年のシーズンの後半に非難の的となった。彼はマイナーリーグの有望選手たちに対してネイビーシールズ風の厳しい特訓を行わせ、そのうちの1人が軽い怪我を負った件で批判を浴びたのだ。これを受けて、オーナーは軍隊風の練習を禁止した。さらに9月20日、パイレーツが2年連続となるシーズン後半戦の大失速に陥っていた真っ只中《ただなか》に、ただでさえいらだっていたファンは、いっそう怒りを募らせた。マイナーリーグのコーチや育成部門のスタッフに対してはっぱをかけるためにスタークから送られた一風変わったメールが『ピッツバーグ・トリビューン・レビュー』紙に流出し、それに続いて全米のメディアに取り上げられたためだ。けれども、伝統的な練習方法からの離脱も厭《いと》わないスタークの姿勢があったからこそ、ヒルも自分の実験を行うことができた。しかも、それにより興味深い結果が得られた。パイレーツ傘下のマイナーリーグのチームがアウトにしたゴロの数が、2008年にはわずかながら増えたのだ。その理由を知りたいと思い、スタークはダン・フォックスに意見を求めた。

守備シフトの効果の検証

フォックスは2008年のシーズンのほぼすべてを費やして、チームの情報データベースの構築を終えていた。2008年にフォックスが依頼された最初の分析はアマチュア選手のドラフトに関するもので、このドラフトこそが、ハンティントンの考えるパイレーツ再建戦術の要《かなめ》だったのだ。当初、フォックスには試合の戦術を深く調べている時間の余裕がなかった。しかし、2009年の春になって仕事の幅を広げ始めていたフォックスは、ヒルとスタークの2人が守備位置の微妙な変更に取り組んでいる中、同じ地区のライバルチームのミルウォーキー・ブルワーズに注目していた。アメリカンリーグにおける変則的な守備シフトの採用に関してはタンパベイが先陣を切っていたが、ナショナルリーグで一貫してこうした守備シフトを敷いた最初のチームがブルワーズだった。スタークとヒルは打球がどこにいちばんよく飛ぶのかを知りたがった。チームの専用データベースの第一号が完成し、ドラフトの分析も終えたフォックスは、次に守備シフトへと関心を向けることになる。

「我々のデータはまだ最高のものとは言えなかったし、あの頃は完全ではない部分もあった」フォックスは語る。「守備範囲、選手の配置、杭を打った話などから、ペリーが『伝統的な守備位置から離れて守備シフトを敷くことに対して』積極的なことは知っていたから……それを調べてみる価値がありそうだと決まったんだ」

守備の理論と打球の調査は、主要プロジェクトとして承認された。フォックスは打球のデータを販売元から購入し、ＢＩＳなどの企業の提供するデータがより広範囲になった２００４年以降のすべての打球の分析を開始した。彼が分析した打球の数は数十万に達する。デュワンのように、フォックスは選手ごとの打球の傾向に関心を抱いた。だが、デュワンとは異なり、フォックスはパイレーツのフロントに所属しており、コーチや育成部門のスタッフとすぐに連絡を取ることができた。より高度なツールがあり、データをより深く分析することもできた。分析の結果、フォックスは BaseballProspectus.com 時代にレトロシートのより少ないデータをもとに調査した時と同じ結論に達する。伝統的な守備位置と比べて、極端な守備シフトを敷いた方が劇的なまでに効果的だと判明したのだ。一部の選手に対しては、内野のほぼ半分をがら空きにして、内野手全員を片側に集めてもかまわないとの結果まで出た。

数週間に及ぶ調査を経て、フォックスは明確な証拠をスターク、ヒル、ハンティントンに提示し、パイレーツの守備のやり方を変更するように勧めた。彼はパイレーツが極端な守備シフトをもっと採用するように提案したばかりか、ヒルの理論が正しかったことも証明した。すなわち、基本的な守備位置も変えた方がいいということだ。内野手はすべての打者に対して、引っ張った打球が飛ぶ方向に守備位置をずらすべきで、右打者が打席に立った場面では、ショートと三塁手は三塁ベースライン寄りに守ることになる。

パイレーツも含めたメジャーリーグのチームは、基本的には何十年にもわたって内野手を伝統的な守備位置に就かせてきた。プロ野球が始まって以来、ずっと変えていなかったと言っても過言ではない。フォックスの提案は、１００年間の伝統を捨て、新しいことを始めようというものだった。

「［ヒルのような］長年にわたって尊敬されていた野球界の人間に『我々は正しい場所にいなかったのかもしれない』と言わせ、ダン・フォックスに『私が持つ数十万にのぼる打球のデータは、あなたたちが正しい場所にいないことを証明しています』と言わせる……この２つを実行に移すことが重要だった」ハンティントンは語る。「コーチたちに対してそれについての話を伝え、それに効果があることを見せ、効果があることを説き、それがもたらす違いを理解させる……そこが重要だった」

メジャーリーグの監督やコーチには、まだこうした発見を受け入れる準備ができていなかった。それでも、スタークはこの計画を進めたいと思い、マイナーリーグならばフォックスの理論を試す最初の実験場として適当なのではないかと考えた。

しかし、各打者に応じて守備位置を調整するために必要なマイナーリーグのレベルでのデータを、スタークとフォックスは持っていなかった。２００９年から２０１０年にかけての冬、２人はメールのやり取りやパイレーツのオフィスでの会合を通じて、守備シフトと守備位置に関する2つの案を作成した。１つは対右打者用、もう1つは対左打者用だ。２人はマイナーリーグにおいて基本的な守備位置の変更や守備シフトをどのように採用するかに関して何度も図面を描き直し、内野手がベースやファウルラインから何センチ離れて立てばいいかの数字を記入していった。そして２０１０年2月、パイレート・シティの裏手にある球場で、×印を描き終えたスタークは、困惑した表情を浮かべるマイナーリーグのコーチや育成スタッフを前に計画を発表した。

「今後はこのやり方で進める」スタークは宣言した。パイレーツが採用したのは守備位置に関する革新的なアプローチで、これを使わないという選択肢は存在しない。塩ビ管を切り分けて作ったヒルの「杭」も斬新《ざんしん》だったが、今回はそれをはるかに超えるレベルだった。その年の春、スタークはマイナーリーグの全監督、全コーチと一対一で面会し、計画と守備位置を話して聞かせ、この狂気の沙汰《さた》としか思えない方式を、直感に反して伝統から離れることになる方式を、採用するに至った経緯を事細かに説明した。もちろん、反発もあったし、多くの「なぜ?」という質問が返ってきた。けれども、スタークの最後の一言は常に同じだった。「これが私たちのやり方だ」全員が納得してくれたわけではなかったし、数人のマイナーリーグのスタッフが辞めていった。

「私たちは常にもっとよくなろうと努めているのであって、そのためにはこれまでの常識にとらわれていてはならない。もちろん、これまでの常識が正しい場合もある。けれども、今までずっとそうしてきたというだけの理由で残っている常識もある」スタークは語る。「私たちが宣言したのは『情報からはこういうことになる。それに賭《か》けてみようじゃないか』ということだ」

実験の場はマイナーリーグへ

4月までには計画と指示が与えられ、そのための練習も終わった。そこから先のスタークとフォックスは、ゆっくりと構えて結果を見守るだけだ。

そのシーズン、パイレーツ傘下のマイナーリーグチームの球場を巡回したスタークは、すぐに成果を目撃することになる。観客もまばらで、テレビのカメラや全米のマスコミの注目とはほど遠いところにあるマイナーリーグの６つの球場で、これまでならセンター前に抜けていたはずのゴロがアウトになる。三遊間を抜けていたはずのゴロがアウトになる。その一方で、弱い当たりのゴロが守備シフトの裏をかく結果となり、投手がいらだつ場面もあった。しかし、客観的に見ると、シフトが裏目に出るよりもヒットになっていたはずのゴロがアウトになる場合の方が多く、統計の数字もスタークの観察を裏付け始めた。

フォックスはマイナーリーグの球場に足を運ばなかったものの、ピッツバーグにあるパイレーツの球団本社３階に位置する自身の地味なオフィスで評価を行っていた。その結果、パイレーツ傘下のマイナーリーグのチームは、ほかの球団と比べてゴロをアウトにする確率が高くなっていることが判明した。もはや疑いの余地はない。守備位置の変更が効果を発揮しているのだ。

２０１０年のマイナーリーグのシーズンが終わりに近づく頃には、ほかのチームも変化に気づき始めた。シーズンの終盤、スタークがメリーランド州にあるパイレーツのショートシーズンAのチームの試合を記者席で観戦していた時、対戦チームの広報担当部長から話しかけられた。

「君はパイレーツの人かい？」男性は訊《たず》ねた。

「ああ」スタークは答えた。

「今年は君のところの試合を何度となく見てきたけど、あれほど多くの打球をアウトにするチームは今まで見たことがない。あのような守備をするチームは初めて見たよ」

パイレーツのフロントやコーチたちが成果を目の当たりにしていただけではない。パイレーツの将来を担うマイナーリーグの若手選手たちも、極端に変わった守備位置に馴染み始め、順応するようになっていた。ショートのジョーディー・マーサーは、ハンティントンがパイレーツのGMに就任して最初に行った2008年のドラフトで、3巡目に指名された選手だ。2009年、アドバンストAのチームに昇格したマーサーは、ヒルが内野に打ち込んだ杭を初めて目にした。2010年になって2Aに昇格すると、チームは変則的な守備シフトを採用するようになった。「最初は少し変な感じだった……［でも、］それをすぐに受け入れたよ。大賛成だったたな」マーサーは回想する。「確率の高い方に賭けるのなら、それのどこがいけないんだい？　10回のうち8回うまくいくのなら、やらない手はないよ」

続く2011年、ハードルが監督に就任して1年目のシーズン中、パイレーツがメジャーリーグの打者に対して極端な守備シフトを採用することはまれだった。一方、マイナーリーグの試合では、スタークとフォックスが守備シフトの採用数を増やし、ベースの位置を重視した守備の使用を減らしていた。パイレーツのマイナーリーグの各チームは大多数の打者に対して守備シフトを採用し、打球をアウトにした比率で1位あるいは2位という結果を残した。

マーサーはその成果を現場で体験していた。左打者が打席に立った時、投手の真後ろの二塁ベース後方で守備に就くと、ゴロが面白いように自分の正面に飛んでくるのだ。右打者に対しては、伝統的なショートの守備位置と三塁手の守備位置の真ん中で守ることになる。「今でも時々、［内野守備コーチのニック・］レイバの方を見ながら確認することがある。『大丈夫？　僕はここにいていいの？』ってね。場違いなところにいるような気がして仕方がないんだ」マーサーは語る。「だけど、実際にゴロが飛んでくると、自分はちょうどいい場所にいる。ゴロが自分の正面に転がってくるのさ。何だか薄気味悪くなることもあるよ」

マーサーは困惑した相手の3Aチームの選手から質問攻めに遭ったこともある。「何で君たちはそんなところで守っているんだ？」二塁ベースまで進んでマーサーと会話ができる距離になると、相手の選手は何度も訊ねた。「いったい何をしているんだ？」

それに対して、マーサーはいつもこう答えていた。「言われた通りにしているだけさ」

マイナーリーグの試合でビッグデータに基づく戦術の評価試験を行った結果、メジャーリーグの試合でもこれを導入してはどうかとの声が高まった。ハードルと彼の率いるコーチ陣は、2012年の時点では大胆な守備シフトの採用に乗り気でなかったものの、マイナーリーグでの成果はハードルの目に留まっていた。そればかりか、球団内の全員の目に留まっていた。

人間関係が戦術の採用を左右する

2012年10月のその夜、ハードルの自宅において、監督とGMはフロントが分析したデータについて話し合った。その内容は伝統的な守備位置からの大胆な脱却の提案だった。パイレーツ傘下のマイナーリーグの各チームは、それぞれのリーグにおいて守備効率で1位あるいは2位、しかも守備シフトの採用を進めるにつれてその数字は向上していた。ほかのどのチームよりも、多くのゴロをアウトにしていた。パイレーツが同じ戦術を用い、メジャーリーグの対戦チームの各打者に応じて守備位置を変更したらどうなるだろうか？　どれだけの成果が期待できるだろうか？

ハードルはしばしば、感情は事実ではないし、事実は感情ではないと口にする。彼は目の前にあるデータを見て見ぬふりはできなかった。この日の話し合いの前から、守備位置に関する自分の信念に疑問を感じ始めていた。けれども、たとえ疑問を感じていたとしても、自分の考え方を１８０度転回させるのは容易なことではない。試合中の戦術の１つの側面を、別の人間に託すように依頼されたも同然だった。しかも、託す相手のフォックスは、これまでプロでの野球経験がない。ハードルはこれまで通り、パイレーツという車を運転することができるが、プロの試合に1イニングたりとも出場経験のない男にナビゲーターを任せることになるのだ。はたしてそこまでの譲歩ができるのだろうか？

ハードルが初めてフォックスと出会ったのは、２０１０年のウインター・ミーティングの時で、場所はフロリダ州オーランドのウォルト・ディズニー・ワールド・スワン・アンド・ドルフィン・リゾート内にあるチームのスイートルームだった。ウインター・ミーティングはいつの年も多くの人でごった返していて、特に新監督に就任したばかりの２０１０年のハードルは、大勢の人と握手して、大勢の人と顔を合わせなければならなかった。ウインター・ミーティングでは野球関係者の大半が1つのホテル内に集結する。ＥＳＰＮとＭＬＢネットワークはホテル内に生放送用のスタジオを設置して、ロビー内で交わされるトレードの噂話やフリーエージェント選手の契約のニュースを追う。ハードルにとってフォックスは、その日に出会った新しい顔の一つにすぎなかった。以前にロッキーズとレンジャーズで監督やコーチを務めていた時には、フォックスのような分析官と仕事をした経験がなかった。しかも、ハードルがピッツバーグに来てからの最初の2年間、フォックスの分析がパイレーツの試合に生かされたこともほとんどなかった。本人も認めているように、２０１１年のハードルはフォックスと「距離を置いて」いたのだ。けれども、時がたつにつれて、信頼関係に変化が訪れた。

マイナーリーグの試合の報告や数字がハードルのメールの受信ボックスに次々と届き、変則的な守備シフトの有効性を伝えるにつれて、さらにはシーズン中も頻繁に連絡を取り合っているマイナーリーグの監督からの話を聞くにつれて、ハードルはもはや証拠を無視できなくなっていた。

ハードルが耳にしたのは守備シフトの話だけではなかった。フォックスからは先発メンバーの組み方、走塁の効率、バント戦術についてのアイデアも伝わっていた。ある意味でフォックスは、短期間ながらも新たな世界に目を開くことになったＭＬＢネットワーク時代に、ハードルを手伝ってくれた分析官に似た存在だった。そのため、２０１２年のシーズン中、ハードルはフォックスと顔を合わせる機会を増やしたいと考えた。ホームでの連戦が始まる前に必ず、ハードルは先乗りスカウト関係の資料を検討する際にフォックスの同席を求めた。ハードルにとって、それは自らの信念に疑問をぶつけるための時間だったのかもしれない。

ハードルのオフィスはＰＮＣパークの地下にあり、クラブハウスと通路でつながっている。壁板に囲まれたオフィスには窓がなく、蛍光灯の明かりが照らすだけだが、殺伐とした雰囲気は壁の落ち着いたカーキ色で和らげられている。オフィス内にはハードルの思い出の品がいくつもある。壁を飾る写真の中には、PNCパークの全景を収めた１枚や、ロベルト・クレメンテ[訳注5]の肖像写真も含まれている。机の上にはリーダーシップに関する本、野球関係の記念品、家族の写真が散乱し、ハードルが試合前にデータを検討する際に音楽を流すために使用するボーズのサウンドシステムも置かれている。部屋の奥の壁沿いには、机と垂直になる向きに革製のソファーがある。来客と話をする時、ハードルはこのソファーを使う。それは相手がフォックスの時も例外ではなかった。

ハードルもフォックスも、相手に自分の考えを伝えるのがうまい。ハードルは情報を求めた。質問を重ね、フォックスの発見に対して異論を唱えることもあったが、それと同時にこのような型にはまらないアイデアを提示してくる男を見定めようともしていた。２人は野球のデータについてだけにとどまらず、家族について、趣味について、信仰について、過去の経歴について、話をした。２人はともに軍事史に興味を持っていた。フォックスは南北戦争の戦場を訪れるのが好きで、その多く――ゲティスバーグ、フレデリックスバーグ、ブルラン、アンティータムは、ピッツバーグから日帰りで行ける距離にある。ハードルはフォックスが自分と同じく、中西部の中産階級の家庭で育ったことを知った。また、フォックスがI

訳注５　パイレーツ一筋で18シーズン活躍し、通算３０００本安打を記録して殿堂入りした選手。

T関係の人間によくあるような、いつもいらいらしていてどこの言葉をしゃべっているのか理解できないような人物ではないこともわかった。何度となく行われたこうした午後のミーティングを通じて、ハードルはデータだけでなくそれを提供する人物の顔と人柄について知り、フォックスが信頼できる人間だということを学んだのだった。

「相手との距離が縮まるにつれて、考えを受け入れてもらいやすくなった」フォックスは言う。「良好な関係を築くというのが大切なんじゃないかな。それによって相手からの信頼が増し、提供する情報への信頼が増し、人間としてもより信頼してもらえるようになる。2012年に我々［の信頼のレベル］は高まったと思う」

こうした人間関係が重要だった。フォックスがアイデアを導き出し、数字を熟考し、大胆な守備シフトの案を作成したとしても、グラウンドへの入口の鍵《かぎ》を握っているのはハードルだ。提案をはねつけることもできるし、喜んで受け入れることもできる。フォックスは自分が座っているオフィスからは何も実行できないことを理解していた。案を提供することはできるが、それを実行させる権限までは持っていない。

ハードルはシーズン中のフォックスとの会話を思い返し、かつての自分と考えが変わった自分に思いを馳《は》せた。パイレーツの限られた選手層と資金、目の前に控えた困難な任務にも考えを巡らせる。フォックスが考案した作戦は理にかなっている、ハードルはそう判断を下した。

２０１２年10月のハンティントンとの話し合いの席で、データに基づいた守備戦術の提案が行われた後、ハードルはハンティントンの顔を見てこう告げた。「これに関しては可能な限り積極的に取り組む必要がある」

自分の首がかかっているハードルとハンティントンは、野球界においてこれまでで最も型破りで、体系的で、独創的な戦術の採用に合意した。

決断を下したハードルだが、挑戦はまだ始まったばかりだとわかっていた。コーチや選手たちに納得してもらい、作戦を忠実に守ってもらい、反発を抑えなければならない。一方、ハンティントンには別の難問が控えていた。チームの戦力にはいくつかの大きな穴がある。同じ選手を起用して15勝も上積みできるとは期待できない。ハードルには戦術だけではなく、新戦力が必要だった。

第4章　隠れた価値

モントリオールへの勧誘電話

雪こそ降っていなかったものの、11月の第1週目のモントリオール市内は寒さに震えていた。肌を刺すような冷たい空気の中、ラッセル・マーティンはマットブラックの愛車ＢＭＷクーペに向かった。ノルディック・スパでの週1回のセラピーを終えたところだ。冷水の入った浴槽とサウナを往復し、極端な温度変化に体をさらすことで、長いシーズンの後の回復を早める効果がある。マーティンは身長1メートル78センチ、体重97キロの鍛え上げた肉体のケアを常に怠らない。車に近づきながらスマートフォンの画面をスクロールしていたマーティンは、見覚えのない番号からの着信があったことに気づいた。〈市外局番が４１２？　いったいどこだ？〉マーティンは扉を開けて車に乗り込み、ひとまず寒さから避難した後、ボイスメールを聞いた。ロサンゼルス・ドジャースの捕手だった頃に何度か耳にした、張りのある印象深い声が耳に飛び込んでくる。クリント・ハードルの声だ。

マーティンが初めてその声を聞いたのは、ハードルがコロラド・ロッキーズの監督を務めていた時のことだ。揃ってナショナルリーグの代表に選出された２００８年のオールスターゲームで、ハードルと話をしたことがあった。11月のその日の数日前、代理人のマット・コレランから電話を受けたマーティンは、ワールドシリーズ終了後に始まったばかりのフリーエージェント市場の動向において、これまでのところマーティンの獲得に最も積極的な球団がパイレーツだと聞かされて驚いていた。その年のマーティンのシーズンが終了してから、すでに数週間が経過している。10月18日、アメリカンリーグのリーグ優勝決定シリーズで、マーティンの所属するニューヨーク・ヤンキースはデトロイト・タイガースに敗れ、ワールドシリーズ出場を逸していた。ニューヨークに残ってマスコミやファンからの非難の声を聞いたり読んだりするよりはと、カナダ生まれのマーティンはすぐに自宅のあるモントリオールに戻った。子供の頃から馴染《なじ》みのある街は静かで、スポーツから、少なくとも野球からは逃れることができる。

２００４年のシーズン後、モントリオール・エクスポズが移転してワシントン・ナショナルズになって以降、モントリオールの街にメジャーリーグの球団は存在しない。この街は文化と料理のメッカとして知られ、アイスホッケー以外のスポーツが注目されることはない。フランス語圏ではパリに次いで世界第二の規模を誇るモントリオールには、パリ風の文化があふれている。フランス語を流暢《りゅうちょう》に話すマーティンは、食べ物にうるさく都会風のセンスがある自分を誇りに思っている。モントリオールで育ったマーティンには、生まれながらにして芸術を見る目があった。父はアフリカ系カナダ人のジャズ・サクソフォン奏者。母は白人のフランス系カナダ人で、歌手兼女優のスザンヌ・ジェンソン。マーティンはスケートボードに乗り、メトロに乗り、モントリオールのカフェやビストロやヨーロッパ風の趣を楽しむ。この街にいると、リラックスして現実から逃避することができる。

だが、話を聞く機会を作ってほしいと訴えるハードルからのボイスメールで、マーティンの現実逃避は中断を余儀なくされた。カールのかかった短い黒髪の下の丸い顔に、笑みが浮かぶ。マーティンはいくつもの理由からその電話に驚いていた。なぜパイレーツが？ あそこは若い再建中のチームじゃなかったのか？ もっとも、再建中なのはずいぶん前からの話だ。20シーズン連続して負け越しているのだから。そんなチームにとって、自分はどんな意味があるというのだ？ また、パイレーツが複数年契約を提示し、1年当たり1000万ドル近い金額を準備していると代理人から聞かされたことにも驚いていた。パイレーツがフリーエージェントの選手に大金を支払うことは決してなかったし、フリーエージェントの選手がパイレーツに興味を示すこともほとんどなかった。ピッツバーグは野球界におけるシベリアのような場所だとも言える。

驚きと困惑を隠せなかった一方で、電話が安心感を与えてくれたのも事実だった。フリーエージェントの資格を得たものの、２０１２年のシーズンのマーティンの打率は自己最低の2割1分1厘に終わり、ポストシーズンでも1割6分1厘しか打てなかったため、ほかの球団がどれだけの関心を示してくれるか不安だったからだ。スピードは衰えつつあり、今度の2月には30歳になる。ワールドシリーズ終了直後、自チームのフリーエージェント選手との独占交渉権が認められている期間にヤンキースがマーティンとの再契約を検討した際、ゼネラルマネージャー（GM）のブライアン・キャッシュマンはマーティンの代理人に対して、驚いたことにチームが金銭的に厳しい状況にあると伝えた。ヤンキースが金銭的に厳しいだって？　マーティンは億単位の契約を求めていたわけではない。あまりにもひどい打撃成績に終わったマーティンと再契約するつもりなど、初めからなかったという意味なのだろう。

ほかにもテキサス・レンジャーズが関心を示してくれた。マーティンと代理人は近日中にダラスに飛び、レンジャーズのフロントと面会する予定になっていたが、マーティンが希望するような年数や金額はその時点で提示されていなかった。自分の価値をもう一度認めてもらうためには、ひとまず低い金額での1年契約をのまなければならないだろう、マーティンはそう覚悟していた。レンジャーズは戦力の揃ったチームで、２０１２年のシーズンは93勝をあげたものの、ワイルドカードゲームでボルティモア・オリオールズに敗れている。けれども、レンジャーズはマーティンの獲得にそれほど積極的には見えなかった。一方パイレーツは、フリーエージェントの交渉期間が始まると積極的に話を持ちかけ、2年契約を提示し、金額もレンジャーズより高かった。しかも、今度は監督自らが電話をかけてきた。球団の総力をあげて獲得に乗り出している。

しかし、パイレーツが？　なぜこれほどまでの関心を示しているのだろうか？　伝統的な数字で見る限り、マーティンはプロになってから最悪の成績でシーズンを終えたばかりか、打撃の面では6年連続で成績がほぼ下降線をたどっていた。モントリオール市内を流れるセントローレンス川の南岸に沿って、広々とした幹線道路が延びている。マーティンが交通量の少ない通りを車で走っているうちに、川の北側に広がるモントリオールの高層ビル群が見えてきた。マーティンは片手をハンドルから離し、スマートフォンに手を伸ばした。

捕手ラッセル・マーティンの価値

その頃ピッツバーグにいるハードルは、マーティンがパイレーツなどに興味を持っておらず、わざわざ自分の売り込みを聞くために折り返しの電話をかけてこないのではないか、そう考えていた。しかし、パイレーツがそれほどまで積極的に獲得に乗り出し、ハードル自らもすぐに連絡を取ろうとしたのは、マーティンに関心があったからだけではない。チームをどうにかしなければ、という必死の思いもあったからだ。ハードルは革新的な守備戦術の導入に合意していた。その戦術の素晴らしいところは、極端な守備シフトの採用と投手陣に対して行う要求に関しては、球団の年俸総額に1ドルたりとも追加せずに可能なことだった。パイレーツは支出を増やさずに勝ち星を上積みすることが可能だと考えていた。正確には、増やさずに可能というより、増やさずに行わなければならなかったのだが。けれども、その戦術だけでチーム内の全問題を解決できるわけではない。その戦術だけでプレイオフに進出できるようになるわけでもない。何らかの方法で外部から隠れた価値を見つけ出し、そのための金を支払わなければならなかった。

数週間前に行われたフロントの会議において、パイレーツは捕手を現状のまま維持することはできないという点で意見の一致を見ていた。チーム内にはメジャーリーグの正捕手として通用する力を持った選手がいない。正捕手がいなければ、チームは目も当てられない状況になる。また、先発投手を補強しなければならないという点でも合意した。問題は、2012年から2013年にかけてのシーズンオフにパイレーツがメジャーリーグのフリーエージェントに対して費やすことのできる金額が、約1500万ドルだったという点だ。相当な金額のように思えるかもしれないが、当時のフリーエージェントの先発投手あるいは野手の年俸は1000万ドルが相場だった。パイレーツには誰でも知っているような、実績を証明済みの、最高級の選手を獲得するだけの金銭的な余裕がない。そのため、20年の悪い流れを断ち切るためには、そして監督やコーチやフロントが首をつなぐためには、手持ちの金を最大限に活用しなければならなかった。フリーエージェント市場の中で、ほかの球団が目をつけていない場所に価値を見出《みいだ》さなければならなかった。

とはいえ、ピッツバーグがフリーエージェントの選手にとっての希望の地ではないことも、マーティンの目にはほかの球団の方が魅力的に映るかもしれないことも、承知していた。マーティンからの連絡が入ったのは、ハードルが電話をかけてから1時間後のことだった。

簡単な近況報告の挨拶《あいさつ》の後、売り込みが始まった。ハードルはピッツバーグの街を、球場を、チームを宣伝し、この2シーズンは後半戦に入るまで、歴史的失速パート1と歴史的失速パート2に見舞われるまで、パイレーツが勝ち越していたことを伝えた。けれども、マーティンが契約の詳細以外で本当に聞きたかったのは、パイレーツが自分に何を見出したのかということだった。なぜ自分を評価してくれるのか？　ハードルはチーム内にベテランの存在が必要だと伝えた。マーティンなら若い投手ともうまくやっていけるだろう。若い投手がマーティンのサインに首を横に振ることはないだろうから、思い通りのゲームプランでリードすることもできるだろう。パイレーツはマーティンのタフなところも気に入っていたし、相手チームの選手に好きなように走られていたチームにとっては肩の強さも魅力的だと伝えた。

もちろん、契約の問題もある。パイレーツがほかの球団よりも高い金額を提示したことが、悪影響を与えるはずはない。提示額は総額１７００万ドルの2年契約。パイレーツによるフリーエージェント選手への提示としては破格の金額だった。

ハードルとの会話を友好的な雰囲気の中で終えた後、マーティンは強く興味をひかれた。「彼のおかげで決心が固まったようなものだね」マーティンは語る。「『彼らがチームの危機を乗り越えるために、自分にできることが何かあるかもしれない』そう思ったよ」

だが、パイレーツは情報を隠していた。ハードルとマーティンとの会話の中で、マーティンに注目するきっかけとなった重要な発見については明かされることがなかった。

ネットフリックスのコンテスト

１９０６年にイギリスのプリマスで開かれた品評会で、ある雄牛の体重当てコンテストに８００人が参加した。統計学者のフランシス・ゴルトンによると、８００人による予想体重の平均５４７キログラムは、実際の体重の５４３キログラムと比べて誤差が１パーセントに満たなかった。この逸話は、ジェームズ・スロウィッキーの著作 *The Wisdom of Crowds*（『「みんなの意見」は案外正しい』角川文庫）に収録されていて、同書は幅広い人々の意見を集約すると専門家よりも正しい予測が導き出されると述べている。インターネットの登場により、それまでは不可能だった大量の知識、大量のデータ、大量の頭脳をもって、問題に取り組めるようになった。「みんなの意見」のオンライン版が、オープンソーシングとクラウドソーシングに当たる。インターネットを利用すれば、企業や機関は問題解決を外部に委託し、かつては従業員が行っていた仕事を一般の人々に任せることができる。

２００６年、ネットフリックスはオープンソーシングを大いに活用した。映画のストリーム配信を手がけるこの会社は、ユーザーが好きだと評価した映画を調べ、そのユーザーが気に入ってくれるかもしれないほかの映画を予測することを目標に掲げていた。そこでネットフリックスは、自分たちが開発した「シネマッチ」よりも優れたアルゴリズムの作成を一般に呼びかけ、成功者には１００万ドルの賞金を提供すると発表した。２００６年、ネットフリックスは応募者に対して、48万人の匿名のユーザーが１万８０００本の映画に付けた１億件以上の評価データを提供した。

だが、同じユーザーたちによるより最近の３００万件の評価データは提供しなかった。応募者はより最近の３００万件の評価データを予測し、ネットフリックスのアルゴリズムによる予測よりも精度が10パーセント以上改善されていたら、賞金が与えられる。ネットフリックスの発表によると、２００７年６月までに、１５０か国以上から２万チーム以上もの申し込みがあったという。開発するアルゴリズムには、何千万件もの評価データと何十万人ものユーザーを組み込み、そうしたユーザーの好みを常に反映していかなければならなかった。２００９年、３年間に及ぶ緊密な共同作業、何百通ものメールのやり取り、睡眠を削った何日もの夜を経て、ベルコーの開発したプラグマティック・ケイオスがネットフリックスのアルゴリズムの予測精度を10・６パーセント改善し、10パーセント以上の改善という基準をクリアした最初のチームとなった。

クラウドソーシングとオープンソーシングは様々な産業分野に影響を及ぼし始め、それは野球界も例外ではなかった。この現象が野球における最初の自動ビッグデータ収集ツールPITCHf/x につながっていく。

PITCHf/x の誕生

２００７年を迎えた頃、シカゴに本社を置くスポーツビジョンは、ＮＨＬの試合でアイスホッケーのパックを光らせたり、アメリカンフットボールのフィールド上に黄色いファーストダウンの線を表示したりするなどの、テレビ中継の際の視覚効果で有名となっていた。カメラをベースにして動きを追跡するシステム PITCHf/x は、投球がストライクゾーンに入っているかどうかを計測するためにＥＳＰＮ用に作成した K-Zone の改良版として開発された。

PITCHf/x は2007年から一部の球場に設置されてリアルタイムで投球データの収集を開始し、2008年にはメジャーリーグの全球場に配備されるようになる。そのシーズン、すべての球場内に3台の60Hzカメラが設置された。カメラと物体認識ソフトウエアが、投手の手元を離れてからホームプレート上に達するまでの投球の動きを撮影する。その映像から、ボールの速度、軌道、三次元での位置がリアルタイムで計算される。PITCHf/x の誤差は、球速にして時速1・6キロ以下、ボールの位置は2・5センチ以下とされる。さらに、PITCHf/x はあらゆる球種を瞬時に判別することもできる。これによって初めて、投球の球速や、投手がある球種を何パーセントの比率で投げているかが、正確に追跡できるようになった。球速、球種、ボールの動き、位置に関して、ようやく標準となる測定機器が誕生したのだ。このデータが FanGraphs.com や BrooksBaseball.net などのウェブサイト上で、一般のファンにも広く公開されるようになる。

イリノイ大学のアラン・M・ネイサン教授は、2012年の物理学と野球に関する論文の中で次のように記している。「[PITCHf/x は] 球速やホームプレート上のボールの位置などの要素を、これまでになかった正確さで記録する。しかし、それよりも重要なのは、我々がこれまでは決して得られなかった大量の測定結果を手に入れることができた点だ」

データベースを専門とするジャーナリストのショーン・レーマンは、2013年にフィラデルフィアで開かれたアメリカ野球学会の会合で、「ビッグデータ時代の野球」という講演を行った。レーマンの説明によると、1980年代前半にビル・ジェームズの『ベースボール・アブストラクト』により、野球の1シーズン当たりのデータ要素の総数は20万以上に急増した。1990年になると、プロジェクト・スコアシートによるプレイごとのデータが加わったことにより、1シーズン当たりのデータ要素の総数は100万を少し下回る程度にまで増加した。だが、レーマンによると、ビッグデータというのは大量のデータのことではない。ビッグデータというのは、可能な限りのあらゆるデータの断片までも集め、複雑な数学の公式を当てはめ、そこから何らかの結論を導き出すことだという。PITCHf/x が現れるまで、野球の世界にはビッグデータのための真のツールが存在していなかった。「野球に関する我々の理解を深めるためには、利用できる情報量の面で飛躍的な進歩を遂げる必要があると、ジェームズが理解していたのは間違いない」レーマンは講演の際に語っている。「私の意見を言わせてもらえば、そのことこそが彼が天才だと言われるゆえんだ」

ビル・ジェームズとジョン・デュワンは、より多くのデータ要素を生成することの重要性を理解していたものの、2人はその大半を手作業で収集していた。PITCHf/x は1シーズン当たり2000万以上の利用可能なデータ要素を自動的に作成できる。これは20世紀の100年間に野球の世界で記録されたデータの総量とほぼ等しい値で、まさに野球にとって飛躍的な進歩になった。

データ数の増加は加速する一方で、２０１４年に一部の球場において試験的に設置された新たな選手追跡技術が実用化されれば、レーマンの推測によると１シーズン当たりのデータ要素の数は24億に達するということだ。

PITCHf/x の開発により、メジャーリーグの各球団のフロントにはまさに一夜にして、扱い方もよくわからなければ、その活用法を考えるだけの人手の確保すらもできないほどの大量のデータが流れ込むことになった。けれども、フロントの外には、統計に興味があって創造力豊かな野球マニアが、何千とは言わないまでも何百人と存在する。彼らは球団と同じように、野球における隠れた価値の捜索に関心を抱いている。そうした熱狂的なマニアが、各球団が思いもよらなかったデータの活用法を発見することになる。

ピッチフレーミングという新たな価値

ピッチフレーミングとは、ボールかストライクかきわどいコースの投球の判定に影響を与える捕手の技術を指す。打者と主審には、時速１４５キロの速球がストライクゾーンの中を通ったか外を通ったか、見極めるための時間が０・５秒もない。捕手によるボールの捕り方は視覚のトリックで、その巧みなごまかしの技術によって主審にきわどいコースの投球をストライクと判定させることができる。こうしたピッチフレーミングの能力は、これまでも監督たちやコーチたちや選手たちから価値があると考えられていたが、この技術を数値化することができなかったため、分析の世界においてその価値は過小評価されていた。ボールくさい球をストライクに見せる技術が本当に存在するなら、その技術に計り知れない価値があることに異論はない。カウントが打者に有利なのか投手に有利なのかによって、打率は劇的に変化する。カウントがツーボール・ワンストライクの時とワンボール・ツーストライクの時を比べると、打率に2割近くも差が出てしまうのだ。

２００８年4月5日、ウェブサイト BeyondtheBoxScore.com に、ダン・ターケンコフによる記事が掲載された。ターケンコフは日中にはソフトウエア会社アプレンダのデータ設計士として働いていたが、夜になると野球関係のブロガーとして活動していた。PITCHf/x のデータに基づいてピッチフレーミングの価値を数値化しようと試みたのは、彼が最初だとされている。ターケンコフは同じく野球マニアのジョナサン・ヘイルとジョン・ウォルシュによる PITCHf/x の調査を参考にした。2人は PITCHf/x のデータを利用して、メジャーリーグの主審がどこまで正確にストライクとボールの判定を下しているかを追跡し、その結果をまとめて２００７年に発表していた。ヘイルとウォルシュの2人が知りたがっていたのは、各審判のストライクとボールの判定の癖だった。一方、ターケンコフが最も興味をひかれたのはストライクとボールの境目に当たる「グレーな」部分で、ヘイルとウォルシュの調査によると、審判は平均してその部分の投球の50パーセントをストライクと判定していたことが明らかになった。ピッチフレーミングの価値があるのは、このグレーな部分に当たる。

ターケンコフは次のように記している。「経験的なデータから投球の少なくとも50パーセントがストライクと判定されると定めたウォルシュのストライクゾーンを使用し、それぞれの捕手に対して本来ならストライクのはずの投球のうちのどのくらいがボールと判定されたか、その逆はどのくらいかを特定した。これによって平均値を算出することができ、それぞれの捕手のストライクの数が平均よりどれだけ上回っているか、あるいは下回っているかを求めることができた」

調査結果を見直した時、ターケンコフは計算間違いをしたと思った。目を疑うような結果が出ていたからだ。２００７年に１２０イニング以上捕手として出場した選手の間で、ピッチフレーミングの能力によるプラスとマイナスの価値に驚くほど大きな差があった。全捕手の中で最も好成績を残していたのはグレッグ・ゾーンで、１５０球当たり０・８５点の失点を防いでいた。一方、最下位のジェラルド・レアードは、１５０球当たり１・２５点を失っていた計算になる。数値が最も高いのはグレッグ・ゾーンだったが、２００７年にピッチフレーミングにより最も多くのストライクの判定を引き出した捕手は、１５０球当たり０・６

3点の失点を防いで4位に入ったラッセル・マーティンだった。

「これが予想よりもはるかに大きな効果を与えていたことを、まずは私自身が認めなければならない。実際のところ、そのあまりの大きさが故に、分析のどこかで誤りを犯している可能性もある」ターケンコフは書いている。「120試合（正捕手が1シーズンに先発マスクをかぶる一般的な試合数）で考えると、グレッグ・ゾーンとジェラルド・レアードの差は250点、勝利数にして25勝分に値する」

ターケンコフの発見は驚くべき結果を示していた。まだ不完全ではあったものの、彼が重要な何かに遭遇したことは間違いない。素晴らしい宝物を掘り当てたのだ。ある捕手はほかの捕手と比べてきわどいコースの投球をストライクと判定させる技術に秀でていて、打席の結果を投手に有利な方向へと劇的なまでに変える力を秘めていると証明できたのだから。1990年代および2000年代の前半、捕手の守備は分析官たちによって過小評価されていた。ターケンコフはこう記している。「ことによると、我々はずっと間違っていて、捕手の守備というのは実は非常に重要だったのかもしれない」ほかの分析官たちも同様の試みを行うようになり、ピッチフレーミングの価値の精度を高めようとした。BaseballProspectus.com の分析官マイク・ファストによると、2011年にはピッチフレーミングを通じて1シーズン当たり15点から30点の失点を防いでいた優秀な捕手たちがいた一方で、1シーズン当たり約15点を失っている計算になる捕手もいたという。ファストのランキングで2位に入っていたのがラッセル・マーティンで、2007年から2011年までの5年間でピッチフレーミングにより70点の失点を防いでいた。最下位はパイレーツの捕手ライアン・ドゥーミットだった。ドゥーミットは同じ5年間で捕手として2800イニング以上出場したが、その間にまずいミットさばきのせいで投手有利のカウントにする機会を何度となく逸し、65点を失った計算になる。

ドゥーミットの捕球技術が決してうまいと言えないことは傍目《はため》にも明らかで、ピッツバーグでは「ノーミット」のあだ名で呼ばれていたほどだ。5年間分を合計すると、マーティンとドゥーミットの間には135点の違いが生じる。パイレーツの2012年の正捕手ロッド・バラハスのピッチフレーミング技術も、調査結果から見ると平均以下の数字だった。

次のページの表を参照してもらいたい。

当時『ベースボール・プロスペクタス』のライターだったマックス・マーチも、PITCHf/xを利用したピッチフレーミングに関する調査記事を発表した。その中でピッチフレーミングの技術が年齢とともに向上するか衰えるかを調べたところ、年齢による技術の衰えは見られないことが判明した。

こうした野球マニアたちによってもたらされた価値が認められ、ファスト、マーチ、ター

ピッチフレーミングによる捕手の失点差

	ストライクと判定された球数	防いだ総失点	120試合当たりの防いだ失点	2011年	2010年	2009年	2008年	2007年
捕手のトップ5								
ホセ・モリーナ	18,788	73	35	10	15	15	26	7
ラッセル・マーティン	42,186	70	15	15	10	20	14	11
ヨービット・トレアルバ	26,306	40	14	5	14	3	11	7
ジョナサン・ルクロイ	14,205	38	24	17	21	0	0	0
ヤディエア・モリーナ	39,184	37	8	7	7	1	16	6
捕手のワースト5								
城島健司	19,588	-33	-15	0	0	-9	-9	-15
ジェイソン・ケンドール	35,772	-37	-9	0	-10	-19	-5	-3
ホルヘ・ポサダ	17,942	-49	-25	0	-23	-11	-5	-10
ジェラルド・レアード	30,298	-52	-15	-2	-12	-16	-11	-11
ライアン・ドゥーミット	22,861	-65	-26	-9	-3	-16	-36	-1

マイク・ファスト作成の表からの抜粋　2011年9月24日付の記事「スピニング・ヤーン」より

ケンコフの3人はいずれも、データ分析官あるいは野球システム開発者としてメジャーリーグの球団に雇用されている。メジャーリーグの選手の最低保証年俸よりもはるかに少ない金額で獲得できるファストのような分析官の方が、チーム内の大半の選手よりもはるかに価値があると考えることもできるだろう。分析官は過小評価されている選手を見出し、球団に何百万ドル分もの価値をもたらすかもしれないのだから。

　NBCの野球解説者クレイグ・カルカテッラは、2013年1月のブログの投稿で次のように書いている。「セイバーメトリクス信奉者やブロガーたちは、主要なマスコミから散々たたかれている。球場を訪れるわけでもないし、クラブハウスで選手にインタビューするわけでもないなどの理由で、野球のことを本当に知っているはずがないというのだ。そうだとしたら、そうしたセイバーメトリクス信奉者やブロガーたちを、メジャーリーグの球団のフロントが次々に採用しているのは、実におかしな話だ。あと、みなさんは気づいているだろうか？　野球のことならば自分がいちばんよく知っていると主張し、高度な指標や統計分析を非難し続けている連中が、メジャーリーグの球団に採用されたことは一度もないということを」

PITCHf/x が開いた扉

野球の世界は何十年もの間、プロの選手として試合に出場した経験のある人以外にはその扉を閉ざしてきたが、21世紀に入ってもなお、当初は排他的な風潮が残っていた。球団のフロントにいるのは、プロの試合への出場経験がある元選手か、アイビーリーグ系の大学の卒業者だけだった。しかし、ビッグデータの台頭、PITCHf/x の登場、それに伴ってマニアたちによる調査が進んだことにより、自らの才能や創造性をアピールできる人間なら誰でも、フロント入りすることが可能になった。データのおかげで、野球界は真の意味での実力主義に近づいたのだ。各チームは優秀かつ頭脳明晰《めいせき》な野球マニアを獲得し、独自の指標を生成しようと競い合うようになった。２００８年の時点で、パイレーツの編成部門に雇用されていたデータ分析官またはデータ設計士は、アイオワ州立大学卒のダン・フォックスただ1人だった。２０１３年になると、パイレーツはデータ分析、データ収集、データ設計を専門とする5人のフルタイムのスタッフを抱えるようになっていた。

PITCHf/x の開発によって、スポーツビジョン社はプロ野球界にかつて存在していなかった仕事の分野――データサイエンス部門を誕生させたことになる。

こうした野球マニアが PITCHf/x のデータにアクセスできたのは、スポーツビジョン側が意図していたことではないという。同社のＣＥＯハンク・アダムズは次のように語っている。「彼らはサイトから抽出することでデータを取得した……我々から提供したわけではない。データ自体はダウンロードできないが、アマチュアのファンたちは［ＭＬＢアドバンストメディアの］サイトにアクセスし、そこからデータを抽出する方法を発見した。今ではそうしたファンの多くが、データを一般に公開している。データを商品化した場合は問題だが、彼らのほとんどは一ファンであり、趣味として楽しんでいるにすぎない。理論的にはデータアクセスを遮断することもできるが、彼らがデータの価値を広めるうえで大きく貢献してくれたことも否定できない」

PITCHf/x による何百万ものデータ要素が流入するようになると、２０１３年にはそれを理解できる分析官の獲得競争がすでに始まっていた。各球団は複雑なアルゴリズムを用いてデータから独自の意味を導き出せる分析官を求めた。2010年代になって流入するようになったデータは、それ以前のデータと比べると格段に複雑なものになっていた。

「[どの球団も]標準的な[PITCHf/xの]データセットだけしか使えないとしたら、正しい質問を投げかけて答えを発見することが鍵《かぎ》になる。そうした質問を投げかけ、そうした答えを発見するために、各球団は頭脳明晰な人たちを雇い始めている」スポーツビジョンの野球編成部門の統括責任者ライアン・ザンダーは語る。「我々はデータを生成できるが、その解釈方法や使用方法、分析方法は作り出せない。データは1人の人間だけが見ていたものから、今の我々が目にしているような、フロントでの日常的な業務に使用されるものへと変わってきている。選手の育成や指導、トレーニング方法、あるいは選手の価値の評価など、多くの決断が我々の生成するデータに基づいて行われているのではないかと思う」

第二の男――マイク・フィッツジェラルド

2012年、パイレーツは2人目となるフルタイムのデータ分析官を採用した。その男性はやがて、支払われる賃金よりもはるかに大きな価値を持つ人物となる。

マサチューセッツ工科大学(MIT)の2年生として化学工学を学んでいた時、マイク・

フィッツジェラルドは『マネー・ボール』を読んだ。数学を得意としていた当時の多くの若者と同じように、フィッツジェラルドは自分のようなスポーツの世界の外にいる人間にも、プロスポーツチームのフロントでの仕事があるかもしれないという考えに目覚めた。具体的にどのような道に進めばいいのか、どうやってその業界に入ればいいのかまではわからなかったものの、フィッツジェラルドはスポーツが好きだったし、数学的な思考にも長《た》けていた。彼が子供の頃、母は幼い息子をよくボストンの自宅近くの食料品店に連れていき、それぞれの商品の値段がいくらなのか、税金がいくらくらいになるのかを教えた。

「そのうち税込みの総額がいくらになるかをぴたりと言い当てられるようになった」フィッツジェラルドは語る。「よく母をびっくりさせていたよ……大学2年の時点で、卒業後は［数学関係の］仕事があるはずだと確信していた」

ダン・フォックスの場合と同じように、フィッツジェラルドとＭＩＴの同級生たちとの違いは、複雑な数学的概念を簡単なたとえを用いて伝えることができる才能だった。ある課題の時、教授の一人が彼のその才能に感銘を受けることになる。フィッツジェラルドのクラスで、数学的な知識がほとんどない人でも理解できるような10ページのレポートを書くという課題が出された。フィッツジェラルドはあまり知られていないような題材を選ばずに、アメリカで最も有名なスポーツと賭《か》けの大会――ＮＣＡＡ（全米大学体育協会）ディビジョンＩ

のバスケットボール・トーナメントを扱うことにした。彼が取り組んだのは、チームを選択する際の最適化の方法だった。熱狂的なバスケットボールファンのフィッツジェラルドは、まずトーナメント表による伝統的な賭け方式の場合にチームを選ぶ際の戦術を検証した。この場合は、各ラウンドで勝者を正しく予想できればポイントが与えられる。次にフィッツジェラルドは、番狂わせを当てたらボーナス点がもらえる方式の場合の最適化案を検証した。この場合は、例えば第12シードのチームが第5シードのチームを破り、ある参加者が第12シードのチーム（勝ち目が少ないと見られていたチーム）を選んでいたとしたら、その人にはシードの差の分の7ポイントが与えられる。フィッツジェラルドは自分の研究していた数学概念——条件付き確率が、一般の人にも理解してもらえるような題材を選んだのだった。

条件付き確率とは、簡単に定義すると、ある事象が起きるという条件下で別の事象が起きる確率をいう。この条件付き確率が、フィッツジェラルドを2012年から2013年にかけてのシーズンオフに、パイレーツの球団史上最も重要なフリーエージェント契約へと導くことになる。

「目の前にある状況が存在するとして、そこに新しい情報を持ち込んだ場合、それが予想される結果の分布にどのような変化を与えるか、ということなんだ」フィッツジェラルドは語る。「どうも僕の頭は、こうしたことを考えている時にはかなり速く回転するようにできているらしい。これは便利だよね。なぜなら、野球というのは新しいデータが絶え間なく次々に入り続けているスポーツで、そのため最初に考えていたことが変わってくるからさ。今の野球界には、それほど大量のデータが流入しているんだ」

フィッツジェラルドはNBAのボストン・セルティックスの大ファンだ。MITの2年生だった2008年に数人の従兄弟《いとこ》とともにボストンからデトロイトまで旅行し、同地で行われたセルティックス対ピストンズのプレイオフ第3戦と第4戦を観戦した。ミシガン州バーミンガム郊外の1泊100ドルのホテルの部屋で、全員が寝泊まりした。通りを挟んだその向かい側の豪華なホテルには、セルティックスの選手たちが宿泊していた。試合のない日にフィッツジェラルドと従兄弟たちがホテル近くの公園でアメリカンフットボールのボールを投げて遊んでいると、セルティックスのフォワード、グレン・「ビッグ・ベイビー」デイヴィスが通りかかった。言うまでもなく、フィッツジェラルドたちは大喜びした。やがてデイヴィスも加わってバスケットボールのミニゲームが始まり、それを見て地元の子供たちも何人か集まってくる。この光景が、セルティックスと同じホテルに泊まっていたESPNテレビの解説者ジェフ・ヴァン・ガンディとマーク・ジャクソンの目に留まり、2人も公園にやってきた。ヴァン・ガンディはヒューストン・ロケッツのヘッドコーチを務めていて、2007年のシーズン終了後に解任されたものの、ロケッツのGMダリル・モーレーとは親交を保っていた。モーレーはＮＢＡに分析論を導入した人物でもあった。

「ヴァン・ガンディから聞かれたんだ。バスケットボールの世界における分析論について考えたことがあるかって」フィッツジェラルドは回想する。「［分析論が］バスケットボールの世界に入りつつあるなんてまったく知らなかった。『それは面白いですね』って答えたよ」

トラックマンからパイレーツへ

この時の会話がきっかけとなって、フィッツジェラルドはその年の秋にセルティックスで無給のインターンシップを経験することになった。その後、スポーツビジョンのライバル会社として頭角を現しつつあったデンマークの企業トラックマンで、今度は有給のインターンシップを務める。トラックマンはレーダーを使ってゴルフボールの軌道を追う技術により、ゴルフの世界ではすでに有名な存在だった。２００９年、同社は野球の試合でもレーダーを使って投球と打球を追う技術の開発に乗り出し、その第一段階としてメジャーリーグの３つの球場で技術の検証を開始した。

「その時の目的は、データのごみを取り除き、各球団に提供できそうなごく初歩的な情報を見つけ出すことだった」フィッツジェラルドは語る。「僕がいちばん気になったのは実効球速だった。トラックマンの数字は基本的には PITCHf/x と同じだけれど、違うのは

PITCHf/x がホームプレートから見て50フィート（15・24メートル）の地点から［20か所の］異なるポイントでボールを記録しているのに対して、トラックマンはボールの［全］軌道を測定している点だ……それと、投手の腕の伸びだね」

「投手の腕の伸び」は、バットスイングの速度やバットに当たった直後の打球の速度の測定と並んで、各チームがトラックマンの製品に興味を示した大きな理由の一つだ。PITCHf/x では投手の縦のリリースポイントを示してくれるが、横のリリースポイントまではわからない。すなわち、ある投手がホームプレートからどのくらいの地点でボールをリリースしているのかは示せないのだ。これは重要な要素になる。投手のリリースポイントがホームプレートに近くなれば、実効球速もその分だけ速くなるからだ。例えば、同じ時速１５０キロの速球でも、距離が16・5メートルの場合よりも16メートルの場合の方が、実質的には速い球ということになる。

トラックマンのシステムは２０１３年のアリゾナ秋季リーグの試合に導入された。その数値から、エンゼルスの左腕マイケル・ロスが、リーグの全投手の中で投球の際の腕の伸びが最も大きいと判明した。MLB.com によると、ロスのリリースポイントはピッチャーズプレートから２メートル25センチ６ミリの地点で、その分だけマウンドからホームプレートまでの距離を縮めている計算になる。速球の平均が時速１３６キロ程度なのにもかかわらず、ロスが大学時代にサウスカロライナ・ゲームコックスの投手としてチームを2度のカレッジ・ワールドシリーズ制覇に導き、プロ入り後もエンゼルス傘下のマイナーリーグを駆け上がっている理由は、この伸びから説明がつくと考えられる。

「思ったほどの差はないように感じるかもしれないが、時速にして3・5キロほど速くなる計算だ。これはかなりの数字だよ」フィッツジェラルドは言う。「球速が時速150キロの時の打率と153・5キロの時の打率を比べれば、その違いの大きさが理解できると思う」

フィッツジェラルドがトラックマンで働いていた期間は6か月だけだったが、この経験が後に大きく物を言うことになる。2011年から2012年にかけてのシーズンオフ、パイレーツがPNCパークにトラックマンを設置していた時、ダン・フォックスはトラックマンの担当者に対して、一緒に仕事をしたことがある人の中で、パイレーツの力になってくれそうな頭脳明晰な若者を知らないかと訊《たず》ねた。フォックスはフルタイムのアシスタントを探していたところで、野球の世界に流れ込んでくる信じられないほどの量のデータの処理を手伝ってもらいたいと考えていた。その時、フィッツジェラルドの名前があがった。パイレーツは背が高く、痩《や》せていて、緑色の瞳《ひとみ》と黒い髪をした、頭の回転も口の回転も速いフィッツジェラルドを、2012年3月初めに開催されたMITスローン・スポーツ分析会議の場で面接した。フォックスはフィッツジェラルドがこれまで野球界で働いたことがなく、まったくの外部の人間であり、より革新的なことを行う意欲がある点を気に入った。

23歳のフィッツジェラルドは、パイレーツ入りしてすぐにその真価を発揮し始めた。トラックマン時代に一見したところ重要ではないように思える「投手の腕の伸び」に興味を抱いたように、フィッツジェラルドはピッチフレーミングがもたらす影響に強くひかれた。「あれはフォックスと僕が取り組んだ最初のプロジェクトの一つだった」フィッツジェラルドは言う。「どうやってそれを取り入れるのか？　それに基づいてどうやって改善していくのか？　いったい何を探せばいいのか？　ピッチフレーミングの価値を正確に評価するためには、これがいいのではないかと思えるモデルがあった……僕たちはそのモデルの問題点を探して、2週間検討を続けた」

ターケンコフのように、最初は2人ともピッチフレーミングがこれほど大きな影響を及ぼすとは信じられなかった。フォックスのオフィスで何度も話し合いの場を持ち、互いに質問を投げかけた。「本当にこれほどまで大きいのだろうか？　影響はこれほどまで重要なのだろうか？」2人はモデルの検証を続けた。捕手がピッチフレーミングを行う機会や能力に関わってくると考えられるすべての要素を取り込もうとした。例えば、その捕手とどんなタイプの投手を組み合わせたら、あるいはどの審判を組み合わせたら、どんな結果が出るのか？　ピッチフレーミングの技術がいかに大きな意味を持ち、いかに重要なのか、2人は毎日のように驚かされた。

２０１２年のシーズンオフにフリーエージェントになる選手の中で、２人が作成したモデルにより、ずば抜けてピッチフレーミングに優れた捕手として導き出されたのは誰か？　答えはラッセル・マーティンだった。

「だから『よし、この選手を取ろう』と決まったんだ」フィッツジェラルドは語る。

ハンティントンはスタッフに対して、自分が信じる選手や考え方のことは「テーブルを叩《たた》きながら力説する」ように奨《すす》めている。２０１２年のシーズンの後半には、フィッツジェラルドが自信に満ちた様子でテーブルを叩きながら、マーティンを推薦するようになっていた。

こうした提案は正式な会議の席で行われるわけではない。ホームで試合が行われる夜、ハンティントンはホームプレート後方のクラブレベルにある試合観戦用のスイートルームをスタッフに開放していた。ＧＭ補佐から顎《あご》ひげに白いものが交じったベテランのスカウトまで、あるいは数字のことばかり考えているまだ若いインターンまで、誰でも自由に出入りすることができた。フロントのスタッフはマスコミ用の食堂でテイクアウトの容器に料理をたっぷり詰め込んだ後、試合を観戦しながらアイデアをぶつけ合うためにハンティントンのスイートルームに向かう。何を話そうと、いつ顔を出そうと、自由だった。試合を観戦しているだけで、いいアイデアが浮かぶこともあった。

このように面と向かって意見を交換し、協力することが大切だった。人とその考えが交わるところでは、しばしば大きな新しい何かが生まれる。２０１２年のシーズン後半、パイレーツがまたしても崩壊して負け越しが確実となる中、フィッツジェラルドはハンティントンのスイートルームでマーティンの価値を説き始めた。

価値を納得させるための工夫

フィッツジェラルドは興奮すると身振りが大きくなり、早口で熱のこもった口調になる。ピッチフレーミングの価値に関して、彼は強硬に主張した。ピッチフレーミングこそが大金を払ってでも必要な技術なのに、これまではひどく過小評価されていたと説明した。そればかりか、獲得する選手の決定に際して、ピッチフレーミングを考慮した人間は誰一人としていなかったと言ってもいい。フィッツジェラルドはマーティンこそがフリーエージェントで獲得できる最高の価値だと主張して譲らなかった。フィッツジェラルドとフォックスは、マーティンをフリーエージェントの獲得候補の第１位にするべきで、マーティンが加入すれば過去５シーズンのパイレーツの２人の正捕手とは比較にならないほどの戦力アップにつながるし、マーティンがいればチーム内のすべての投手の成績がアップすると訴えた。

だが、マーティンに投資するべきだとオーナー側を納得させるうえで、１つの大きな問題が存在した。２０１２年、マーティンの打率はわずか2割1分1厘にとどまった。選手の総合的な価値を判断する際、打率というのは理想的な指標からはほど遠い存在だが、一般の人々が野手の価値を評価する場合には今でも第一に考える数字だった。ある選手が打席に立つと、メジャーリーグの全球場のスコアボードにはその選手の打率が表示される。マーティンの打率はメジャーリーグの平均をはるかに下回っていた。ハンティントンもマーティンの守備が一級品だということ、およびベテランの存在がチームにとってプラスになるだろうということに関して異論はなかった。フォックスとフィッツジェラルドからのデータが、打撃に疑問符のつく選手をオーナー側に売り込むうえで役に立つことになる。２人はピッチフレーミングの価値の発見に関する報告書を作成し、その価値を示すわかりやすい証拠も添えた。ハンティントンはそれらの資料を持ってメジャーリーグでも有数の財布の紐《ひも》のかたさを誇るオーナーのもとを訪れ、フリーエージェント選手との契約では球団史上最高額となるお金を要求した。

「僕たちが補強する情報を付けておいたのが役に立ったと思う」フィッツジェラルドは語る。

「［ハンティントンが］オーナーのところに行き、『ええ、昨シーズン２割ちょっとしか打っていないこの選手を獲得したいのですが、その理由がこれで、彼がチームにもたらす価値がこれです』と説明できる方が話は簡単だからね」

２０１２年11月28日、トレーニングを終えたマーティンは、モントリオールの中心に近い新しいもの好きな人々が暮らす界隈《かいわい》にある、友人のタウンハウスに戻った。タウンハウスの石造りのファサードは、木々の連なる通りに面している。１階にはタトゥーの店が入っていて、その上の２フロアが居住スペースとなっており、屋上にはテラスも付いている。モントリオール市内の自宅マンションの工事が終了するまで、マーティンはこの友人の家を借りていた。マーティンはここが気に入っていた。屋上には人工芝が敷かれ、ゴルフのボールが打てるようにネットも張られていたが、そこからのモントリオール市内の眺めも気に入っていた。マーティンはその屋上で決断を下した。

テキサスでは食事をしながらレンジャーズの話を聞いた。ヤンキースも再契約を申し出てくれたが、あまり乗り気ではなさそうだった。最も熱心で積極的だったのはパイレーツだった。決断を下すと、マーティンは代理人に連絡を入れ、その週の初めにフットロッカーを訪れて練習用のシューズを買った時の話をした。その時、目に留まったシューズの色は黒と金——パイレーツのチームカラーだった。マーティンは自分を迷信深い人間だと考えたことはなかったが、その時にはパイレーツが自分を呼んでいるように感じたという。ある意味、簡単な決断だった。最も高額の年俸を保証してくれたのはパイレーツだったし、もしチームの命運を変えることができたらどうなるだろうか？　そんな現場に関われるなら、実に素晴らしいことだ。それに自分の価値を取り戻したいという思いも強かった。

パイレーツはほかの球団よりも高い金額を提示してマーティンの獲得に成功した。しかし、総額1700万ドルの2年契約に合意したことが発表されると、ファンとマスコミから非難の声があがる。地元のマスコミの多くは、自暴自棄の契約だと評した。『ピッツバーグ・トリビューン・レビュー』紙のコラムニスト、デジャン・コヴァチェヴィッチは、2012年11月にマーティンの契約に関して、「今回の契約には何か裏があるのではないかと思わない方がいい。このような一か八《ばち》かの動きは金を無駄にするだけで、多くの面でパイレーツに禍根を残すことになるだろう」と書いている。翌年の6月、コヴァチェヴィッチは自分の判断の誤りを認め、マーティンは「熟練の」選手で「金額に十分見合った」価値があると記すことになる。

けれども、最初はマーティンのピッチフレーミングの能力について、ファンやマスコミは理解していなかったし、その目に見えてもいなかった。しかも、野球界を見渡しても、パイレーツのようにピッチフレーミングの価値を認めているチームはまだ存在していなかった。ファンたちの目に見えていなかったのは、マーティンの獲得により、パイレーツはそれまでの捕手と比べて1シーズン当たり40点近くチーム力が向上したということだ。しかも、それは誰もが彼の評価基準としていた打撃とは関係ない。チューインガムに付いてくる野球カードの裏に書いてある成績の数字とも関係ない。ピッチフレーミングの技術だけによるものだった。BaseballProspectus.com によると、2011年のマーティンはピッチフレーミングによりヤンキースの失点を32点防いでいた。2012年に防いだ失点は23点だった。2012年、ロッド・バラハスのピッチフレーミングでパイレーツは9点を失った。2011年にはドゥーミットの守備で15点を失っていた。これは目に見えない隠れた価値であり、パイレーツの資金で獲得できる価値はそれしかなかった。

しかし、2012年のシーズンオフ、パイレーツが獲得したフリーエージェントの選手でファンやマスコミが首をかしげたのは、マーティンだけではない。

ヒットを打たれるのは投手の責任ではない

2001年、野球マニアでブロガーのヴォロス・マクラッケンが、当時としては大胆な考えを発表した。BaseballProspectus.com に投稿した記事で、マクラッケンは次のように記している。「『おまえはどうかしているぞ』これから皆さんが読もうとしている情報を誰かに示すと、たいていの場合はそんな反応が返ってきた。『偽りの統計ファンのたわごと』の極みだと批判されたこともある。ボストン・レッドソックス時代に期待を裏切り続けた投手のアーロン・シーリーが偽名を使って書いているのだとまで言われた。どうして自分のちょっとしたやり方が、こんなにも大きな反応を引き起こすのか、まったくもって理解できないのだが、とにかくそういうことらしい。私が何を信じているかって？　簡単に言えば、投手を評価するうえで、被安打の数は特に意味のある統計ではないということだ」

マクラッケンは、奪三振率、与四球率、被本塁打数、死球に関しては、投手にかなりの責任があることを発見した。けれども、彼の考えが大胆だったのは、投手が許したヒットは主に守っている野手に責任があるとした点だ。そうだとすれば、投手の成績を判断する基準中の基準とされる防御率には、欠陥があるということになる。

マクラッケンはさらに次のように続けている。「私はインプレイ打球のうちのヒット数を調べた。ところが、どうにも厄介な問題にぶつかってしまった。これは誓って言うが、違う結論を導き出そうとしてあらゆる努力を惜しまなかった。あらゆる検証を行ったし、あらゆる数字を調べ直したし、ある数値を別の数値で割ったり掛けたりもした。しかし、何をどうやっても、同じ結論が導き出されてしまう。メジャーリーグの投手の間には、インプレイ打球がヒットになるのを防ぐ力の差は、たとえあったとしてもごくわずかだ。これは論議を呼ぶ発言だろう。110年間続いている投手の評価を大きく覆すものなのだから」

ヒットを打たれるのは投手の責任ではないだって？　これは直感に反する考え方のように思われる。投球のコースに関して――投げた球がボールになるかストライクになるかに関しては、投手がコントロールできることに疑いの余地はない。そのため、打者を三振に打ち取るか、あるいは四球で歩かせるかに関しては、投手にかなりの責任がある。しかし、フィールド内に飛んだ打球、すなわちインプレイ打球の場合は、それがアウトになるかヒットになるかは投手の責任ではなく、守っている野手の能力と守備位置に大きく依存し、試合が行われている球場の広さとも関係している、そうマクラッケンは理論づけたのだ。何十年間にもわたり、メジャーリーグの打者のインプレイ打球の打率が３割近辺にあることから、マクラッケンは何かがあるに違いないと感じた。１９２０年を例にとると、メジャーリーグの打者のインプレイ打球の打率は2割9分7厘だった。それから93年後、２０１３年のインプレイ打球の打率も、同じ2割9分7厘だった。捕手を除いたフェアグラウンド内の８人の野手が対応できる広さには限度がある。１００年間にわたって野手がほぼ同じ守備位置に就いているのだから、アウトになる打球の数はある意味で数学定数のようなものになる。マクラッケンはグレッグ・マダックスやペドロ・マルティネスなどの近年で最高と評される投手であっても、インプレイ打球はほとんどコントロールできないことを発見した。ある投手の場合はほかの投手と比べて、ヒットになるインプレイ打球の数が少ない、という考え方は成り立たないのだ。

この考え方は『マネー・ボール』のアスレチックスからパイレーツ、さらには外部のマニアに影響を与え、1イニング当たりの奪三振数や与四球数など、投手自身に責任があり、真の技術をより明確に示すと考えられる測定値に目が向けられるようになった。

2012年から2013年にかけてのシーズンオフには、パイレーツは投手の成績の評価から伝統的な統計値をほとんど外していた。ニール・ハンティントンが投手を評価する際、防御率、勝ち星、被安打数などの数字を口にすることはまずない。パイレーツは投手の成績を周辺の要素からできる限り切り離そうと試みた。ハンティントンは「インディケーター」という言葉を好んで使用するようになる。パイレーツが注視しているのは、マクラッケンからヒントを得て野球分析官のトム・タンゴが考案した新時代の指標だと考えられている。これは野球カードの裏に印刷されている類《たぐ》いのものではなく、投手自身の力で左右できるものだけに焦点を絞り、投手の真の能力をより正確に示すインディケーターで、「守備から独立した投球」（FIP）と呼ばれる。「TheHardballTimes.com のライターで分析官のデイヴ・スチュードマンは、FIPをさらに一歩進めて、投手が何本のホームランを打たれるはずだったかを推測した。フライがホームランになる割合は、一般にシーズンごとに変化が生じる。そのため、運の悪いホームランがあると、投手の防御率は大きく悪化する。スチュードマンは自らが改良したFIPを「xFIP」と命名し、投手の真の能力を他の要素からさらに切り離そうと試みた。

Ａ・Ｊ・バーネットの例を見てみよう。パイレーツがトレードで獲得する前のシーズン、ヤンキースに在籍していたバーネットの防御率は５・１５だった。けれども、防御率と近い数値になるはずの彼のｘＦＩＰは３・８６で、これは自分ではコントロールできない要素でバーネットの運が悪かったことを意味する。パイレーツに移籍した最初のシーズン、バーネットの防御率は３・５１に低くなったが、ｘＦＩＰにはそこまでの変化はなく、３・４０という数字だった。これは不思議な現象に思われるが、単純な数学の話だ。

完璧な投手とは？

パイレーツのチーム内で完璧《かんぺき》な投手の話をすると、大きくがっしりした体型で、三振とゴロの山を築き、四球を出さないといった要素が出る。勝敗数や防御率といった、投手を評価するうえでの伝統的な基準は話題にのぼらない。また、フリーエージェント市場でその３つの要素——奪三振率が高く、ゴロを打たせる率が高く、与四球率が低い、そのすべてを兼ね備えた選手と契約するのが難しいことも、パイレーツは承知していた。そのような投手は年俸が高く、サイ・ヤング賞争いの常連になるからだ。そのため、パイレーツは自問することになる。何をあきらめるか？　何が手に入れやすいか？　何が手に入れにくいか？　修正しにくいのはどれか？　修正しやすいのはどれか？

例えば、1メートル75センチの身長を修正することはできない。1メートル85センチに身長を伸ばすことなどできない。右投げの投手を左投げに変えることもできないし、１３５キロの球速を１５０キロに伸ばすこともできない。決め球となるような変化球の投げ方をすぐに習得させることも難しい。マクラッケンが投手に責任があるとした技術の中で、三振を取る能力は伸ばすのが最も難しいし、フリーエージェント市場では最も高くつく。けれども、それ以外で投手に責任のある技術ならば伸ばすことができるかもしれない、パイレーツはそう考えた。

２０１２年から２０１３年にかけてのシーズンオフ、ビッグデータに基づいた戦術の採用を決定し、フリーエージェントの捕手を獲得した次にパイレーツがやらなければならなかったのは、伸びしろのある投手を見つけ出して契約することだった。より具体的には、ローテーションの柱となり、登板するたびに安定した結果を残せる投手が必要とされた。このような投手は「エース」とも呼ばれ、多くの三振を奪い、打者を歩かせることはあまりない。

しかし、言うまでもなく、パイレーツはここでも同じ問題に直面する。チームにはローテーションの柱としての実績がある投手を獲得するだけの資金がなかった。メジャーリーグの中で最も平均年俸が高いのは先発投手だ。例えば、その年の冬のフリーエージェントの中でのエース格だった[訳注6]ザック・グレインキーは、ドジャースと総額１億４７００万ドルの６年契約を結んだ。これはシーズン前に『フォーブス』誌が試算したパイレーツの球団としての資産価値の約3分の1に当たる。メジャーリーグを代表する先発投手は、フリーエージェント市場で通常は年に2200万ドルから2500万ドルを稼ぐ。これはパイレーツが2013年に支払う年俸総額の3分の1に相当する。

パイレーツはフリーエージェント用の資金の半分をマーティンに費やしたばかりだ。手元に残っているのはメジャーリーグの相場でははした金にすぎない。限られたフリーエージェント用の資金の中で、パイレーツは欠陥を抱えているものの伸びる要素があって大化けする可能性を秘めた投手を選ぶか、つぶしがきくものの平均的で先発の4番手か5番手の投手を選ぶかの二者択一を迫られた。パイレーツは伸びしろの方を選択した。伸びしろを見つけるためには、マーティンの時と同じように、伝統的な数字のさらに先を見て、ある程度のリスクを覚悟しなければならない。ハンティントンが好んで使った表現は、成功の歴史に対してではなく、予想される成績——正確には、その選手に予想される伸びしろに対して金を払わなければならない、というものだった。

いまだに成功の歴史に対して金を払っているチームもいた。そのようなチームは、フリー

訳注6　2015年のシーズン終了後、ザック・グレインキーは契約に含まれていた破棄条項を行使してフリーエージェントとなり、新たにアリゾナ・ダイヤモンドバックスと総額2億6500万ドルの6年契約を結んだ。平均年俸は3441万ドル。

エージェント市場において伝統的な、野球カードの裏に書いてある統計に対して金を払っていたとも言える。つまり、勝利数、セーブ数、投球回数、被安打数、防御率などに金を払っているのだ。けれども、これらの数字は投手のバックで守る野手と、投手が投げる本拠地の球場に影響される部分が大きい。パイレーツをはじめとする分析重視のチームは、それ以外の要素を探していた。価値は投手が独自に持っている技術の中にある。防御率や勝ち星など、投手の成績を判断するためにこれまで伝統的に用いられてきた統計は忘れた方がいい。パイレーツの分析官やスカウトがフリーエージェント市場で伸びしろのある投手を探すと、必ずある1人の投手に行き着いた。資金の枠内に収まるし、興味深いインディケーターを持つその投手ならコーチが力を伸ばせそうに思われたし、何よりもラッセル・マーティンが力を伸ばしてくれそうにも思われた。何度調べても行き着くその投手の名前は、フランシスコ・リリアーノだった。

フランシスコ・リリアーノ再生計画

リリアーノはかつてメジャーリーグを代表する若手投手の一人と見なされていた。身長1メートル88センチ、肩幅が広く腰回りは締まっていて、スカウトの目には理想的と映るV字形の上半身を持つ。サンフランシスコ・ジャイアンツはドミニカ共和国で外野手としてプレイしているリリアーノを見たが、目を引いたのはずば抜けて強い肩と、左利きということだった。投手に転向させたところ、素早い腕の振りから時速150キロ台後半のボールを投げることができた。ただし、2004年に捕手のA・J・ピアジンスキーとの交換でミネソタ・ツインズにトレードされた頃は、可能性はあるもののまだ発達途上にある未知数の選手で、大成できるかどうかはこれからの成長次第という原石のような投手だった。

ツインズに移籍後、リリアーノは鋭いスライダーを磨き、コントロールが改善し、チェンジアップに関してもその若さにしては珍しいのみ込みのよさを見せる。ツインズのマイナーリーグをあっと言う間に駆け上がり、フロリダ州フォートマイヤーズやコネティカット州ニューブリテンなどでは打者を寄せ付けなかった。2006年のシーズン前には、『ベースボール・プロスペクタス』と『ベースボール・アメリカ』において、メジャーリーグの若手有望選手の第6位に名前があげられている。その年リリアーノは、平均152キロは出る速球に、空振りを取ることができるスライダー、さらには落差の大きなチェンジアップを織り交ぜ、開幕からメジャーに定着した。『USAトゥデイ』紙はリリアーノを特集した記事に、そのシーズンに自身2度目となるサイ・ヤング賞を獲得することになるチームメイトのヨハン・サンタナと比較して、「サンタナよりも怖い」とタイトルを付けた。

けれども、その年の8月、リリアーノが左肘《ひじ》に痛みを感じたことで、興奮はため息に変わる。リリアーノは負傷を押して投げようとしたが、思うような投球ができなかった。医師の診察を受けた結果、肘の内側側副靭帯《じんたい》の断裂が判明する。これはトミー・ジョン手術が必要なことを意味した。一般には、この手術を受ければ肘の負傷は必ず完治すると考えられている。唯一のマイナス面はリハビリのために長期間の離脱を余儀なくされることで、リハビリのつらさと長さは手術とは比べ物にならないとされる。リリアーノの事例は手術が必ずしも完璧なものではなく、すべての投手がすぐに以前と同じように投げられるわけではないことの教訓となった。

手術から復帰して最初の2008年のシーズン、リリアーノの速球の球速は6キロ落ちた。スライダーも負傷前のような切れがなくなり、丸みのある軌道に変化した。そのシーズン、最初の先発登板の後、リリアーノは記者に向かってこう嘆いた。「もう思い切り投げられない」0コンマ何秒の世界の話ではあるが、打者は以前と比べてバットを振るか振らないかを見極める時間の余裕ができた。もともとリリアーノの投球フォームやコントロールは理想的なものではなく、速球のスピードを武器に打者の反応時間を短くすることで相手を抑えるタイプの投手だった。2009年もリリアーノは不振が続き、2011年と2012年にはリーグ平均をはるかに下回る成績しか残せなかった。手術から復帰して以降の5年間で、好結果を出せたのは2010年のシーズンだけだ。2012年のシーズンに入っても、リリアーノの球速はルーキーの時のシーズンと比べて3キロから4キロ遅く、与四球率も9イニング当たり5個という高い数字にとどまっていた。リリアーノはメジャーを代表する投手になるどころか、若手の有望投手でも伸び悩むことが多々あり、手術後は以前と同じ成績が必ずしも保証できるわけではないという教訓の代表例となってしまった。

リリアーノの将来性を見てきたツインズは、すぐに彼をあきらめようとはしなかった。再びかつての姿に戻ってくれることを夢見ていた。ルーキーの年にリリアーノほどの才能の片鱗《へんりん》を見せた左投手は、これまでのメジャーリーグの歴史を見ても片手の指で数えられるくらいしかいない。ツインズは投球フォームをいじったり、スライダーの球数を減らしたり、マイナーリーグで投げさせて自信を取り戻せるかを試したりもした。だが、いずれもうまくいかなかった。リリアーノは四球を連発し、柵《さく》越えの当たりを連発された。先発しても5イニング持たず、マウンドに歩み寄ったツインズの監督ロン・ガーデンハイアーにボールを手渡し、うなだれてマウンドからダッグアウトに向かう試合が続いた。

2012年7月、ついにツインズはもう無理だと判断し、可能性に見切りをつけ、名もない若手選手との交換でリリアーノをホワイトソックスに放出することになる。ツインズはリリアーノを修正できなかった。ホワイトソックスも彼を修正できなかった。9月になると、リリアーノはホワイトソックスの先発を外され、USセルラー・フィールドのブルペンに座り、答えを探す日々が続いた。2012年から2013年にかけてのシーズンオフに発行されたリリアーノの野球カードを見ると、惨憺《さんたん》たる成績が載っている。過去4シーズンのうち3シーズンで、防御率はリーグの平均を大きく上回る5点台。2012年に至っては、5・34という目を覆いたくなるような数字だ。けれども、ほかのところを見れば、正しいところを探せば、まだ発揮できていない可能性を秘めた選手が、魔法のようによみがえる一歩手前にある選手が見えてくる。リリアーノのそれまでの経歴を振り返ると、彼はメジャーリーグで最も捕球の下手な捕手とバッテリーを組んでいた。つまり、マーティンとバッテリーを組ませることで、大きく伸びる可能性を秘めていたのだ。

フリーエージェントで獲得するのが最も難しいのは、三振を奪える投手だ。三振を奪える技術を持つ投手には最も高い値段がつく。三振の場合はボールが打球として打ち返されることはないから、打者が出塁する可能性は排除される。三振を奪えるかどうかは、空振りを取れるようなスピードを殺した球種を持っているか、あるいはスピードを殺した球種への打者のタイミングを狂わすような球速を持っているかにかかっている。この2つは生まれ持った才能によるところが大きい技術だ。

不安定な状態が続くリリアーノに関する数字の中から、フォックスと彼の率いる分析官たちは、期待の持てそうな兆候に気づいた。2012年のリリアーノの球速は時速149キロまで戻っていた。最盛期に比べるとまだ3キロの差があるが、メジャーリーグの平均的な球速しか出せなかった2008年、2009年、2011年を大きく上回る数字だ。また、シーズンの後半にはスライダーの切れがよくなり、9イニング当たりの奪三振率は9・59と、ルーキーだったシーズンに次ぐ数字を残した。打者を空振りさせる割合の13・2パーセントはメジャートップで、2位から5位にはダルビッシュ有《ゆう》、マット・ハーヴィー、アニバル・サンチェス、コール・ハメルズといった、各チームのエース級の投手の名前が並んでいる。

パイレーツが採用しているPITCHf/xとトラックマンのデータのおかげで、奪三振率や空振り率よりももっと深い指標が得られるようになった。それぞれのボールの動き、リリースポイント、コース、回転数の傾向や変化を調べることもできる、リリアーノのボールの動きをほかの投手、あるいはリーグの平均と比較することもできる。また、彼が調子のよかった年と悪かった年の比較も可能だ。PITCHf/xのデータは、パイレーツのスカウトたちの主観的な意見を裏付けていた――リリアーノは2007年の手術以降、ゆっくりとではあるが調子を取り戻しつつあり、速球、スライダー、チェンジアップという3つの平均以上の球種を持っている。その一方で、トミー・ジョン手術から復帰して以降のリリアーノに見られる誰の目にも明らかな最大の欠陥は、制球力の問題だった。メジャーリーグのほかのどの投手よりも多くの打者を歩かせているせいで、三振を取れる投手としての評価が下がってしまっていた。

けれども、パイレーツが絶大な信頼を置くレイ・シーレッジとジム・ベネディクトという2人の投手コーチの指導を受け、ピッチフレーミングに優れた捕手とバッテリーを組めば、リリアーノはより多くのストライクを投げられるようになるかもしれない。

２０１２年のシーズン、ツインズの捕手は平均的なピッチフレーミング技術を持つジョー・マウアーと、平均以下のピッチフレーミング技術を持つドリュー・ブテラとライアン・ドゥーミットだった。ドゥーミットとバッテリーを組んだ2試合でのリリアーノの防御率は10・57。リリアーノとバッテリーを組むことが最も多かったブテラを見ると、『ベースボール・プロスペクタス』によれば、彼のせいで２０１２年のツインズの投手は７０００球当たり10点を失った計算になる。マウアーが２０１２年にピッチフレーミングによって防いだ失点は、わずか０・４点にとどまっている。それに対して、マーティンのミットはボールをストライクと判定させることにより、5年間で70点を防いでいる。シーズン途中にホワイトソックスにトレードされた後、リリアーノはA・J・ピアジンスキーとバッテリーを組んだが、ピアジンスキーもピッチフレーミングに関しては平均以下の捕手だった。

リリアーノを精密なコントロールの持ち主に変えられるとまではパイレーツも期待していなかったが、マーティンとコーチの力でストライクを投げさせ、四球を減らし、打者がスライダーについ手を出してしまうようなツーストライクの有利なカウントに追い込む場面を増やせるはずだと考えた。

「[フォックスとフィッツジェラルドは]リリアーノの三振とゴロのインディケーターに目をつけた」ハンティントンは語る。「まさにチーム一丸となっての努力だったよ。スカウトからの報告と[統計の]情報がうまく融合した。[スカウトたちは]持ち球を絶賛していた。スライダーとチェンジアップは問題ないから、速球のコントロールが鍵だと話していた」

２０１２年から２０１３年にかけてのシーズンオフ、リリアーノに複数年契約を提示したのはパイレーツだけだった。総額１４００万ドルの２年契約で基本的に合意した後、リリアーノは利き腕ではない方の右腕を、ドミニカ共和国の自宅でのちょっとした事故で骨折してしまった。本人の話によると、子供たちを驚かせようとした拍子に戸枠にぶつけて折ってしまったのだという。パイレーツとリリアーノは契約交渉をやり直し、２０１３年の１００万ドルだけを保証し、チーム側に翌年のオプション権がある1年契約を結んだ。

それでも、紙の上では理解に苦しむ契約だった。リリアーノの防御率は２０１２年が５・３４、２０１１年が5・０９で、メジャーリーグ全体で見ても最も結果を残せなかった投手の一人だったのだから。マーティンの時と同じく、リリアーノとの契約はファンやピッツバーグのマスコミから、残り物から選んだだけで、スクラッチくじよりも外れの可能性が高い、との批判を浴びた。この安い買い物で、外からチームを補強する目的でのシーズンオフの主な契約は終了した。ここから先の上積みは、現有の戦力で何とかしなければならなかった。

第5章　前進あるのみ

春季キャンプ初日のメッセージ

2月後半、春季キャンプの全体練習初日、パイレーツのメジャーリーグ・チームの全員がパイレート・シティ内のカフェテリアに集まった。パイレーツのメジャーリーガーたちは春季キャンプの最初の2週間、フロリダ州ブレーデントン郊外のパイレート・シティにある施設で体をほぐし、基本的な練習に参加してから、3月になるとブレーデントン中心部のマッケクニー・フィールドに移る。メジャーリーグのオープン戦はそのマッケクニー・フィールドで行われる。パイレート・シティは球団のマイナーリーグ、選手育成、アマチュアドラフト業務の中心地となっている。手術を受けた選手は全員がこの地でリハビリに取り組む。マイナーリーグの中でもいちばん下のレベルの選手たちはここの寮で生活して、ルーキーリーグの試合でプレイする。

クリント・ハードルがミーティングの場に選んだカフェテリアは、床から天井までの高さのある窓から差し込む光と蛍光灯が広々とした店内を照らし、クリーム色の壁からはどこか殺風景な印象を受ける。お洒落《しゃれ》な雰囲気を出そうとの意図はなく、機能性を第一に考えた設計だ。

このミーティングが、今シーズンのチームを方向づけることになる。毎年、春季キャンプの初日に、ハードルは選手に向けてメッセージを送る。たいていの場合、この手の演説は聞いたことのある決まり文句が並んでいるだけで、企業の研修でよく聞かれるようなやる気を出させる類《たぐ》いの言葉ばかりなので、すぐに忘れられてしまう。けれども、この時のハードルは、いつもと違った内容にしなければならないと感じていた。聞く人の心に響くメッセージでなければならない。リーダーシップとは人の心を動かすことだ。ハードルは選手たちの心を動かし、彼らがメジャーリーガーになるまでずっとやってきた方法とは異なる野球をさせなければならなかった。

意思の疎通が鍵《かぎ》だったが、ハードルはそれこそが自分の強みだとわかっていた。大いに期待されている若手選手や、なかなかレギュラーの座をつかめずにいる控え選手がどんな気持ちでいるかは、自分の経験から手に取るようにわかる。ロッキーズの監督時代のハードルは、試合前になると選手を鼓舞するメッセージを紙に書き、それをクラブハウス内の掲示板に貼られた打撃練習のグループ分けの表の近くにピンで留めた。

「あれは監督が物事をどのように見ているかを教えてくれる。しかも、人生における野球の位置づけに関して、いくつもの見方を提供してくれることが多い」ロッキーズの一塁手トッド・ヘルトンは、2002年に『スポーツ・イラストレイテッド』誌に対してそう語っている。

パイレーツでは、メッセージは紙から電子媒体へと進化し、ハードルはリストに登録した選手、スタッフ、友人たちに対して、毎日メールを送信した。内容はハードル自身の言葉ではなく、人の心を動かした演説や、歴史上の人物の言葉や、彼のオフィスに置かれているリーダーシップに関する本からの引用がほとんどだ。メールの締めくくりには、必ずハードル自身による「今日を変えていこう。愛を込めて。クリント」の言葉が添えられている。こうしたメールも選手とのつながりを保ち、世の中に対する見方を広めるための方法であると同時に、その中には願わくはやる気のもとになってくれればとの思いが込められていた。

ハードルはカフェテリアの中を見回した。コーチたちの白髪交じりの短いひげが見える。選手たちの目も見える。注意を向けている選手もいれば、物思いにふけっていたり、テーブルに視線を落としていたりする選手もいる。小声で笑いながら話をしている選手もいる。注目するように呼びかけるハードルの太い張りのある声が、室内に響き渡った。

公の場で選手を批判することがほとんどなく、選手との距離が近い監督と見なされているハードルだったが、その指導スタイルには変化があった。クリント・バームズはデンバーとピッツバーグの両方のチームにおいて、ハードルのもとでプレイした経験がある。バームズによると、ロッキーズ時代のハードルはクラブハウス内で長い時間を過ごすことが多く、選手の間に交じっているその姿は、監督というよりもチームメイトのようだったという。ピッツバーグでのハードルは、クラブハウスは選手たちの場所と考えるようになり、コーチたちと過ごす時間の方が多くなった。あえて距離を置くことで、決断や関係を複雑化させる可能性を減らすことができるからだ。

ハードルは選手たちに対して、今年の春からは偏見を捨て、伝統から離れることになると告げてスピーチの口火を切った。ハードルは日頃から、伝統は素晴らしいものかもしれないし、意味のあるものかもしれないが、同時に未来を見る力を消してしまうことがあると語っていた。その伝統のせいで、パイレーツは失点を防ぐための真の力が発揮できない状態にあった。

ハードルは2人の男性を自分の方に呼び寄せた。ほとんどの選手はこのどこにでもいるような職員と話をしたことがなかったし、彼らの名前すらも知らなかった。ハードルが選手たちに紹介したのは、ダン・フォックスと助手のマイク・フィッツジェラルドだった。

分析官を受け入れよ

大勢のプロのスポーツ選手たちの前で、フォックスとフィッツジェラルドは居心地が悪そうにじっと立っていた。一方、ハードルはそれとは対照的で、多くの選手を前にしてじっとしていることはない。彼は壇上を歩き回り、選手たちの間を歩き、何度も目を合わせた。選手たちとともにいることを感じたいからだ。ハードルは選手たちに対して、この2人の男性はコンピューターの電源を入れることだけでなく、それ以上のはるかに多くのことを知っており、チームを助けるためには裏方としてあらゆる努力を惜しまないだろうと伝えた。

この2人こそが情報源だ。パイレーツは守備の形を劇的に変えることになるが、フォックスとフィッツジェラルドはその理由を説明できる。質問があるって？　何かが気にかかる？だったら、2人に聞いてくれ。これから先、クラブハウスでこの2人の姿を見かけることになるだろう。ビデオルームでも2人を見かけることになるだろう。ホームでの試合前にハードルのオフィスで行われるコーチとのミーティングにも2人は同席するだろうし、ロードの試合でも会議用の電話でミーティングに参加するだろう。

ハードルはホームでの試合前にフォックスと2人きりで話をする代わりに、連戦の第1試合の前にハードルとコーチが新しい対戦相手に対するゲームプランを検討する会議に、フォックスとフィッツジェラルドの2人を必ず出席させるつもりでいた。そのシーズンの後半、フィッツジェラルドはチームの遠征にも帯同し始め、翌2014年のシーズンからはそれが普通になった。フォックスとフィッツジェラルドの2人は、トレーナーやコーチたちと同じように、クラブハウスでは当たり前の存在になるだろう。2012年に自らが分析官たちにより大きな信頼を置いたように、分析官たちをよそ者ではなく大切な一員と見なしたように、ハードルは今シーズンの選手たちも同じように2人と接してほしいと考えていた。この点で、パイレーツは先駆けとなった。この当時、分析官にこれほどまで選手たちと接する自由を与えていたチームは、メジャーリーグには存在していなかったはずだ。

ハードルはフォックスとフィッツジェラルドの経歴に関して、および極端な守備シフトに関する2人の作業に関して、簡単に説明した。けれども、フォックスとフィッツジェラルドには1つの問題があった。2人はプロとしての野球経験がまったくなかったのだ。

それを聞き、顔を見合わせたり、目を丸くしたり、冗談だろうと言いたげに頭を振ったりする選手もいた。いったいこいつらは何者だ？　この2人が俺たちの守備のやり方を変えるだって？　ああそうかい、そうなんだろうな。スパイクをはいてプロの試合のグラウンドに立ったこともないくせに。メジャーリーグのグラウンドでの守備について、こいつらがいったい何を知っているって言うんだ？　選手経験のない人間に対するこのような敬意の欠如のせいで、これまではデータ分析官からの数多くの素晴らしい提言が、グラウンド内で日の目を見ることなく消えていった。同様に、一部の分析官たちも、野球界の伝統的な考え方を軽視していた。ハードルがまず取り組まなければならないことの一つは、相手に対して敬意を抱くような空気を作り出すことだった。フォックスとフィッツジェラルドの間に立ったハードルは、集まった選手やコーチたちに向かって、自分たちの方が分析官よりも優れていると考えてはいけないと伝えた。そうではなく、対等の関係にあると考えるべきなのだと。

カフェテリア内にいた選手の一部には、この提言がやけになった結果のように、あるいは頭がおかしくなった結果のように、あるいはやけになったために頭がおかしくなった結果のように感じられた。ある意味、それは正しかったかもしれない。ハードルとパイレーツは半ばやけっぱちになり、何でも試してみようという気になっていたと言えなくもない。けれども、実際に春季キャンプが始まれば、ハードルの言葉を無視できるし、このミーティングのことや革新的な守備シフトのことも忘れられる、そんなことを選手たちが考えていたとすれば、それは大きな間違いだった。そのことはすぐに明らかになる。翌日には、投手と内野手――前日のミーティングで紹介された2人の謎の男性からの影響を最も大きく受ける選手を中心とした少人数のグループによるミーティングが行われた。再びそのカフェテリアに集まった中には、守備コーチのニック・レイバもいた。

関係があるのは選手たちだけではなかった。ハードルはコーチたちに対しても、データにもっと馴染《なじ》みを持ち、もっと信頼を抱いてもらう必要があった。彼はコーチたちにフォックスやフィッツジェラルドと「積極的に対話を試みる」ように促した。2人の分析官は「いいやつらだ」、そうコーチたちに言い聞かせた。これからは分析官たちと過ごす時間が増えることになるから、互いにもっと親睦《しんぼく》を深める方がいいと訴えた。ハードルはコーチたちが変化を受け入れてくれるはずだと信じていた。

守備コーチ、ニック・レイバの役割

レイバの仕事は極端な守備シフトの戦術に関してより詳細に説明し、選手たち全員に納得させることにあった。今後はレギュラーシーズンの各連戦の最初の日に、レイバはクラブハウス内のビデオルームで試合前にパイレーツの内野手と顔を合わせ、守備シフトに関して入念な打ち合わせをする予定になっている。必要があればビデオを見せ、ある打者に対してそのような守備シフトを敷く理由を改めて叩《たた》き込む。だが、レイバはこれまで守備位置に関してここまで大きな責任を担ったことがなかったし、自分自身も戦術を完全に納得しているのかどうか確信が持てずにいた。レイバはハードルのもとでコーチに就任した2011年から、すでに守備位置の変更に関するデータに触れていたが、データからわかったことを実際のグラウンド上で試すように求められたことはなかった。これまでの2シーズン、レイバはフォックスから提供されたデータの多くに抵抗を感じていた。けれども、2013年のシーズンは、データに基づいた守備シフトを一貫して採用するように明確な指示を受けていた。

ずんぐりとした体型で肌は浅黒く、髪には白いものが交じるレイバは、自らを「古いタイプの」野球人だと評していた。2012年の FanGraphs.com とのインタビューでは、パイレーツは分析ツールを自由に使えたにもかかわらず、それらに目もくれないことが多かったと認めている。「コーチとして——たぶんクリントも同じことを言うと思うが、自分の直感に頼る部分がまだまだ多いんだ。内野の守備位置を見て、うちの投手のボールを見て、打者のスイングを見る。その打者の調子がいいかどうかはすぐにわかる。スイングを見れば打者が何をしようとしているのかも、だいたいわかったものさ」

そのような主観的な判断に基づいて選手の守備位置を決める時代は終わりを迎えることになる。かつてマイナーリーグでショートを守っていたレイバにとって、この変化は簡単に受け入れられるものではなかった。巡目に指名された。彼は1975年のドラフトでカージナルスから24巡目に指名された。選手としてメジャーリーグでプレイすることはなかったものの、1985年には24ホワイティー・ハーゾグのもとでカージナルスの一塁ベースコーチに就任した。レイバがハードルと初めて出会ったのはそんなカージナルス時代で、ハードルの選手生活が早くも下り坂を転げ落ちていた頃だ。『ピッツバーグ・トリビューン・レビュー』紙に語ったところによると、カージナルスのコーチ時代にレイバは、相手チームの打者がカージナルスの投手から打った打球の飛んだ方向を、監督のハーゾグが記録しているところを見たという。ハーゾグはカージナルスの先発投手ボブ・フォーシュが打たれた打球にはオレンジ色の色鉛筆を、ジョン・テューダーが打たれた打球には黒の鉛筆を使っていた。レイバもそのやり方を真似て、守備位置を再考する案を作ろうとした経験がある。それでも、内野手から自主性を奪い、どこで守ればいいかの直感を無視させるのには抵抗があった。けれども、レイバは指揮系統の中における自分の位置を心得ていた。守備シフトに関する指示は上から伝えられたものなのだ。

抵抗を感じていたのはレイバだけではなかった。大多数のコーチや選手も同じような気持ちだったのは間違いないだろう。しかし、時速１５０キロのボールが時速１４５キロ以上の速さで振られるバットで打ち返されたらどこに飛ぶかを予測するうえで、自分たちの直感や主観的な判断がほとんど役に立たないことを、データは示していた。インプレイ打球のうちのアウトになった打球の数は、あたかも科学的な法則のように、プロ野球が行われるようになってからの約１３０年間、変わることはなかった。野手が通常の守備位置に就いている場合、メジャーリーグの打者がボールをフィールド内に打ち返した時の打率は3割前後。自らの経験に基づいてレイバが内野手に動くように指示を出した場合でも、せいぜい伝統的な守備位置から数歩の範囲内だった。そのレイバが、自分の直感を捨てるだけではなく、内野手に対しても直感を捨てるように指示を出さなければならなくなったのだ。

ハードルとハンティントンは、レイバが選手たちに対して、戦術に合わせて動くように指示することを望んでいた。けれども、グラウンド上で選手たちが必ずしも指示通りに動くとは限らない。例えば、ワシントン・ナショナルズの監督マット・ウィリアムズは、2013年から2014年にかけてのシーズンオフに、次のシーズンでは変則的な守備シフトを増やすと明言した。データに基づいて守備位置を変え、内野手の守備シフト採用数を増やすために、守備コーディネーターという新しいコーチとしてマーク・ワイデマイヤーと契約までした。けれども、2014年のナショナルズの守備シフト採用回数は、メジャーリーグで下から2番目の数だった。選手たちが伝統から離れることに抵抗したためだ。レイバは選手たちを動かすことができるのだろうか？　それにはこうした最初のミーティングが鍵だった。全体の計画を脅かす障壁となるのはコミュニケーション不足だからだ。どの新しいアイデアをグラウンド内に持ち込むか、それを決める番人はコーチであり、さらに選手たちだった。

データを視覚化した説明

全選手が参加した春季キャンプの2日目、レイバは内野手たちを集め、静かなカフェテリアで自分を囲むようにテーブルに着かせた。選手たちへの説明に関しては、こうした春季キャンプ序盤のミーティングのはるか前から準備されていた。新しい説明方法のおかげで、パイレーツはレイバをある程度までは納得させることができた。今度はその説明で内野手たちを納得させなければならない。

「選手への説明はいつも重要な意味を持つ。いつ説明を行うか、どのような形で発表するか。新しい、これまでと違う考え方。それは変化を意味する。変化は反発を招くこともある」ハードルは語る。「しかし、我々は情報を黒と白ではっきりと見せることができる。灰色の部分は存在しない。なぜこれが有益なのかを示すことができた。そのためにはどこに手を加える必要があるかを示すことができた」

レイバは4月から選手たちが就くことになる守備位置に関して、データに基づいたスカウティングレポートの実例を持参していた。シンシナティ・レッズの左打者で宿敵のジェイ・ブルースに関して、数字が並んだスプレッドシートではなく、データを色鮮やかに視覚化した資料を提示した。レイバは打球がグラウンド内のどこに飛んだかの割合を示す数字を読み上げるつもりなどなかった。そんなことをすれば選手は飽きてしまい、ほかのことを考えてしまう。ブルースはゴロを内野の右側に引っ張ることが多く、左側に流すゴロの数の9倍にものぼる。レイバはその事実を、ホームプレートから内野の右側に向かって扇形に広がる何百本もの色づけした線で示した。内野の左側にはほとんど線が伸びていない。データに基づいて視覚化したチャートには、様々な球種に対するゴロの打球の軌道が描かれており、それを見せられた後では、内野の右側に多くの野手を配置する戦術に反論することは難しい。

フロントおよび監督とコーチが守備位置に関する自分たちの提言の多くを採用するつもりであることを知ると、フォックスとフィッツジェラルドはデータをより身近な形で示す作業に取りかかった。データをもっとわかりやすい形式に、統計の専門家だけでなくスポーツ選手でも理解できるような形式にしなければならなかった。数字を羅列したデータを渡すだけでは、選手たちからの支持は得られない。２０１２年のシーズン中に何人かの選手と交わした短い会話や、一緒にビデオを検証した経験から２人が学んだのは、選手たちが視覚的な資料を驚くべき速さで吸収し、その情報を忘れずにいることだった。多重知能理論を信じるならば、このことは納得がいく。時速１５０キロで向かってくる投球の軌道を追ったり、フライやライナーの落下地点に達するコースを瞬時に判断したりする能力に優れている野球選手は、必然的に視覚面のＩＱも優れているはずだ。

フォックスはシーズンオフにトゥルーメディアから分析用のプラットフォームを購入した。これを使用することで、レイバが内野手に見せたようなデータを視覚化したチャートも簡単に作成できるようになった。フォックスとフィッツジェラルドは嬉々《きき》として作業にのめり込んだ。これは野球の世界でほかのチームに差をつけるチャンスで、そのためにクリアしなければならない課題はあと1つだけ――正しい方向に進んでいることを選手に納得させることだった。

「視覚面ではかなり手をかけた」フォックスは言う。「選手たちが視覚的にとらえることができれば、それを受け入れやすくなるし、『なるほど、そんなに大胆なことでもないな。実際に打球が飛ぶ場所と合っているし』と思ってくれる」

データを視覚化したスカウティングレポートは、守備位置を決める際に重要となるだけではなかった。ゲームプランのほぼすべての側面においても役に立った。例えば、パイレーツの投手コーチのレイ・シーレッジが、相手チームの先発メンバーを見ていたとしよう。サンフランシスコ・ジャイアンツのスター選手バスター・ポージーがあるコースのある球種に対して15打数ノーヒットだと口で言うのではなく、ヒートマップという色分けしたチャートを使用すれば、ポージーの得意なところと弱点を一目ではっきりと示すことができる。トゥルーメディアのツールを使用すれば、投手はマウスをクリックするだけで、あるコースに投げたある球種のビデオを再生して確認することもできる。各連戦の前には、パイレーツの関係者全員に向けて、該当する相手の視覚化されたスカウティングレポートのセットが印刷して配付されるようにもなった。

レイバが内野手のニール・ウォーカー、クリント・バームズ、ペドロ・アルバレス、ギャビー・サンチェスとともに検討したブルースのスカウティングレポートは、彼の打球のパターンがその１年間だけの特徴ではないことも示していた。ブルースは２０１２年のシーズンに内野の右側に打ったゴロの数が内野の左側に打ったゴロの数の９倍多かったが、それ以前のシーズンの分も含めた２５００以上の打球を調べると、右側に飛んだゴロの数の方が10倍多いことも判明した。

それでも、内野手の頭には疑問が残った。なるほど、確かに視覚化して見せてもらえるととてもわかりやすい。けれども、内野の半分から野手の姿が消えたら、打者はそこを狙って流し打ちをするんじゃないのか？　うまく対応するんじゃないのか？　何しろ相手はメジャーリーグの打者なのだから。あるいは、バントをしてくるかもしれない。それに対して、コーチは説明した。バントをしたとすれば、打者は長打の可能性を自ら捨てることになる。それにより、打者は本来の打撃ができなくなる。さらにコーチは、スイングの角度、バットの軌道、ボールの角度を考慮すると、外角寄りの投球は打者が引っ張る方向のゴロに、すなわちデータに基づいた守備シフトの網にかかりやすい打球になる確率が高いことも指摘した。その一方で、外角寄りの球を流し打ちした場合には、スイングの角度のせいでゴロよりもフライになりやすい。

何十万ものインプレイ打球の検証から、打者の打球の傾向が変わるという証拠はほとんど見当たらなかった。過去に極端な守備シフトを敷かれた数少ない左打者の例から見ても、相変わらずボールを引っ張り、ホームランを狙っていることがわかった。なぜなら、その打者の給料の価値はそこにあるからだ。流し打ちのヒットを打つために大金をもらっているわけではない。打ち方を変えるというのなら、やらせておけばいい、パイレーツの選手たちはそう伝えられた。その打者の本来のバッティングができなくなるだけの話なのだ。それでも、春季キャンプが始まっても、疑問は完全には消えなかった。

内野の要、クリント・バームズ

ミーティングの後、パイレート・シティの施設の裏手にある球場では、春季キャンプの残りの期間を過ごすためにブレーデントンの中心部にある別の施設に移動するまでの数日間、パイレーツの内野手が慣れない守備位置でゴロを捕球する練習を行っていた。選手たちは新しい戦術を受け入れればいいだけではなかった。筋肉の記憶となった神経回路を書き換えなければならなかったのだ。数年前、カイル・スタークはマイナーリーグの選手用にスプレーで白い×印を描いた。今度はその慣れない守備位置に、メジャーリーグの内野手が立つことになった。

アマチュア時代もプロ入り後も、内野手は何千、何万というゴロを伝統的な守備位置でさばいてきた。内野の特定の場所からの送球が体にしみついている。今シーズンは新しい守備位置を、新しいバウンドを、新しい送球の角度と距離を学ばなければならなかった。

パイレーツの二塁手のニール・ウォーカーは、主に一二塁間のライト前の浅い位置でゴロを捕り始めた。ショートのクリント・バームズは二塁ベースの後方で過ごす時間が多くなった。扱いにくい打球を処理することになる可能性はバームズの方が高い。打球が走者や塁審や投手に遮られたり、マウンドに当たって向きが変わったりすることが多いからだ。三塁手のペドロ・アルバレスはこれまでのショートの守備位置でのゴロの捕球に練習時間を費やした。一方、右打者用のシフトのために、バームズは三遊間の深い位置でも何度もゴロをさばき、ダイヤモンドの対角線に当たる一塁まで、内野手としてはいちばん長い距離の送球を繰り返した。練習中、内野の片側に野手が１人しかいないことはしばしばで、時には１人もいないこともあった。ハードルとレイバは、二塁手とショートが戦術に従ってくれれば、ほかの野手は自然と従うことになるはずだと期待していた。

当初、ウォーカーは懐疑的だった。周囲を見回しながら、ほかの選手が戦術に納得するのか、あるいは反対して異議を唱えるのか、様子をうかがっていた。春季キャンプが始まって間もない頃、ウォーカーはバームズに向かって次のような質問をしたことを覚えている。

「本当にこれをやるつもりなんですか？」

パイレーツにとって幸運なことに、内野の最も重要なポジションにいたのは心の広い選手だった。

ショートを評価する際にいちばんの基準となるのが肩の強さだ。内野の左側、伝統的な三塁手とショートの守備位置の間に当たる三遊間の深いところから、一塁まで送球できるだろうか？　次にスカウトやコーチが見たいのは横への動きのスピードで、左や右の打球に対して滑らかに素早く対応できるかどうかを評価する。また、まるで掃除機が吸い込むかのようにゴロをさばくことのできるやわらかい手を持っているかも大切だ。バームズにはこうした理想的な特徴がほとんどなかった。打球に対する一歩目の反応が群を抜いているわけではない。つまり、足を踏み出してからすぐに加速できるような筋肉の対応力を持っていない。アトランタ・ブレーブスのショート、アンドレルトン・シモンズのような強肩の持ち主でもない。ただし、やわらかい両手はショートとしての基準を満たしていた。これは彼が両親から授かった才能の一つだ。

バームズは野球における幾何学的な側面とタイミングも理解していた。チームメイトの誰よりも、守備位置や角度の本質を理解していた。専門家はバームズの野球に対する本能を称賛する。本能とは生まれながらに体に組み込まれている力のことだ。しかし、野球に対する本能はそれとは違う。選手たちは生まれながらにして何らかの身体的な才能を有しているが、野球に対する本能というのは実際には経験のことで、練習を繰り返すことで得られる副産物なのだ。練習を一生懸命に、目的を持ってこなすことで、それを手にすることができる。すぐに呼び起こすことができる記憶を生成すること、と表現してもいいかもしれない。ショートを守り続けるために、バームズはショートという守備位置の本質を理解しなければならなかった。どこで守るべきかを、野球というスポーツのタイミングを、ほかのショートの選手の誰よりも理解しなければならなかった。そのため、２０１３年の春にレイバが最初に内野手を集め、フォックスとフィッツジェラルドが作成したチャートを――相手チームの打者のチャートだけでなく、自分たちがどんなタイプの投手と対戦した時にどんなところに打球がいちばんよく飛んでいるかを示すチャートを手渡した時、バームズはデータを直感的に理解して受け入れた。

「打球のチャートはとても大きな意味があった」バームズは語る。「チャートを眺め、あれほどの数［の打球］を見て、センター前に飛ぶのが1本か2本だけで、それ以外のほとんどの線がある決まった範囲内に収まっているのを確認すれば、『なるほど、ここに立った方がいいな。理にかなっている』と思うよ。理論を立ててそれを［視覚的に］示してくれたことは、特に慣れていない人間にとっては、納得するうえでとても役に立った」

野球と幾何学

バームズが野球における幾何学的な側面を最初に学んだのは、コロラド・ロッキーズのマイナーリーグでプレイしていた頃だった。今から何年も前のマイナーリーグ時代に、「マウンドに誰が立っているかを把握しろ……打席に誰が立っているかを把握しろ」と繰り返し言い聞かされているうちに、伝統的な守備位置から離れていったのを覚えているという。シンカーを多投する投手と引っ張ることの多い打者が対戦する場合、バームズは三塁ベース寄りに守った。捕球から送球までの時間を短縮するために、守備練習の時や味方の打撃練習で守備に就く時には、バックハンドでゴロを捕球することに時間を割いた。バックハンドで打球をさばけば、一塁への送球の際に両足をステップする必要がなくなる。バームズにとっては、この0・5秒の時間短縮が大切だった。

「けっこう長い間、変わった守備位置でゴロを捕っていたよ。ショートを続けていられるのは、それが大きな理由じゃないかな。体の右側に飛ぶ打球は好きだ。バックハンドに自信があるからね。三遊間へのゴロにも、センター前に抜けるようなゴロにも、練習すれば対応できる。違った守備位置に就いて、内野の違った場所の違った角度から違った距離の送球をすることにも対応できる」バームズは語る。「毎日練習を繰り返していれば、身に付くものだよ。いろいろな意味で、筋肉の記憶みたいなものだからね。そこに考えが入り込む余地はない」

一歩目の反応の速さや、50メートルダッシュのスピードや、肩の強さに関しては、ライバルのショートの多くにかなわなかったにもかかわらず、高度な守備指標によれば、バームズはメジャーリーグで最も優秀なショートの一人だった。２０１０年から２０１３年にかけて、バームズは守備防御点でブレンダン・ライアンに次ぐ2位につけている。これはベースボール・インフォ・ソリューションズ（ＢＩＳ）が考案した守備の統計で、ある野手が同じ守備位置のほかの選手と比べてどれだけの数の打球をアウトにしたかを測定する数値だ。ＢＩＳは内野に飛んだ打球のコースとその強さを追跡し、ある野手がその守備位置の平均的な野手と比べてどれだけ多くの打球を処理できたかを測定した。バームズはショートの中の「エリート」だった。２０１１年のシーズン終了後、パイレーツがフリーエージェントとなったバームズを獲得した主な理由には、その統計数値があった。もう一つの理由は、ロッキーズ時代を共に過ごした監督のハードルが、バームズを高く評価し、彼に信頼を寄せていたからだ。

ロッキーズにおける守備位置は、クアーズ・フィールドの高度とチーム事情のために重要度が高かった。長年にわたり、ロッキーズは標高の高い地点にあって空気が薄い本拠地対策として、様々なタイプの投手を試してきた。立地条件からフライの飛距離が出やすい球場なので、フライを多く打たれる投手にとっては危険な場所だ。バームズの在籍中、ロッキーズはゴロを多く打たせる投手を集めていた。これはゴロがホームランになることは絶対にないという考え方に基づくものだ。

しかし、空気が薄いと湿度も低くなるため、内野のグラウンドはかたくなり、球足も速くなる。そのため、必然的に内野手が打球に反応するための時間は短くなるし、対応できる範囲も狭くなる。クアーズ・フィールドはメジャーリーグの中で最もホームランが出やすい球場だっただけでなく、ゴロが内野を抜けてヒットになりやすい球場でもあった。バームズは右打者の打った強い打球が次々と自分の右側を抜けていくことにうんざりしていた。そのため、シンカーを投げる投手がマウンド上にいる時に右打者が打席に立つと、バームズは三塁ベース寄りに守備位置を変えた。そのような身をもって経験した証拠の蓄積があり、2006年には守備防御点で25点という数字を残したことから、バームズは2013年のパイレーツによる全面的な守備シフト採用を前向きにとらえることができたのだった。

けれども、バームズがコロラドで実践したことと、2013年にピッツバーグで行うように指示されたことの間には、ある大きな違いがあった。ほかの多くのチームと同じように、ロッキーズはデータに基づく守備戦術を試合で採用していたわけではなかった。データがクラブハウスの中にまで入ってくることもなかった。伝統的な守備位置から離れて守ろうというバームズの決断の大半は、自らの発見に基づくもので、特定の打者に対して時折行っていただけだ。しかし、パイレーツが行おうとしていたことは違った。

バームズは自身の主観的な意思決定が、完全には排除されないまでも、減らされることになるのを快く思わなかった。２０１３年の守備シフトはデータ主導で、採用回数も極端に増加する。こうした守備シフトが機能するためには、全選手がすべての投球において戦術に従わなければならない。自らの判断でその考え方から逸脱することは許されない。バームズのように心の広い選手であっても、これをすぐに受け入れることは難しかった。

「［春季キャンプでは］みんなそこそこ納得していた。けれども、その時点では、実際にグラウンドに立って実践するまでは、それがどこまで徹底的に行われるのかを十分に認識できていなかったように思う」バームズは語る。「１人の選手だけ［が守備シフトを敷く］というのは珍しくないわけではない。でも、チーム全体となると、かなり異例のことだ」

守備シフトに対する投手の反応――Ａ・Ｊ・バーネットの場合

パイレーツの内野手がそれを受け入れがたいと感じたのはもちろんだが、より強く受け入れがたいと感じたのは投手たちだった。ハードルはこの戦術に対して反旗を翻す可能性が最も高いのは、内野手ではなく投手だろうと予想していた。今までだったら内野手が守っていたはずなのに、変則的な守備シフトのせいでがら空きになったところをゴロが抜けていったとしたら、投手陣がいらだつだろうことは想像に難くない。そのせいでヒットになった打球は、内野手の伝統的な統計数値ではなく、投手の防御率や被安打の数字に、ひいては将来の年俸に影響を与えることになる。守備シフトを投手たちに納得させるという第二段階の方が難関になりそうだった。

２０１３年の春、パイレーツが選手に対して新たな守備戦術を公開した時、主に反発の声をあげたのは、内野手が等間隔で守備に就いていることに安心感を覚える投手たちだった。内野の大部分をがら空きにして守ることは、直感的には間違っているように思われた。データを重視するカージナルスが２０１３年に極端な守備シフトをほとんど採用しなかった理由の一つはそこにある。投手陣が守備シフトの採用に対していい顔をしなかったのだ。２０１３年の春の時点では、パイレーツの投手陣も同じだった。

データ重視の守備シフトに対して最も強く異論を唱えたパイレーツの投手は、最も影響力のある選手の一人でもあるＡ・Ｊ・バーネットだった。彼は反乱の首謀者となりうる選手だった。36歳のバーネットは、チーム内でベテランと見なされ、ボスとして君臨していた。長身で鍛え上げた肉体をしており、ブロンドの髪を逆立て、体のあちこちにタトゥーを入れている。常にどこか機嫌が悪そうな表情や物腰で、常に記者や相手の選手を威圧しようとする。バーネットは存在感のある選手だった。

メジャーリーグで長く活躍しているバーネットは、生涯獲得年俸が1億ドルを超えている。簡単に人の言うことを聞くような選手ではない。頑固だと言ってもいいかもしれない。フロリダ・マーリンズのマイナーリーグで若手選手だった頃、コーチは左打者対策として3つ目の球種となるチェンジアップを覚えさせようとした。だが、バーネットはそれを拒んだ。彼は2つの持ち球――時速155キロの速球と、生まれ故郷のアーカンソー州の田舎で祖父から教わったナックルカーブに、絶大な信頼を置いていた。決して握りを変えようとしなかったし、新たな変化球を覚える必要性を感じることもなかった。マーリンズ時代、チェンジアップを投げるようにしつこく言い続けるチームに辟易《へきえき》したバーネットは、先発したある試合でコーチに見せつけるためだけに44球ものチェンジアップを投げた。それ以降は再び、チェンジアップを投げることを頑《かたく》なに拒み続けた。

大胆な守備位置の変更に関して、バーネットは声を大にして反対した。2013年のシーズン後半のテキサスでの試合中に、そんなバーネットの不満が観客の目の前で爆発しそうになったことがある。テキサス・レンジャーズの打者が打った内野ゴロは、伝統的な守備を敷いていれば併殺打となり、そのイニングの攻撃が終わっているはずだった。しかし、打球は野手のいない内野の左側を抜け、タイムリーヒットになってしまった。バーネットはバームズを指差しながら大声で叫んだ。口論はベンチに戻ってからも続いた。試合後、クラブハウスに集まった大勢の記者に対して、バーネットは次のように説明した。「クリント・バームズに対しては何の不満もない。不満があるのはあのくそシフトに対してだ！」

けれども、春季キャンプの間、パイレーツの投手たちが自分の意見を表に出すことはあまりなかったし、守備シフトに対する嫌悪感をおおっぴらに話すこともそれほどなかった。ただし、試合中にグラウンドを見回し、内野手が片側だけに集まって残りの半分が手薄になっていることに気づき、困惑と不信の表情を見せる投手が多かったのも事実だ。

極端な守備シフトの裏をかいた流し打ちの打球がヒットになるたびに、投手は不満をあらわにした。そんな時は、逆に守備シフトのおかげでヒットがアウトになった数のことなど頭から消えてしまいがちだ。中でもいちばん不満を抱いていたのがバーネットで、キャンプ中に若い投手から最も尊敬の眼差《まなざ》しを集めていたのもバーネットだった。若い投手は彼を見習い、彼の真似をしようとしている。バーネットを納得させることはできないのだろうか？

パイレーツのコーチは投手たちに頭を冷やすよう言い続けなければならなかった。アウトにすることができた打球に対して目を向けるように訴え続けた。「最初のうち、投手は思い出したかのように周囲を見回し、［内野手の守備位置に］気づき、『ちょっと待ってくれ。いったいどうなっている？』と言っていたんじゃないかな」ハードルは語る。「我々はこう言い聞かせるしかなかった。『慣れてもらわなければならない』ってね。信頼がなければならない。納得してもらわなければならない。時にはシフトが裏目に出ることもある。けれども、もっと大きな視点でとらえていくうちに、効果を目に見える形で示し、我々がチームとしてどれほどよくなったかを示すことができるのではないかと思う」

守備シフトに対する投手の反応——マーク・メランソンの場合

パイレーツのリリーフ投手マーク・メランソンは、性格の面でも気性の面でもバーネットとは正反対だったが、彼も新たな守備シフトに対しては疑いを抱いていた。マッケクニー・フィールドとＰＮＣパークのどちらにも、クラブハウスの隣にビデオルームがある。選手たちはフォックスとフィッツジェラルドに遠慮なく質問し、２人の発見に疑問があれば説明を求めるように勧められた。２人の分析家とともにコンピューターやビデオ画面のそばにいることが最も多かった選手はメランソンだった。メランソンは自分の時に限って、ぼてぼての当たりが野手の間を抜けてヒットになるような気がしていた。彼はパイレーツのほかの多くの投手とは違う。右打者の外角に逃げるカット・ファストボールを決め球にしていた。メランソンは守備シフトがある打者の打球のチャートではなく、ある打者の投手ごとの打球のチャートに基づいて行われるべきではないかと考えた。

だが、ここで問題となったのは、検証のためのサンプルが少なすぎることだった。ある打者が1人の投手と何十回も対戦することはほとんどない。相手がリリーフ投手の場合はなおさらだ。けれども、メランソンが投げかけたのはいい質問だった。メランソンの懸念と好奇心もあって、フォックスとフィッツジェラルドはデータをさらに深く検証した。どのような守備シフトを敷くかは、その打者が打つ時の打球の傾向と、その投手が投げている時の打球の傾向を融合してはじき出される。しかし、メランソンのようなほかの投手とは異なる球種を持つ投手の場合、フォックスとフィッツジェラルドは対戦する打者の傾向よりもその投手がマウンドにいる時の打球の傾向の方を重視した守備シフトを敷くことにした。

また、2人はどのような先発メンバーを組めばよいかの提案に関しても微調整を行った。右投げか左投げか、球速や球種などの観点から、その日の相手の先発投手に近いと思われる15人ほどの投手を選び、自チームの打者と各投手とのこれまでの対戦成績を調べたのだ。このように、選手側からのコミュニケーションを通じて調整や改善がなされたデータや提案もあった。分析官だけが検証する領域を考え、その結果を伝えていたのではない。選手の発した質問が、変更や興味深い発見につながることもあった。こうしたやり取りを通じて、古い考え方と新しい考え方は共存できるだけでなく、互いに補い合えることも証明された。フォックスは異論を唱える質問や、それに伴う選手とのやり取りを歓迎した。このことは新しい領域を調べるべきか、あるいは無視するべきかをフォックスが考えるうえで役に立つことになる。

「春季キャンプ中はただビデオルームに座っているだけでも、そこに選手たちが出入りしてくれれば、『ねえ、こういう時にはどんなアプローチをするんだい？』とこちらから質問する機会が生まれる。たいていの場合、選手たちは自分たちの持つ情報を喜んで提供してくれる」フォックスは語る。「キャンプ中のそうした会話を通じて、スカウティングレポートやほかのチームに対する［戦術の］提案の中に、新たな別の情報を提供することができた」

ハードルはその春、「なぜ」で始まる疑問を大量に浴びせられることになるだろうと覚悟していた。フォックスとフィッツジェラルドに来てもらった理由の一部はそこにある。選手たちが戦術に反旗を翻すことは避けなければならなかった。この春だけはそんなことがあってはならない。これが最後のチャンスなのだから。

ハードルはスペインの征服者エルナン・コルテスの話を思い出すことがあった。彼は新世界に上陸すると、部下の士気を維持するために乗ってきた船を燃やしたという。前に進まざるをえない状況を作り出したのだ。それが部下の反乱を防ぐ1つの方法——他の選択肢を排除することだった。ハードルは選手に対して、なぜこの戦術を取るのか理解してもらいたかった。そのため、春季キャンプでは周到な準備を行ったうえで提示したのだ。しかし同時に、これまで成果を出せずにいた古いやり方に逆戻りすることがないように、選手たちを鼓舞するほかの手段が必要だということも認識していた。投手たちは戦術を受け入れ、指示されたところに投げなければならない（この点に関しては後の章で詳しく説明する）。投手が指示に逆らえば、相手の打者は内野のがら空きのところを狙って自由に打てるから、被安打数が増え、防御率がはね上がるばかりだ。一方で内野手も、守備シフトに逆らった場合には、根拠となる大量のデータに反する行動を取ってしまうだけではない。投手が決まった戦術に従って投げているのに、自分たちが守備シフトを敷かずにいると、相手に多くのヒットを許す結果になってしまうのだ。こうしてハードルは、自分なりに後戻りするための船を燃やし続けたのだった。

第6章　守備シフトによる挑戦

2013年シーズンの開幕

春季キャンプは新たな希望の時期でもある。もしかしたら、今シーズンはこの選手が調子を取り戻すかもしれない。この若手選手が活躍するかもしれない。今年はいいところまで行けるかもしれない。けれども、20シーズン連続で、パイレーツファンの期待と希望は虚《むな》しくついえてきた。2013年の3月末、パイレーツの春季キャンプは終了した。ブレーデントンの陽光とメキシコ湾からの心地よい風に別れを告げ、天気予報の難しいピッツバーグに向かう時が訪れた。4月1日の開幕日、ピッツバーグには小雪がちらついていた。冬のような陽気は春季キャンプ期間中の暖かさとは対照的で、希望と明るさに満ちた3月が終わったことを思い知らせてくれる。あたかも天気の神様が、「ようこそ、現実の世界へ」と挨拶《あいさつ》しているかのようだった。これから本番が始まる。球団内の多くの人にとっての最後のチャンスが、間もなく始まろうとしていた。

フロントから選手に至るまで、パイレーツの球団内の誰一人として、このシーズンがどのように展開するかを読めずにいた。大胆な戦術は機能するだろうか？　これまでのメジャーリーグの歴史を振り返っても、パイレーツがこれから実行に移そうとしているような失点を防ぐための戦術だけを頼りにして、状況を一変させることのできたチームは存在しない。パイレーツは自分たちが実験台なのを理解していた。もうずいぶんと長い間、パイレーツのような市場規模の小さい球団は、財政的に不利な土俵で戦ってきた。選手を評価するうえでミスを犯す余裕はないし、ヤンキースやレッドソックスやドジャースのようにスター選手を呼び込めるだけの魅力もない。その代わりに、守備位置を変えることで不利な土俵も変えようと目論《もくろ》んでいた。

試合のある日、球場を訪れるハードルのいちばんのお気に入りの時間は、試合開始の30分前だ。ダッグアウトに入り、そこに1人で座る。グラウンドは白線を引いて水をまいたばかりで、完璧《かんぺき》に整備された状態にある。観客がスタンドを埋め始め、次第に活気があふれてくる。何でも可能に思えてくる。ハードルはそんな時間が好きだ。開幕日には毎年必ず、ほかの日とは違う活気を感じる。ピッツバーグで確実に球場が満員になる数少ない日の一つ。地元の球団に対して市民がマイナスの感情を抱くことのない数少ない日の一つ。投手が第1球目を投げる前には、期待があり、喜びがある。ペンシルバニア州西部特有の厳しい冬を耐え忍び、ようやく屋外でのスポーツを楽しめるようになったピッツバーグ市民にとって、その日の球場は発散の場でもある。試合前の数十分間、スピーカーからは大音量の音楽が流れ、グリルした肉の香りが周囲に漂う。席に座り始めた観客の間を、ビールの売り子が歩き回っては声をかける。２０１３年の雪が舞う開幕日、ハードルはそのすべてにひたりながら、これが監督として迎える最後の開幕日になるかもしれないということは考えないように努めた。

試合開始の数時間前、ニック・レイバは狭いビデオルームの中で内野手と話をした。対戦相手のカブスの打者に合わせて、どの位置で守ればいいかを内野手に示した。相手の先発メンバーを想定し、守備位置の裏付けとなるデータも見せた。内野手に手渡された印刷物は、レイバが持っているものと同じだ。そこにはパイレーツの開幕投手Ａ・Ｊ・バーネット、および彼と似たタイプの右投手と対戦した時の、カブスの先発メンバーの打球チャートが載っていた。その中でも特に顕著な傾向が見られたのは、左打ちで引っ張り専門のカブスの一塁手アンソニー・リゾの打球チャートだった。内野の左側はほぼ真っ白で、数本の打球しか飛んでいない。それに対して、内野の右側はＮＢＣ放送のクジャクのロゴのような状態で、ホームプレートから様々な暖色や寒色の線が伸び、ゴロが最も集中している範囲を色分けして示している。リゾの打ったゴロが、信じられないほどの高い確率で内野の右半分に飛ぶことは一目瞭然《りょうぜん》だった。

ミーティングが終わると、選手たちは自分のロッカーに戻り、グローブとバットを手にして打撃練習に向かった。あとは選手たちがレイバの示した守備位置に従うかどうかだが、ハードルとレイバがそれを確認するためには、第1球目が投じられるまで、数時間待たなければならなかった。

PNCパークのホームチームのダッグアウトは三塁側に位置しており、グラウンド面から120センチほど下がっている。ダッグアウトの床とグラウンドとの間には、数段の階段がある。試合中にデータ重視の守備シフトが敷かれるのをその目で見るために、ハードルはパイレーツのダッグアウトのお決まりの場所に立った。グラウンドの端にはダッグアウトを囲む高さ90センチほどのナイロン製のネットが張られていて、選手やコーチたちを打球から守っている。しかし、そのネットがあるために、ダッグアウトのベンチに座ったままではグラウンドの様子が見にくい。そのため、ハードルはダッグアウトのホームプレート側の端にある階段のいちばん上の段に立つことにしていた。両腕を組んでそこに立ち、ネットを支える手すりを覆った緑色のパッドに寄りかかった姿勢になる。そうすることで、グラウンド内を見渡すことができる。ハードルはいつもその場所に立ち、試合中は風船ガムを、おそらくは3時間ずっと噛《か》み続けるのが常だった。ハードルがあまりにもよくガムを噛むため、#ClintHurdlesGum のハンドルネームを持つツイッターのアカウントが作られたほどだ。ハードルがガムを噛む姿はパイレーツの試合ではお馴染《なじ》みとなったが、２０１３年の開幕日、ベンチに立つハードルは、いつもよりも神経質な様子でガムを噛みながら、「本当に動いてくれるだろうか？」と思っていたはずだ。果たして内野手たちは守備戦術を受け入れてくれるのだろうか？

1回表、場内アナウンスがそのシーズンの先頭打者となる左打ちのデヴィッド・デヘイスースの名前を読み上げる中、ハードルは内野手の姿をじっと見つめていた。シフトを敷くだろうか？　動くだろうか？　それとも、反旗を翻すだろうか？　ショートのクリント・バームズが左方向に動き始めた時、ハードルは安堵《あんど》のため息をついた。

バームズが二塁ベース寄りに足を踏み出したのに合わせて、ウォーカーもライト線の方に動き、ライト前の浅い位置に移った。3人の内野手が一塁ベースと二塁ベースの間に入ったテッド・ウィリアムズ・シフトほどではないにしても、通常の守備位置からは大きく動いたことになる。けれども、高く上がった打球に対してはどんな守備シフトも手の打ちようがない。3番打者のリゾがバーネットの球を高々と打ち上げてセンターオーバーのホームランを放ち、ヒットで出塁していた2番打者のスターリン・カストロに続いてホームを踏んだ。カブスの先発ジェフ・サマージャにはこの2点の援護だけで十分で、試合はカブスが3対1で勝利を収めた。

どんよりと曇ったうすら寒いこの日、ファンは口々に「また今年もか」とつぶやきながらPNCパークを後にした。敗れはしたものの、最も重要なことはパイレーツの内野手が守備シフトを敷いたという事実だった。彼らはレイバの指示に従い、戦術にチャンスを与えたのだ。チームにとって必要なのは、過去に例のない守備隊形を敷くことへの裏付けだった。プラスの成果だった。パイレーツはすぐにそれらを手にすることになる。

機能し始めた守備シフト

中1日置いた4月3日水曜日、パイレーツは再び球場に姿を見せた。この日も寒い夜で、かじかんで感覚が半ば麻痺《まひ》した手でバットを振る打者は、石を打っているように感じたに違いない。先発のワンディ・ロドリゲスが6回までカブス打線を無失点に抑える好投を見せる一方、アンドリュー・マカッチェンとスターリング・マルテのタイムリーで加点したパイレーツは、3対0とリードして9回表の守備を迎えた。スタンドはどうにか半分の席が埋まっている程度で、まだ試合を見ている観客は座席に凍りついて動けなくなっただけではないかと思うような天気の中、パイレーツのマウンドに立つのはクローザーに転向して1年目のジェイソン・グリリー、9回の先頭打者として打席に入ったのはリゾ。バームズは再び二塁ベースの右側まで動き、ウォーカーは伝統的な守備位置から7メートル近く一塁ベース寄りに移動した後、数歩後ろに下がってライトの前の芝生にまで足を踏み入れた。ウォーカーのこの守備位置は完璧だった。

リゾの放ったワンバウンドの痛烈な打球はウォーカーのすぐ左側に飛んできた。ウォーカーは打球を処理し、一塁に送球してアウトを取った。これはそのシーズン中の何千というプレイの中の一つにすぎないが、内野の守備シフトの有効性を裏付ける最初の証拠となった。ウォーカーが通常の守備位置で守っていたら、リゾはヒットで出塁していたはずだ。「二塁手として無人地帯に入り込んでしまったような気分になった時もあった」ウォーカーは守備シフトについてそう語る。「ゴロを捕球したはいいものの、自分がどこにいるのか一瞬わからなくなったような、どうにも不思議な気分だったよ」

特定の左の強打者に限定すれば、これまでも極端な守備シフトは採用されてきた。けれども、そのシーズンのパイレーツは程度の差こそあれ、ほとんどすべての左打者に対して、さらには多くの右打者に対しても、大胆な守備シフトを敷き始めた。ほぼすべての打者に対して、わずかな場合も含まれるにしても、伝統的な守備位置からの離脱が行われたのだ。シーズンが開幕してから1か月が経過した頃には、守備シフトでヒットをアウトに変えられた証拠が数多く集まるようになっていた。

「[守備シフトが機能した]例は数え切れないほどあった」ハードルは語る。「シーズンが始まって間もない頃だけでも、打たれた瞬間には『これをアウトにするのは無理だ』と思ったにもかかわらず、打球が飛んだ先では内野手が構えている、そんな目を見張るような事例が20回以上はあったよ。選手たちには言い続けているんだが、私の現役時代には二塁ベース方向に飛んだ痛烈な当たりは、10本中9本はヒットになったものだった。それが今では、同じような打球なのに10本中2本しかヒットにならない。野球は変わりつつある。自分もそれに合わせて変わらないと、置いてきぼりにされてしまうよ」

4月10日のアリゾナでの試合で、バームズは通常のショートの守備位置と比べてかなり三塁ベース寄りの三遊間の深い地点で、ウォーカーは二塁ベースのすぐ後ろで、それぞれ守備に就いた。厳密な意味では、これも3人の野手が内野の片側に移動するテッド・ウィリアムズ・シフトには当てはまらないが、伝統的な守備位置からはかなり逸脱した形だ。パイレーツはそれぞれの打者に合わせて守備位置を変えていた。内野手は打者が打席に立つ前に守備位置を移動する。2人の打者に連続して同じ守備シフトを敷くことはない。アリゾナ・ダイヤモンドバックスの右の強打者ポール・ゴールドシュミットは、三遊間に強いゴロを放った。これまでだったらレフト前に抜けるヒットになっていた当たりだが、バームズは難なくさばいて一塁に送球した。

「内野手の間でこんな話をすることもあった。『どうして右打者に対して一二塁間や内野の右半分を与えてしまうんだろう？　そこに打たれたら点が入ってしまうような時に、どうしてウォーカーを二塁ベース付近で守らせるんだろう？』ってね。内野手として、そのことを素直に受け入れられない時があったのも事実だ」バームズは言う。「相手だってメジャーリーグの打者だ。がら空きの一二塁間を狙ってゴロを転がされたら、二塁走者が一気にホームに還《かえ》ってしまいかねない。それなのに、どうしてそんなチャンスを与えているんだろう？」

それでも、「どうしてそんなことをするのか」の証拠は増え続けた。

シーズン序盤のデトロイト・タイガース戦で、左打者のドン・ケリーが二塁ベース方向に痛烈なゴロを打ち返した。野球が誕生してから100年以上の間、センター前に抜けるヒットになっていた当たりだ。ところが、ちょうどその位置で守っていたバームズが打球を処理し、二塁ベースを踏んでフォースアウトを取り、一塁に送球してダブルプレイを完成させた。このような経験を通じて、チーム内では新しい戦術を採用し続けるという決意が強固なものになっていった。しかし、戦術への信頼を高めたのは、そうした経験だけではなかった。

新しい戦術への信頼

パイレーツのある白髪のコーチは、ほかのコーチたちと経歴が違っていたため、分析チームとほかのスタッフとの間の橋渡し役を務めていた。55歳のデイヴ・ジャウスは鋭い眼光の青い瞳《ひとみ》を持ち、白い毛の交じった短いひげを生やしており、一見したところはほかのコーチたちと変わりはないように思える。しかし、彼はプロとしての野球経験がまったくなかった。『シカゴ・トリビューン』紙のスポーツ記者の息子として生まれたジャウスは、心理学の学位を取得してアマースト大学を卒業後、スポーツマネージメントの修士号も取得した。アマーストでは野球部の主将を務め、その後はモントリオール・エクスポズのダン・デュケットのもとで、長年にわたってコーチとマイナーリーグの選手評価を担当した。このモントリオール時代に、ジャウスはハンティントンと出会っている。ジャウスはフィッツジェラルドに対して、各連戦の前にデータに基づいたスカウティングレポートを選手たちに渡す際、最近の試合でデータ通りの結果が出た事例を添えた方がいいのではないかとアドバイスした。この重要なコミュニケーションがプラスの補強効果をもたらし、選手の間での受け入れ姿勢を高めていった。

状況証拠を通じて戦術をますます信じるようになっていったのは選手たちだけではなかった。20世紀的な野球の教えを受けてきたコーチたちも信じ始めたのだ。60歳のレイバのコーチ歴は、1978年にルーキーの選手を中心としたアパラチアンリーグのジョンソンシティで始まるが、そんな彼も『ピッツバーグ・トリビューン・レビュー』紙に次のように語っている。「パイレーツに来た当初、私は古い考えの人間だったと言ってもよかった。けれども、数字は嘘をつかない。2012年のシーズンの半ば頃には、分析の人間から得た情報の50パーセントから60パーセントを使っていたと思う。［2013年には］100パーセントに近かった」

2013年、パイレーツは極端な守備シフトの採用数をほぼ5倍に増やすことになる。変化を受け入れるのが遅い保守的なスポーツとされる野球の世界において、これは戦術面での前代未聞の方針転換だ。ハードルが監督を務めた1年目の2011年、パイレーツの守備シフト採用数は87回だった。2012年には少し増え、105回となった。2013年、パイレーツは守備シフトを494回採用する。これほどまでの急増は、わずか1年間での戦術転換としては過去に例のない数字だ。

ほんの2年前まで、1シーズンに大胆な守備シフトを100回以上採用したのは、ブルワーズ、レイズ、インディアンス、ブルージェイズの4チームだけだった。パイレーツは採用数で下から3番目だったのが、2013年には上から6番目になり、そのおかげもあってシーズン最初の1か月は勝ち越すことができた。4月が終わった時点で、パイレーツは15勝12敗。開幕ダッシュに失敗することはなかった。内野手は守備シフトのおかげでヒットがアウトになる事例を目の当たりにし、戦術をますます受け入れるようになる。パイレーツの選手はシーズン最初の1か月、目に見える結果を注視していた。勝ち星とデータによる守備シフトの成功の証拠は5月になっても増え続け、パイレーツは2か月連続で勝ち越すことができた。

パイレーツのチーム全体の好結果は、打球を着実にアウトにし続けた個々の野手たちのおかげだった。ベースボール・インフォ・ソリューションズ（BIS）によると、パイレーツの二塁手ニール・ウォーカーの守備防御点は、2012年のマイナス4点から2013年にはプラス9点に向上した。13点の差は1・3勝分に相当する。この劇的な変化は、処理した打球の数が増えたことと関係している。ウォーカーが2013年に伝統的な二塁手の守備位置の外で打球を処理した数は、2012年より32回も増えている。よりデータに基づいた守備位置に就くことで、パイレーツの三塁手ペドロ・アルバレスは2012年にマイナス5点だった守備防御点が2013年にはプラス3点になったばかりか、出場時間数は同じなのに守備機会が71回も増えた。パイレーツの一塁手ギャレット・ジョーンズの守備防御点は、2012年のマイナス5点から2013年にはリーグ平均のプラスマイナス0点に向上した。負傷およびルーキーのジョーディー・マーサーの台頭により、出場機会が400イニング以上も少なくなったにもかかわらず、2013年にショートのクリント・バームズが通常の守備位置の範囲外で打球を処理した数は同じだったし、守備防御点も変わらなかった。これはより効率的な守備ができたことを意味している。

内野手ほど大胆な形ではなかったものの、パイレーツは外野手の守備位置も変更した。センターのアンドリュー・マカッチェンは、2012年にマイナス5点だった守備防御点が、2013年にはプラス7点に改善された。こうしたすべての要因が相まって、同じ選手を起用したにもかかわらず勝ち星が増えたのだ。

「[極端な守備シフトは]いずれは野球の試合で当たり前に行われるようになると思う」2013年のシーズン後、ウォーカーはそのように予想した。「でも、これは僕の考えだけど、少し時間がかかるんじゃやないかな。まだほとんどの人はそれを認めたくないだろうから」

だが、野球はウォーカーが想像する以上の速さで進化した。

メジャーリーグにおける守備シフトの普及

パイレーツがたった1年で極端な守備シフトの採用回数を急増させ、その結果として守備も改善された事実を各チームが目の当たりにしたことも一因となって、野球界全体における採用回数は爆発的に増加した。BISの集計によると、2013年にメジャーリーグでこうした変則的な守備シフトが敷かれた回数は7955回だったが、2014年にはシーズンの半分が終わった7月1日の時点で、すでに8800回に達していた。結局、2014年のメジャーリーグ全30チームの守備シフト採用回数は計1万3088回にのぼり、これは201

2年の4577回と比べると3倍近い数字に当たる。年俸総額を増やさずに失点を減らせると知り、より多くのチームがその考え方に同調するようになったのだ。

セントルイス・カージナルスが2013年に極端な守備シフトをほとんど採用しなかったのは、監督のマイク・マシーニーによると、先発投手陣が抵抗したためだという。けれども、カージナルスもこうした守備シフトの採用を徐々に増やすと発表している。

「我々も守備シフトを実施しており、より多くの情報が集まれば今後も使い続けることになると思う」マシーニーは語る。「統計の数字がすべてではないかもしれないが、少なくとも嘘をついてはいない」

BISのデータに基づき、2013年から2014年にかけての守備シフトの増加をチームごとに見てみよう。

2013年、極端な守備シフトに積極的なタンパベイは、伝統的な考え方を持つ反守備シフト派のコロラドよりも、許したヒットの数が230本も少なかった。同じく守備シフトに積極的なミルウォーキーは、守備シフトに抵抗を感じているミネソタと比べて被安打の数が190も少なかった。これは1試合当たり1・17本に相当する。大した数ではないように思えるかもしれないが、ヒットの数は得点につながり、得点は勝利につながる。野球界全体がますますこの事実を意識するようになった。2013年のシーズン後、レッズは反セイバーメトリクス派のダスティ・ベイカーを解任し、後任の監督として守備シフトや分析に理解のあるブライアン・プライスを据えた。

ゼネラルマネージャーのジェフ・ルーノウのもとで新たなチーム作りを進めているアストロズは、最先端を行く分析チームを擁し、２０１４年には過去最高となる数の守備シフトを敷いた。

チーム別のシフト数の増加

チーム	2013年	2014年
アストロズ	496回	1341回
レイズ	556回	824回
ヤンキース	475回	780回
オリオールズ	595回	705回
ブルージェイズ	249回	686回
パイレーツ	494回	659回
ブルワーズ	538回	576回
ロイヤルズ	386回	543回
ホワイトソックス	73回	534回
インディアンス	312回	516回
レッドソックス	478回	498回
レンジャーズ	355回	490回
アスレチックス	311回	488回
ツインズ	84回	478回
マリナーズ	261回	411回
カージナルス	107回	367回
ジャイアンツ	149回	361回
エンゼルス	249回	357回
カブス	506回	316回
フィリーズ	45回	291回
ダイヤモンドバックス	191回	252回
パドレス	88回	241回
メッツ	177回	221回
ブレーブス	160回	213回
レッズ	290回	212回
ドジャース	51回	208回
タイガース	139回	205回
ナショナルズ	45回	201回
ロッキーズ	95回	114回

メジャーリーグ全体で見ると、2013年には2007年と比べてアウトになる打球の数が1パーセント増えている。1シーズンに換算すると、出塁数が2540回減ったことになる。このような数字が、変則的な守備シフトの採用数の急増に拍車をかけた。

BISのジョン・デュワンは次のように語る。「野球ではあるチームが何かを実行して、それが成功すると、ほかのチームも試そうとする……極端な守備シフトは昨年［2013年］から大幅に増加した。我々の分析官が、守備シフトに価値があることを示しているのさ」

けれども、データに基づいて野手を配置することに対して、いまだに抵抗しているチームもある。2014年のシーズンの最初の1か月、ロッキーズは一度も守備シフトを敷かなかった。フィリーズとパドレスも伝統から離れることに消極的で、2014年の成績はともに振るわなかった。

次世代の守備シフト――外野手をどこで守らせるか？

野球界の大部分が、レイズ、ブルワーズ、パイレーツなどのデータに基づく守備シフトを重視するチームにならおうとしている一方で、分析家のチームは早くも次世代の守備シフトを取り入れている。2014年のシーズンの最初のカージナルスとの対戦で、パイレーツは選手に合わせて守備シフトを敷くのではなく、1球ごとに守備位置を調整した。例えば、バットをボールに当てるのがリーグで最もうまい打者の一人と言われるカージナルスの三塁手マット・カーペンターが打席に立つと、パイレーツの内野手は絶えず守備位置を変更した。ある打席中のボールとストライクのカウントに応じて、内野の片側に寄ったかと思うと次の投球の時には通常の等間隔の守備位置に就くなど、カーペンターの傾向に合わせた守備を敷いたのだ。

「まだまだ余地が残されている」ジョン・デュワンは言う。「守備シフトを最も積極的に採用しているチームでさえも、まだ十分とは言えない。そこが第一の点だ。ほかにもとても重要な要素がいくつかある。その一例がカウントだ。自分に有利なカウントの時には、ほとんどすべての打者に引っ張る傾向が見られる。それに対して、投手に有利なカウントになると、ほとんどすべての打者は引っ張らなくなる。これは極めて重要なポイントだ。球種の問題もある。二塁手とショートには捕手が出すサインを読み取ってもらわなければならない。速球の場合は、打者が引っ張る可能性は低くなる。これは野球の世界では常識だが、すべての野手が捕手のサインを読み取り、打球がどこに飛びやすいかを予想しているわけではない。革新的なチームはそういったことを始めようとしていると思う」

２０１４年、パイレーツは外野手の守備位置も積極的に変えるようになり、レフトのスターリング・マルテがファウルラインから10メートルも離れていない極端な位置で守ることもあった。

けれども、外野手の極端な守備シフトを採用するとなると難しい問題がある。内野のどのあたりに打球が飛ぶかを示した各データを見ると、打球の大部分はゴロか低いライナー性の当たりだ。つまり、打球のスピードはあまり変わらないし、打球はグラウンドを転がるか低い軌道を描くかのどちらかになる。しかし、外野の場合は、打球の軌道、滞空時間、スピードが様々なため、守備位置の最適化の作業がより難しくなる。しかも、最も適した守備位置を特定するためには、外野手の守備範囲や球場の形状も考慮に入れなければならない。

「打球の集まっている場所が守備位置として適しているとは限らないので、外野の場合は難しかった」フィッツジェラルドは語る。「外野に飛んだ打球を見ると、左中間にかなり集中しているのがわかる。でも、左中間に12本の打球が飛んだとしても、ライン際の4本の打球の方が「長打になる可能性が高いため」重要なんだ」

パイレーツの分析官たちは視覚教材を使って外野に飛んだ様々な打球をグラフ化し、3人の外野手がどこを守ればいいか提示した。フィッツジェラルドは語る。「視覚化すると目に飛び込んでくるからね」

シンシナティ・レッズの左の強打者ジョーイ・ヴォットは、メジャーリーグで最も知的かつ最も恐れられている打者の一人だ。しかし、パイレーツはヴォットの打つフライにある傾向が見られることを発見した。ヴォットが打席に立つと、パイレーツは引っ張り専門の右打者を相手にしているかのように、レフトのマルテをライン際に移動させた。

「外野の守備シフトには意味がある。何本かヒットを損したよ。得したヒットよりも、損したヒットの方がはるかに多い」ヴォットは言う。「パイレーツはいつも大胆な守備シフトを敷く。何度となくあったよ……レフト方向に流して、打球がライン際に飛んで……普通ならヒットになるはずなのにパイレーツ戦だとアウトになってしまう。彼らはヒットを奪い取っているのさ」

ビッグデータは守備に有利

ビッグデータがもたらしたもう一つの影響は、守備側に有利な状況を作り出したという点だ。これは野球の世界に入ってきたビッグデータのほとんどが、いかにして失点を防ぐかに特化していたことによる。極端な守備シフトの普及と増加、およびスカウティングレポートに含まれる情報の向上が、打撃の低下をもたらした。守備シフトの採用と奪三振数の増加により、伝統的な打率の基準値が危うくなり、得点環境にひずみが生じた。２０１３年、メジャーリーグ全体の打率は２割５分３厘で、これは１９７２年以降で最も低い数字だった。何十年もの間、３割を打つことが好打者の印だったが、今ではその基準そのものが存続の危機に瀕《ひん》している。

ただし、先に述べたように、打率の低下は三振の数にも関係している。守備シフトの効果を抜き出すために、インプレイ打球の打率を考えてみよう。２００６年から２００８年にかけて、メジャーリーグ全体でのインプレイ打球の打率は、３割３厘から３割の間で、これは過去の歴史を見ても平均的な数字に当たる。ところが、その数字が２０１１年には２割９分５厘、２０１３年には２割９分７厘に下がっている。打率が何厘か下がっても大したことではないと思うかもしれないが、これは伝統的な守備位置ならばヒットになっていたはずの何百もの打球がアウトになったことを意味する。

ビッグデータによって得点が減ったことを示す究極の証拠はスコアボードにある。１試合当たりのチームの平均得点は２００６年の４・８６点から毎年減り続け、２０１３年には４・１７点になった。これは１９９２年以降で最も低い数字だ。２０１４年になると得点はさらに減少し、１９８１年以降で最も低い１試合当たり４・０７点にまで下がった。メジャーリーグ全体の打率も２００６年の２割６分９厘から下がり続けていて、２０１４年は２割５分１厘だった。しかも、メジャーリーグの約４分の１のチームが積極的に守備シフトを採用しているだけで、これだけの結果が出ているのだ。２０１３年のパイレーツは、先陣を切って極端な守備シフトの採用数を増やした。パイレーツは、ブルワーズ、レイズなどとともに、守備シフトのおかげで相手チームよりも優位に立つことができた――ただし、喜んではかりもいられない。

２０１３年のシーズン前半、パイレーツは守備シフトが有効なことを学び、その成功が２０１４年の野球界に影響を及ぼすことになる。しかし、ハードルが監督を続けるためには、ハンティントンとフォックスがフロントにとどまるためには、野手の守備位置を変える以上のことを行う必要があった。

第7章　消耗

パイレーツ投手陣に相次ぐ負傷

２０１２年、パイレーツは何としてでも優秀な投手を獲得しなければならない状況にあった。そのため、チームはハンティントンがドラフトで指名し、１００万ドル以上の契約金を支払ったロビー・グロスマンとコルトン・ケインの２人を含む若手選手と交換で、ヒューストン・アストロズからベテラン左腕のワンディ・ロドリゲスを獲得した。獲得した時点で、ロドリゲスには2シーズン半の契約が残っていた。パイレーツはロドリゲスが２０１３年のシーズンに先発の柱になってくれることを期待した。A・J・バーネットを除くと、パイレーツの投手陣のうちメジャーリーグで1シーズンに２００イニング以上投げたことがあるのはロドリゲスだけだ。それ以前の4年間、ロドリゲスは最低でも1シーズンに１９１イニングを投げていた。

２０１３年6月5日、穏やかな午後を迎えていたジョージア州アトランタのターナー・フイールドで、パイレーツのシーズンは危機的状況に陥った。ロドリゲスがその試合で投げた14球目に当たる速球は、まるで手が滑ったかのように、左打者のフレディー・フリーマンの内角高めに浮いた。コントロールのよさでは定評のあるロドリゲスにしては珍しく大きく外れた球が、フリーマンの肩に当たる。マウンド上のロドリゲスは、ビジターのダッグアウトに向かってグローブをはめた右腕で合図を送った。その動作には言語の壁など存在しない。ロドリゲスは自チームのトレーナーを呼んでいたのだ。最初にロドリゲスのもとにやってきたのは、捕手のラッセル・マーティンだった。マーティンがマウンドに歩み寄ると、ロドリゲスは自分の左肘《ひじ》を指差し、何事かつぶやいた。次にやってきたのはパイレーツのトレーナーのトッド・トムジックで、マウンドに駆けつけた彼のまわりを、ビジター用のグレーのユニホームを着たパイレーツの内野手が取り囲んだ。ロドリゲスは左肘を持ち上げた。それを見たトムジックは、ロドリゲスと短く話をした後、彼を連れてマウンドを降り、ゆっくりとパイレーツのダッグアウトに向かった。その間、内野の中心に集まった選手たちは、表情を曇らせながらその場に立ち尽くしていた。選手たちもトレーナーも、投手自らが肘の痛みを訴えた場合、大きな問題にならない例はまれだということを知っている。結局、２０１３年にロドリゲスが再びマウンドに立つことはなかった。

このところ、パイレーツは選手たちの相次ぐ負傷に悩まされていた。その3日前、開幕当初のロングリリーフから先発に転向したジェンマー・ゴメスが、右の前腕部を痛めて途中降板したばかりだ。ゴメスが先発に回ることになったのは、先発投手のジェームズ・マクドナルドが肩を痛め、5月1日に故障者リスト[訳注7]入りしたためだ。２０１２年のシーズンの前半戦、マクドナルドはオールスターゲームに選ばれてもおかしくないほどの活躍を見せたが、後半戦にはチームと同じように失速した。マクドナルドが肩に違和感を覚え始めたのは２０１３年の4月後半で、その後は球速も成績も下降線をたどった。ロドリゲスと同じく、マクドナルドも残りのシーズンをすべて欠場することになる。

そればかりか、開幕時に先発ローテーション入りしていたジョナサン・サンチェスも、まったく結果を出すことができず、4月30日に解雇されていた。パイレーツはわずか35日の間に、開幕時の先発ローテーションの60パーセントばかりか、代役の先発投手のゴメスまでも失ったことになる。

パイレーツはトラブルに陥っていた。

負傷者を出している余裕などないが、負傷をコントロールすることもできない。過去に例を見ないような華麗な守備戦術を編み出し、フリーエージェントの選手からほかのどのチームも気づかなかった隠れた価値を引き出し、フロントと監督とコーチがすべてにおいて正しい判断を下したとしても、中心選手の多くが負傷や不振で戦線を離脱してしまえば何の意味もない。スター選手のアンドリュー・マカッチェン以外で、チームにとって最もこたえるのは先発投手の負傷だった。

このため、パイレーツにはもはや失敗が許されなくなった。シーズン前のチームの年俸総額は、メジャーリーグ全体で下から４番目の６６００万ドル。負傷した投手たちの年俸はそのうちの５分の１近くを占めていたが、それだけの額が負債同然になってしまったのだ。パイレーツには無駄な金を支払う余裕はないし、悪い状況を一変させるような大物のフリーエージェント選手と契約する余裕もない。負傷した選手の代役は、外部から獲得するのではなく、内部で探さなければならない。パイレーツは緊急に代役を必要としていた。

ロドリゲスが負傷した日、パイレーツは０対５でアトランタ・ブレーブスに敗れ、３連敗を喫した。ナショナルリーグ中地区首位のセントルイス・カージナルスとのゲーム差は３・５に広がり、２位のシンシナティ・レッズとも１ゲームの差がついてしまった。シーズン最初の２か月と少しで60試合のうち35試合に勝ち、多くの専門家を驚かせたものの、相次ぐ負傷でその好調も風前の灯《ともしび》となっていた。このあたりがパイレーツの限界なのだろう、そう誰もが思った。

訳注７　２０１９年のシーズンから、故障者リスト（disabled list）は負傷者リスト（injured list）に名称が変更になった。

チームに対するファンの無関心

パイレーツの頭を悩ませていたのは、先発投手が次々と消えていくことだけではなかった。野球チームに対するピッツバーグ市民の興味も消えつつあった。この20年間、パイレーツとファンとの間の信頼の絆《きずな》は年を追うごとに細くなっていた。前半の好調にもかかわらず、２０１３年のシーズンの最初の2か月間、ＰＮＣパークはスタンドが半分埋まるかどうかだった。内外野の観客席の上半分では、椅子の色の濃い青ばかりが目立った。市民の多くは最初の2か月間を単なるまぐれだと考えていた。過去2シーズン続けてファンたちは、後半戦に突入するとそれまで蓄えていた貯金を瞬く間に吐き出し、19シーズン連続負け越し、続いて20シーズン連続負け越しを記録したパイレーツに裏切られていたのだ。

パイレーツは守備戦術とフリーエージェントの獲得に関して、新しい有望な何かをつかみかけたと感じていたものの、戦術をファンたちに公開し、密《ひそ》かに手に入れた優位を手放すわけにはいかなかった。それにたとえ戦術を大々的に宣伝したとしても、そのほとんどは目で見てわかるものではないので、ファンが喜んでくれるとは思えない。今まではヒットだった打球がアウトになったとか、以前はボールだった投球がストライクになったという話は、大金を費やして強打者やエースを獲得するようなインパクトに欠ける。パイレーツが見出《みいだ》した価値は野球カードの裏に書いてあるわけではないし、広告塔として使えるわけでもない。勝ち星が増えれば観客数も増えるだろうとパイレーツは期待していたが、ファンが球場に足を運ぶことはなかった。

過去20年間のパイレーツのオーナーグループの多くは、選手の年俸総額を増やせば球場を訪れるファンが増えるとは信じていなかった。こうした信頼の欠如は、観客動員数が１９９０年の２００万人から、１９９５年にはストライキで試合数が少なかったとはいえ90万人にまで急減したせいで、いっそう強まったのかもしれない。過去20年間で観客動員数がかろうじて２００万人を突破したのは、ＰＮＣパークが完成した最初のシーズンの２００１年だけだ。この新しい球場がピッツバーグ市内のノースショアに建設されることになったのは、１９９８年に期限ぎりぎりで資金調達の合意を見たおかげで、その合意がなければ球団はピッツバーグを離れていたかもしれなかった。１９８０年代末から１９９０年代初めにかけてのバリー・ボンズを中心とする主力選手がチームを去って以降、人気は凋落《ちょうらく》の一途をたどった。ピッツバーグがアメリカンフットボールの街であり、アメリカンフットボールが振るわない年はアイスホッケーの街であることを、オーナーたちは毎年のように思い知らされた。

現オーナーのボブ・ナッティングは球団を保有してからまだ数年しかたっておらず、したがって負け越し記録に対する責任はそれほど大きくないが、球団以外の投資の方に高い関心を持っているのではと噂されていた。彼の投資先の一つであるセブンスプリングス・マウンテンリゾートは、地元ラジオのスポーツトーク番組でたびたび名指しされた。ナッティングは選手に金を払わず、その分をスキーのリフト代につぎ込んでいるに違いないというのが、ファンの間での定番のジョークになった。パイレーツの球団首脳は市場規模の小さなチームの限界をしばしば引き合いに出したが、スティーラーズやペンギンズがそのような言い訳を口にすることはなかった。もっとも、NFLとNHLはチーム間の平等を保つためにサラリーキャップ制度[訳注8]を導入している。ファンたちは、ナッティングが大金を支払ってトレードやフリーエージェントで大物選手を獲得するつもりがないことに感づいていた。かつて長年にわたって共同オーナーを務めていたジェイ・ラスティグでさえも、ピッツバーグに強い野球チームを取り戻すためにナッティングが財布の紐《ひも》を緩めるとは考えていなかった。ラスティグは2012年に自分の持ち分を売却している。2013年4月に『ピッツバーグ・トリビューン・レビュー』紙のインタビューを受けたラスティグは、次のように語った。「市場規模の小さなチームを持っていて、勝ちたいと思ったら、［金を］損することを覚悟しなければならない……［ナッティングの］問題は、彼が筋の通らない業界にいる筋の通ったオーナーだということだ。みんなは彼のことをけちなオーナーだと言うが、決してそんなことはない。彼は資金を正しく振り分けている。球団が赤字にならないように、ある程度の利益を出したいと考えているのだ」

「ボブ・ナッティングと私の間で意見の食い違いがあったかって？　もちろんだとも。彼には何度となく話をして、何度となく言い聞かせようとしたよ。億万長者にチームを売却する潮時だってね。新しいオーナーがチームにもっと金を費やして、パイレーツを勝たせることができるか、外から見ればいいじゃないかって。［しかし、］ボブ・ナッティングは祖父が父に、そして父が彼に教えたことを、私にも言ったのさ。何かを所有するということは、それをずっと所有し続けるということだってね。私のような年を取った人間は、『ずっと』がどのくらいの長さなのかを確かめる気にもなれないよ」

ネイビーシールズ風の厳しい練習を行った事実が明るみに出て、ブレーデントンにあるマイナーリーグ選手用のトレーニング施設のクラブハウスの外に貼られた「つらくても受け入れろ」というポスターの画像がマスコミに漏れると、パイレーツの球団首脳に対する疑問の声があがり、ファンの忠誠心はさらに試されることになった。「つらくても受け入れろ」は軍隊用語で、部下の兵士に対して厳しい訓練に耐えるように呼びかけるものだ。チームはマイナーリーグの選手たちに、厳しい練習がいつか実を結ぶということを伝えようとした。しかし、一部の地元メディアは、それを20年連続負け越しについての簡潔でユーモラスなスローガンだと解釈した。

訳注8　リーグ全体の収入に基づき、各チームが選手に支払う年俸総額の上限を規定する制度。

ＰＮＣパークに目立つ空席は、信頼の低下と変革の要求を表すボイコットのように感じられた。２０１０年の終わりにパイレーツの監督に就任した時、ハードルはこの壊れた信頼関係を目の当たりにした。ハードルはしばしば、ピッツバーグの街と野球チームとの間の絆の再生が自分の使命だと口にした。彼が初めて知った頃のパイレーツは、デイヴ・パーカーやウィリー・スタージェルらのスター選手を擁してワールドシリーズを2度制覇した、１９７０年代の素晴らしき「ウィ・アー・ファミリー」[訳注9]パイレーツだった。ピッツバーグは昔からずっとアメリカンフットボールの街だったわけではない。この街では昔からずっとアイスホッケーが第二のスポーツだったわけではない。かつてピッツバーグは野球の街だった。スティーラーズがスーパーボウルを制覇し、ペンギンズがスタンレー・カップを獲得する前は、パイレーツがチャンピオンだったのだ。

どうやってファンの心に訴えるか？

パイレーツの親善大使となり、チームの顔となるためには、試合のある時だけピッツバーグに暮らしているのではだめだ、ハードルはそう考えた。そのため、ハードルは自宅を購入し、雪とぬかるみばかりの冬もピッツバーグで生活することにした。毎日立ち寄るスターバックスでは、店員が何も聞かずにカップに名前を書いてくれるようになった。郊外にある自宅近くのノースヒルズの雑貨屋や理髪店でも、彼の姿を目にすることができる。街中を歩くハードルは、外で見かける子供たちのほとんどが、スティーラーズのベン・ロスリスバーガーのユニホームやペンギンズのシドニー・クロスビーのスエットを着ていることに気づいた。パイレーツ関連のグッズを身に着けている子供の数ははるかに少なかった。まるで子供たちまでもが野球チームの存在を恥じているかのような光景だった。ここで長く監督を務めるためには、この状況を変えなければならない、ハードルは強く思った。それはビジネスでもあった。チケットを売り、グッズを売り、テレビ中継に目を向けさせる。そのためには、パイレーツが勝たなければならなかった。

2013年のシーズン前半戦の大きな違いはデータに基づいた知的な決断にあったが、ファンはそのことに気づいていなかった。パイレーツが後半戦も同じようなプレイを続ければ、スティーラーズやペンギンズといったより実績のあるプロのスポーツチームに夢中になっている街でも、無視し続けることはできないはずだとハードルは信じていた。勝ち続けることができれば、ピッツバーグの街も想像力をかき立てられるはずだと感じていた。同時に、またしても後半戦に失速することは許されないとも承知していた。ハードルはすでにツースト

訳注9　「ウィ・アー・ファミリー」はシスター・スレッジが歌ったヒット曲のタイトル。ワールドシリーズで優勝した1979年のパイレーツのテーマソングとして使用された。

ライクと追い込まれた状態にある。ここで三振を喫するわけにはいかなかった。しかし、投手陣に相次いだ負傷は、3つ目のストライクと21シーズン連続の負け越しを確実なものにしかねない。パイレーツとハードルは、シーズンの3分の1が終わった時点で先発ローテーションの6割を失うという危機を乗り越えなければならなかった。これほどまでの負傷者の続出は、選手層が厚く資金も豊富なチームであっても暗雲が垂れ込める事態だった。

増加の一途をたどるトミー・ジョン手術

野球は消耗のスポーツと呼ばれることが多い。ハードルに言わせれば、消耗の典型的な結果が投手の負傷だ。投手は怪我をする。それは科学の法則のように必ず起こる。勝てるチームは、運よく投手陣に故障者が出ないか、控えの投手が揃っているか、フリーエージェントで追加の投手を獲得したりトレードで得た投手の高額契約を引き受けたりする資金的な余裕があるか、そのいずれかに当てはまる。ロサンゼルス・ドジャースのチーフトレーナーのスタン・コンテは、野球界における負傷のデータを検証した最初の医療スタッフの一人だ。コンテの調査によると、先発投手があるシーズンに負傷する可能性は50パーセントだという。そのため、投手の選手層の薄いチームが成功するのはかなり困難だということになる。しかも、先発投手は野球界で最も高額の年俸を受け取っている選手で、各チームの年俸総額のうち投手に支払っている分の比率が極めて高い。ジャーナリストでスポーツ選手の負傷を専門としているウィル・キャロルによると、2008年から2013年にかけて、メジャーリーグのチームは故障者リスト入りした投手に13億ドルを支払ったという。チームにとって最も痛い負傷は利き腕の肘の内側側副靭帯《じんたい》の断裂で、その場合は肘の靭帯の再建手術が必要になる。この「トミー・ジョン手術」を受けると、リハビリには1年から1年半を要することになる。

2013年の開幕時点でメジャーリーグのベンチに入っていた投手のうち、3分の1はトミー・ジョン手術の経験があった。投手の間で、特に若い投手の間で、かつてない数のトミー・ジョン手術が行われるようになった。2014年は9月までに76人の投手がトミー・ジョン手術を受け、これまでの最多記録だった2012年の69人をすでに上回っている。負傷の予防に関しては、有効な対策の兆しが見えない状態にある。

負傷の増加の一因として、1つの競技に特化する風潮の中で育ち、酷使されてきた投手の第一世代がメジャーリーグで投げるようになったことがあげられる。今の投手は子供の頃から年間を通じて投げ続け、十代の頃にはプロや大学のスカウトが見守る中で無理をする傾向がある。これはアメリカスポーツ医学機構がトミー・ジョン手術の爆発的な増加を検証した2013年の報告書の中で示された仮説だ。

もう一つの要因は球速だろう。PITCHf/x によると、投球データの測定を開始した2007年以降、メジャーリーグの速球の平均球速は上昇の一途をたどっている。それによって増大する一方の負荷に、体が耐えられないということなのではないだろうか。2008年、メジャーリーグのフォーシーム・ファストボールの平均球速は時速145・44キロだった。2013年には147・2キロになり、2014年にはさらに増加して147・36キロになった。2003年、ヒューストン・アストロズのリリーフ投手ビリー・ワグナーは、時速160キロ以上のボールを25球以上投げた唯一の投手だった。CBSSports.com によると、2013年には8人の投手が少なくとも25球以上は時速160キロを記録し、レッズのリリーフエースのアロルディス・チャップマンに至っては、160キロ以上のボールを318球も投げている。

一世代前と比べると、投手は背が高くなり、体格も向上した。だが、筋肉を鍛えることはできるものの、腱《けん》や靭帯を鍛えることはできない。長さ約2センチ、幅約1センチの内側側副靭帯は、繊維の束でできており、ロープのようにほつれる。靭帯は1球投げただけで断裂するわけではない。年月をかけて徐々に擦り減っていくと考えられている。靭帯にこれほどまでの負荷がかかっている時代は、これまでなかったはずだ。

負傷の増加ははっきりと記録に残っており、負傷が発生する原因の理解も進んでいる一方で、その予防法に関しての理解は少ない。野球の世界では今もなお、一般的な負傷予防対策として原始的なツール――球数を用いることが多い。投手の層を厚くすることの必要性はパイレーツも認識していたが、実績がある平均以上の投手をフリーエージェントで獲得するだけの資金はない。簡単な修正方法はなかなか存在しない。だが、パイレーツは１つ発見できたと考えていた。

第8章　金を生み出す方法

先発4人制という試み

ハードルは打者としての経歴を歩んできた。選手時代は強打者として期待され、その後はマイナーリーグのコーチや打撃インストラクターを経て、監督に就任した。そのような個人的な背景があるにもかかわらず、ハードルは投球の効率を強く意識していた。ロッキーズの監督時代に空気が薄くて打者に有利なクアーズ・フィールドで、多くの投手に疲労の色が表れるのを見てきたからかもしれない。あるいは、短期間ながら打撃コーチを務めたレンジャーズの本拠地テキサス州アーリントンでの8月の試合で、むせ返るような熱気と汗にやられる投手を目の当たりにしたからかもしれない。奪三振の数が過去最高を記録した時代に監督を務めた経験があるものの、ハードルは三振の数をあまり評価しなかった。

むしろ、「3球以下」で取るアウトの方を好んだ。投手には打者から空振りを奪うことを目指すよりも、打たせてアウトにすることを意識してほしいと望んでいた。球数を減らせば先発投手は長いイニングを投げることができるし、リリーフ陣を酷使しないでもすむ。パイレーツの監督に就任して以来、ハードルはこのやり方を推奨してきたが、ようやくこの手法を投手たちに受け入れさせるチャンスが訪れた。

ハードルは以前にも投手陣全体に関わる思い切った戦術を採用したことがあった。コロラド・ロッキーズの本拠地で、「マイルハイ」の異名を持つクアーズ・フィールドの薄い空気は、打者にとって圧倒的に有利な環境を生み出す。そのおかげもあって、ハードルの打撃コーチとしての評価は高まり、２００２年のシーズン序盤にはロッキーズの監督に任命されることになる。一方、空気が薄い環境は、効果的で効率的な投球にとっては非常に大きな壁となった。１９９３年に新球団がデンバーに誕生して以来、標高１６００メートルの地点にある本拠地では、投手力の向上に関するあらゆる試みが失敗に終わっていた。ほぼ毎年のように、クアーズ・フィールドはメジャーリーグの中で最もホームランが出やすく、最も得点の入りやすい球場に選ばれる。試合前にボールを加湿機能のある容器の中に入れ、湿気を含ませることで少しは効果があったものの、クアーズ・フィールドは依然として打者にとっての天国だった。

当初、ロッキーズは投手陣の強化をあきらめ、打撃中心のチームを組んだが、相手に打ち勝とうとするだけの戦法は、特にポストシーズンでは通用しなかった。次に、フリーエージエントとなったマイク・ハンプトンとデニー・ネーグルの2人の投手を高額契約で獲得してみたものの、どちらの投手も結果を残せずに終わった。2人の持ち球の変化球が、標高が高く空気抵抗の少ないクアーズ・フィールドでは思うように変化しなかったためだ。そこで2005年8月15日、ハードルとロッキーズはメジャーリーグで20年間ほど行われていなかった手法を試すことにした。先発ローテーションから5人目の投手を外し、4人でまかなうことにしたのだ。コロラドに投手を集めて育成するのは難しかったし、何よりも先発の5番手の投手が惨憺《さんたん》たる成績だったからだ。先発投手を4人に絞れば、チーム全体の投手力としては上向くはずだと予想された。残った4人の投手で先発ローテーションを回すために、ロッキーズはその4人が先発した試合で投げる球数を減らすことにした。これは重要なポイントだった。先発投手に対する打者の成績は、試合の後半の打席になるほどよくなる傾向があるからだ。投手のリリースポイントや球筋を見極める回数が増えるにつれて、打者はいい結果を残すようになる。セイバーメトリクスの考え方の一つに、先発投手の投げるイニング数を減らすというものがある。先発4人制を採用することで、ロッキーズは先発投手1人あたりの投球回数を少し減らし、対戦する打者の数も減らし、その分をリリーフ投手で補おうと考えたのだ。

「あの時の我々は、5人目の先発投手の目を覆いたくなるような成績を1年半も見続けていた」ハードルは語る。「防御率は無様な数字だった。投球内容も期待からはほど遠かった。我々は顔を見合わせて、『そうだ、なくしてしまおう。それでどうなるか見てみようじゃないか』と言ったのさ。伝統というのは素晴らしいものだ。伝統を尊重し、伝統を維持するのには、それなりの理由がある。けれども、伝統は未来を見る目を消してしまうこともある」

１シーズンにわたって先発ローテーションを４人で回したチームは、１９８４年のブルージェイズ以降は存在しない。シーズンのある程度の期間だけ先発４人制を試したチームに限っても、１９９５年のロイヤルズが最後だった。

「考え自体は2年前から話題にのぼっていたものの、怖くて試すことができずにいた」その当時、ハードルは記者たちに説明している。「でも、投手陣を立て直すためには、工夫をしなければならない時だと判断したのさ」

残念なことに、先発４人制が長続きすることはなかったし、それはハードルの監督の座も同じだった。投手たちは新たな仕組みに慣れることができず、ロッキーズも負け続けた。そのシーズンが終了するまでに、ロッキーズは先発４人制を断念した。クアーズ・フィールドで投手成績を向上させる方法が見つからないまま、ハードルは２００９年に監督を解任されることになる。けれども、ハードルが投手陣に対して大胆な理論を適用しようとするのは、この時が最後とはならなかった。彼は先発４人制が今でも正しいやり方だったと信じており、最初に採用したチームが成果を残していたら、後に続くチームが出ていたはずだと考えている。

ツーシーム・ファストボールでゴロを打たせてアウトを取る

野球は真似をするスポーツだ。各チームは成功したチームの戦術の真似をする。２０１３年の春、再び追い詰められたハードルは新たに大胆な実験を試みようとしていた。パイレーツは内野手を伝統から外れた守備位置に就かせようとしていただけではない。投手に対しても、主に投げる球種とコースを変えるように要求するつもりでいた。パイレーツの投手が効率的にアウトを取ることで球数を減らし、多くのイニングを投げるだけでなく、より多くのゴロを打たせたらどうなるだろうか？　増えたゴロが巧みに配置した野手のもとに飛ぶようにできたらどうなるだろうか？　前にも述べたように、ゴロの８割近くは打者が引っ張る方向に飛ぶ。

ハードルはこの考え方を、投手コーチのレイ・シーレッジと、マイナーリーグも含めた投手陣全体の指導に当たるジム・ベネディクトに打診した。「より多くのゴロを守備シフトに打たせることができたらどうだろうか？」ハードル、シーレッジ、ベネディクトの３人は「３球以下」の方針で意見の一致を見た。先発投手に対しては、試合の終盤まで投げられれば、すなわちより多くのイニングを投げられれば、勝ち星を稼げる機会もついてくると売り込むことができる。

「［そのような］枠で考えると納得できた」ハードルは語る。「そこに意識を集中すれば、本当にそのことだけを考えて突き詰めていけば、ツーシーム・ファストボールが最大の武器ということになる」

フライを打たせる投手なのかゴロを打たせる投手なのかは、生まれながらに持っている特質だと信じる人もいた。その違いは、投手の投げる球種、投球フォーム、リリースポイントの角度、ボールの動きなどに基づいている。そのような特質は変えることが難しいと考えられていた。しかも、これまでの野球の歴史を通じて、打者がゴロを打ったり投手がゴロを打たせたりする比率は誰一人として記録に取っていなかった。

ゴロに関するデータは、１９８０年代になってより詳細なプレイごとの記録が残されるようになるまでは、どこにも存在していなかった。Baseball-Reference.com が各投手のゴロとフライの比率の記録を取り始めたのは、１９８８年以降のことだ。打球のデータからは、投手と打者のゴロおよびフライの傾向をはっきりと見て取ることができた。打球のデータは、野球における最も大きな技術革新の一つで、同時に最初のビッグデータ用のツールでもあるPITCHf/x と組み合わせることにより、投手の間にフライを多く打たせる傾向とゴロを多く打たせる傾向が存在する理由を説明してくれた。PITCHf/x によって、一部の投手はその傾向を変えることができるだけでなく、どうやって変えたのかまで明らかになった。PITCHf/x は球速、投球の軌道、1球ごとのコースを測定するだけではない。それぞれの球種を正確に特定することもできる。そのおかげで分析官たちは、ある球種と打席の結果との統計的な相関関係をはっきりと見て取れるようになり、その中には球種とゴロとの関係も含まれていた。インターネットに接続できる環境さえあれば誰でも、ある投手がある球種を投げた頻度と、その時にゴロを打たせた比率に関して、1年ごとの変化を調べることができるようになった。それにより、野球が誕生してから今日に至るまで、最も多く投げられている球種が速球だということに変わりはないが、ツーシーム・ファストボールやそれに類するシンキング・ファストボールなどの球種の方が、より一般的な球種のフォーシーム・ファストボールよりもゴロを打たせる可能性が高いということが判明したのだ。

フォーシーム・ファストボールは最も球速があり、そのためにこれまでの野球では最も一般的な球種だった。投手は本能的に、速球を投げる時はできるだけ球速を出そうとする。しかし、フォーシーム・ファストボールはホームプレートに向かってより直線的な軌道を描くため、打者にタイミングを合わされるとフライになりやすい。「フォーシーム」の名前の由来はボールの握り方にある。投手は人差し指と中指がシーム（縫い目）と垂直になるようにボールを握る。投手の手を離れたボールは、バッター側から見ると1回転する間に4つのシームが通過する。一方、ツーシーム・ファストボールはフォーシームと比べると球速が落ちる。しかし、人差し指と中指が2つのシームに重なるように握るため、ボールのスピンと空気抵抗により下方向と水平方向への動きが生じる。ツーシームの方がバットの芯《しん》でとらえることが難しいため、ゴロになる比率が高くなる。

単にボールの握り方を変えるだけで、一部の投手は打球の特徴を変えることができる。このことは以前から知られてはいたものの、PITCHf/x はそれがいかに大きな変化なのかをデータからはっきりと実証した。そのため、ある投手がより多くのゴロを打たせ、しかもバックを守る内野手がデータに基づいた守備位置に就いていれば、理論的には被安打数も失点も減らせることになる。

より多くのゴロを打たせることは、野球史上類を見ない革新的な守備戦術において、守備シフトとピッチフレーミングに続く3本目の矢だった。2013年のシーズン前、いかにして得点力を強化するかについての話はほとんど行われなかった。シーズンオフから春季キャンプにかけての主眼は、いかにして失点を防ぐかに置かれていた。フォックス、ハンティントン、ハードルがチャンスの存在を信じたのはそこで、これら3つのポイントのいずれもがデータに基づく証拠から導き出されたものだったのだ。

ハードルの生涯を振り返ると、好奇心と必死の思いが常に彼を突き動かす原動力となっている。コロラドで先発ローテーションを4人で回したのも、MLBネットワークの仕事に就いたのも、FanGraphs.com のようなセイバーメトリクス系のウェブサイトを調べたのも、そしてツーシーム・ファストボールに行き着いたのも、この2つのおかげだった。この2つの融合が、人間としておよび監督としてのハードルを変えることになった。ハードルは自分のチームの投手たちも変わる力を持っていると信じた。ゴロの比率を増やせることを証明するPITCHf/x のデータを持っていたし、実際にパイレーツの投手陣の中にはすでに驚くべき変貌《へんぼう》を遂げていた選手もいた。

トミー・ジョン手術とつらいリハビリ

2013年6月13日、空が灰色の雲に覆われた蒸し暑い午後、ピッツバーグの北の郊外にある自宅から車でPNCパークに向かうチャーリー・モートンは、1年以上もメジャーリーグのマウンドから遠ざかっていた。数時間後、トミー・ジョン手術後の復帰戦となるメジャーリーグの試合に登板する予定だ。州間高速道路279号線を南に向かい、街の北部の丘陵地帯を抜ける頃には、モートンはすでに汗をかいていた。

モートンは自分の腕が元通りの状態になるかどうか、確信が持てずにいた。右肘《ひじ》の内側にある長さ15センチの傷は、トミー・ジョン手術を受けた痕《あと》だ。前の年の5月、ようやく上向き始めたと思った矢先に、モートンの野球人生は危機に瀕《ひん》することになった。2010年のシーズンは散々な成績に終わったものの、2011年には調子を取り戻し、パイレーツで10勝10敗、防御率3・83の数字を残した。しかし、2012年5月下旬のシンシナティ・レッズ戦で先発した後、モートンは右肘が伸び切った状態にあるように感じた。検査の結果、内側側副靭帯《じんたい》の断裂が判明する。モートンはトミー・ジョン手術を受け、長いリハビリ生活を送らなければならなくなった。

モートンはアラバマ州バーミンガムに飛び、ジェームズ・アンドリューズ医師の執刀で靭帯の再建手術を受けた。新しい靭帯は膝《ひざ》の下から摘出した腱《けん》で、その腱を肘に移植し、上腕骨と尺骨の先端付近に開けた小さな穴で2本の骨を接合した。手術が終わると、ピッツバーグに戻って1週間滞在した後、フロリダ州にあるパイレート・シティの施設に向かい、リハビリを開始した。リハビリ生活のつらさは、世間から注目されなくなり、チームメイトやコーチといった仲間の顔を見なくなり、交流する機会もなくなることにある。しかも、リハビリは単調だ。最初の数週間はアイソメトリクスで、静止した姿勢のまま単純な運動を行う。パイレート・シティの施設の奥のトレーニングルームで、モートンは壁に向かって立ち、様々な角度で、様々な力で、壁を押す運動を繰り返した。

「あのトレーニングルームの壁とは仲よしになったよ」モートンは言う。

修復された肘に痛みと張りがあるだけではなかった。移植用の腱を摘出した左膝にも違和感が残り、力が入らないため、その部分の強化も必要だった。リハビリは退屈で苦痛を伴う。しかも、目に見える成果はなかなか現れない。

モートンにとって最もつらかったのは、競争心を発散する場がなかったことかもしれない。そんな気持ちの隙間を埋めるため、モートンは同じようにリハビリに取り組んでいる選手たちに声をかけ、ブレーデントンに購入した寝室を4つ備えた一戸建ての住宅に招き、ビデオゲーム大会を開いた。いちばんよくプレイしたのは、軍隊をテーマにしたシューティングゲームの『コール オブ デューティ』だったという。毎週火曜日にはブレーデントン市内のバー「ゲッコーズ」に顔を出し、トリビアクイズを楽しんだ。モートンたちのチーム名は「レッドバロンズ」で、これは普通の選手と区別するためにリハビリ中の選手が着用する赤いTシャツに由来する。

「野球選手というのは他人と競い合うのが好きだから、1人でリハビリを続けていると頭がおかしくなってしまうんだ」モートンは言う。

しかし、モートンにはチームメイトの多くとは違った一面があり、プロ野球の世界のクラブハウスにおいては珍しい存在でもあった。見た目は右投手としては理想的な体型で、1メートル92センチという長身の締まった肉体を持ち、高校時代には複数のスポーツを行っていた。ちなみに、モートンの父もペンシルバニア州立大学ではバスケットボールの選手だった。その一方、モートンは知的で内省的な性格でもある。自分の考えを表現する時には、短く刈り込んだ黒髪を手でかきながら正しい言葉を探して口ごもり、記者に対してもありきたりの決まり文句は決して使わない。誠実に対応し、相手には興味を持ってもらいたいと常に考えている。彼は大学進学を考えていたし、コネティカット州レディングのジョエル・バーロウ高校卒業後の２００２年にブレーブスがドラフト３巡目で指名しなければ、おそらくそうしていたはずだ。モートンはピッチングを科学と見なしている。数字が好きで、データを検証し、結果だけでなくその過程や原因にも気を配る。考えることを好むタイプの人間だ。リハビリ期間中、モートンは自分の不確かな将来についてついつい考える時間が多くなった。

メジャーリーグ復帰への道のり

２０１２年の夏、モートンはそれまでまったく気にかけていなかったことを気にかけるようになっていた。自宅の扉や車のトランクの閉め方に注意を払った。再建したばかりの靭帯を痛めないようにするためだ。自分の肘があたかもファベルジェ[訳注10]の卵であるかのように気を

訳注10　宝石の装飾が施されたイースター・エッグ。

遣った。トミー・ジョン手術を受けた投手の大半は再びマウンドに上がっているものの、100パーセントの保証があるわけではない。必ずしもすべての投手が復活できるわけではない。モートンはパイレーツが2013年のシーズンの契約を提示しないかもしれないということまで心配した。年俸調停の資格を得たため、チームにとっては金のかかる存在になっていたからだ。結局、モートンは年俸200万ドルで2013年もパイレーツと1年契約を結ぶことができた。ただし、初めてメジャーリーグの最低年俸を上回った2012年の240万ドルと比べると、減額されたことになる。

球場に車で向かいながら、モートンはその年の春に手術後初めてマウンドから投げた日のことを思い返していた。メジャーリーグの選手たちが開幕を迎えてキャンプを打ち上げ、北に向かった後も、マイナーリーグの選手やリハビリ中の選手によるオープン戦が行われる。その日、トロント・ブルージェイズのマイナーリーグの選手たちを相手に登板したモートンは、マウンドにいる間は自分がどれだけの力で投げているのか見当もつかなかった。もし球速が145キロに届かなければ、先行きに暗雲が漂うだろうということはわかっていた。

パイレート・シティの施設の奥にある静かな球場で、自分の腕の状態に関して手探りの状態のまま、モートンは1イニングを投げ終えた。手術の後、試合で思い切りボールを投げたのは、それが初めてだった。モートンは即席の金網を張ったダッグアウトに戻り、パイレーツの投手陣にとっては師のような存在で、ゼネラルマネージャー（GM）特別補佐でもあるジム・ベネディクトに歩み寄った。ベネディクトはリハビリの間中モートンに付き添い、投球フォームと自信を取り戻させてくれた。モートンはベネディクトのことを単なるコーチではなく、友人の一人と見なしている。その試合の最初のイニングの間、長身で肩幅があり、口ひげを蓄えたベネディクトは、ホームプレートの後方に立ち、スピードガンでモートンの球速を計測していた。気になって仕方がなかったモートンは、スピードガンが記録した最速の数値を訊《たず》ねた。ベネディクトは満面の笑みを浮かべ、「平均して150キロから153キロ、最速は156キロだった」と答えた。モートンはベネディクトに抱きついた。

「彼に抱きついた理由の一つは、うれしくてほっとしたからだ」モートンは言う。「もう一つの理由は、［リハビリの間、］彼がずっと僕に付き添い、一緒にリハビリをし、誰よりも多くの時間を割いてくれたからだ」

その日、モートンのツーシーム・ファストボールは安定して150キロ台を記録していた。そのことで、1つの恐怖が消えた。肘の再建手術は成功で、つらいリハビリも無駄ではなかったのだ。けれども、6月13日の午後、車で郊外の丘陵地帯を抜けたモートンの視界に市街地のビル群が入ってくると、別の恐怖が心に浮かんだ。自分はメジャーリーグの打者をアウトにできるのだろうか？　これからはもはやリハビリではない。パイレーツはここまで結果を残しているが、ロドリゲスとマクドナルドの２人が負傷した今、チームが自分を必要としていることは承知している。前日に３Ａのインディアナポリスで調整登板したマクドナルドは、６イニングを投げて5点を失った。マクドナルドの球速は元に戻っておらず、肩の痛みも残っているという。しかも、先発投手が負傷した際の代役の１番手だったゴメスまでも戦列を離れてしまった。チーム内に残された代役の投手の数は少なくなりつつある。３Ａのインディアナポリスで登板した4試合、モートンはまずまずの内容だった。しかし、パイレーツはモートンにそれ以上のものを期待していた。

ナショナルリーグの中地区では熾烈《しれつ》な順位争いが進行中だった。前年プレイオフに進出したレッズは、１９９５年以来の好調なスタートを切った。メジャーリーグの中で理想的なチームと言われ、２０１１年にワールドシリーズを制覇したカージナルスも、開幕ダッシュに成功していた。６月に入っても、パイレーツ、カージナルス、レッズの3チームが勝率６割以上を記録していた。同じ地区の3チームがこれほどの好成績を残すのは、ナショナルリーグでは１９７７年以来のことだ。６月12日の試合が終わった時点でも、３チームとも勝率６割を維持していた。けれども、増え続ける負傷者を前にして、この先のパイレーツは勝率６割どころか5割すらも維持できるのだろうか？

ウォーミングアップを終えたモートンは、試合前の先発投手が必ずそうするように、捕手のラッセル・マーティンと並んでブルペンからダッグアウトまで歩いた。その間、緊張をほぐして不安を振り払おうと努めた。先発メンバーはすでに発表されている。ファンは座席に着きつつある。ＰＮＣパークのスピーカーからは、試合前の音楽が大音量で鳴り響いている。外野の芝生の上を歩いてホームチームのダッグアウトに向かう中、球場全体に漂う興奮は、モートンがこの１年以上感じたことのない雰囲気だった。これまでの５年間、モートンは安定した成績を残せずにいた。もしかすると、これがパイレーツでの最後のチャンスになるかもしれない。重圧の要因はそれだけではない。彼の妻は妊娠７か月だった。モートンの契約にマイナー降格のオプションは残されていないため、結果を出せなければ解雇される可能性もある。

当分は生活に不自由しないだけの金は稼いでいる。けれども、モートンは投げたかった。競い合いたかった。もっと素晴らしい選手になりたかった。これまではずっと将来性に期待されてきた。だが、自分はそれに見合う結果を残せるのだろうか？　パイレーツは辛抱強く使ってくれているが、それにも限度があることをモートンは理解していた。

パイレーツの側もモートンに大きな賭《か》けをしていた。チームは投手陣の層の厚さを必要としている。モートンの肘は手術によって再生されたが、それよりも前に、投手コーチたちは投手としてのモートンを再生していた。投げる球種も、投げるコースも、投げるフォームも、変えさせていた。新たに生まれ変わったモートンは、新しいモデルは、成功するのだろうか？

チャーリー・モートン、ツーシームと出会う

モートンが初めてツーシーム・ファストボールを投げようと試みたのは２００６年のことで、アトランタ・ブレーブス傘下のアドバンストAのマイナーリーグチーム、マートルビーチ・ペリカンズに所属していた時だ。サウスカロライナ州沿岸部の灼熱《しゃくねつ》の太陽光が降り注ぐある暑い日の午後、チームの先発ローテーションの一角を占めていたモートンは、登板予定のない日の投球練習でツーシームを試してみようと考えた。ところが、何球投げても、彼の手を離れたツーシームは矢のように真っ直ぐな軌道を描いた。ブルペンでその様子を静かに見守っていたのは、選手から祖父のように慕われている投手コーチのブルース・デル・カントンだった。

64歳のデル・カントンには、はるか昔から野球と関わり続けているかのような雰囲気があった。彼はペンシルバニア州南部のバーゲッツタウン高校で科学の教師を務めながらアマチュアリーグで投げている時、パイレーツのスカウトの目に留まり、１９６７年から１９７０年までパイレーツのマウンドに立った。その後、ロイヤルズ、ホワイトソックス、ブレーブ

スとチームを渡り歩いている。現役引退後はコーチとなり、１９８７年から１９９０年にかけてはブレーブスの投手コーチを務めた。トム・グラヴィンとジョン・スモルツというブレーブスの歴史に名を残す２人の投手の育成には、デル・カントンが中心的な役割を果たしている。彼は穏やかな性格で、忍耐強く、鋭い観察眼を持っていた。長年にわたってコーチを務めるうちに、デル・カントンの髪は真っ白になり、細面の顔はさらに痩《や》せこけていった。

２００６年、デル・カントンは食道癌に冒されていた。

デル・カントンはモートンに対して投げるのをやめるように告げ、砕いた赤煉瓦《れんが》と人工芝の敷かれたブルペンを横切って灼熱の陽光の下に出ると、ボールの内側に力が加わる仕組みを説明した。右投手の場合、ボールを体の前で真っ直ぐに握ると、力はボールの内側、すなわち左側にかかる。デル・カントンは中心から少しずらしたボールの握り方を教えた。モートンはその握り方を真似て、マウンドに戻った。新しい握り方で投げると、ボールは沈み始めた。

モートンは新しい球種に対する自信を深め、２Ａに昇格した２００７年から試合でも投げ始め、３Ａのリッチモンドに昇格した２００８年になると投げる比率を高くしていった。２００８年６月にメジャーリーグに昇格した後は、15試合に先発し、ゴロを打たせた比率では平均を上回る51パーセントを記録した。打者がボールの上半分を叩《たた》き、ホームプレートの手前でバウンドするゴロを打ち続けるのを見て、モートンはツーシームが自分の得意球になるかもしれないと思い始めた。彼が先発した試合、ホームプレートの手前はおもちゃの軍隊が大砲を次々と撃ち込んだかのような状態になった。けれども、モートンは間もなくこの新しい武器を奪われることになる。

２００９年６月、モートンは３対１の交換トレードでブレーブスからパイレーツに移籍した。パイレーツは外野手のネイト・マクラウスを放出し、モートンとジェフ・ロックの２人の若手投手と外野手を獲得した。マクラウスは好調なシーズンを送っており、２００９年は打率２割５分６厘、20本塁打、19盗塁の成績を残すことになる。チームの中でも最も人気のある選手の一人だったが、長期契約を結んでいなかったため、チームの将来的な戦力には入っていなかったのだと思われる。投手不足に悩むパイレーツは、１５０キロ前後のフォーシーム・ファストボールを投げるモートンに目をつけた。２００９年のモートンはアトランタの３Ａで７勝２敗、防御率２・５１という数字を残しており、移籍後もインディアナポリスで１試合に先発して好投し、メジャーリーグに昇格するとシーズン終了まで先発ローテーションを守った。

しかし、パイレーツがモートンを獲得して最初に行ったことの一つは、ツーシーム・ファストボールを投げさせないようにしたことだった。パイレーツのコーチは、モートンがあれこれ考えてはあれこれ修正し、多くの球種を投げ分けようとしていることが問題だと考えた。もっと単純化しようとしたのだ。パイレーツはほかのことにも注目した。スピードガンの数字だ。モートンのフォーシーム・ファストボールは常に１５０キロ近い球速を記録していた。２０１０年、彼の速球の平均球速は１４９キロだった。ただし、モートンのフォーシームは球速があったものの、軌道が真っ直ぐでもあった。

「チームの方針として、僕はツーシームをまったく投げないことに決まった」モートンは言う。「フォーシーム、チェンジアップ、カーブの３種類だけ。特に意見も言わなかったよ。自分のツーシームはフォーシームの球速が落ちただけだと解釈されたのだろう、そう考えたのさ。だからその方針に従った。そういう決定だったからね」

その決定は惨憺たる結果を招いた。初めて開幕からメジャー入りした２０１０年、モートンは17試合に先発した。成績は２勝12敗、防御率７・５７で、勝率も防御率もメジャーリーグ全投手の中で最悪の数字だった。モートンはかつてない数のフライを打たれた。軌道が真っ直ぐな速球は強打されると飛距離が出る。モートンが打たれたフライのうち、18パーセントがホームランになった。結局そのシーズン、モートンはツーシーム・ファストボールを１球も投げなかった。

「僕は決定を尊重した。ただ、残念なことにうまくいかなかった。僕から武器を奪うだけの結果になってしまったんだ。自分は何を磨かなければならないかを、はっきりと示してくれたのがあの年だったと思う」モートンは語る。「もっと強くならないといけなかった。成長しないといけなかった。大人にならないといけなかった。何となくやっていればいいというものではなかったんだ。しっかりとした自分を持たない人間にはなりたくない、そう思ったよ」

その夏、マイナーリーグに落ちたモートンは、新しいことを試してもいいと言われ、2006年にマートルビーチで習得したツーシーム・ファストボールのことを再び考え始めるようになった。2011年の春、新しいコーチ陣と顔を合わせたモートンは、新たな声と出会う。ロングアイランド訛《なま》りのかすれた声を持つパイレーツの新投手コーチ、レイ・シーレッジだ。

投手コーチ、レイ・シーレッジの思い

2010年のシーズン終了後、監督に就任したハードルにとって最初の、かつ最も急を要する仕事の一つが、コーチ陣の任命だった。企業のCEOと同じように、監督は任務をコーチに委託する。そのため、有能な補佐役を集めなければならない。野球の世界においては、その中でも投手コーチが最も重要だろう。投手コーチは心理学者と整備士を兼ねたような存在だ。ブルペンでの投球練習や試合中の投球内容を観察し、欠陥を特定してすぐに修正しな

ければならない。マウンドを訪れた際には、状況に応じて戦術面と心理面から対応しなければならない。

パイレーツの監督に就任した時、ハードルはシーレッジのことをあまりよく知らなかった。2010年のシーズン後半、シーレッジはパイレーツの暫定投手コーチに任命されていた。シーレッジとハードルは、現役時代にもコーチや監督時代にも、ほとんど接する機会がなかった。監督就任後、ハードルはシーレッジや外部の候補者と面会した。シーレッジと直接話をし、さらに彼をよく知る人たちからも話を聞いたハードルは、シーレッジの天性のコミュニケーション能力と、ハードルがこれから率いるチームに貢献してくれそうなパイレーツの若い投手たちをシーレッジがよく知っていることにひかれた。

シーレッジにはほかにも印象的なところがある。彼の話だ。子供の頃、シーレッジは毎週土曜日になると、父と一緒に地元のロングアイランド南東岸の街フリーポート近くの建設現場に通っていたという。シーレッジの父はデパートや商業施設の工事の現場監督を務めていた。汗とおがくずにまみれた作業員から背広を着込んだ上司に至るまで、父が誰に対しても同じように話しかけ、同じように接していたことを、シーレッジは覚えている。そのことはシーレッジの心に消えることのない印象を残した。彼は父のことを思いやりのある人間だったと評している。

シーレッジはまた、自身の現役時代を通じて、投手コーチが何度も自分を変えようとしてきたことを覚えている。レイ・シーレッジとは本来こうあるべきだとの姿を、誰もが知っている気になっていたかのようだったという。シーレッジは左のリリーフ投手として、ホワイトソックス、ドジャース、ブルワーズ、メッツ、インディアンスに在籍した。新しいチームに移るたびに、新しい投手コーチは彼を変えようとした。最も極端な例は、現役時代の終わりに近い1991年のインディアンスでのことだ。その春、インディアンスのコーチはシーレッジに対して、レン・バーカーのように脚を高く上げるフォームで投げるように求めた。シーレッジはその指示に従ったが、ストライクがまともに投げられなくなった。その年のシーズン後、シーレッジはメッツにトレードされ、翌1992年のシーズン後、現役を引退している。メジャーリーグで投げたのはわずか287イニングにすぎない。引退を決めた時にシーレッジは、もし自分がコーチになることがあったら、同じようなことはしないと誓った。自分の経験を生かし、自分と同じような目には遭わせたくないと考えた。投手コーチになる機会があれば、選手の個性を尊重したいと考えた。

その個性こそが、モートンの求めていたものだった。シーレッジはモートンがやりやすいような形で投げることを望んだ。シーレッジによれば、自分が選手たちとコミュニケーションを取ることのできる最大の秘訣《ひけつ》は、共感する力にあるという。どうすればよいか途方に暮れている投手の気持ちがよくわかるのだ。シーレッジはかつての自分の姿を、２０１１年初めのモートンに重ね合わせていた。

シーレッジとGM特別補佐のジム・ベネディクトは、モートンのビデオを検証した。最初に2人が気づいたのは、モートンが自然な腕の角度で投げていないという点だった。これは珍しいことではない。投手は理想的な投球フォームの基本がオーバースローだと叩き込まれる。これはボールを頭上の高い位置からリリースするフォームで、それにより投球に大きな角度をつけることができる。けれども、シーレッジの持論は、投手にはそれぞれ自然な腕の角度があり、ロボットのように画一的なフォームで投げさせるのは間違っているというものだ。2人はビデオを見て、さらにモートンをよく知る人間と話をするうちに、モートンが以前のコーチによってツーシーム・ファストボールを禁止されたという事実を知った。モートンのフォーシームは、スピードガンの数字こそ目を見張るものがあるが、その軌道は真っ直ぐだった。

チャーリー・モートンとロイ・ハラデイの比較

２０１１年2月、シーレッジとベネディクトはモートンと話し合いの場を持ち、２人の計画を明かした。投げる時の腕の角度を下げさせ、ツーシーム・ファストボールを解禁したのだ。モートンは2人の言葉を信じた。直感的に信じるべきだと思ったからだ。忍耐強く口調が穏やかで、ブルペンでの投球練習中は話しかけるよりも見ていることの方が多いシーレッジには、どこかデル・カントンと似ているところがあった。シーレッジは相手を威圧したりしないし、考え方も前向きだった。モートンは2人が自分の成功のためを思って提案しているのだと感じた。それにプロ入りしてから最悪の成績に終わったばかりのモートンにしてみれば、2人のアドバイスに従う以外の選択肢などなかった。パイレーツではこれが最後のチャンスになるだろう。成功しなかったらそれまでだ。

モートンとの話し合いの場で、2人はオールスターゲームの常連投手ロイ・ハラデイのビデオを見せた。2人がモートンに真似てほしいと考えていたのが、ハラデイの腕の角度だった。ハラデイもモートンと同じく、トロント・ブルージェイズでの若手時代に不振が続き、マイナーリーグへの降格を経験している。その時に新しい腕の角度で投げるようになり、2000年代後半には毎年のようにサイ・ヤング賞争いをするまでの投手に成長した。2人はモートンに対して、腕の角度を下げたことによりハラデイはリリースポイントが低くなり、頭の無駄な動きを少なくすることができたのだと教えた。投げる時に頭が大きく動くと、目標が定まらなくなり、ボールのコントロールも定まらなくなる。それまでのモートンは言われた通りの腕の角度で投げるため、投球の際に体をひねり、頭を左に傾けていた。モートンはベネディクトとシーレッジの案を試すことに同意した。実験はパイレート・シティの施設の奥にある第2球場のレフト線沿いで始められた。カイル・スタークが守備シフトの実験用に白のスプレーで印をつけたのと同じ球場だ。これといった特徴はなく、強風が吹きつけるだけの球場は金網で囲まれていて、マイナーリーグの選手の春季キャンプや、主にルーキーの選手が在籍するガルフコーストリーグの試合で使用される。観客もプレッシャーもない中、新しい投球フォームで投げ始めたモートンは、その投げ方があまりにもしっくりくることに驚いたという。

「その感覚に呆然《ぼうぜん》としたよ。『まいったな、もっと早く知っていればよかったのに』という感じだったね」モートンは語る。「2人の指示はそれだけだった。リリースポイントを低くすること、頭を動かさないこと。本当に信じられなかったよ。すぐに効果が現れた。何かが変わったんだと、自分でもはっきりとわかった」

シーレッジの計画の2つ目の鍵《かぎ》は、モートンにフォーシーム・ファストボールの代わりに、低く沈むツーシーム・ファストボールを投げさせることだった。モートンはデル・カントンから教わった握り方で、人差し指と中指をボールにかけた。マウンドに立ち、振りかぶってから投げたボールは、ホームプレートの近くに見えない崖《がけ》があるかのような軌道を描いた。球速は149キロを記録しながらも、ボールがすっと沈んだのだ。

「ただただ信じられなかった。マウンドにいる自分の目が信じられなかった」モートンは言う。「投げなければいけない球種はツーシームだったんだ。マウンドに立つ僕にはそれが不可欠なことを、2人は知っていた。そのおかげで、僕は生まれ変わることができたんだよ」

トロント時代にハラデイのチームメイトだった一塁手のライル・オーヴァーベイは、その春の打撃練習でモートンの球を目の当たりにした。オーヴァーベイはボールの動きがハラデイとまったく同じだとモートンに伝え、『スポーツ・イラストレイテッド』誌に対しても次のように語っている。「ロイ・ハラデイよりも球速がある。ロイは制球力のおかげで一流の中の一流になることができた。制球力に関して、チャーリーはまだその域に達していない。でも、もしそうなったら……」

モートンはまったく別の投手になっていた。フォーシーム・ファストボールを捨て、ツーシーム・ファストボールに切り替えたのだ。

モートンの沈むツーシームは、何が特別だったのだろうか？

「スピンの角度。角度のある回転さ」モートンは言う。「ボールの角度、回転の仕方、回転速度の問題なんだ。ボールに対する空気の抵抗や縫い目の部分の回転の仕方によって、ボールは真っ直ぐ進んだり沈んだりする。なかなか面白いよ。ツーシームをビデオでスロー再生すると、実際の回転がよくわかる。軸を中心にしているみたいだ。2本の縫い目が回転していて、まるで線路上を走っているかのように見える」

PITCHf/x を活用して自らの投球を振り返る

２０１１年の最初の登板で、モートンはカージナルス戦に先発した。シーズン初登板の初回、２０１０年の記憶がまだ残っているせいで自信満々からはほど遠い状態の中、モートンはナショナルリーグで最も恐れられている打者、アルバート・プホルスと対戦した。これは彼のツーシーム・ファストボールにとって最初の大きな試練で、その信頼度が試される最初の機会だった。捕手からはツーシームのサインが出た。モートンは新しい投球フォームで振りかぶり、脚を上げ、指先でボールの内側に力をかけながらリリースした。ボールは右打者の内角寄りに向かう軌道を描いていたが、プレートの近くで内角側にストンと沈んだ。プホルスは腰を引きながらボールをよけ、両膝を突いた。弱いゴロを打たせることはできなかったし、空振りを奪うこともできなかったし、そもそもストライクですらなかった。それでも、ボールは見たこともないような変化を示した。その急激な変化に不意を突かれたプホルスは、かろうじてよけることしかできなかった。メジャーリーグを代表する打者に対して、モートンは自分の球の威力を初めて確認できたのだ。

ダッグアウトから見ていたチームメイトたちも興味をひかれた。登板予定のない日の先発投手は、ダッグアウトの端に集まって手すりに寄りかかりながら試合を眺めているが、見えない崖から落下したかのようなボールの軌道を目の当たりにして、彼らの間に笑顔とざわめきが広がった。ダッグアウトに戻ったモートンに対して、投手たちは今の投球を試合後にビデオで見るように勧めた。モートンはボールの動きと、その変化への対応が遅れたメジャーリーグ最高の打者の姿をビデオで確認した。見たこともないような軌道を描くあのボールをストライクゾーンに投げることができれば、空振りを取るか弱いゴロに打ち取れるはずだ。

モートンの自信を深めさせたのはビデオの映像だけではなかった。2008年に PITCHf/x がメジャーリーグの全球場に設置されると、野球の歴史で初めて、球速やボールの動きやリリースポイントの測定基準が、フロント、コーチ、選手、ファンにオンラインで利用可能となった。PITCHf/x は球種の特定や正確な球速の測定を可能にしただけではない。モートンのようなデータに興味を持つ選手が、信頼と自信を手にする一助にもなった。PITCHf/x のおかげで、データ通の選手は優位に立つことができるようになったのだ。

モートンは2009年から PITCHf/x のツールを使って、自分のリリースポイント、ボールの回転、球速の変化を調べていた。彼の父も息子の PITCHf/x の数値を比較していた。2人はデータについて話し合い、変わった点はないか、よくなった点がないかを探した。ハードルの時と同じように、モートンは新たな世界が広がるのを感じた。検証のための客観的なデータを手に入れたモートンは、そのデータのおかげでパイレーツの戦術を素直に受け入れることができたのだ。

PITCHf/x は自分自身を評価するための客観的な基準をモートンに与えた。投手が自らを評価することは、本人にはどうすることもできない変数が数多くあるため、難しいことが多い。守備に就く野手をコントロールすることはできないし、自分が投げる球場も、対戦チームの先発メンバーも、思い通りに変えることはできない。2試合でまったく同じ投球をしたとしても、まったく異なる結果になる可能性もある。こうした結果の変動の波は、特にモートンのような分析タイプの投手にとっては、大きな悩みの種だ。しかし、PITCHf/x のデータのおかげで、モートンは客観的な基準を手に入れた。コース、リリースポイント、ボールの動き、球速など、自分がコントロールできる要素を見て、投球内容を判断することができるようになったのだ。自分もメジャーリーグのほかの投手のように、ボールの変化を操れるのだと理解できた。例えば、BrooksBaseball.net の PITCHf/x データによると、２０１３年のモートンのツーシーム・ファストボールの平均球速は時速１４８・９６キロで、水平方向の変化は平均24・４６センチだ。これだけの球速と変化の組み合わせを持つ投手の数は少ない。２０１３年にはこうした数字をリアルタイムで見ることもできるようになった。それまでもスコアボードには投手の球速が表示されていたが、ＰＮＣパークの一塁側および三塁側二階席の前面に設置したリボン状のサブスコアボードに、ダン・フォックスは２０１３年から PITCHf/x による1球ごとの横および縦の変化の数字を表示させた。測定されたボールの変化、PITCHf/x の提供するビッグデータというハードサイエンスが、自信というソフトサイエンスを生み出したのだ。

PITCHf/x のデータはモートンに重要な情報をもたらした。２０１１年、彼のカーブはよくなく、チェンジアップも当てにならず、カット・ファストボールも切れがなく、フォーシーム・ファストボールは真っ直ぐな軌道を描くだけだった。つまり、使える球種は1つ、ツーシーム・ファストボールしかないことをモートンは学んだのだ。しかし、そのただ1つの球種は非常に有効で、その球種がパイレーツを変えることになる。

２０１０年、モートンはフォーシーム・ファストボールばかり投げていた。２０１１年になると、フォーシームの比率は6・6パーセントにまで下がり、ツーシームが65・8パーセントを占めるようになった。それに合わせて、ゴロを打たせる率も58・5パーセントに増加した。フライ1本当たりのゴロの数は3・1本で、これは極めて高い数字だ。前年の比率が1・5本だったことを考えると、ひときわ際立っている。２０１１年のシーズン、モートンは10勝10敗、防御率3・83という数字を残し、球種と投げる時の腕の角度を変えるだけで、ナショナルリーグ最悪の投手からリーグ有数のゴロでアウトを取れる投手に成長した。彼のことを「グラウンド・チャック」と呼ぶ人も現れた。

Ａ・Ｊ・バーネットの投球スタイルを変えられるか？

モートンは自分にしっくりくる球種に立ち返り、新しい腕の角度で投げることで生まれ変わった。２０１２年の春から投球の効率の改善に取り組み、２０１３年には新たな守備シフトを敷いた内野により多くのゴロを打たせようと考えていたハードルとパイレーツにとって、モートンの再生は興味深い事例だった。ある意味、モートンは実験台だった。彼はツーシームによって自信をつけた。ほかの投手もモートンのようになれるとしたら？　１つの球種で投手陣を向上させ、失点を防げるとしたら？　パイレーツの全投手がより多くのゴロをデータに基づいた守備位置に就く内野手に向けて打たせることができたら？　モートンをゴロで打ち取る投手に変えることができたのなら、ほかに誰を変えられるだろうか？　次の候補はＡ・Ｊ・バーネットだった。

２０１２年２月７日、Ａ・Ｊ・バーネットとの総額８２００万ドルの５年契約の最後の２年分を手放したいと考えていたヤンキースは、バーネットに残りの年俸の半額を添えて、２人の若手との交換でパイレーツにトレードした。バーネットはヤンキー・スタジアムとアメリカンリーグ東地区に合っていなかった。２０１０年と２０１１年には２シーズン連続で防御率が5点台。バーネットは頑《かたく》なに自分の投球スタイルを守り続けていたが、若い頃にマーリンズでメジャー屈指の剛速球投手として鳴らした頃と比べると、速球の球速がやや落ちていた。データベースのおかげもあって、パイレーツの分析部門は効果的なツーシーム・ファストボールが宝の持ち腐れ状態になっている投手を獲得できるチャンスに目をつけた。球場が狭いうえに、強力打線を擁するチームの多いアメリカンリーグの東地区では、打たせて取る投球スタイルはなかなか受け入れがたい。つまり、バーネットはフォーシーム・ファストボールを力の限り投げ込み、相手打者から空振りを奪うことに躍起になっていて、球速の劣るツーシーム・ファストボールでタイミングを狂わせてゴロを打たせようなどとは考えていなかった。

「投手の武器にそれを付け加えようとするのは、共同作業だった」ダン・フォックスはゴロとツーシームに関してそう語る。「それだけの能力のありそうな投手を探すことが［計画の］手始めだ。ゴロを打たせる比率［を増やすこと］、チーム内の選手に見られた違い……そういったことをレイ［・シーレッジ］とジム・ベネディクトは教えることができる」

パイレーツの分析部門は、バーネットがツーシームを中心に投げればよりよい結果を残せるはずだと考えたが、それを本人に納得させるのはコーチの役目だった。バーネットの右腕には、「強さは忠誠にあり」を意味するラテン語のタトゥーが彫られている。これは妻と家

バーネットの球種別比率

2011年のヤンキース時代	
フォーシーム	42%
ツーシーム	13.6%
チェンジアップ	11.1%
カーブ	33.2%

2012年のパイレーツ時代	
フォーシーム	24.6%
ツーシーム	35.6%
チェンジアップ	5.7%
カーブ	34%

PITCHf/xのデータ BrooksBaseball.netより

族に捧《ささ》げた言葉だ。また、バーネットは2つの球種——フォーシームとカーブに対しても、頑なまでの忠誠を誓っていた。ほかのベテラン投手とは違って、バーネットは3つ目の球種を決して習得しようとしなかった。しかし、バーネットの打たれたフライがホームランになる比率は、3シーズン続けて10パーセントを上回っていた。

シーレッジには大事な仕事が控えていた。彼の作戦は簡単な説明でバーネットを説き伏せることだった。別に投手の大改造をしようと考えているわけではない。1つあるいは2つの要素をよくしようとしているだけだ。再生ではなく、微調整程度なのだ。

果たしてバーネットは納得したのか？　2011年のヤンキース時代と、2012年のパイレーツ時代を比較してみよう。

モートンと同じように、バーネットの配球はパイレーツに移籍後、劇的に変化した。そしてモートンと同じように、その成果も現れた。ゴロになる打球の比率が急上昇したのだ。ヤンキース時代のゴロの比率は3シーズンとも平均以下だったのが、2012年にはメジャー全体で2位の56・9パーセントにはね上がった。バーネットは若い頃のようなエース格の投手に変わり始めていた。

シーレッジとベネディクトがモートンを納得させたことは理解できる。モートンは穏やかな性格の持ち主で、助けを必要としている思慮深い投手だった。だが、シーレッジとベネディクトがバーネットを納得させたとなると、これは驚かざるを得ない。バーネットは頑固で強情なベテラン投手で、過去の実績もあり、指導の難しい選手だ。チームメイトで仲のいいジェフ・ロックが『ピッツバーグ・トリビューン・レビュー』紙に語ったところによると、「AJ」と「JA」の2人のバーネットがいるという。「JA」は「jackass（間抜け野郎）」の略だ。けれども、シーレッジとベネディクトは、強情でマッチョ気取りのバーネットから分析を好むモートンまで、どんなタイプの相手ともコミュニケーションを取ることができた。協調性に関して両極に位置するバーネットとモートンの2人を納得させることができるならば、どんな相手でも納得させることが可能なのではないだろうか？

コミュニケーションの大切さ

投球戦術に関してはコミュニケーションが鍵となる。投球戦術というのは、もっと多くツーシーム・ファストボールを投げるというような話だけではない。投げるコースの話も含まれる。パイレーツの投手たちは投げる球種を変えるように言われただけでなく、投げるコースも変えることになった。フロントのトップが発見したり作成したりしたデータをコーチや選手たちに伝達した守備シフトやピッチフレーミングの概念とは異なり、失点を防ぐ戦術の3本目の矢となるこのマウンド上でのアプローチは、下からの意見をくみ上げたものだった。

ハードルはコーチ陣に対して、守備シフトから投球戦術に至るまで、こうした作戦のすべてに関わり、自分のものにしてもらいたいと考えた。そうしてもらう必要があった。そうでなければ、最大限の効果を生み出すことはできない。コーチたち自身にも権限を与えられていると感じてもらいたかった。協力関係が生まれてほしいと思っていた。ハードルはコーチと投手に対して、「3球以下」の方針を受け入れるように依頼した。シーレッジとベネディクトはそうした考え方の一部に賛同し、自分たちの考えを付け加え、質問も投げかけた。ハードルはコーチ陣に対して――レイバからシーレッジに至るまで、質問を投げかけるように求めた。単に命令を伝えるだけのやり方は好まなかった。コーチたちにも大局的な観点から戦術の向上に貢献してほしいと考えた。そうすることで自分たちが作り上げた戦術だという気持ちが生まれ、戦術を採用するうえでも実行するうえでもプラスになる。ハードルは選手にも、コーチにも、フロントのスタッフにも、「一緒に力を合わせて正しい方向に持っていこうじゃないか」と声をかけた。

シーズンオフと春季キャンプ中、ハードルはコーチ陣に対して、戦術を強化し、理論を試して共有し、よりよいものに、より洗練されたものにするための方法を考えるように求めた。何にも増して、ハードルはコーチ陣に対して、自分にだけではなく、フロントから大量のデータを送り込んでくる分析スタッフにも質問をするように求めた。コーチには単に渡されたデータに従うのではなく、自ら考えた理論の検証を分析スタッフに求めるようになってもらいたい。コーチと分析スタッフが互いの意見を尊重する関係になってもらいたい。データを最大限に活用して統合していくためには、それが唯一の方法だった。野手たちに従ってもらい、投手たちに納得してもらうためには、一丸となった協力体制を示さなければならなかった。コーチ陣にも協力してもらわなければならなかった。コーチたちにはデータに基づいた資料を受け入れるだけではなく、その資料を作成した人間も受け入れてもらわなければならなかった。尊重の空気とコミュニケーションを生み出すこと自体が、大きな壁として立ちはだかっている状態だったのだ。

ハードルの率いるコーチたちは全員がベテランだった。40年間にわたって何百人、何千人ものの投手を見続けてきたシーレッジの髪の生え際は、かなり後退している。ニック・レイバのかつて黒々としていた髪には、白いものが多く交じっている。ベンチコーチのジェフ・バニスターは野球一筋のテキサス人で、長身で肩幅が広く、マイナーリーグで長く捕手としてプレイした。太陽の照りつける球場で何千時間も過ごしてきたため、皮膚にはしわが目立つようになった。バニスターはほかの誰よりもパイレーツでの在籍期間が長い。彼は１９８６年のドラフトでパイレーツから25巡目に指名された。メジャーリーグの打席に立ったのは１度だけで、１９９１年にダン・ペトリからヒットを放っている。バニスターは１９９３年からマイナーリーグのコーチとなった。２０１３年のシーズンは、バニスターにとってパイレーツでの28年目となる。その間、ほとんど負け越しのシーズンしか経験していない。

分析関係のスタッフがクラブハウスという聖域に侵入してくることに対してこのようなコーチたちが抱く不快感をなくすために、そしてフロントからグラウンド内へとデータがスムーズに流れるようにするために、コーチたちの声がチーム内の分析官たちに届き、コーチたちの疑問を分析官たちに答えてもらえるような環境を作り出さなければならなかった。パイレーツが２０１３年の春季キャンプにフォックスとフィッツジェラルドを同行させ、クラブハウス内で当たり前の存在にしたのは、こうした理由からだ。選手たちやコーチたちから質問があれば、２人はいつでも答えることができる。２人はシーズンを通して顔なじみの存在になるために、クラブハウスに姿を見せた。ハードルは2012年にフォックスとフィッツジェラルドを受け入れ、2人に信頼を置くようになっていたが、2013年には選手とコーチの全員が同じような気持ちを2人に対して抱くようになってほしいと考えていた。

コーチの一部には、投手全員がすべてのメジャーリーグの打者に対してフォーシーム・ファストボールを捨て、代わりにツーシーム・ファストボールを投げるという案に懐疑的な考えを持つ者もいた。選手たちにその方針を納得させるためには、まず自分たちが納得するための証拠が必要だと感じた。しかも、彼らが望んでいたのは、洋服でいうフリーサイズのような誰にでも当てはまるデータではない。個々の打者と投手の対戦に合わせてしつらえたデータを望んでいた。そのため、コーチたちは分析官に対して、メジャーリーグの各打者が最もゴロを打ちそうな球種、コース、球速を、それぞれについて特定するように求めた。

内角攻めは本当に有効なのか？

フォックスと彼が率いるチームは別の課題も抱えていた。シーレッジとベネディクトは内角攻めの有効性を信じていたが、ほとんどの投手はいくつかの理由でこの考えの受け入れに抵抗した。第一に、内角を狙ったボールが外れて甘く入れば、ど真ん中に行ってしまう。球場の広さが狭くなり、打者のパワーが増している今の時代、そのようなボールはスタンドまで打ち返されてホームランになる可能性が高い。相手の打者がうれしそうにベースを一周する間、内野の真ん中に1人立ち、主審から新しいボールが投げられるのを待つのは、野球の世界において最も屈辱的な瞬間だろう。それ以上に、多くの投手は内角のボールが打者寄りに外れることを嫌がる。死球を与えれば、チームメイトに報復の矛先が向かうのは必至だ。それでも、シーレッジとベネディクトは内角攻めが大切で、ゴロと守備シフトの作戦にも効果的だと考えていた。必要なのは投手たちに示す統計的な証拠だった。ある打席で内角を攻められた直後の外角寄りのボールに対して、メジャーリーグの各打者がどのような結果を残しているかを見たかったのだ。内角を攻められたことによる、心理面および打撃面への影響はどのくらいなのだろうか？

フォックスとフィッツジェラルドにこのような質問をぶつけた時、コーチたちは2人が快く受け入れてくれたことに驚いた。分析官たちは質問を鼻で笑ったり、あきれて目をむいたりしなかった。コーチたちの考えに興味を示したのだ。フォックスもフィッツジェラルドも、自分たちが、あるいは自分たちのアルゴリズムが、すべての答えを知っているとは考えていなかった。むしろ、質問されることを望んでいたのだ。

「単にこうするようにと勧めるだけではなく、様々な領域で彼らに何かを考えさせたり、彼らを触発したりする方法を見つける必要がある。そうすれば、各自の持つ技術が発揮できるような領域で取り組んでもらうことができる」ハードルはコーチ陣について語る。「分析官たちとの仕事が楽しくて仕方ないと感じるようになった者もいたが、彼らもおそらく最初はそんな感情を抱いていなかったはずだ」

コーチたちの質問は、フォックスとフィッツジェラルドだけでは思いつきもしなかったような調査につながった。野球界のすべての分析官が、PITCHf/x やトラックマンの情報などの同じビッグデータに基づいて作業をしているのなら、正しい質問をぶつけることが何よりも重要になる。

「コーチや誰かの頭の奥に何らかのアイデアがあったとしても、たいていの場合はいちいちメールに書いたりしない。文章にまとめてそれを渡したりはしないものなんだ」フォックスは言う。「そうではなく、直接顔を合わせて、『選手の育成という観点から、この指標を調べてほしい。選手［の成績］という観点でそれを見てみたいんだ』と言ってくる。だから私はできるだけ近いところに、目に見える場所にいるように心がけた。どんな話が出てくるかわからないからね。彼らの頭の中には、選手の比較や状況や戦術に関して、私の持っていないような膨大なデータベースがある」

フォックスとフィッツジェラルドは内角攻めに関するコーチからの質問を調査し、2013年のシーズンが始まる前に、内角攻めは打者に対して実際に心理的な効果があり、それによってさらにゴロの数が増えるため、戦術の補強になることを発見した。内角を攻められた後、打者は同じ打席で外角のボールを引っ張ってゴロを打つ傾向が強いことを、数字は示していたのだ。内角を攻められた後の打者は、外角のボールに対して積極的に踏み込もうとしなくなる。こうして、コーチたちは内角に投げさせるために必要なデータを手に入れることができた。あとは投手たちが作戦を実行してくれるかどうかだ。

ゴロの比率の増加

２０１３年６月13日、パイレーツはメジャーリーグのマウンドに帰ってきたモートンを、固唾《かたず》をのんで見守っていた。その日、手術後初となるメジャーでの先発登板で、モートンは５イニングを投げて失点４、自責点２と、目を見張るような結果は残せなかった。リリーフ陣も打ち込まれ、パイレーツは０対10と大敗を喫した。けれども、モートンは手術前に身に付けた投球スタイルが健在なところも見せてくれた。フライでのアウトは２個だったのに対して、ゴロに打ち取ったアウトは６個だった。球速も１４０キロ台後半から１５０キロと安定していた。ボックススコアからはわからなかったものの、ツーシームの動きも戻っていた。

それに続く６月18日の、ホームランが出やすいシンシナティの球場での登板においても、ゴロを打たせてアウトを取る投球が見られた。初回、モートンはザック・コザートに時速１

47キロのツーシームでゴロを打たせ、ボールを処理した三塁手のペドロ・アルバレスが併殺を完成させた。4回、150キロのツーシームを打ったブランドン・フィリップスの打球はピッチャーゴロとなり、モートンから一塁に送られてアウトになった。パイレーツが3対0とリードした5回、モートンはこの試合で初めてのピンチを迎えた。二死二・三塁の場面で、打者は左のジャック・ハナハン。モートンはハナハンの外角に鋭く落ちる149キロのツーシームを投げた。打球はショートへの強い当たりのゴロとなり、ジョーディー・マーサーがさばいてスリーアウトとなった。

この2回の先発登板で見られた傾向はシーズンのその後も続き、相手打線はモートンに対してゴロの山を築くことになる。モートンはおそらくメジャーリーグ随一のゴロを打たせる投手となり、シーズンが進むにつれてますます調子を上げていった。シーズン最初の2か月を欠場したために規定投球回数には達しなかったものの、62・9パーセントというゴロの比率はメジャーリーグでトップの数字だった。8月の5回の先発登板に限ると、ゴロでのアウトとフライでのアウトの比率は43対5で、これは過去に例のない極端な数字だった。

ゴロの比率に関して自己最高を記録したのはモートンだけではなかった。パイレーツの先発投手のほぼ全員が同様の結果を残した。パイレーツの投手はほぼ例外なくフォーシーム・ファストボールの使用を減らし、ツーシームの比率を増やし、ゴロの比率で自己最高を記録した。BrooksBaseball.net が分析した PITCHf/x のデータによると、リリアーノは２０１３年にフォーシーム・ファストボールを1球も投げていない。彼の投げた速球はツーシームだけだった。

6月14日、ＰＮＣパークでのロサンゼルス・ドジャース戦で、ジェフ・ロックが先発のマウンドに上がった。前のシーズンまでメジャーリーグでの先発はわずか10試合で、防御率は6・00だったロックだが、今シーズンは誰も予想していなかったような活躍を見せていた。先頭のヤシエル・プイグにヒットを許したものの、続くニック・プントにツーシーム・ファストボールでゴロを打たせ、クリント・バームズへの併殺打に打ち取る。3回にはドジャースのルーキーとして注目を集めるプイグをツーシームで詰まらせ、ぼてぼてのセカンドゴロを打たせた。一塁まで走ったもののアウトになったプイグは、手のひらを上に向けて空を見上げ、いらだちをあらわにしながら首を振った。

パイレーツが2対0とリードした4回、ドジャースの攻撃はワンアウトで走者を1人置き、打席にはハンリー・ラミレスが入った。ラミレスもツーシームでゴロを打たされて併殺打に倒れ、スリーアウトとなり、ロックはピンチを脱した。

15イニング連続無失点を間に挟んだ3試合の先発での記録を見ると、ロックは23個のアウトをゴロで取っている。この新たな投球スタイルのおかげで、ロックはオールスターゲームに選出された。

「結果という観点から見れば、投球戦術が最も大きな成果をあげている」ハンティントンは語る。「あれはフロント［が採用を決めたもの］だが、野球としての理にかなってもいる。ストライクを投げ、ゴロを打たせる投手がいい……ボールが［球場の］外に出なければ、アウトを取れるチャンスがあるからね」

6月、パイレーツの投手陣は全体でゴロの比率が53パーセントという驚異的な数字を記録し、チームも17勝9敗という月間成績を残した。これで開幕から3か月連続の勝ち越しとなり、9イニング当たりで許したホームランはここまでわずか0・7本だった。ゴロを多く打たせる傾向はシーズンを通して続いた。2013年にパイレーツの投手陣は、ゴロとフライのデータが記録されるようになって以降で最高の、52・7パーセントというゴロの比率を記録した。ゴロとフライのデータは、Baseball-Reference.com で1988年までさかのぼることができる。2010年、パイレーツの投手陣のゴロの比率は44パーセントで、メジャー全体で見ると15位だった。ハードルが監督に就任した2011年には7位、2012年には6位となり、チームが一丸となって取り組んだ2013年には、2位のセントルイス・カージナルスに4パーセントの差をつけてトップに輝いた。

個々の投手の驚くべき変化を表で見てみよう。

ゴロの比率（インプレイ打球のうちのゴロのパーセント）

	2010年	2011年	2012年	2013年
チャーリー・モートン	46.8	58.5	56.5	62.9
A・J・バーネット	44.9*	49.2*	56.9	56.5
フランシスコ・リリアーノ	53.6*	48.6*	43.8*	50.5
ジェフ・ロック	データなし	34.5	49.0	53.2
ワンディ・ロドリゲス	47.9*	45.2*	48.0	42.3
ジャスティン・ウィルソン	データなし	データなし	20.0	53.0
トニー・ワトソン	データなし	32.4	40.3	43.8
ジェンマー・ゴメス	46.8*	52.8*	48.4*	55.4
ヴィン・マザーロ**	42.9*	43.1*	45.9*	52.2
マーク・メランソン**	45.8*	56.7*	50.0*	60.3

＊ パイレーツ以外のチームに在籍。

＊＊ マーク・メランソンはパイレーツに移籍後、フォーシーム・ファストボールをカット・ファストボールに替えることで、ゴロの比率を高めた。ヴィン・マザーロはフォーシーム・ファストボールをそれまでより内角に投げることで、ゴロの比率を高めた。

ツーシーム・ファストボールの比率（総投球数のうちのパーセント）

	2010年	2011年	2012年	2013年
チャーリー・モートン	27.3	61.1	42.3	57.4
A・J・バーネット	19.6*	13.6*	35.6	36.5
フランシスコ・リリアーノ	24.9*	26.3*	27.9*	41.0
ジェフ・ロック	データなし	10.2	6.5	28.8
ワンディ・ロドリゲス	17.3*	22.0*	27.7	37.1
ジャスティン・ウィルソン	データなし	データなし	1.9	24.1
トニー・ワトソン	データなし	0.0	66.9	64.3
ジェンマー・ゴメス	54.2*	60.1*	44.9*	61.1

＊パイレーツ以外のチームに在籍。

FanGraphs.comおよびBrooksBaseball.netのPITCHf/xデータより

メジャーリーグではこれまで伝統的に、フォーシーム・ファストボールが主要な球種だった。PITCHf/x がすべての投球の追跡と分類を始めた2008年、メジャーリーグの試合で投げられた速球の大半はフォーシームで、全球種の半分以上の比率を占めていた。2014年になると、フォーシーム・ファストボールの比率は34・6パーセントと大幅に下落する。その原因の一つはパイレーツにあった。FanGraphs.com によると、全球種に占めるツーシーム・ファストボールの比率は、2008年に3・6パーセントだったのが、2014年には14・7パーセントにまで増えている。ツーシーム・ファストボールのおかげで、パイレーツは投手を再生できたばかりか、貴重な要素——投手の層の厚さを作り出すことができたのだ。

内角攻めの功罪

ただし、1つ問題があった。できるだけ多くのゴロを打たせるために、パイレーツはほかのどのチームよりも内角を激しく攻めた。2013年、パイレーツの投手陣はメジャーリーグで最多となる70個の死球を与えた。パイレーツの打者が、これもメジャー最多となる88個の死球をぶつけられたのは偶然ではない。6月の半ばを過ぎると、パイレーツのやり方に相手チームもいらだちを募らせるようになっていた。

6月17日のシンシナティでの試合の9回表、レッズのクローザーのアロルディス・チャップマンから顔面近くに１６０キロの速球を投げ込まれたパイレーツの二塁手ニール・ウォーカーは、ひっくり返りながらボールをよけた。

「疑わしきは罰せず、と言いたいところだけど、うちらとシンシナティの歴史を考えると、そうも言えないね」試合後、ウォーカーは記者たちに語った。「ボールを頭の近くに投げるのは絶対にだめだ。この前のホームでの試合で、（マット・）レイトスにぶつけられた。あの時は尻《しり》に当たったから、特に気にはしていない……僕はめったなことで腹を立てたりしないが、時速１６０キロの速球が顔面に向かってくると、あんまりいい気はしないね」

次の日の夜、先発したチャーリー・モートンはレッズの先頭打者、秋信守《チュ・シンス》のふくらはぎに速球をぶつけた。レッズとパイレーツの試合では、シーズンを通してこんな調子だった。それでも、パイレーツの打者たちは報復の的になることに対してあまり不満を漏らさなかった。新たな投球スタイルが効果的なことを知っているからだ。それが勝ち星につながっていることを見てきたからだ。

守備防御点の金銭的な価値

パイレーツはアウトにしたインプレイ打球の数が示す守備効率においても、２０１３年のシーズンのほとんどの期間、メジャーリーグでトップを走っていた。結局は5位でシーズンを終えたものの、ハンティントンがGMに就任して以来、20位台の順位が続いていたことを考えると、これは大幅な改善だと言える。

「投手陣がゴロを打たせるようになったことで、アウトにできたインプレイ打球の数における守備シフトの効果や、それがもたらした影響は、劇的なものとなった」

守備シフトによって処理されるゴロの数が増えたことで、パイレーツは2013年のシーズンの前半戦にアウトにしたインプレイ打球の数を、2012年と比べて2パーセント増やすことができた。大したことのない数字のように思えるかもしれないが、シーズン全体で4500本のインプレイ打球があるとすると、90本のヒットがアウトになった計算になる。2013年のシーズンの前半戦、パイレーツは守備効率においてメジャーリーグでトップに立った。2010年の守備効率はメジャー最下位の30位、2011年は25位だった。より多くのゴロを打たせることで、パイレーツが2013年に許したホームランの数はメジャー最少の101本にとどまった。前の年に献上したホームランの数より52本も少ない。内野にはゴールドグラブ賞に輝くような守備の名手がいなかったにもかかわらず、極端な守備シフトを敷いたおかげで、パイレーツは相手にゴロを打たせた時の打率を2割2分4厘に抑えた。これはメジャー全体で5位に当たる。こうした数字は野球の歴史上類を見ないほどの守備力の向上を示している。得点を10増やす、あるいは失点を10減らすことは、ほぼ1勝分に相当する。パイレーツの守備防御点は２０１２年にマイナス25点だったのが２０１３年にはプラス68点と93点も向上したため、９・３勝分が増えた計算になる。

これを金額に換算するために、フリーエージェント市場での１ＷＡＲの価値を考えてみよう。ＷＡＲ（wins above replacement）は「その選手がプレイしたことで、代替可能選手（replacement：控えレベルの選手を指す）と比べてどれだけ勝利数を増やせたか」を示す指標で、ある選手の総合評価を１つの数字で表すことを意図している。２０１２年から２０１３年にかけてのフリーエージェント市場では、１ＷＡＲの選手の獲得には５００万ドルが必要だと試算された。例えば、３ＷＡＲの選手は平均よりも上の力を持ち、フリーエージェントでそのような選手を獲得しようとすれば、チームは約１５００万ドルの年俸を支払わなければならない。つまり、フリーエージェントの選手で９・３勝分を上積みするためには、チームは１シーズン当たり５０００万ドル近くの資金が必要になる。パイレーツは大胆な守備シフトを敷き、投手により多くのゴロを打たせるように投げさせることで、年俸を１ドルも増やすことなく、９・３勝分を上積みした。パイレーツは金を生み出していたことになる。

選手力でも資金力でも劣るパイレーツが、２０１３年のシーズンの半ばに達しても、何十年振りかに優勝争いを繰り広げていた。

6月を9連勝で締めくくったパイレーツは、地区の首位に躍り出た。シーズンの折り返し点を迎えた時点では51勝30敗で、カージナルスには2ゲーム、レッズには5ゲームの差をつけていた。ツーシーム・ファストボールのおかげで危なっかしかった投手力の底上げに成功し、投手陣の相次ぐ負傷で今シーズンもだめかと思わせるような危機も乗り越えることができた。守備シフトは失点を防ぎ続けた。

パイレーツの「信用問題」

けれども、パイレーツが実行した変化のほとんどは目に見えないものだったため、ピッツバーグ市民はまだ信じていなかった。確かに、極端な守備シフトは目に見える形の変化だし、実際に成果をあげたが、ファンにどれだけアピールしていただろうか？　守備シフトの価値を示す数字は、夜のスポーツニュースでは放送されないし、翌日の新聞にも掲載されない。MLBネットワークやFOXスポーツが守備位置をリアルタイムで示すグラフを用いるようになるのは、2014年のポストシーズンからだ。ゴロを打たせる作戦に至っては、まったく注目を集めることのないまま行われていた。劇的なホームランを連発し、誰の目にも明らかなインパクトをもたらすフリーエージェントの大砲を獲得するのとは、まったく違うレベルの話だった。

ピッツバーグは「信用問題」を抱えていた。市民たちはここ2シーズン続けて、好調なスタートを切ったパイレーツが後半戦に失速する姿を見せられていた。選手の顔ぶれが大幅に変わったわけではないのだから、どうせ今シーズンも同じだろうと思うのが当然だ。ピッツバーグ市民は2年続けてだまされたチームに感情移入するのをためらっていた。３年続けてだまされるのはまっぴらだと思っていた。６月が終わった時点ではメジャーリーグ全体で見ても最高の成績を残していたにもかかわらず、パイレーツがホームでの38試合で動員した平均観客数は２万３２０３人で、昨年の同じ時点と比べて１６５２人下回っており、メジャー全体で23位の数字だった。同じ地区のライバルのブルワーズは、どん底の成績にあえいでいたにもかかわらず、本拠地のミラー・パークは平均して３万１５００人のファンを集めていた。

ピッツバーグの街はいまだに懐疑的だった。ポストシーズン進出の目安とされる94勝をあげ、ハードルとハンティントンが２０１４年のシーズンもパイレーツにいられるようにするためには、さらなる勝利を生み出すさらなる隠れた価値を見出《みいだ》さなければならなかった。

第9章　選ばれなかったオールスター

オールスターゲームを迎えて

２０１３年7月15日、ニューヨークのシティ・フィールドにあるジャッキー・ロビンソン記念ホールで行われたオールスターゲーム前日の会見で、パイレーツから選出された選手たちが顔を揃えた。パイレーツからこのミッドサマー・クラシックに出場するのは、センターのアンドリュー・マカッチェン、クローザーのジェイソン・グリリー、セットアッパーのマーク・メランソン、三塁手のペドロ・アルバレス、先発投手のジェフ・ロックの5選手。パイレーツからこれほど多くの選手がオールスターゲームに出場するのは、１９７２年以来のことだ。この5選手の前半戦の活躍のおかげで、パイレーツは首位のカージナルスから1ゲーム差の2位につけていた。

5人のオールスター選手にはそれぞれネームプレートと演壇が用意され、シティ・フィールド内の広大なホールには何百人ものマスコミ関係者が集まった。シティ・フィールドの煉《れん》瓦《が》造りの建物と大きなアーチの列は、かつてブルックリンにあったエベッツ・フィールドのファサードを模したものだ。記者からは5人の選手に対して、ピッツバーグで何が起きているのか説明してほしいとの質問が飛んだ。メジャーリーグで下から4番目の年俸総額のチームが、オールスター休みを迎えてカージナルスからわずか1ゲーム差の2位につけている理由を知りたがっていたのだ。

グリリー、メランソン、アルバレス、ロックの4人は初めてのオールスターゲーム出場だったが、この状況に対していちばん信じられない思いを抱いていたのはロックだった。2012年のシーズンは防御率5・50でメジャーリーグに定着できず、2013年の春季キャンプの時点でも先発ローテーションの座を争っている状態だったからだ。

「［ニューヨークへの］飛行機に乗った時、周囲を見たら、ファーストクラスの座席は貸し切り状態だった。僕たちしかいなかった」ロックは記者たちに語った。「もちろん、家族は一緒にいたけれど、それでもこれはすごいことだと思ったよ」

けれども、その飛行機に乗っていなかった中にも注目すべき選手がいた。ラッセル・マーティンはどこにいたのか？　ロックはマーティンもオールスターに選出される資格があると考えていた。今シーズンの自分自身にとって、マーティンがどれほどの意味を持つかわかっていたからだ。パイレーツの前半戦の成功はマーティンなしでは語れないものだったが、彼の価値はほとんど隠れたままで、過小評価されていた。ロックの成功がマーティンのミットのおかげだということは、この信じられない瞬間に先立つ数週間前から現れていた。

ジェフ・ロックの成功の裏に

陽光降り注ぐ6月9日の午後、シカゴ市内の北にあるリグレー・フィールドで先発マウンドに立ったロックは、尻《しり》が地面に着きそうなほどの低い姿勢でホームプレートの後方に構えるマーティンとバッテリーを組んだ。1990年代後半から2000年代前半にかけて、長身で強打の捕手が登場するようになり、新しいタイプの捕手としてもてはやされた。身長1メートル78センチのマーティンのような背の低い捕手たちは、それを単なる一時的な流行だと見なした。投手の球を受ける時は、グラウンドぎりぎりに低く構える方がいいと考えていたからだ。

若い左投手のロックは球速で押すタイプの投手ではなかったため、彼にとってはマーティンの存在が重要だった。ロックがメジャーリーグで成功するためには、ストライクゾーンのぎりぎりを突く投球で攻めなければならない。今シーズンはここまで、その投球で結果を残してきたが、そのために欠くことのできなかったのがマーティンのピッチフレーミングの技術だ。ロックだけではなくパイレーツの全投手が、程度の差こそあるものの、マーティンに依存していた。

初回、ロックはカブスの右打者コーディ・ランサムをツーストライクと追い込んだ。マーティンはツーシーム・ファストボールを内角に投げるようサインを出した。２０１３年のパイレーツの投手陣によく見られた配球だ。ロックは振りかぶり、体をひねって打者に一瞬背中を向けた後、ツーシーム・ファストボールを投げ込んだ。ランサムの体の近くを通過したボールは、ホームプレートの内角側に少しだけ外れた。普通の捕手ならば左手を伸ばし、ボールをキャッチし、それからホームプレート方向に戻すという、どこかぎくしゃくした動きを見せるのだが、マーティンはこの場面で美しいピッチフレーミングを披露した。最初から内角寄りの打者の近くにミットを構え、ストライクゾーン内にすっと戻す一連の動きの中で、ボールをキャッチしたのだ。捕球しながらミットをホームプレートの内角寄りに戻すことにより、数センチ内角に外れていた球で主審からストライクスリーの判定を得ることができた。ランサムはその判定に不満な様子を見せた。何事かをつぶやきながら、すぐにはバッターボックスを離れようとしない。ささやかな抗議の印だ。ようやくホームチームのダッグアウトに戻り始めた後も、ランサムは振り返って主審のポール・ノーアートをにらみつけていた。

２回裏、右打席に入ったその回のカブスの先頭打者スコット・ヘアストンをツーストライクと追い込んだ後、マーティンは再びロックに対して内角への速球を要求した。ロックが投げた球はホームプレートをわずかに外れた。マーティンはまたしてもわずかに、目にも留まらぬ速さで、打者寄りからホームプレート方向にミットを動かした。その一連の動きの中で捕球することにより、ボールはストライクゾーンをかすめたように見える。ヘアストンは後ろに飛び退いてボールをよけた。大げさな体の動きで、判定を自分に有利な方へ引き寄せようとしたのだろう。主審のノーアートは体を横に向けて左手を前に突き出し、同時に右手を後ろに引いて、再びストライクスリーのコールをした。ヘアストンは唖然《あぜん》として下を向き、まるでそこに線が残っているかのように、ボールの軌道をじっと見つめた。いくら目を凝らしても、その見えない軌道の下にあるのは土と粘土ばかりで、ホームプレートの端は引っかかっていない。

ロックは次の打者を歩かせたものの、続く打者からこの回２つ目の三振を奪った。二死後、打席に入ったのは左打ちのライアン・スウィーニー。ワンボール・ツーストライクと追い込んだ後、マーティンはナックルカーブのサインを出した。左打者から見ると、外角に鋭く曲がりながら落ちていく球種だ。ロックが振りかぶって投げる。プレートの真ん中を通過するように思われたボールは、スウィーニーから逃げるように外角低めへと急角度で落ちた。対応できないと判断したスウィーニーはバットを振らなかった。ボールはホームプレートの外側をかすめ、PITCHf/x のストライクゾーン追跡システムによればぎりぎりストライクの判定だった。ピッチフレーミングの下手な捕手だったら、捕球したボールの勢いに押されてミットがホームプレートから離れてしまうため、ストライクゾーンから外れたような印象を与えてしまったかもしれない。だが、マーティンの手は速さだけでなく強さも持っている。マーティンはミットを前に動かし、ボールがプレートをかすめた時に捕球した。まるで体操選手が見事な着地を決めた時のように、マーティンのミットはまったく左右にぶれない。マーティンはボールが打者の外角へとさらに逃げていく前に捕まえたのだ。ボールがもう少し外角に逃げていたら、たとえストライクゾーンをかすめていたとしても、その軌道の最後の数センチのところでボールと判定されていたかもしれない。この時も、ノーアートが横を向いて拳《こぶし》を突き出し、スウィーニーは三振に倒れた。

マーティンに大いに助けてもらったことで、ロックはこの回の３つのアウトをすべて三振で奪った。最初の２イニングだけで、マーティンはピッチフレーミングにより３つの三振を稼いだのだ。この後、ロックは６回にディオナー・ナバーロにレフト前へと運ばれるまで、カブス打線をノーヒットに抑える好投を見せた。

この試合を皮切りとして１か月間、ロックは好調を維持し、32イニングを投げて自責点はわずか６、防御率１・６７という６月の成績が、オールスターゲーム選出への後押しとなった。前半戦で７勝１敗、防御率２・０６の好成績を残した左腕投手の陰には、マーティンの存在があった。それればかりか、マーティンはまったく目立たない能力を使いながら、パイレーツの投手陣すべての成績を向上させていた。前半戦のマーティンのWARは3に近く、総額1700万ドルの2年契約はパイレーツにとって非常に安い買い物となった。しかも、WARの計算式にピッチフレーミングは含まれていない。マーティンが前半戦のチームのMVPなのは間違いなかったが、オールスターゲーム出場選手が乗った飛行機の中に彼の姿はなかった。

ラッセル・マーティンとピッチフレーミング

ラッセル・マーティンの隠れた価値は、それにふさわしく目立たない形で始まった。マーティンの父はモントリオールのストリート・ミュージシャン兼建設労働者で、息子が夢を追い続けられるように、何とか金を工面して野球キャンプや野球教室に参加させた。ラッシュアワーの地下鉄で演奏する合間には、息子の練習に付き合った。マーティンはケベック州で第一のスポーツのアイスホッケーも楽しんだが、いちばん好きなのは野球だった。ノートルダム・ド・グラースの木々が豊かで煉瓦造りのメゾネットが建ち並ぶ界隈《かいわい》で野球を始め、野球が盛んな街ではないモントリオールの高校卒業後は、1年中野球ができてケベックでの子供時代の練習不足を補えるような暖かい気候の土地を求めた。アメリカのジュニアカレッジの中でも有数の野球プログラムを持つフロリダ州マリアンナのチポラ・カレッジ入学後は、主に三塁とショートを守ったが、最後のシーズンには数試合ながらマスクをかぶったこともあった。

　チポラ・カレッジでスター選手となったマーティンは、２００２年にドジャースから内野手としてドラフトで指名された。彼は生まれながらの運動選手で、まれに見る練習熱心さも持っていた。ドラフトに指名された直後の夏、マーティンはドジャース傘下のルーキーリーグのチームで三塁のポジションを無難にこなしたが、１つ問題があった。ドジャースの三塁は、当時メジャーリーグ屈指の若手三塁手の一人と言われたエイドリアン・ベルトレが守っており、当分空きが生じそうになかったことだ。また、ドジャースは身長１メートル78センチでずんぐりとした体型のマーティンに、三塁手にふさわしい打撃力があるか、特に長打力を伸ばすことができるか、疑問視していた。その一方で、チームには捕手の選手層の厚さが必要だった。ドジャースのスカウトは、マーティンには肩の強さ、のみ込みの早さ、運動神経のよさがあるので、捕手にコンバートしてはどうかと提案した。

　そのため２００３年の春、マーティンは捕手としての教育を受け始めた。ドジャースのマイナーリーグの捕手コーディネーター、ジョン・デバスが最初に教えたのは、ホームプレートの後方にしゃがんでプレイすることとはまったく関係のない、不思議な内容だった。ドジャースの春季キャンプの本拠地があるフロリダ州ベロビーチの片隅の球場で行われた紅白戦の試合中、デバスは打撃練習用のネットを捕手の後ろに設置し、そのさらに後ろに2脚の椅子を置いた。その椅子に座ったマーティンは、ストライクとボールの判定を左右する微妙な技術に初めて触れることになる。

ピッチフレーミングを行う捕手には、生まれながらのものが必要だ。やわらかく強い手を持っているほかに、その手の動きをぴたりと止められなければならない。捕球時の余計な動きは主審の目に留まる。優れた運動神経を持ち、もともと内野手だったマーティンは、やわらかくしなやかな手の持ち主だったが、ピッチフレーミングに関する技術のほとんどは、何千回、何万回という練習の繰り返しを通じて習得した。捕手は投球の軌道の角度を理解し、野球の世界で最も大切な錯覚を生み出すために素早く流れるような動きができなければならない。マーティンはデバスから最初に学んだ重要な考え方の一つについて、『ピッツバーグ・トリビューン・レビュー』紙にこう説明している。「ボールがしようとしていることとまったく反対のことをする時もある。外角低めに曲がるスライダーだとしたら、外角低めに大きく外れる前に捕球するのがいい。逆に外から入ってくるツーシームだとしたら、十分ストライクゾーンに入るのを待ってから捕球する。そうすれば、ツーシームの動きで自然とストライクに見えるのさ」

技術をさらに磨くために

ドジャースの春季キャンプ用施設の片隅でマーティンが受けた教育は、彼にとって重要な基礎となったが、さらに優れた選手になるためには、その基礎の上に自分で技術を築いていかなければならない。それには持ち前の好奇心の強さが役に立った。マーティンは観察によって重要なポイントを見抜き、経験を通して学習していった。例えば、左投手の大きく曲がるカーブを捕球すると、ミットがストライクゾーンの外に押し出されるため、ボールと判定される可能性がある。そのようなボールを捕る時には、片膝《かたひざ》を突いた姿勢で座り、ミットをストライクゾーン内で水平に動かす余裕を作り出さなければならないということを学んだ。

２０１４年の春、パイレート・シティのロッカールーム内で絨毯《じゅうたん》の上に片膝を突いた姿勢になったマーティンは、そのような姿勢で座ることによりミットをはめた側の手を動かす自由度が増すことを記者たちに示してくれた。パイレーツに移ったマーティンには、低めの球をストライクと判定させることが何よりも重要だった。投手陣が低めに沈むツーシーム・ファストボールを多投するからだ。そのうえ PITCHf/x のデータによれば、主審は低めのきわどい球と高めのきわどい球を比べると、低めの方をストライクと判定しがちなことが判明している。

「低めのボールをストライクと判定させることに長《た》けている捕手は、低い姿勢で構えることができる。その姿勢から少し体を起こしながら捕球すれば、ストライクのように見える」マーティンは説明した。「逆に高い姿勢で構えていて腰を落としながら捕球すれば、ボールのように見えてしまうんだ」

ロックは早くからマーティンが常に技術を磨こうとしていることに気づき、細かい点にまで気を配っていることに感心させられた。2月にブレーデントンの施設の奥にあるブルペンで、マーティンを相手に投球練習をしていたロックは、狙ったような形でボールを捕球できず、ミットからこぼしてしまったマーティンが、自分自身に対して毒づいているのを見て驚いた。2人と投手コーチのレイ・シーレッジのほかには観客などいない。周囲には金網と風除《よ》けのフェンスがあるだけだ。「誰も見ていなかったのに、そんなことは頭にない。彼は自分自身と競争していたんだ」

マーティンは練習時間を一分一秒たりとも無駄にしない。何万回、何十万回と繰り返すことによって、筋肉の記憶を生成する。そのようにしてできた神経回路によって、新たな技術が生まれることはないとしても、今ある技術がさらに磨かれていくのは間違いない。マーティンはピッチフレーミングに秀でるうえで大きな部分を占めているのは習得した技術だと考えていて、そうなりたいという気持ちと情熱を持っていなければならないと信じている。

「ブルペンで捕手を務めている時は、ただボールを捕っているだけではない。常にボールを捕る技術を磨こうとしている」マーティンは言う。「今ではそのことをいちいち考える必要もない。自然とそうやっている。全員がそうあるべきだと思う」

マーティンは主審とも良好な関係を築こうと試みており、イニングや投球の合間に世間話をしたりする。そのことが主審の判定を左右する能力に悪影響を与えるはずがない。また、マーティンはビデオを見ることにかなりの時間を費やす。ライバルの捕手たちを研究するためだ。ナショナルリーグ中地区にはメジャーリーグを代表する捕手たちが揃っているだけではない。ピッチフレーミングの技術でトップを争う捕手たちが揃っている。カージナルスのヤディエア・モリーナと並んでマーティンがビデオで好んで研究するのは、ミルウォーキー・ブルワーズのジョナサン・ルクロイだ。マーティンはルクロイのことを、低めの球をストライクと判定させることにかけてはメジャーリーグで最もうまい捕手の一人と見ている。ルクロイとマーティンは互いに相手の技術を称賛している。ほとんど評価されることのないジャンルの絵画の大家が、互いの作品をほめているかのような関係だ。

「［ルクロイが捕手の時に］打席に立ち、低めに少し外れた球がストライクになると、振り返ってこう言ってやるんだ。『この野郎……』」そうマーティンは語る。

マーティンと同じくルクロイも、技術の一部は肉体的なものだと考えている。身長１メートル80センチ、体重88キロという運動選手としてはそれほど目立たない体型のルクロイだが、ポパイのような太い前腕部の力で時速157キロの速球もしっかりと受け止めることができる。「前腕部［の力］が物を言うね。ここが大切だよ」そう言いながら、ルクロイは静かに左腕を前に伸ばし、ボールを捕球する時の仕草を真似た。「たいていの場合、自分がしようとしているのは、ボールがどこに来ようとも、先回りしてその場所でミットを構えることだ。そうすることができれば、主審は有利な判定をしてくれることが多い。ボールを見やすいからじゃないかな」

けれども、マーティンの魔法はパイレーツの投手陣のほぼ全員に好影響を与えたものの、オールスターゲームの出場選手を投票で選ぶファンの目には、マーティンが捕球の仕方を工夫するだけで昨シーズンまでのパイレーツの捕手と比べてほぼ40点分――4勝分の価値をもたらしたことまでは映っていなかった。この上積みはバットで叩《たた》き出したものではないし、強肩からの正確なスローイングによるものでもないし、風船ガムに付いてくる野球カードの裏に書かれることもない。ピッチフレーミングという隠れた価値だけによるもので、これは資金不足のパイレーツがチーム力を高めるためにできる数少ない方法の一つだったのだ。

極端な守備シフト、ゴロを打たせる投球、マーティンの捕球術という隠れた価値は、2013年のパイレーツに13勝分に相当する効果をもたらした。オールスターゲームの前までにパイレーツが許した失点は311点で、これはメジャーリーグ全チームを見ても最も少ない数字だった。マーティンはパイレーツのすべての投手に貢献していたが、最も大きな恩恵を受けたのは同じくフリーエージェントで移籍してきたフランシスコ・リリアーノだろう。彼もマーティンと同じく、オールスターゲームに出場してもおかしくない活躍を見せていた。

先発ローテーションの救世主、フランシスコ・リリアーノ

フロリダで腕の骨折のリハビリを終えて5月に戦列復帰すると、リリアーノは手薄なパイレーツの先発ローテーションのカンフル剤となった。先発投手陣を補強するためにやってきたのは、彼が最初だった。パイレーツ入団後の初登板となった5月11日のメッツ戦で、先発したリリアーノは5回⅓を投げて1点しか許さなかった。奪三振9、与四球2で、シティ・フィールドのスピードガンでは最速で152キロを記録した。状態はよかった。速球の球速が戻っていたし、スライダーの切れも鋭かった。前半戦、リリアーノは登板するたびに好投を見せ、肘《ひじ》を故障する以前の高評価を集めていた頃の姿を取り戻し始めた。この復調はコーチとの取り組みのおかげだと言える。2013年のリリアーノは投球の際の腕の角度を高くしたため、ボールが内角や外角に外れることが少なくなった。また、フォーシーム・ファストボールの代わりにツーシームを投げるようになった。ただし、ほとんどの登板でバッテリ

ーを組んだマーティンの力も大きかった。

オールスターゲームの1か月半前、霧のかかった気温の低い6月の夜にホームで行われたシンシナティ・レッズ戦で、リリアーノとマーティンは試合中の投手と捕手の関係の大切さを教えてくれた。初回の一死後、リリアーノはレッズのショートで右打者のザック・コザートをツーストライクと追い込んだ。打者がストライクかボールかきわどい球にも手を出さざるをえない状況になったため、スライダーで仕留めるには格好の場面だ。マーティンは「バックフット」スライダーのサインを出した。これはホームプレートの真ん中に向かっていたボールが、最後の2メートル前後で右打者の足もとに鋭く曲がりながら落ちる球種だ。リリアーノは完璧《かんぺき》なコースに投げ込み、コザートは右足にぶつかりそうなボールの上を空振りして三振に倒れた。

次の打者はレッズのスター選手ジョーイ・ヴォット。左打ちのヴォットはナショナルリーグで最も選球眼のいい打者の一人で、ストライクゾーンの外の球にはめったに手を出さない。きわどいコースの球の判定に影響を及ぼすマーティンの巧みなミットさばきのおかげもあって、リリアーノはヴォットも2球でツーストライクと追い込んだ。ここでもリリアーノは、メジャーリーグでも有数の変化球と評される決め球のスライダーを投げ込んだ。ヴォットはストライクゾーンを大きく外れる切れのあるスライダーを空振りし、スリーアウトとなった。

ヴォットはいまいましそうに首を振ることしかできなかった。リリアーノに対してツーストライクと追い込まれたら、ほとんどの打者は鋭いスライダーの餌食《えじき》になってしまう。リリアーノのスライダーは曲がりが遅いため、速球との区別が難しいのだ。

バッテリーを組んだマーティンのおかげもあって、リリアーノはその試合で三振の山を築いた。３回にデリック・ロビンソンがボール球のチェンジアップに手を出して空振り三振に倒れ、リリアーノは７者連続奪三振の球団記録に並んだ。そのうちの５つの三振は、鋭く曲がるスライダーによるものだ。その日、リリアーノはレッズ打線から11個の三振を奪った。これは２０１３年のシーズンの１試合での奪三振数としては、リリアーノにとって２番目の数字となる。ストライクを先行させて打者を追い込み、リリアーノの決め球のスライダーのようなストライクゾーンを外れる球を投げ込む状況を作り出すうえで、マーティンのピッチフレーミングは極めて重要な役割を果たしていた。

２０１１年、リリアーノが速球でストライクを取ったのは52・９パーセントで、この数字はメジャーリーグの平均を大きく下回っていた。不振にあえいだ２０１２年のシーズン、リリアーノのチェンジアップがストライクと判定されたのは42パーセントにすぎなかった。自分に有利なカウントならば、打者は余裕をもってスライダーを見送ることができる。じっくりとリリアーノの投球を見極め、速球や高めに浮いた変化球を待つことができる。しかし、マーティンとバッテリーを組んだ2013年、リリアーノのストライク数は大幅に増加した。速球のストライク率の58・1パーセントは、メジャーに昇格してから2番目の高さだった。チェンジアップでストライクを取った数も、それ以前の数シーズンと比べると20パーセントも増えた。

最初の1か月間を負傷で欠場したため、リリアーノがオールスターゲームに選ばれることはなかったが、前半戦の防御率は2・00で、パイレーツの投手陣の実質的なエースだった。9イニング平均で奪三振9・7、与四球1・7という数字は、コントロールの面でも内容の面でも目を見張るような改善を示していた。そればかりか、コーチの指導でフォーシーム・ファストボールに代わって低めに沈むツーシーム・ファストボールを投げるようになったことで、ゴロを打たせる比率も格段に上昇した。

フランシスコ・リリアーノに匹敵するような結果を残せる投手をフリーエージェントで獲得する金銭的な余裕はないと、パイレーツは語っている。サイ・ヤング賞争いをするような投手は高くつく。だが、パイレーツはリリアーノをサイ・ヤング賞争いのできる投手へと変えることに成功したのだ。もともと彼には、三振を取れるスライダーとチェンジアップという持ち球があった。しかし、新しい考え方を取り入れたことによりゴロを打たせる比率が上昇し、新しい腕の角度とマーティンの巧みなミットさばきのおかげで制球力も改善された。

パイレーツの後半戦の先発ローテーション

選手	2012年の防御率（マーティン以前）	2013年の防御率（マーティン以後）
リリアーノ	5.34	3.02
ロック	5.50	3.52
バーネット	3.51	3.30
コール	データなし	3.22
モートン	4.65	3.26

7月にオークランド・アスレチックスの強力打線を7回まで無失点に抑えたリリアーノの投球を見て、パイレーツのテレビ中継の解説者を務めるボブ・ウォークは次のように語った。「シーズン最初の登板から、彼はずっと安定した投球を見せている」それまで誰一人として、リリアーノに対してこのような評価を与えることはなかった。その理由の一つは、過去にリリアーノが——パイレーツの投手陣のほぼ全員が——投球内容をよく見せてくれるラッセル・マーティンのような捕手とバッテリーを組んだことがなかったからだ。

ピッツバーグの街が変わり始めた

2013年、パイレーツはマーティンとリリアーノに、リリアーノの出来高分を含めて1025万ドルを支払った。この2人がチームにもたらした価値は3900万ドル分に相当するため、パイレーツは3000

万ドル近い余剰価値を得た計算になる。余剰価値というのは選手がもたらした市場価値から実際の年俸分を引いた数字だ。パイレーツのような市場規模の小さいチームが経済的に不公平な土俵で勝つためには、このような価値を見出《みいだ》さなければならなかった。投資に対してかなり大きな見返りを得なければならないのだ。パイレーツはマーティンの中から隠れた価値を発掘した一方で、リリアーノだけでなく投手陣のほぼすべてから価値を引き出した。マーティンの影響は最も伝統的な統計数字の防御率にも見ることができる。

マーティンの目に見えない才能はいまだにファンの間で過小評価されていた一方で、リリアーノの前半戦の数字には目を見張るものがあったし、それはロックをはじめとする他の投手陣の大半も同じだった。パイレーツをずっと疑っていたピッツバーグの街も、ようやく何かが変わったのだと信じ始めた。

7月前半、パイレーツはホームの試合で5試合連続の満員を記録した。これは132年に及ぶ球団の歴史において初めてのことだとされる。オールスターゲーム前の時点で、パイレーツは56勝37敗と、ペナントレースとワイルドカード争いの真っ只中《ただなか》にあった。ピッツバーグの郊外では、事実上のチームロゴでもある頭蓋骨《ずがいこつ》と交差した骨をあしらった海賊旗を誇らしげに掲げる家が増えてきた。ラジオやテレビでパイレーツの声として知られるグレッグ・ブラウンが、勝利を収めた試合の放送終了前に「海賊旗を掲げよ」と叫ぶ回数も増えてきた。

また、ピッツバーグ市内のデパートでは不思議な光景が見られた。スティーラーズやペンギンズのグッズではなく、パイレーツ関連のＴシャツやユニホームなどのグッズが、レジの付近に大々的に陳列され始めたのだ。Forbes.com によると、７月初めにパイレーツ関連のグッズの売り上げは５割増しとなり、メジャーリーグ全30チームの中で２位の数字を残した。ハードル自身も、自宅近くの雑貨屋やスターバックスの店内で、パイレーツのＴシャツやユニホームを着ている人の数が増えたことに気づいた。しかも、スター選手のアンドリュー・マカッチェンのユニホームが売れていただけではない。パイレーツからオールスターゲームに選ばれた５人の選手の名前が書かれたＴシャツや、ラッセル・マーティンの名前の入ったＴシャツまでもが、野球ファンであることを恥じて苦しんできた街で、シーズンが始まってから３か月間も疑い続けてきた街で、数多く見かけられるようになってきたのだ。ようやくピッツバーグの街は、信じたいと思うようになった。はみ出し者の集まりにすぎないこのチームが、なぜ、どうやって勝っているのかは、まったく理解できていなかったとしても。

第10章　地理的な問題

野球場の広さは均一ではない

野球場には、ほかの主要スポーツのフィールド、コート、リンクにはない独特な特徴がある。広さが一定ではないのだ。メジャーリーグのすべての球場は形状が異なる。ファウルゾーンの広い球場がある。外野の左中間や右中間が深い球場もあれば、浅い球場もある。メジャーリーグの球場の面積は、平均すると約1万120平方メートルだが、サッカーのピッチ、アメリカンフットボールのフィールド、バスケットボールのコート、アイスホッケーのリンクとは違って、その広さは均一ではない。

グーグルアース、および各チームが公表している球場の広さのデータを使用して、イラストレーターのルー・スピリトは、メジャーリーグの全球場のグラウンド部分を重ね合わせた。具体的には、外野フェンスの内側、およびファウルゾーンと内野席の境目を成す壁の内側の広さを比べてみたのだ。それによると、メジャーリーグの全球場の中でレフト側が最も深いのはPNCパークで、外野が広いことで有名なクアーズ・フィールドよりもフェンスまでの距離があると判明した。メジャーリーグで最も深いレフト側の外野部分は、「窪《くぼ》み」からレフトのポールにまで広がっている。「窪み」というのは、左中間深くにあるブルペンの隣のフェンスがスタンド側に三角形に突き出している部分で、ホームプレートからの距離は125メートルある。そのため、レフト方向に引っ張ってホームランを狙う右打者、あるいは流し打ちでレフトスタンドに打ち込もうとする左打者にとっては悪夢のような球場だ。同時に、足の遅い外野手がレフトの守備に苦労させられる球場でもある。

2013年、パイレーツは内野手の守備力の問題を、極端な守備シフトとゴロを打たせる投球で隠した。球場の中で内野の広さに関しては統一の基準が定められており、外野と比べてかなり面積が狭い。しかし、外野手の守備力に関して、PNCパークではごまかしようがない。しかも、メジャーリーグの打者が打つフライは、ゴロと比べて打球の方向に決まった傾向が見られにくい。ベースボール・インフォ・ソリューションズ（BIS）によると、メジャーリーグの打者は平均してゴロの73パーセントを引っ張る方向に飛ばすのに対して、フライの場合は40パーセントにすぎない。これはパイレーツが直面したもう一つの問題だった。

選手を発掘するレネ・ガヨの眼力

クリント・ハードルはデンバーでの経験から、外野の守備の重要性を認識していた。空気の薄い標高1600メートルに位置するデンバーでは、海抜0メートルの地点と比べるとフライの飛距離が約5パーセント伸びる。そのため、ホームランの数を抑える目的で、クアーズ・フィールドは外野が広くなるように設計されている。この球場の設計が、意図せぬ結果をもたらした。クアーズ・フィールドでは外野手はより広い範囲を守らなければならなくなり、しかもより深い守備位置に就かなければならないため、外野に落ちてヒットや二塁打になる打球が増えたのだ。ハードルは外野手の頭の上を越える打球だけでなく、手前に落ちたり間を抜けたりする打球も多く目にすることになった。

ハードルは決して足が速い方ではなかった。彼の運動能力に欠けていた数少ない点の一つだ。クアーズ・フィールドで試合をするうちに、ハードルは運動能力に優れた守備範囲の広い外野手を評価するようになった。たいていの場合、チームは外野手の中で最も足が速く、最も守備範囲が広い選手にセンターを守らせる。通常は、センターが最も広い範囲をカバーしなければならないからだ。けれども、PNCパークの場合はセンターよりもレフトの方が広い。つまり、センターを守れる能力がある別の選手にレフトを守らせる必要がある。内野手の守備力の問題は、守備シフトを敷いて打球が飛びそうな位置で守らせることにより隠せる。しかし、外野の場合は、たとえデータに基づいて守備シフトを採用したとしても、外野手の足の遅さや、フライやライナーの落下地点に達するための判断能力の乏しさを隠し切れない。パイレーツには優れた運動能力を持つ選手にレフトを守らせる必要があり、ハードルにはそのような選手を発見してくれる人物が必要だった。その人物がレネ・ガヨだった。彼はパイレーツに課せられた地理的な問題を解決するうえで誰よりも貢献してくれた。野球の世界でこれまた今まで過小評価されていた技術——スピードと運動能力に目をつけたのだ。

ただし、アメリカではアマチュアのトップクラスの運動選手が野球以外のスポーツを選ぶため、6月のドラフト会議でこのような技術を持つ選手を見出《みいだ》すことは難しい。過小評価されている能力を持つ選手を発掘するために、ハンティントンはガヨに対して国際担当スタッフを2倍以上の数に増やすことを認め、２０１３年には24人の専属および臨時のスカウトが、ラテンアメリカ諸国でパイレーツのために活動することになった。ラテンアメリカの選手はドラフトの対象外で、腕のいいスカウトならば過小評価されていて安い選手を見つけることができる。また、パイレーツのオーナーのボブ・ナッティングは、ドミニカ共和国を訪れた際、チームの保有する同地の野球アカデミーの施設があまりにひどい状態なのに啞然《あぜん》とした。そこはパイレーツ傘下のドミニカンサマーリーグのチームに所属する選手が、練習に招待されたほかの若い選手たちとともにトレーニングを行う場所だった。彼は５００万ドルを投じてまばゆいばかりの新施設を建設し、２００８年に完成したこの施設は『タイム』誌から「ドミニカのリッツ」と評された。ドミニカの野球アカデミーの至宝と言われるこの施設は、パイレーツが選手をスカウトするうえで優位に働くことになる。それでも、パイレーツの外野が抱える守備のジレンマの解決には、ガヨの野球観と観察眼によるところが大きかった。

キューバと野球

キューバに野球を紹介したのはアメリカだった。作家のエイドリアン・バーゴス・ジュニアによると、ドミニカ共和国に野球を紹介したのはイグナシオとウバルドのアロマ兄弟で、2人はキューバを離れてドミニカ共和国でサトウキビ農園を開き、１８９１年に同地で2つの野球チームを作った。現在、人口との比率で最も多くの野球選手を輩出しているのは、イスパニョーラ島の東半分に位置するドミニカ共和国だ。人口１０００万人はオハイオ州とほぼ同じ人数にもかかわらず、メジャーリーガーの11パーセント近くをドミニカ共和国出身の選手が占めている。野球は国を挙げてのスポーツで、優秀な運動選手には数多くのスポーツの選択肢があるアメリカとは違って、ドミニカ共和国には野球しか選択肢がない。優秀な野球選手になることが、よりよい生活のための方法なのだ。

レネ・ガヨはキューバ系移民だ。ふくよかな体型で口ひげを蓄えたガヨは、カリスマ性があって人当たりもよく、彼が話を始めると誰もが耳を傾ける。パイレーツのラテンアメリカ担当スカウト部門の部長で、ドミニカ共和国から彼ほど多くの人材を発掘したスカウトはいない。ドミニカ共和国の選手がドラフト1巡目指名の選手に匹敵する100万ドル単位の金額の契約を結ぶ今の時代に、ガヨはパイレーツのマイナーリーグ選手の中でトップと評価されるグレゴリー・ポランコを15万ドル、同じく内野の有望株のアレン・ハンソンを9万ドルという、それぞれ控え目な額の契約金で獲得している。

ガヨはこれまで変わった道のりを歩んできた。生まれたのはアメリカだが、本人はキューバで命を授かり、アメリカで誕生したという表現を好む。ガヨの話によると、1960年代初頭、両親は反カストロ運動を展開していたキューバの反革命組織「学生革命局」の一員だったという。ガヨの名付け親は、CIAと協力して共産主義政権の転覆を企《たくら》んでいた同組織の副代表だった。子供の頃の夕食の席で、大人たちが機関銃を分解したり爆弾を設置したりといった実体験の話をしていたことを、ガヨは今でも覚えている。両親やおば、おじたちの全員がゲリラだったという事実は、不思議でならないという。

「こんな言い方はしたくないが、彼らは全員、反カストロを掲げたテロリストだった」ガヨは言う。「人目につかないように行動したり、待ち伏せをしたり、まるで映画の中のようなことをしていた。自分の身内がそんなことをしていたとは、信じられなかった」

ガヨの親族はピッグス湾への侵攻が失敗に終わった後、キューバから亡命し、マイアミに居を構えた。そこでガヨの母は妊娠していることを知る。ガヨは1962年に生まれた。ガヨの父がアメリカに馴染《なじ》むことができたのは野球への情熱のおかげで、それは息子にも受け継がれた。ガヨの父はキューバリーグでプレイした経験がある。キューバリーグはナショナルリーグに次いで世界で2番目に古いプロ野球のリーグだ。キューバリーグが中断したのは、米西戦争[訳注11]の期間中だけだという。ガヨの父はベーブ・ルースの試合を見たことがあったし、1944年にレッズでプレイして厳密な意味では人種の壁を破った第一号とも言われるトミー・デ・ラ・クルーズのボールを受けたこともあった。ガヨのオフィスに飾られている写真は数少ないが、その中に父とデ・ラ・クルーズが一緒に写っている1枚がある。

　ガヨは父が泣いているのを2回しか見たことがない。1度目は、プエルトリコ生まれのパイレーツの外野手で野球殿堂入りしたロベルト・クレメンテ[訳注12]が、メジャーリーグの観客を前に最初はスペイン語で、次いで英語でスピーチするのを聞いていた時だ。1955年から1972年までプレイしたクレメンテは、人種問題の改善を強く訴えていた。その人柄を評価されて、フィールド外で慈善活動を行っている選手に対してメジャーリーグ機構から贈られる賞には、彼の名前を冠してロベルト・クレメンテ賞と名づけられている。

　父が泣くのを見た2度目は、ガヨが経済学の学位を取得してテキサス州サンアントニオのセント・メアリーズ大学を卒業した時だ。

選手からスカウトへ

ガヨは父と同じ夢を抱いていた。プロ野球選手になることを望んでいたのだ。セント・メアリーズ大学では捕手を務めた。ドラフトでは指名されなかったが、レッズのスカウト部長キャム・ボニファイの目に留まり、契約することができた。ボニファイは後にパイレーツのゼネラルマネージャー（GM）に就任することになる。膝《ひざ》の負傷のため、ガヨがプロ野球選手として打席に立ったのはわずか30回にとどまった。ガヨは野球に関わる仕事を続けたいと希望し、ボニファイもこの若者には野球を見る目があると感じていた。1989年、キャム・ボニファイはテキサス州およびルイジアナ州担当のパイレーツの臨時スカウトとしてガヨを雇った。1994年、ガヨの人生に最初の大きな転機が訪れる。インディアンスのスカウト部門を統括していたジェシー・フロレスが、専属スカウトとしてガヨを採用するよう球団に推薦してくれたのだ。ガヨはテキサス州南部、ルイジアナ州、ニューメキシコ州担当の

訳注11　1898年に起きたアメリカとスペインとの間の戦争。
訳注12　1972年12月31日、クレメンテは大地震に見舞われたニカラグアへの支援に向かう途中、搭乗した飛行機がカリブ海に墜落し、38歳の若さで帰らぬ人となった。この事故を機に、コミッショナー賞からロベルト・クレメンテ賞へ名称が変わった。

スカウトとなり、何万キロもの距離を車で移動する日々を過ごした。

ガヨによると、一生懸命に頑張らなくてはいけないと口にする人は多いものの、実際に頑張っている人はほとんどいないという。ガヨは時々、近くに座っている競争相手のスカウトたちを観察する。試合には興味を示さず、腕時計ばかりを気にするスカウトを見かけることがある。ガヨはそんなスカウトたちを「時計屋」と呼ぶ。その手の連中が自分に勝てるわけがないと信じている。次こそ何かがあるのではと期待して、すべての石をひっくり返してその下を見るような、忍耐強さも意欲も持たない人間たちだからだ。

ラテンアメリカで自分が優位に立てた理由は、ライバルのスカウトたちよりも多く働いたからにすぎないとガヨは言う。ドミニカ共和国を訪れるスカウトやスカウト部長の多くは、首都のサントドミンゴと豪華なホテルから遠く離れることはない。ガヨは貧しい小さな町にも赴き、シーツさえ清潔ならば1泊600ペソの安ホテルに宿泊することも厭《いと》わない。要するに、ガヨは選手に関するより多くのデータを自ら進んで集めようとしているのだ。ワシントン・ナショナルズの国際スカウト部長ジョニー・ディプグリアは、『ベースボール・アメリカ』誌に対して次のように語っている。「[ガヨがするようなことを]多くのスカウトはしない。インターネットがつながらず、テレビがなく、蛇口をひねっても汚い水しか出ないようなホテルには泊まろうとしない。私もかつてはそういったホテルに泊まったものだ。今はなるべく避けるようにしている。以前は何度となく泊まったものだが、そのたびにおなかを壊すから嫌になってしまった」

メジャーリーグの試合のない冬、スカウト旅行から帰国して自宅にいる時のガヨは、薄型モニターのテレビで古いビデオカセットテープを見る。トニー・グウィンのスイングを観察する。高校時代のロイ・ハラデイの映像を見ては、将来サイ・ヤング賞に輝く投手が、不自然な投球フォームで投げていた若かりし頃にはどんな選手だったのかを確認する。そんなことは時間の無駄のように思えるかもしれないが、ガヨは選手を比較して得た情報を記憶に焼き付けているのだ。こうした比較は危険だとする声も多い。主観的な判断だからだ。しかし、ガヨに言わせれば、スカウト活動とは歴史を学ぶことから始まる。スター選手がスターになる前の姿を学ぶことから始まる。それがガヨにとってのデータ要素なのだ。

「椅子に座って試合の模様をじっと見る。試合の合間の部分も、投手が［投球後に］マウンド上を歩くところもじっと見る」ガヨは語る。「ただ座って、じっと見ている。もう何年もそれを繰り返している。ほかの人からすれば、頭がおかしいように見えるかもしれないな」

ガヨの野球観

頭の中に比較データを蓄積する一方で、ガヨは独自の野球観を作り上げた。20年間にわたって野球をプレイし、観察し、スカウト活動を行い、さらに試行錯誤を経て、自分はどのような選手が好みなのかを学んだ。ガヨのお気に入りの選手には共通の特徴がある。走れる選手だ。昔から足は速くなく、今では両膝を痛めてしまったガヨとは正反対のタイプに当たる。けれども、ガヨは運動選手の走る姿を見るのが好きだった。オーバーン大学時代のボー[訳注13]・ジャクソンが走る姿を見て、これほど美しいものは見たことがないと思ったものだ。ガヨがスピードを高く評価するのは、１９７０年代後半のロイヤルズや１９８０年代のカージナルスといった、ホワイティー・ハーゾグが率いたスピード重視のチームの試合を好んで見ていた影響もあるかもしれない。

ガヨはバットを振ることのできる足の速い選手を常に探してきた。１９９０年代から２０００年代前半にかけてのステロイド時代には、長打力が高く評価され、スピードと運動能力の価値は下がった。各チームは体格のいい打者を揃え、相手に打ち勝つことだけを考えていた。今では「薬局は閉店した」というのが、ガヨの好む言い方だ。２００４年に禁止薬物に対する検査が導入されて以降、スピードと運動能力の重要性が増した。しかし、２０１３年のシーズンを迎えても、守備の価値はまだ完全には理解されておらず、したがって過小評価されていた。外野手の守備範囲や打球の落下地点まで効率的に走る能力への判断は、主観的な、目で見た証拠に基づいて下される部分が大きかった。ガヨが求めていたのは、このような過小評価されている選手だった。

「走力は野球においてとても大切な要素だ」ガヨは言う。「攻撃においても守備においても共通する分母となる。重要なのはスピードだけではない。スピードがもたらす脅威だ」

ガヨはスペイン語と英語の2か国語に堪能《たんのう》だったが、1999年に当時のインディアンスのGMジョン・ハートによってラテンアメリカ担当のスカウトに任命されるまでは、ラテンアメリカでスカウト活動を行ったことがなかった。ガヨはその仕事で遺憾なく力を発揮した。担当していた2年間で、ウィリー・タベラス、ジョニー・ペラルタ、ロベルト・ヘルナンデス、ラファエル・ペレス、エドワード・ムヒカといった選手と、それほど高くない金額で契約を結んだが、この5選手はいずれも後にメジャーリーグで活躍している。2001年、インディアンスの新たなGMに就任したマーク・シャパイロは、スカウト部門を再編成した。ガヨはラテンアメリカ担当から外れることになった。その情報が公になると、翌日には7つのチームからガヨに連絡が入る。話をしたいと最初に許可を求めてきたチームがパイレーツだった。

今日のパイレーツはデータを重視した先進的な考え方の組織として知られており、意思決

訳注13　野球とアメリカンフットボールの2つのスポーツでプロとして活躍した選手。メジャーリーグのオールスターゲームとNFLのプロボウルの両方に出場経験がある。

定に際しては分析を重んじる。パイレーツのGMに就任した時、ハンティントンはすでにパイレーツでスカウトとして活動していたガヨをそのまま重要な地位に留め置いた。アマチュア選手の獲得に際しては、特にラテンアメリカの場合には、伝統的なスカウト方法が必要だと考えていたからだ。有望選手に関してほかの球団よりも多くの情報を収集するために、パイレーツは中南米に大勢のスカウトを送り込んでいる。ドミニカ共和国での野球はアメリカ国内ほど組織されていないため、ディビジョンIの大学リーグのような意味のある統計数値は存在しない。外野手の隣で牛が草を食べているような古びた球場では、アルゴリズムやデータベースを活用して才能ある選手を発見することなどできない。ドミニカ共和国でのスカウト活動では、栄養状態の悪そうなひょろっとした16歳の少年が、どのように成長するかを予測する才能が必要とされる。生まれながらにしてこうした才能を持つ人もいるかもしれないが、これは何よりも長年にわたる熱心な観察を通じて身に付く能力だ。

「それは最も純粋な意味でのスカウト力を如実に示すものだ」カージナルスの国際編成部門で部長を務めるモイゼス・ロドリゲスは『ベースボール・アメリカ』誌にそう語っている。「統計は存在しない。評価する力のあるスカウトを擁し、スカウトが示した選手を評価する体制を構築すれば、成功の確率はかなり高くなる」

ほかのスカウトたちが行かないような場所に足を運び、ほかのスカウトたちが見ないような選手に目を向けたことで、ガヨはスターリング・マルテと出会った。

ドミニカ共和国の野球事情

ドミニカ共和国の首都サントドミンゴには2つの空港がある。市の東部にあるラス・アメリカス国際空港の方が大きく、民間機の大部分はその空港を離着陸する。一方、市の北部のラ・イサベラ空港には、滑走路が1本しかなく、小型機やチャーター機に利用されている。空港の出口に隣接して、道路沿いには内野に赤土を使用したおんぼろの球場がある。ガヨはサントドミンゴの郊外にいくつかあるこのような球場に足しげく通い、その際には折りたたみ椅子を1脚と、自ら「真珠」と呼ぶ新品の野球のボールを2個持参する。彼は両チームにそのボールを1個ずつ与え、焼けつくような日差しの下で椅子に座って野球を観戦する。

スカウトや選手評価を担当するスタッフの多くは、自分たちのチームが運営する野球アカデミーから離れようとせず、練習や試合のために選手やチームを施設まで連れてこさせる仕事は「ブスコン」に任せている。ブスコンというのは若いドミニカ共和国の選手の代理人のような存在で、コーチのこともあれば、父親代わりの人物のこともある。ガヨは才能ある選手を連れてくるその手の人間のことを快く思っていない。自分はスカウトだ。その役割は才能ある選手を探しにいくことで、連れてきてもらうことではない。しかも、選手たちを施設に連れてきたブスコンが、一切を取り仕切り、選手を熱心に売り込む。ガヨは自らが取り仕切るやり方を好む。何よりも、ガヨが見たいのは野球の試合であって、打撃練習を見たいわけではないし、単にどれだけ速い球を投げられるかを見たいわけでもない。

若い才能を発掘するために、ガヨはこんな作戦を取る。あるブスコンがガヨに近づき、ガヨがライトを欲しがっているということを知らずに、いいショートがいると売り込んできたとする。ガヨはブスコンに対して、ヤンキースがショートを欲しがっていて、うちよりも大金を出すはずだと伝える。うちにはそのショートは高すぎるが、ところでいいライトはいないか？　2万ドルだって？　ライトなら2万5000を出そう。ガヨはそのようにしてウィリー・タベラスと契約した。ガヨがマルテを発見したのも、タベラスの時と同じく、首都の郊外にある野球場だった。2006年の春、ガヨはマルテにメジャーリーガーの素質があると見抜いた。

スターリング・マルテに対する評価

過小評価されているスターリング・マルテを発見できたのは、彼がショートとして売り込まれたことと大いに関係している。最初にマルテを見た時、ガヨの反応はほかのスカウトたちと同じだった——この若者は内野を守る勘と手を持っていない。一目見たところでは、契約しようと考える気にはなれなかった。しかし、ガヨは興味をひかれた。外野を守らせたらどうだろうか、ふとそう思ったのだ。

「[アーネスト・]ヘミングウェイのことを思い出すよ。彼は闘牛士について、闘牛士の優美さについて、しばしば口にしていた。私も昔からそれが好きでね。クレメンテもそうだった。彼は気迫のこもったプレイが身上だったが、優美さも持ち合わせていた。スターリングにもそれがあった。彼のプレイには優美さがあったのだよ」ガヨはそう語っている。

ガヨはマルテに対して外野を守るように指示した。栄養状態が悪く、体重は70キロそこそこで、ドミニカ共和国の十代の選手の多くと同じように寄生虫に感染していた17歳のマルテは、外野から内野に向かって矢のような送球を次々と投げ始めた。ガヨは驚いて目を丸くした。次にガヨはマルテに対して走るように指示した。牛が草をはむグラウンドとブリキや金属板の屋根を持つ家の間のでこぼこした地面の上で、60ヤード（約55メートル）ダッシュを何回か繰り返すマルテを見た後、ガヨは口をあんぐりと開けていた。マルテの60ヤードダッシュのタイムは6秒48。6秒6で走れれば、かなり足が速いとされる。6秒5を切るなら空を飛んでいるような速さだ。

「6秒48のタイムだけじゃなかった」ガヨは語る。「頭の上にクリスタルグラスを置いて走ったとしても、グラスは落ちなかったに違いない。彼が走るフォームを見ながら、『美しい』とため息が漏れるほどだった。見たこともないような美しさだったよ」

あとは打てるかどうかだ。

マルテは打撃練習でライナー性の打球を右に左に打ち分けた。スイングのバランスもよさそうだった。それでも、ガヨの頭には疑問が残った。まだ若い選手の選球眼が向上するか、あるいは長打力が伸びるか、それらを見抜くことは難しい。しかし、マルテがバットをボールに当てる力を持っていることは明らかだった。スイングを見たガヨは、マルテには肩、腰、膝のバランスのよさがあり、手首の力が強いこともわかった。健康のことを考えた食事を摂取し、ウエイトトレーニングを積めば、力がついて大化けする可能性を秘めている、ガヨはそう判断した。

ガヨがマルテを見て気に入った点はほかにもある。常に戦う姿勢でいたことだ。試合形式の練習で、三振に倒れたり、まずいプレイや誤った判断をしたりしても、マルテはそのことを引きずらなかったし、自信を失うこともなかった。ガヨは決断を下した。8万5000ドルの契約金を提示されたマルテは、2007年1月4日にパイレーツと正式契約を交わした。ほかのチームはマルテができないことしか見ていなかったため、彼には目もくれなかった。

確かに、彼はショートの守備を普通にこなすことができなかった。一方、ガヨはマルテの強みに注目した。マルテはまるでシカのように外野を駆け回ることができたのだ。

プロ入り後、マルテはパイレーツのマイナーリーグで急成長を遂げた。チームの顔でもあるアンドリュー・マカッチェンが不動のセンターとして存在していたため、2012年の後半にメジャー昇格を果たした時、それまで主にセンターを守っていたマルテはレフトの守備位置に就くことになった。若手のセンターがほかのポジションに回されると、通常ならばマイナスのイメージで見られるが、PNCパークではレフトを守る方が難しいため、外野手としての評価はむしろ高いことになる。初めて開幕からメジャーリーグで迎えた2013年、マルテはその評価が間違っていなかったことを証明した。

8月18日、同点のまま延長にもつれ込んだアリゾナ・ダイヤモンドバックス戦の12回の表、ダイヤモンドバックスの二塁手アーロン・ヒルがレフトに浅いフライを打ち上げる。打球はレフト前に落ち、二塁ランナーが生還してアリゾナが勝ち越すだろうと誰もが思った。ところが、スターリング・マルテがどこからともなく、少なくともテレビカメラの映像の外からいきなり現れ、スライディングキャッチでフライをつかんでスリーアウトとなったのだ。

マルテがアメリカで育っていたら、NFLのワイドレシーバーかディフェンシブバックになっていたかもしれない。身長1メートル82センチ、体重86キロという筋肉質の体型は、メジャーリーグのクラブハウス内ではめったにお目にかかれない。この8月の夜、マルテは定位置から一気に加速し、落下地点まで最短距離で到達した。2013年のシーズンを通して、

2013年8月18日時点でのナショナルリーグ中地区の順位表

チーム	勝敗	勝率	1位とのゲーム差
パイレーツ	72勝51敗	5割8分5厘	—
カージナルス	71勝52敗	5割7分7厘	1
レッズ	70勝54敗	5割6分5厘	2.5
ブルワーズ	54勝70敗	4割3分5厘	18.5
カブス	53勝70敗	4割3分1厘	19

マルテはこのようなプレイでパイレーツのレフトを守り続けていた。8月半ばを迎えてもパイレーツがカージナルスに1ゲーム差をつけて首位に立っていられた主な要因として、マルテの守備範囲の広さをあげることができる。

守備防御点で見ると、マルテは2013年のレフトのトップで、平均的なレフトと比べて20点も多くの失点を防いでいる。守備防御点はビデオ映像と分析によって外野手の守備範囲を測定しようとする数値だ。チームメイトのアンドリュー・マカッチェンの守備防御点は7で、これはセンターでは6位に当たる。守備防御点と似た手法を用いるアルティメット・ゾーン・レーティング（UZR）を見ると、2013年の外野手上位20人の中に、パイレーツはマルテとマカッチェンの2人が入っている。上位20人の中に2人の選手が入ったのは、オークランド、ピッツバーグ、アリゾナ、ボストンの4チームだけだ。ボストンはワールドシリーズを制覇し、オークランドはアメリカンリーグで2位の勝率を残した。守備の重要性、および運動能力のある外野手を持つことの重要性を、物語る数字と言えるだろう。

守備力を正確に評価するために

しかし、この8月18日の試合を最後に、マルテの名前がパイレーツの先発メンバーから1か月近く消えることになる。その8日前のコロラドでの試合で、ロッキーズのリリーフ投手ジョッシュ・アウトマンの速球がマルテの左手を直撃した。マルテは両膝を突いてその場に座り込み、手を押さえた。パイレーツのトレーナーがバッターボックスに駆け寄り、苦痛に顔をしかめるマルテの状態を調べた。マルテは負傷を押してその後も1週間プレイを続けたが、守備には影響がなかったものの、バットを握ってフルスイングすることが難しくなり、走塁でもヘッドスライディングをためらうようになっていた。

8月18日の試合後、マルテは再び手の痛みを訴えるようになり、パイレーツは8月24日にマルテを故障者リストに登録した。その後、パイレーツは勝ったり負けたりを繰り返すことになる。マルテが欠場中の、および復帰したものの代走や守備固めでの起用にとどまっていた29試合は15勝14敗という成績で、ナショナルリーグ中地区での順位も、カージナルスに1

ゲーム差をつけての首位から9月18日には2ゲーム差の2位に後退し、3位のシンシナティ・レッズにも0・5ゲーム差にまで迫られてしまう。ワイルドカード争いでも、ワシントン・ナショナルズとの差は5ゲーム、アリゾナ・ダイヤモンドバックスとの差は7ゲームにまで縮まっていた。2つあるワイルドカードの枠のうちのどちらかは確保できそうだったが、もはや確実な状況とは言えない。ラジオのトーク番組、ツイッター、インターネットの掲示板などでのファンの声は、「ほらまただ」「オーナーのケチ」「歴史的失速パート3」などの嘆きが多くを占めるようになった。

手首の負傷で欠場を余儀なくされたにもかかわらず、2013年のマルテは主にその守備力のおかげで4・6のWARを残し、メジャーリーグの野手の中では28番目に価値がある選手となった。けれども、バットを握ってしっかりと振ることができなければ、先発メンバーに入ることもできない。これはチームにとって大きな損失だった。しかし、マルテがチームにどれほどの効果をもたらしていたかを正確に示すのは難しい。守備を評価するための完璧《かんぺき》な方法がなかったからだ。だが、その状況も変わろうとしていた。

守備を正確に測定することは、負傷の予防、あるいは選手の闘争心や向上心、クラブハウスのムードといったソフトサイエンスと並んで、グラウンド上の分析における最後の大きな未開拓領域の一つだ。

20世紀の野球を通じて、ファンやチームは野手の守備力に対して主観に基づいた判断を下していた。守備のプレイを測定する分析ツールはほとんど存在していなかった。数少ないツールの一つに、極めて欠陥の多い守備率がある。これは補殺[訳注14]と刺殺の合計を、守備機会で割った数字だ。けれども、守備率は野手の守備範囲を考慮に入れていない。例えば、ある選手にエラーが記録された打球は、別の選手だったら届きもしなかったかもしれない。しかも、エラーかどうかは公式記録員の主観的な判断によって決められる。

ジョン・デュワンは革新的な守備シフトを採用することによってチーム全体の守備に対する考え方を変えたいと望んでいただけではない。守備防御点などの指標を作成することで、個々の選手の守備力に対する考え方も変えたいと望んでいた。デュワンのシステムと同じように、パイレーツが独自に開発した守備評価システムも、ある範囲に飛んだ打球を野手がアウトにできる能力に基づいて、ポイントを加えたり引いたりする。しかし、フォックスは、これまたデュワンと同じように、今までに開発されたどんなシステムも、それだけでは個々の選手の守備力を１００パーセント正確に反映できていないという意見の持ち主だ。

フォックスによると、パイレーツは野手の守備を評価する際に、球場の条件やマウンド上

訳注14　二塁手がゴロをさばき、一塁に送球してアウトになった場合は、二塁手に補殺が、一塁手に刺殺が記録される。センターがフライを捕球してアウトにした場合は、センターに刺殺が記録される。

の投手のタイプも考慮に入れようとしているものの、現時点で最高の指標でもバイアスや未知の要素が含まれてしまっているという。野手の動きを測定することができないので、その能力を正確に評価することもできないのだ。正確な評価は、新しい選手追跡システム「スタットキャスト」の完成を待たなければならなかった。

新たな分析ツール「スタットキャスト」

２０１４年3月1日、ボストンのハインズ・コンベンションセンターで開催されたＭＩＴスローン・スポーツ分析会議において、メジャーリーグ・ベースボール・アドバンスト・メディア（ＭＬＢＡＭ）のジョー・インゼリロがステージ上に姿を現した。大勢の人々が待ち望んでいたこのプレゼンテーションは、故スティーブ・ジョブズによるアップルの新製品発表会の野球版と言ってもいいかもしれない。ステージに立つインゼリロの後方には、プロジェクター用の大型スクリーンが設置されている。その当時、ＭＬＢＡＭは利用者のデジタル面における利便性の向上に努めていた。こうしたデジタル面での努力が、ＭＬＢＡＭをメジャーリーグの子会社の中で最も重要かつ最も収益性の高い組織に押し上げた。メジャーリーグの各チームはＭＬＢＡＭに対して均等に出資しており、Bloomberg.com は２０１３年に各チームが保有する株式の価値を1億１０００万ドルと試算している。マスコミの報道によると、野球界のデジタル部門に当たるＭＬＢＡＭは、同社の株式を10億ドル以上で買い取りたいという複数の投資会社からの提案を断ったと伝えられている。スポーツビジョンのPITCHf/x システムを導入して成功を収めたＭＬＢＡＭは、独自のデータ開発に意欲を見せるようになった。２０１４年のスローン会議の場で、インゼリロはかつてないほど胸が躍るような事業を発表した。

野球界から集まった分析通の人々が期待を込めて待ち構える中、インゼリロは自分の率いるチームが野球における最大の謎を解明したという驚くべき発表を行った。グラウンド上でのすべての動き、すべてのステップ、すべての送球が、間もなく測定可能になり、数値化できるようになるというのだ。

「守備における走力面に関しては、これまでも目で見ることならできたのですが、数値化することは極めて困難でした」インゼリロは聴衆に向かって語りかけた。「我々はこの現象が直接生まれる瞬間を目にすることができるようになり、そのデータを分析し、それが何を意味するかを知ることができるようになります……野球はセンチ単位のスポーツです。これから我々は、それが具体的に何センチなのかを示すことができるようになるのです」

それに続いて、インゼリロはタブレット端末を操作すると、２０１３年にシティ・フィールドで行われたブレーブス対メッツ戦でのあるプレイの映像を用いてプレゼンテーションを始めた。場面は2対1とブレーブスの1点リードで迎えた9回裏のメッツの攻撃。ブレーブスのリリーフエースのクレイグ・キンブレルは2人の打者から三振を奪った一方で、1人に死球を与え、1人を四球で歩かせた。同点の走者と勝ち越しの走者を置いた場面で、メッツのジャスティン・ターナーの打球は左中間に飛ぶ。打った瞬間、同点は確実、おそらくサヨナラ打になるだろうと思われた。ところが、本来のポジションはライトながらその時はセンターを守っていたブレーブスのジェイソン・ヘイワードが、打球をダイビングキャッチしてスリーアウトとなり、ブレーブスの勝ちを守った。素晴らしいプレイだったが、画面上のヘイワードとターナーに添えられた情報はプレイそのものよりも信じられないものだった。

画面上に表示された情報は、その時のヘイワードのリアルタイムのデータだ。打球を追うヘイワードは、毎秒4・6メートルずつ加速して時速29・8キロのトップスピードに達した。スタートしたのは打球の落下地点から24・6メートル離れた場所で、25・4メートルを走って打球をキャッチした。打球を追ったルートの効率は97パーセントで、ほとんど無駄のないルートを走ってボールをキャッチしたことになる。ヘイワードは打球への反応でも俊敏さを示し、一歩目を踏み出したのはバットがボールに当たってからわずか0・2秒後だった。しかも、数値を記録されていたのはヘイワードだけではない——あらゆるものの動きが追跡されていた。ターナーのバットを離れた時の打球速度は時速141・3キロ、打球角度は24・

1度、飛距離は95・7メートル、滞空時間は4秒。PITCHf/x にステロイドを投与したようなデータだった。

野球の歴史を通じて初めて、MLBAMはこのような素晴らしいプレイのあらゆる側面が測定可能だということを示した。これは野球の世界におけるビッグデータにとって、次なる大きな飛躍の一歩だった。これにより、野球界で1シーズンに生まれるデータ要素の総数は、数百万の単位から数十億の単位に増えることが確実となる。

「まだ表面的なところしか扱っていない段階です」インゼリロは語った。

いったいどのような仕組みなのだろうか？　スタットキャストは2つの異なるシステムからの情報を融合させて、データを作り上げている。レーダーをベースにしたトラックマンを使用してボールとその動きを追いながら、スタットキャストはステレオスコープによる3D機能を有するカイロンへーゴ社の2台の双眼カメラを使ってグラウンド上の全選手も追う。カメラは全選手の動きを録画し、それをトラックマンのドップラーレーダーからの数値と同期させる。選手とボールの動きはシステムのソフトウエアによって意味のあるデータへと変換される。スタットキャストのシステムはこの2013年のシティ・フィールドでのメッツ対ブレーブス戦に合わせて設置され、リアルタイムのデータ収集を行ったが、2014年にはほかに3つの球場にも導入されることが決まっており、さらに2015年までにはメジャーリーグの全球場への設置を目標に掲げていた。PITCHf/x が投球の軌道、コース、速度などに関して行っていたことを、MLBAMのスタットキャストはグラウンド上のあらゆる動きに対して行おうとしていたのだ。

スタットキャストの可能性

しかし、行く手には難しい問題が控えている。データの追跡と共有はリアルタイムで可能だが、付随する情報のリアルタイムでの表示にはシステムがまだ対応していない。1試合当たり数テラバイトに及ぶ大量のデータが生成されても、それを処理できたりそれにアクセスできたりする人数には限りがある。PITCHf/x の時とは違い、各チームはスタットキャストのデータの公開を望んでいない。そこから独自の指標を作成しようと考えているからだ。システムが予定通りに設置されたとしても、分析官たちには新たに流れ込んでくる何十億ものデータ要素から意味のある指標を作り出す作業が待っている。

スタットキャストは野球をどのように変えていくだろうか？　かつてはグラウンド上を見つめる主観的な目に任されていた情報が、これからは数値化されることになる。ジョン・デュワンが守備全般に対する野球界の考え方を変えさせたように、スタットキャストは個々の野手のプレイに対する私たちの価値観や考え方を変えさせる可能性を秘めており、守備全般に対する私たちの理解を深めるうえでも役に立つかもしれない。

セントルイス・カージナルスのGMジョン・モゼリアックは、スタットキャストがかなり大きな影響をもたらすだろうと考えている。「本当に守備のうまい選手が誰なのかに関して、直感的あるいは主観的な意見が消えることになる」モゼリアックは語る。「守備範囲の広い選手は誰か、その選手がどうやってそれだけの範囲を守れるのかに関して、はっきりとした定義を提示してくれるだろう。それについては依然として主観的な分析に基づいているのが現状だ。我々もそうした状況を変えようと努力はしているが、このような追跡システムがあれば守備に対する考え方が一変するかもしれない」

ＭＬＢＡＭのシステムによって守備範囲、送球の正確さ、打球の落下地点までのルートの効率、肩の強さなどの特質が初めて正確に数値化されれば、守備の価値がさらに重視されるようになるだろう。２０１３年のパイレーツは、ほかの多くのチームよりも選手一人一人の守備の価値を重視する方針をすでに固めていた。

しかし、８月半ばのマルテの負傷とともに、その守備面での優位が消滅した。パイレーツはマルテを欠いた状態のまま、この20年間ピッツバーグで行われていなかったことを——地元でのプレイオフの試合を実現させるという難題に直面することになる。マルテのいないパイレーツには、ほかの選手の台頭が必要だった。

第11章　投手の育成と負傷の予防

82勝目へのカウントダウン

２０１３年9月初め、ピッツバーグ市内の中心部に近い倉庫群と青空市場に挟まれた一画にある有名なスポーツグッズ店インザーズの店頭には、パイレーツのシーズン82勝目——21年振りの勝ち越しが確定する勝利数に達するまでの6つの数字を記した大きな立て看板が設置されていた。パイレーツが勝つたびに、数字が1つずつ——77、78、79の数字が順番に消されていく。その一画の大通りでピッツバーグ名物の朝市が開催される土曜日には、何千人もの市民が訪れ、立て看板の前を通り過ぎる。いつしか立て看板は、勝ち越し確定までの勝利数を示すピッツバーグ市非公認のカウントダウンボードとなった。けれども、9月9日には問題が生じていた。インザーズはこの5日間、数字を消すことができずにいた。パイレーツが勝てなかったからだ。カウントダウンの数字は81のまま止まっていた。数学的に見ればいずれ82勝に達することは確実だったが、実際にその時が訪れるまで、ピッツバーグ市民の心の疑いが完全に晴れることはない。

ピッツバーグが最後にシーズンの勝ち越しを決めた日は1992年9月12日で、これはゲリット・コールが2歳の誕生日を迎えた4日後に当たる。そのコールが23歳になった翌日、街全体が歴史的快挙の達成を待ち望む中、コールはテキサス州アーリントンでの試合の先発マウンドに上がった。21シーズン連続負け越しの阻止がかかった試合で、対するテキサス・レンジャーズの先発はアメリカンリーグ屈指の投手の一人でもあるエースのダルビッシュ有。レンジャーズはダルビッシュ獲得のために、本人と日本での所属チームに1億ドル近くを支払った。アメリカ国内の市場だろうと国際市場だろうと、パイレーツにはフリーエージェントの投手にそんな大金を支払う余裕などない。パイレーツが同等の力のある選手を発見できる唯一の場所はドラフトの1巡目で、コールもそんな投手の一人だ。ワンディ・ロドリゲスがアトランタでの試合で肘《ひじ》の痛みを訴えて戦列を離れた後、6月初めに先発ローテーション入りしたコールは、15試合に先発し、圧巻とは言えないまでもまずまずの投球を見せていた。けれども、パイレーツはコールにさらなる期待をかけざるをえない状況にあった。ベテランのフランシスコ・リリアーノとA・J・バーネットの2人は、この数週間ぱっとしない投球内容が続いていた。スターリング・マルテはまだ先発出場できる状態ではない。何とも間の悪いことに、82勝目という頂上を目前にしたところでパイレーツのチーム全体が調子を落とし、足踏みをしてしまっているような状態だった。

クリント・ハードルの「今日の思い」

クリント・ハードルが数百人に対して送信する「今日の思い」のメールは、本人によると通常は特定の選手や相手に向けて書かれたものではないという。その日に自分自身が受け止めなければならないことをメッセージにしているのだ、そうハードルは考えている。時には自分に向けて書いていると感じることもあるという。かつては現実から目をそむけていたハードルだったが、今では自分を見つめ、真実を探し求めるようになっていた。けれども、9月9日のハードルのメッセージは、カリフォルニア大学ロサンゼルス校（UCLA）出身のコールを念頭に置いて書かれた内容のように思われた。この時のメールはESPN.comがハードルを特集した記事の中で紹介されている。この頃には全米の記者がパイレーツとその成功の裏話を求めて集まり、試合前のハードルのオフィスにはインタビューを求める記者たちが殺到するようになっていた。

UCLAでアメリカンフットボールのオールアメリカンに選出されたことのあるティム・ライトマンは、NFLのルーキーのラインマンだった頃、伝説のパスラッシャー、ローレンス・テイラーと対戦した時のこんな話を披露してくれた。テイラーは強靭《きょうじん》な肉体とその体格に似合わぬ敏捷《びんしょう》さを持っていただけでなく、言葉で相手を威嚇する術《すべ》も心得ていた。ティムの目をじっと見ながら「テイラーは」こう言った。「いいかい坊や、覚悟しておけ。俺は左に動く。おまえは何もできやしないぜ」

ライトマンは冷静に反応した。「それはあなたから見て左ですか、それとも僕から見て左ですか？」

その返事に相手が一瞬固まった隙を突いて、ライトマンはテイラーを完璧《かんぺき》にブロックした。

何事をも恐れない気持ちさえあれば、あっと驚くようなことも成し遂げられる。恐怖は――痛みに対する恐怖であっても、失敗に対する恐怖であっても、認められないことへの恐怖であっても――我々の心に化け物を作り出す有害な感情で、その化け物が自信を蝕《むしば》み、最善を尽くすことの、あるいは最善を尽くそうとすることの妨げとなる。

今日を変えていこう。

愛を込めて。クリント。

ハードルは選手たちに対しては恐怖を忘れてプレイすることを、コールに対しては恐怖を忘れて投げることを望んでいた。ハードルは野球について語る際に、しばしば「何事をも恐れず」、同時に「何事にも敬意を払う」という話をする。選手にとって理想的な心構えとは、「裏庭で野球をしていた頃」の心構えで、プレッシャーなど感じずに野球をしていた子供の頃を思い出そうという話をする。そうすることで、恐怖から解放され、本能のままにプレイすることができる、ハードルはそう考えていた。

コールがこの日を境に生まれ変わり、前に踏み出すことを、パイレーツは必要とした。相次ぐ負傷で投手陣はずっと試練にさらされている。マルテの負傷欠場中は、インプレイ打球を減らさなければならない。投手陣には奪三振を増やすことが求められた。2011年のドラフト1巡目指名のコールに対しては、とりわけその期待が大きかった。

ゲリット・コールの新しい武器

ゲリット・コールは打者を力でねじ伏せるタイプの投手に見える。身長1メートル92センチ、体重113キロで、肩幅が広く、グラウンドの真ん中にラインバッカーがいるかのような存在感だ。濃い顎《あご》ひげを蓄えるようになり、射抜くような視線でマウンド上から打者を威圧することも覚えた。コールが持つ技術に疑問の余地はなかったが、その圧倒的なまでの才能は結果につながっていなかった。コールの全投球のうちのほぼ7割が速球で、1つの球種にこれだけ頼る例は珍しい。しかも、コールはほとんど球速だけで勝負していた。速球の平均球速は時速154・1キロで、2013年のメジャーリーグの全先発投手の中でトップクラスだ。シーズン前半のロサンゼルス・エンゼルス戦で、コールは160キロ以上を8度記録し、最高は162・9キロだった。もっとも、その夜のコールはいつも以上に気合いが入っていたのかもしれない。生まれ故郷のカリフォルニア州南部で行われた、友人や家族が観客席にいる中での初めての試合だったからだ。

しかし、目を見張るような球速にもかかわらず、3Aのインディアナポリスでのシーズン最初の2か月間、9イニング当たりの奪三振率は6・2と平均を下回る数字だった。コールは速球だけに頼って投げていた。もっと大きな何かになるためには、投手として成長しなければならなかった。穏やかな夜にテキサスで行われた9月9日の試合で、コールは投手として一皮むけた存在になった。

ある選手の才能がどう伸びるかを予測することはできる。ただ、実際に育てるとなると話は別だ。大学時代の投球と比較して、2013年のシーズン前半のコールに向けられた疑問は、「三振はどこに消えたのか？　打者を圧倒するピッチングはどこに消えたのか？」というものだった。シーズン前半、記者からその質問をぶつけられると、コールは怒りをあらわにした。コールの問題はすべての球を全力で投げることにあると評する声もあった。チェンジアップの球速もスライダーの球速も１４５キロだったので、ある意味その評価は正しかったのだろう。しかし、９月９日には違うコールが姿を見せ、三振も戻ってきた。

テキサスではコールの新しい武器がベールを脱いだ。ハードルとパイレーツは、コールに新しい球種を投げることへの恐怖を払拭《ふっしょく》してもらいたかったのだろう。その新しい球種——カーブのお披露目の時が訪れた。

メジャーで16試合目の、その短い経歴の中で最も重要な先発登板で、コールは同じチームのベテランの先発投手たちがこのところ調子を落としていることを意識しつつ、マウンドに立った。初回、コールは外角ぎりぎりを突く１５７キロの速球で、エルビス・アンドラスから三振を奪う。春季トレーニングと３Ａでは速球のコントロールを磨くことに焦点を絞っていたが、その成果が現れていた。しかし、３回になるとコールの新しい武器がお目見えすることになる。コールはレオニス・マーティンを鋭く曲がるカーブで三振に切って取り、続くイアン・キンスラーも時速１３３キロのカーブにまったくタイミングが合わずに空振りの三振に倒れた。５回、ミッチ・モアランドも大きな弧を描いた１３４キロのカーブを空振りした。さらにジオバニー・ソトも、落ちるボールの上を空振りして三振に倒れた。これはカーブの変化のおかげだけではなかった。速球よりも約24キロ遅い球速が、レンジャーズ打線のタイミングを完全に狂わせていたのだ。

「どうやって空振りを取るかって？　相手の不安をあおり、『このボールを何とかしないと』と思わせることだ」コールは言う。「三振を奪うことはある種の芸術だ。［ミルウォーキー・ブルワーズの先発投手］マルコ・エストラダは、142キロの速球でうちの打線から9個の三振を奪った。彼は打者［の頭の中］を混乱させている。彼はどうやって不安をあおっているんだろうか？」

コールは160キロの速球ですべての打者の不安をあおっていた。カーブとの球速の差が、その不安に拍車をかける。コールとダルビッシュは互いに譲らず、相手打線に得点を許さなかった。6回裏、エイドリアン・ベルトレが158キロの速球を打って内野ゴロに倒れ、レンジャーズの攻撃はまたしても無得点に終わる。気持ちが高ぶったコールは右の拳《こぶし》をグローブに叩《たた》きつけ、やや湿度の高いテキサスの夜に向かって雄叫《おたけ》びを発してから、マウンドを降りてビジターのダッグアウトに向かった。

7回裏、コールが投じた155キロのツーシーム・ファストボールは外角いっぱいに決まり、モアランドは見逃しの三振に倒れた。これはコールにとって自己最多となる9個目の三振だった。被安打3、与四球2、失点0。その回が終わると、チームメイトはベンチに戻ったコールの好投をたたえた。

連続負け越し記録、ついにストップ

結局この試合では、7回表にペドロ・アルバレスの二塁打でホームを踏んだマーロン・バードが、両チームを通じて唯一の得点を記録し、パイレーツは1対0で勝利を収めた。なかなか手の届かなかった82勝目をつかんだことにより、パイレーツはアメリカのプロスポーツ史上最長の連続負け越しシーズン記録を20でストップすることができた。翌朝の『ピッツバーグ・トリビューン・レビュー』紙のスポーツ面には、黒地にパイレーツのユニホームに使用されているフォントで描いた金色の2つの数字――「82」が、力強く輝いていた。

パイレーツファンはお祝いムードとなり、勝利を喜ぶ姿を撮影した写真がソーシャルメディア上に次々と掲載された。氷で冷やしたシャンパンを自宅に用意していたファンもいた。一方、パイレーツは冷静に対応した。グラウンド上で選手たちが抱き合ってもみくちゃになる姿はなかったし、アルコール類のしぶきが衣服にかかるのを防ぐために、ビニールシートでビジターのクラブハウスのロッカーが覆われることもなかった。ピッツバーグ市内の中心街でパレードが行われる計画もなかったし、コールがチームメイトに肩車されることもなかった。

そもそも、連続負け越し記録を実体験している選手もほとんどいなかった。20シーズン連続負け越しのすべてを経験していたのは、ピッツバーグ郊外で生まれ育ち、高校卒業と同時にパイレーツにドラフトで指名されたニール・ウォーカーだけだ。この勝利の受け止め方は、ファンとクラブハウスの中の選手とでは異なっていた。長年苦しんできたパイレーツのフロントと監督やコーチ陣にとって、82勝目は確かに意味のあるものだったが、その夜のパイレーツにとってもっと重要なのは、新たな一歩を踏み出したコールがペナントレースにおいて大きな意味を持つ試合で勝利投手となったことだった。だが、ここで頭を悩ます新たな問題が生じた。コールは２０１３年のシーズンであとどれだけ投げられるのだろうか？

投球回数制限――スティーブン・ストラスバーグの事例

ちょうど1年前の9月初め、ペナントレースの真っ只中《ただなか》にいたワシントン・ナショナルズは、コールと同じようにドラフト1巡目で指名した若きエースのスティーブン・ストラスバーグを、それ以上登板させないという決断を下した。チームが課した投球回数の上限に達したからだ。その時のストラスバーグの姿が、コールと重なって見えた。若い投手の負傷は、野球界にまるで伝染病のように蔓延《まんえん》していた。２０１４年の速球派の先発投手上位10人のうち、トミー・ジョン手術[訳注15]を受けたことがないのはゲリット・コールとエンゼルスのギャレット・リチャーズの2人だけだ。投手の保護と負傷の予防のために広く用いられている方法は

２つしかない。先発投手が１回の登板で投げる球数のチェックと、１シーズンに投げる投球回数のチェックという、何とも単純な方法で、しかもその効果に関しては極めて疑わしい。ナショナルズは手術を受けてから２年目の若いストラスバーグの投げすぎを回避するため、自主的に投球回数の上限を設定したのだが、そのことがコールに関する憶測のもととなった。コールもストラスバーグのように、ペナントレースの真っ只中で登板できなくなるのだろうか？

パイレーツの82勝目までの道のりと同じように、コールの投球回数もファンやマスコミが注目しながら数えていた。９月もこのままのペースで投げ続けると、メジャーリーグと３Ａを合わせて投球回数は１９０イニングに達することになり、２０１２年の１３４イニングと比べると40パーセント以上も増える。メジャーリーグの各球団は、若い投手の投球回数がこれほどの割合で増加することを嫌う傾向にある。ストラスバーグの投球回数の上限に関して公表していた１年前のナショナルズとは異なり、パイレーツはコールについて特にコメントしていなかった。コールの投球回数に具体的な上限があるのかと質問された時、パイレーツのゼネラルマネージャー（ＧＭ）のニール・ハンティントンは記者にこう答えた。「その数字に達したら知らせるよ」

ドラフトへの資金投入

ファンは２０１３年のパイレーツが若いチームだと錯覚していた。誰もが予想しなかった、誰もが理解に苦しむ成功を説明するために、そんな理由が無理に作られたとも言える。パイレーツというチームを、戦いながら成長していった集団だと考えたのだ。けれども、実際のパイレーツは「中年の」チームだった。25人枠に入っている選手の平均年齢は28・4歳で、これはメジャーリーグ全体で見ると上から12番目の数字に当たる。パイレーツと同じナショナルリーグ中地区で首位に立ち、6年連続の勝ち越しのシーズンを決めたカージナルスは、パイレーツよりもはるかに若く、メジャーリーグ全体で見ても4番目の若さだった。ハンティントンの基本計画ではファームの育成に重点が置かれていたが、彼がＧＭに就任して引き継いだパイレーツのファームは、２００８年の『ベースボール・アメリカ』誌によるランクでは、メジャーリーグ全30チームの26位だった。しかも、ハンティントンが就任してからの5年間でのドラフト指名選手は、ほとんどがまだメジャーリーグで活躍するまでに至っていない。アメリカンフットボールやバスケットボールとは異なり、野球ではたとえドラフト1巡目指名の逸材であっても、若い選手が育つには数年の年月を要する。

訳注15　リチャーズは２０１６年に右肘の内側側副靭帯を痛め、その時は手術以外の治療法を選択したものの、回復には至らず、結局２０１８年にトミー・ジョン手術を受けた。

ドラフトでも金を惜しみ続けていたオーナー側の説得に、ハンティントンはようやく成功した。たとえ市場規模の小さなチームであっても、比較的手頃な値段で将来のスター選手を獲得できる場のドラフトに対しては、惜しむことなく資金を集中するべきだと納得させたのだ。

戦術の転換が始まったのは2008年、パイレーツが全体の2番目でペドロ・アルバレスを指名した時だ。アルバレスは『ベースボール・アメリカ』誌によりその年のドラフト候補のトップ選手と見なされており、球団史上最高額となる600万ドルで契約した。ハンティントンと球団社長のフランク・クーネリーは、パイレーツがほかのチームに追いつくために、ドラフト2回分の有望選手を1回のドラフトで獲得するための作戦を実行するようになった。パイレーツはドラフトで指名した選手に大量の資金をつぎ込む方針を推し進めた。ドラフト1巡目で指名したトップクラスの選手に対して相手の希望する額の契約金を支払っただけでなく、将来有望ながらも高額な契約金を要求しているとの事前の情報でほかのチームが指名を見送ったために下位で指名できた選手に対しても、メジャーリーグが推奨する契約金の上限以上の金額を支払ったのだ。ダン・フォックスがハンティントンから依頼された最初の作業の一つが、ドラフトの分析だった。ハンティントンのGM就任後の最初の5年間に当たる2008年から2012年までの間に、パイレーツはドラフト指名選手の契約金に合計で5

140万ドルを支払った。これは同じ期間のメジャーリーグのどのチームよりも多く、過去を振り返っても5年間の合計としては史上最高額だった。

さらに、ハンティントンもパイレーツ球団も、先発ローテーションの柱となる投手をフリーエージェント市場で獲得しようとしてほかのチームと争っても、勝ち目がないことはわかっていた。そのため、そうした投手の獲得をドラフトでの戦術の中心に据えた。2009年から2011年までのドラフトでのパイレーツの上位指名10選手を見ると、この3年間で指名した30選手のうち22人が投手で、そのうちの17人が高校生だった。パイレーツはその22人のうちの18人と契約したが、契約金の合計額は2560万ドルで、これは2013年にメジャーリーグで登板したパイレーツ投手陣の年俸総額を上回っている。高校生の投手にも100万ドル以上の契約金を支払った。コルトン・ケイン（120万ドル）、ステットソン・アリー（230万ドル）、ザカリー・フォン・ローゼンバーグ（120万ドル）、クレイ・ホームズ（120万ドル）などは、1巡目で指名されるだけの力がありながらも高額な契約金を要求していたために指名順位が下がった選手で、パイレーツが指名した順位――7巡目などであれば、通常は100万ドル以上ではなく、数万ドルから数十万ドルの契約金しか支払われることはない。

パイレーツはどんな投手に対しても大金を支払っていたわけではない。ある決まったタイプの投手を探していた。背が高く締まった体型の投手は、球威のある球を投げられるし、プロで鍛えれば強靭な肉体の持ち主に成長する可能性を秘めている。フロントはスカウトたちに対して、第二のジャスティン・ヴァーランダーやスティーブン・ストラスバーグを探すようにはっぱをかけ、2011年のドラフトの全体1位で、パイレーツは体格面でも能力面でも彼らに引けを取らない投手を指名した。それがゲリット・コールだった。2013年6月、コールはハンティントンがドラフトで指名した選手のうち、大きな期待を寄せられてメジャーリーグに昇格した先発投手の第一号となった。彼は野球界のダイヤモンドとしてひときわ光り輝いていた。若く、速球派で、比較的洗練された投球術を持ち、フリーエージェントになるのは2019年のシーズン終了後のことだ。

パイレーツはダン・フォックスの計算式を採用して、守備シフトの中に、さらにはフランシスコ・リリアーノやラッセル・マーティンといったフリーエージェント選手の中に、隠れた価値を見出《みいだ》した。しかし、チームの成功を維持するためには、毎年ほかのチームと競い続けるためには、ファームが選手を輩出し続けなければならない。負傷者が続出し、後半戦に入ってベテランの先発投手に陰りが見え始めた2013年のパイレーツは、ドラフトで指名した選手たちがチームに貢献してくれることを必要としていた。コールのような選手たちがメジャーリーグに昇格し、結果を残してくれなければならなかった。それと同時に、コールのような投手たちの負傷を回避する必要があった。

いかにしてトミー・ジョン手術を回避するか？

コールはそれまでずっと、危険な環境の中にありながらも、慎重な扱いを受けていた。彼はロサンゼルスの南に位置するカリフォルニア州サンタアナで育った。ロサンゼルス近郊は世界で最も投手の肘の故障リスクが高い地域だ。ジョン・ローゲルのトミー・ジョン・データベースによると、2014年9月までにトミー・ジョン手術を受けたことが判明している計839人の投手のうち、マイナーリーグおよびメジャーリーグの投手の出身地ではロサンゼルス大都市圏がアメリカ国内のほかの大都市圏よりも多く、その人数はカナダ、メキシコ、日本出身の投手を合計した数を上回る。これには様々な要因が関連していると思われる。カリフォルニア州南部は年間を通じて気候が温暖なため、1年中投げることができる。そのうえ、裕福な家庭の親は有望な子供を個人インストラクターのもとに通わせる。ドラフトの契約金やメジャーリーガーの年俸が増加の一途をたどっていることが、カリフォルニア州南部のスポーツ文化に拍車をかけ、投手の肘の酷使にもつながっている。

コールも裕福な家庭に生まれ、個人レッスンを受けていたが、家族はコールの投球プログラムの中に、ボールを投げない期間を数か月、必ず設けさせるようにした。その結果、コールの年間投球プログラムの中には、ピッチングを行わない期間が年2回、2か月ずつ組み込まれていた。

息子に高いレベルで野球をさせる多くの父親たちとは異なり、コールの父のマークは科学者で、南カリフォルニア大学で病気の仕組みを研究する生理病理学の学位を取得している。彼はデータによる負傷の予防に関心を抱き、中でも『スポーツ・イラストレイテッド』誌のライターのトム・ヴァーダッチが2000年代初めに執筆した記事において、1年ごとの投球回数の増加と若いプロの投手の負傷をデータに基づいて関連付けたことに強く興味をひかれた。マークは息子がリトルリーグで投げていた頃から球数を数えるようになる。

高校時代になると、マークは先発後の痛みや張りをコール自身が10段階で評価するシステムを考案した。オレンジ・ルテラン高校とUCLA時代、コールは週に1回しか投げることを許されなかった。そのため、若い速球派の投手が次々と負傷で倒れていく中、コールは肩や肘への負担が少ないままプロ入りすることができたのだった。入団後もパイレーツはコールを慎重に管理した。3Aでの奪三振数が期待よりも少なく、三振を取ることのできるカーブが9月までお披露目されなかったのは、事前の計画通りだった。インディアナポリスでの試合を観戦した人が、コールのカーブをほとんど見たことがないと口を揃えて言っていたのには理由がある。負傷を防ぐための戦術に関してパイレーツは多くを語ろうとしないが、すべての球種を同等に見なしていないのではないかと思われる。ほかと比べて若い投手の腕に過度な負担をかける球種がある、パイレーツはそう考えているのだろう。

マイアミ・マーリンズを代表する投手で、２０１４年にトミー・ジョン手術を受けたホセ・フェルナンデスに関して、彼がパイレーツ入りしていたら、あれほどカーブやスライダーを多投することは許されなかったのではないか、コールはそう述べている。「うちのチームの投手が同じようないいカーブを投げるとしても、それだけではだめなんだ」コールは言う。

コール本人によると、すでにＵＣＬＡ時代から、サンディエゴ州立大学時代のスティーブン・ストラスバーグほどには変化球に頼っていなかったということだ。ストラスバーグの肘の問題は、その頃に起因していると考えられている。

「長く投げ続けている投手を見れば、１シーズン単位の話ではなくて何シーズンも投げ続けている投手を見れば、この世界に長くいるのは速球の制球力が優れた投手だとわかる」コールは語る。「たぶん統計からも導き出せると思うけど、自分としては統計がなくてもそれが重要だとわかるんだ」

３Ａでのコールの奪三振率がなぜ高くないのか、メジャーリーグ昇格後の最初の数か月間は相手を圧倒するような投球がなぜ影を潜めてしまったのか、分析官たちやファンは不思議に思った。それに対してコールは、自分の頭の中にあったのは三振を取ることではなかったと説明している。最初に行わなければならなかったのは、速球の制球力をつけることだったのだ。

「よりスマートな球数」という考え方

ウィル・キャロルはインディアナポリス在住で、同地を本拠地とするパイレーツ傘下の3Aのチームの、あるいは対戦相手のチームの期待の若手投手を見るために、しばしばビクトリー・フィールドに足を運ぶ。キャロルはスポーツ界の負傷の研究に生涯を捧《ささ》げており、*Saving the Pitcher* という本を著しているが、BaseballProspectus.com にコラムを執筆するようフォックスに依頼した人物でもある。キャロルはデータに基づいた負傷予防対策や技術的な解決策に対する関心が野球界全般に欠如していることを嘆いているが、フォックスが「よりスマートな球数」の概念を取り入れているのではないかと考えており、そのことがパイレーツの選手に有益な結果をもたらすはずだと見ている。

キャロルによると、『ベースボール・プロスペクタス』で活動を共にしていた時、フォックスは「球種コスト」に対して強い関心を示していたという。これはすべての球種が肘や肩に同等な負担をかけるわけではないとする考え方だ。また、試合中の緊迫した場面では、肘と肩への負担と疲労がさらに増すという考え方も広まりつつある。「よりスマートな球数」

では、球種や試合状況の緊迫の度合いに応じて、1球ごとに異なる数値が加えられる。例えば、走者のいない場面での投球は、満塁の走者を背負った場面での投球よりも負荷が少ないと見なされる。

インディアナポリスでコールが投げるのを見たキャロルは、カーブを目にすることがほとんどなかった。速球とチェンジアップが中心で、時折スライダーが交じる程度だった。キャロルはフォックスが「よりスマートな球数」のシステムを完成させたと確信しており、パイレーツが洗練された数学モデルを使用して投手の球数や負担のレベルを測定し、投手をいつ休ませるか、いつ交代させるかを、目で見た結果ではなく数学に基づいて判断していると考えている。

負傷の予防はビッグデータの最後の未開拓領域の一つだ。データに基づいたより有効な負傷予防対策を導入し、投手の負傷率を10パーセントだけでも減らすことができれば、そのチームはほかのチームよりも圧倒的な優位に立てるだろう。

タンパベイはPITCHf/xのデータを利用して投手の状態を監視し、負傷の予測と回避を実施した最初のチームの一つだと考えられている。PITCHf/xは投手のリリースポイントを追跡する。通常のリリースポイントからのずれは、負傷の発生を示唆している可能性がある。ジョナ・ケリの著書 *The Extra 2%* によると、2005年末から2009年半ばにかけて、タンパベイのメジャーリーグおよびマイナーリーグの投手でトミー・ジョン手術を受けたのは1人しかいない。

パイレーツも2013年の夏、コールに関して同様のデータを収集していたと思われる。球種と球数を監視していたのだ。2013年にメジャーリーグに昇格してから最初の19回の先発で、コールが100球以上を投げたのはわずか2回だったのに対して、90球未満だったのは6回あった。2013年の後半には、コールの先発予定を数日後ろにずらしたり、1回飛ばしたりすることもあった。ただし、コールの投球回数や球数などの具体的な上限に関して、パイレーツは明らかにしていなかった。

「確かに、投手の負担に関して我々は独自のシステムを持っている。その情報はコーチたちに公開されていて、コーチたちは様々な場面でその情報の様々な側面について質問してくる。それは先発投手だけでなく、リリーフ投手も対象だ」フォックスは語る。「[コールの状況について]そのような判断に至った経緯はわからないが、我々の提供した情報がその一助になっていることは確かだ」

では、何が関係しているのか？　球種なのか？　緊迫した場面でのイニング数なのか？　球数なのか？

「そのすべてと、ほか[の測定要素]も含まれている」フォックスは答える。「[負傷を予防するためのモデルの」多くはより詳細な情報があればあるほど効果が出る。PITCHf/x の登場が、ある意味でその境目になったのかもしれない」

投手の負担を軽減するために

クリント・ハードルはそうしたデータの一部をコールやほかの投手に対して使用した。ハードルは投手の負担を気にかけていた。２０１３年のメジャーリーグで先発投手の球数が最も少なかったのはパイレーツで、先発1試合当たりの平均の球数はわずか90球だった。ハードルはリリーフ陣の負担にも目を配っており、連続で登板した日数や、ブルペンでウォーミングアップを行った回数の確認も怠らなかった。

パイレーツは負傷のために数人の先発投手を失ったが、リリーフ投手はほとんど負傷知らずだった。データによるアプローチは、「よりスマートな球数」や、球速の傾向やリリースポイントなどの PITCHf/x のデータの分析よりもさらに先へ進んでいる。キャロルによると、２０１３年にはパイレーツを含めた12のメジャーリーグのチームが、有望な若手投手の数人に生体力学評価を受けさせたという。投手たちは研究所に赴き、体にマーカーを取り付ける。その状態で投球動作を行い、肘や肩にかかる負担を測定し、正常な状態の投手や故障を抱えた投手のデータベースと比較するのだ。しかし、研究所における生体力学的な検査は完全ではない。何十個もの電子マーカーを取り付けた圧力スーツを着用しなければならないため、投手は通常の投球動作で投げるのが難しい。2014年に『ブリーチャー・レポート』に寄せた記事の中で、キャロルはパイレーツとボルティモア・オリオールズがモータス社の「圧力袖《そで》」を試していると報告した。この袖は腕と肘にフィットしやすい作りのため、投手は自然なフォームで投げることができる。袖に取り付けたモニター機器は肘にかかる負担をリアルタイムで測定できるという触れ込みで、負傷の予防に格段の進歩をもたらす装置として期待されている。

2014年にパイレーツは、マイナーリーグの投手に対して、毎日の栄養摂取、水分補給、休息、練習メニューの記録をつけさせ始めた。春季キャンプでは、希望する選手にゼファーのモニター用ベストを着用させた。体にぴったり合うこの圧力シャツには、25セント硬貨ほどの大きさの黒い色をした円形の着脱可能な機器が胸の中央に取り付けられており、選手の心拍やエネルギー消費を記録するセンサーからデータを収集することができる。

9月に入って以降も投げ続けるコールからは、疲労の色がまったくうかがえなかった。むしろ調子を上げていた。投球内容に衰えは見られず、球速も安定しており、失点を許さなくなった。そのきっかけとなったのがチームにとってのシーズン82勝目となったレンジャーズ戦で、コールはその試合で鋭いカーブを駆使して9つの三振を奪った。

中4日置いたカブス戦でも、コールは再び好投し、7回を投げて奪三振7、失点1という内容だった。圧巻だったのは9月19日のパドレス戦で、6回を投げて奪った三振は自己最多となる12個、許したヒットはわずか4本、失点も1に抑えた。この試合に勝ったパイレーツは、首位カージナルスに1ゲーム差にまで迫った。結局、コールは9月に先発で4連勝した。任意に設定された投球回数を上限として登板を回避することはなく、9月は4勝0敗、防御率1・69、9イニング当たりの奪三振率は10・97という数字を残し、チームで最も頼れる投手となった。調子の上向きはカーブの使用頻度の増加と比例している。シーズン前半はカーブをあまり投げなかったが、9月にはその数を3倍近くに増やし、全投球の20パーセントを占めるまでになった。

コールに関してどこで線を引いていたのか、結局パイレーツは明かさなかった。線を超えていたのかもしれないし、超えていなかったのかもしれない。人間的な要素が——ハードルの観察眼が、その線を超えても投げさせることを認めたのかもしれない。あるいは、データに基づいて負担をチェックしていたおかげで、疲労が蓄積しないですんだのかもしれない。理由はどうあれ、コールは投げ続けた。コールのおかげでパイレーツは9月後半になっても失速することなく好調を維持し、ポストシーズン進出確定にあと一歩のところまでたどり着いた。

ポストシーズン進出がかかった試合

9月23日、シカゴ市内の北部は涼しい夜を迎えた。気温は15度を下回り、ミシガン湖から吹き寄せる冷たい風のために、すっかり秋の気配に包まれていた。今シーズン、ピッツバーグで野球が大きな意味を持つだろうと予想していた人はほとんどいなかった。ところが、この試合でカブスに勝てば、パイレーツは1992年以来のポストシーズン進出が確定する。1週間前、ハードルは毎日の恒例のメールの中で、不安や日々高まるプレッシャーを和らげようとしていた。

「私は未来のことを決して考えない。どうせすぐにやってくるからだ」
――アルバート・アインシュタイン

今日を変えていこう。
愛を込めて。クリント。

先発投手はパイレーツがチャーリー・モートン、カブスはジェフ・サマージャ。今シーズ

2013年9月22日時点でのナショナルリーグ中地区の順位表

チーム	勝敗	勝率	1位とのゲーム差
カージナルス	91勝65敗	5割8分3厘	—
レッズ	89勝67敗	5割7分1厘	2
パイレーツ	89勝67敗	5割7分1厘	2
ブルワーズ	69勝86敗	4割4分5厘	21.5
カブス	65勝91敗	4割1分7厘	26

ンのパイレーツは、150キロ台の速球と鋭く曲がるカーブを武器にするサマージャと何度か顔を合わせているが、打ち崩すことができずにいた。試合は大方の予想通り、シーズン終盤の息詰まる投手戦となった。

モートンは絶好調だった。相手チームの打者によれば、140キロ台後半から150キロ台前半の球速を記録するモートンのツーシーム・ファストボールを打つことは、ボウリングの球を打つようなものだという。モートンのツーシームはほかの投手の速球よりも「重い」と感じるらしい。モートンはツーシームでカブス打線からゴロの山を築き、7回を投げて被安打3の無失点に抑えた。フライによるアウトは0なのに対して、ゴロによるアウトは11個を数えた。

サマージャもモートンに負けない好投を見せ、6回を1失点に抑えた。1対0とパイレーツがリードしたまま、試合は8回を迎える。試合終了が近づくにつれて、リグレー・フィールドのビジター用の狭いクラブハウスでは、ロッカーを保護するためにシャワールームの仕切りに似たビニールシートが設置され、12ケースのシャンパンが運び込まれた。

ハードルはわずか89球でモートンを交代させた。8回はセットアッパーのマーク・メランソン、9回はクローザーのジェイソン・グリリーという必勝パターンだ。

メランソンは開幕から5か月間、メジャー最高のセットアッパーと評される投球を見せていたが、9月に入って調子を落としていた。全投球の61・4パーセントにものぼる、自己最多の数となるカット・ファストボールを投げていたが、シーズン前半のような切れが影を潜めてしまったように思われた。8回裏、この回の先頭打者ブライアン・ボグセヴィッチがセンター前にライナーのヒットを放って出塁する。内野ゴロの間に二塁に進んだボグセヴィッチは、ドニー・マーフィーのレフト前ヒットでホームに生還した。メランソンは後続を打ち取ったものの、カブスは1対1の同点に追いついた。7回以降にパイレーツがリードを失ったのはこれで3試合連続になる。それ以前のパイレーツは、7回を終わってリードしていた試合では76勝1敗と圧倒的な強さを誇っていた。

9回表のカブスのマウンドにはケヴィン・グレッグが上がった。パイレーツの攻撃は簡単にツーアウトを取られた後、打席に入ったのはスターリング・マルテ。マルテは戦列に復帰していたものの、8月の負傷の影響がまだ尾を引いていた。ツーボール・ワンストライクのカウントからグレッグが投げたスライダーは、打ち頃の高さに浮く。この瞬間、マルテの負傷は完全に癒《い》えていたように思われた。マルテのバットがボールを完璧にとらえる。一塁方向に数歩足を踏み出した時点でホームランと確信したマルテは、両手を高々と突き上げた。ボールはレフトスタンドの6列目に飛び込んだ。冷たく暗い観客席に座った数千の金色の点から歓声があがる。シーズンの後半戦になると、敵地の球場でもパイレーツファンの数が増えていた。2対1とパイレーツのリードで迎えた9回裏、左のトニー・ワトソンがアンソニー・リゾを内野ゴロに打ち取った後、クローザーのジェイソン・グリリーがライトのライン際にあるブルペンでの投球練習を終え、小走りにグラウンドの中央に向かった。あと2つアウトを取り、パイレーツがポストシーズン進出を決められるか否かは、グリリーの右肩にかかっている。

9回裏の攻防

9回裏、ジェイソン・グリリーはカブス打線からアウトを1つ取ったものの、ネイト・シアーホルツにヒットを許した。この場面で打席に立ったライアン・スウィーニーが、グリリーの速球を右中間にはじき返す。パイレーツの外野手は長打を防ぐために深く守っており、ライトのマーロン・バードは右中間の深い位置でボールをキャッチしようとしたが、完全に捕球することができなかった。バードのグローブに当たったボールが外野を転々とする中、二塁を蹴《け》ったシアーホルツの目に映ったのは、まるでプロペラのように腕を激しく回しながら本塁突入を指示する三塁コーチのデヴィッド・ベルの姿だった。

パイレーツの一塁手ジャスティン・モルノーは、ベルの合図を見て次のプレイを予測し、内野の中央に移動した。8月の終わりにパイレーツがトレードでツインズから獲得したモルノーは、打つ方では期待されていたほどの結果を残せなかったものの、定評のある一塁手としての守備では貢献していた。パイレーツに加わってからまだ1か月に満たないモルノーだったが、この瞬間、自分が歴史的なプレイの鍵《かぎ》を握っていることに気づいた。

「あのような打球でホームへの返球が必要なプレイになることはあまりない」試合後、記者たちに囲まれたモルノーは語った。「一塁の近くにいて『スウィーニーをベースに』釘付《くぎづ》けにしようとしていたら、どうやら普通とは違う状況になりそうな気がしたから、内野の中央に動き始めたんだ。そうしたら、『ボールが』転々としているじゃないか。それを見てスイッチが入った。自然に体が動いたんだ。本能が『内野の中央に』行けと指示したんだ」

センターのアンドリュー・マカッチェンはバードのカバーに入っていて、バードのグローブがはじいた打球を処理した。マカッチェンは素晴らしい選手だが、1つだけ欠けている点があった。肩の強さだ。シーズンオフには、フロリダ州にある自宅の隣人で元パイレーツの選手だったスティーヴ・ピアースを相手に、何百球もの遠投を行って肩の強化に努めていた。マカッチェンはボールを処理すると、ピッチャーマウンドの近くにいたモルノーの真正面にワンバウンドでボールを返した。返球を捕ったモルノーは、素早く体を反転させ、ホームプレートをブロックする捕手のラッセル・マーティンに完璧な送球をした。

シーズンの後半、マーティンは左膝《ひざ》の痛みを抱えながらプレイしていた。パイレーツがプレイオフ進出を決めるか、それとも試合が延長戦にもつれ込むか、その境界線に立っていたのがマーティンだった。状況をよく見るためにキャッチャーマスクを外していたマーティンは、モルノーからの返球をキャッチし、シアーホルツと激突してもボールをしっかりとつかんだまま放さなかった。両膝を突いた姿勢で、マーティンがボールを高々と頭上に掲げる。主審のマイク・ディミュロが拳《こぶし》を突き上げ、試合終了となるアウトを宣告する。その瞬間をとらえたAP通信社のカメラマンのチャールズ・レックス・アーボギャストによる写真は、シーズンを象徴する1枚となった。試合は終わった。パイレーツがポストシーズン進出を決めたのだ。

祝勝会はノンアルコールにしますか？

数年前にテキサス・レンジャーズがポストシーズン進出を決めた時、その当時アルコール依存症の治療中だったスター選手のジョッシュ・ハミルトンは、ノンアルコールの飲み物で祝勝会を開くようチームメイトに頼んだ。シャンパンとビールまみれになって症状が再発することを恐れたためだ。パイレーツのプレイオフ進出の可能性が高まる中、数人のベテラン選手がハードルに話しかけ、ノンアルコール飲料で祝勝会を開いた方がいいかを確認した。ハードルがかつてアルコール依存症だったことは秘密でも何でもない。彼はこの14年間、アルコールに口をつけたことすらなかった。しかし、リグレー・フィールドのビジター用のクラブハウスはメジャーリーグの全球場の中で最も狭い。12ケース分のシャンパンがばらまかれれば、絨毯《じゅうたん》がびしょ濡《ぬ》れになるだけでなく、狭い空間内にアルコールを含んだ霧が充満してしまう。

「気にする必要はないと答えたよ」その日の試合前、ハードルは『ピッツバーグ・ポスト・ガゼット』紙に語った。「唇についたシャンパンをなめるつもりもない。もうそんな段階はとっくに過ぎた。大人だからね……してはいけないことくらいわかるよ。たとえ1本だけでもビールを飲んだりしたら、次の日にはまた大酒飲みになっているかもしれない。いつも言っているように、1回手を出したらそれが何千回、何万回と続くことになる。私はその瞬間に浸りたいだけだ。そのすべてをみんなと分かち合いたいのだ。濡れたっていい。びしょ濡れになったっていい。顔からぽたぽたと滴り落ちたってかまわない。目がしみたってかまわない」

試合が終わってから20分間、ハードルとパイレーツの選手たちは、１９９２年[訳注16]にチームがナショナルリーグ東地区を制覇して以降、ピッツバーグのチームのクラブハウスでは行われることのなかった野球の儀式に参加した。全員がシャンパンと安いビールを体中に浴びた。参加者はスキーのゴーグルや安売り店で売っている水泳用のゴーグルから、入門者向けの化学教室でよく目にするような不格好なアイプロテクションまで、様々な装置で目を保護しようとしていた。ほかのチームから見向きもされなかったベテラン選手、多額の契約金で入団したドラフト指名選手、古い教えを受けたコーチ、数学の天才から成る寄せ集めのチームが、個々の能力を合計したよりも大きな力を発揮して、ここまで到達したのだ。彼らは新しい意見、新しい考え方、共同作業を受け入れなければならなかった。それが２０１３年の彼らの物語であり、彼らの成果だった。９月が終わりを迎えても、その年はパイレーツのシーズンが終わりを迎えることはなかった。

訳注16　１９９２年のメジャーリーグは東地区と西地区の二地区制。１９９４年から、東地区、西地区、中地区の三地区制になり、パイレーツはナショナルリーグの中地区の所属となった。

第12章　魔法の演出

分析官が参加するミーティング

白か黒かはっきり分かれる数学と、様々な色合いを持つ主観的な観察結果や意見が、連戦の始まる数時間前に融合する。２０１３年、ホームで行われる連戦の第１試合の前、クリント・ハードルがＰＮＣパークのオフィスで開く戦術会議には、コーチやビデオ係と並んで、ダン・フォックスとマイク・フィッツジェラルドも出席した。２０１３年のシーズン、その種の会議には必ず２人の顔があった。また、ホームでの連戦前のミーティングに加えて、ロードでの連戦前のミーティングにも、ハードルは電話会議システムを利用してフォックスかフィッツジェラルドのどちらかを出席させた。やがて、フィッツジェラルドがロードの試合でのチームの遠征に帯同するようになった。メジャーリーグのほとんどのチームが少なくとも１人は数学と数字に強いオタク系のスタッフを採用していたが、ミーティングの常連だったりチームに帯同してアメリカを回ったりしていたデータ分析官は、２０１３年の時点でパイレーツのフォックスとフィッツジェラルドのほかにはいなかった。

パイレーツは分析官たちを、普通の人たちが彼らの住み家だと想像している場所――コンピューターのサーバーに囲まれた地下室から外に連れ出した。分析官たちは、エゴと排他的な雰囲気に満ちたクラブハウスに入ることを許された。何よりも注目すべきは、フォックスとフィッツジェラルドがそこで受け入れられたことだ。２０１３年、野球界には古い教えの信奉者と新しい教えの信奉者との間にコミュニケーションの壁がまだ歴然と存在しており、相手への敬意が欠如していることすら珍しくなかった。分析官とグラウンド内のスタッフや選手たちは、多くの場合まったく異なる人間だ。経歴も、気性も、偏見も、大きく異なっている。野球界の分析スタッフからしばしば聞かれる不満の声は、データに基づいた自分たちの発見が必ずしもグラウンド内に届いていないと訴える。けれども、ピッツバーグでそのような不満が聞かれることはなかった。

２０１２年のシーズン半ばから、パイレーツの分析チームはより多くの役割をこなし始める。フォックスとフィッツジェラルドが任される作業は、獲得できる可能性がある選手をシーズンオフに評価するだけにはとどまらなくなった。革新的な守備シフト、ピッチフレーミングの価値の見定め、ドラフトにおける非効率性の発見といった、大局的な戦術の採用以外にも、彼らの力が活用された。彼らの役割はマクロレベルの分析だけではなくなった。２０

13年、パイレーツはミクロレベルの分析でも、すなわち毎試合の戦術においても、これまで以上に彼らの力を頼りにするようになった。

「クリントの方から手を差し伸べて、声をかけてくれたんだ。『なあ、君たちにもっと深く関わってもらいたい。ミーティングにももっと顔を出してくれないか』って」フォックスは語る。

連戦の第1試合の数時間前、ハードルとコーチたち全員による総合ミーティングが行われる。これはメジャーリーグのほとんどのチームでも同じだ。その後、各自の担当別のミーティングに移る。打撃コーチは自分のチームの打者とともに、スカウティングレポートやビデオに目を通す。投手コーチも先発投手やリリーフ投手を相手に、同じことをする。内野および外野の守備担当のコーチは、野手と話し合いの場を持つ。しかし、そうした担当別の細かいミーティングの前に、ハードルのオフィスでは相手の先発メンバー対策のための戦術会議が開かれる。出席するのはメジャーリーグのコーチ陣、先乗りビデオスカウトのワイヤット・トレガスのほか、ゼネラルマネージャー特別補佐のジム・ベネディクトのような次の対戦相手の調査のために各地を飛び回っている人物だ。2012年、フォックスあるいはフィッツジェラルドのどちらかが、ホームでの連戦の前に対戦相手のための対策を立てるそのミーティングに出席するようになる。ホームでの連戦が続く場合は、複数のチームの対策を練らなければならないことも多かった。２０１３年になると、ホームとロードを問わず、どちらか１人がすべての連戦の前のミーティングに必ず参加するようになった。

「[２０１２年以前は] メールでのやり取りですませることが多かった。[２０１３年になると] それまではホームでの連戦の前に１度だけだったのが、３日に１度はみんなの前で話をするようになった」フォックスは言う。「それがきっかけで、そのあたりをうろうろしたり、顔を合わせたり、雑談をしたりする機会も増えた。どんなちょっとした会話でも、そこから学ぶことができたし、何らかのアドバイスを与えることもできた。[信頼というのは] 直接顔を合わせる時間と関係しているんだと思う」

ハードルのあけっぴろげな性格と、一緒にいることで相手に対する信頼が高まったおかげで、フォックスとフィッツジェラルドは守備シフトだけでなく、毎試合の先発メンバーやリリーフ投手の起用に関してもハードルの相談に乗るようになった。ハードルはまた、コーチや選手に対しても、フォックスとフィッツジェラルドに質問をするよう促した。リリーフ投手のマーク・メランソンのように、クラブハウスで頻繁にフィッツジェラルドと言葉を交わす選手もいた。「最初の頃は疑っている選手がいたし、今もまだいるんじゃないかな」PITCHf/x のデータに対するクラブハウス内の反応について、フィッツジェラルドはそのように語る。「だから、[その場に] いられたのはよかったよ」

フィッツジェラルドはセイバーメトリクスの教義を選手に教え込もうとはしなかったし、信じない選手に無理やり信じさせようともしなかったし、WARについての説明もしなかった――ただし、質問された場合は別だ。フィッツジェラルドはなるべく選手の近くにいるように努めた。メジャーリーグのほとんどのチームのクラブハウスと同じように、パイレーツのクラブハウスも最初はよそ者を警戒していたが、時間がたつにつれてフィッツジェラルドは溶け込んでいった。このような触れ合いを通じて、特にハードルを中心にした連戦前のミーティングを通じて、選手のフォームの微妙な変化、弱点、さらには気性までも感覚でつかむといった、主観と観察によるスカウト活動が、科学と、すなわちパイレーツ独自のデータベースからのデータの流れと出合ったのだ。

ほとんど目で見ることができないマーティンの才能を見出《みいだ》し、フリーエージェントで絶対に獲得するべき選手と判断したこと以上に、フィッツジェラルドは相手チーム対策のミーティング用の資料を日々収集して分析することが、自分にとって最も大切な仕事だと考えている。ミーティングは報告書とその場の意見を1つに集約する場だ。先乗りビデオスカウトのトレガスは、かつてパイレーツの控え捕手だった。彼は8月と9月の間、最後の45試合で対戦するそれぞれの相手チームの分析を先行して進めていた。報告書はこの先の対戦相手の試合を球場で追っている現場のスカウトからも届く。彼らの仕事は相手選手やチームの最新の姿を写真に収め、ボックススコアには表れない要素を発見することにある。2012年からそのミーティングに加わり、2013年からはより大きな役割を担うようになったのが、フォックスとフィッツジェラルドによる分析データだ。フィッツジェラルドによれば、行った作業の大部分は、先乗りスカウトの発見や観察結果を客観的な分析によって裏付けようとするものだったという。全員が納得でき、そこから何かを始められる証拠があれば理想的だ。「数学的でもあるけど、同時に今でもなお『芸術対科学』の議論がある」フィッツジェラルドはビッグデータの採用についてそう語る。「そういったものにも芸術的な側面があるというのが僕の考えだ。そこがいちばん大きなところだと思うな」

芸術と科学の融合

しかし、主観的な見方と客観的な見方はどこで折り合いをつけるのだろうか？　フィッツジェラルドがこんな例をあげている。ある打者が左投手の投げる外角の速球に強いとしよう。しかし、パイレーツのリリーフ陣にいる2人の左投手に対してはどうだろうか？　トニー・ワトソンとジャスティン・ウィルソンの2人は、左投手には珍しく、球速が155キロ前後の速球を投げる。その打者は外角のフォーシーム・ファストボールに強いかもしれないが、155キロや156キロの速球と実際にどのくらい対戦していて、そのボールを実際にどのくらい打っているのだろうか？　フィッツジェラルドとフォックスがさらに深く掘り下げるのはこうした疑問で、より多くの客観的および主観的情報を探し求める。

「僕たちが生の情報から得たものが、すべてを説明するわけではないという点で、芸術だと言えるんじゃないかな。そこまでの配球はどうだったか？　球種を［打者に］伝えることができる得点圏の走者はいるのか？　突き詰めていくと、［芸術とは］データを調整しているだけだと言えるかもしれない。それでも、白とも黒とも判断しがたい状況は必ずあるわけで、そこを何とかうまくまとめなくてはならないんだ」フィッツジェラルドは言う。「そここそが僕たちの攻めるべきところで、そこから価値を引き出すことができるんじゃないかと考えたいね」

フィッツジェラルドの予測では、5年後にはすべてのチームが毎日の戦術にデータを取り入れているだろうということだ。そうなると、個々のチームが判断の難しい、白とも黒ともつかない情報をいかにうまく処理できるかが問題となる。どのような過程で意思決定を行うのか？　グラウンド上では試合前のミーティングでの決定事項にあくまでも従わなければならないのか？　そこに新しい優位を見出すことができるだろう。時間をかけながら互いの距離を近づけたことで、古い教えを受けた陣営と新しい考え方を持つ陣営という異なる才能の間に敬意と理解が生まれ、それによってパイレーツはコミュニケーションという大きな優位を作り上げた。コミュニケーションはデータに基づく発見が２０１３年にグラウンド上で生かされることを可能にしただけではない。コミュニケーションがあったおかげで、観察から生まれた質問をコーチや選手が分析官に投げかけ、それによってデータはいっそう洗練されていった。

ビッグデータの考え方をグラウンド上のスタッフへと伝えることに野球界が苦労している一因が、その示し方の欠陥にあるのは間違いない。２０１２年から２０１３年にかけてのシーズンオフ、フォックスとフィッツジェラルドはいかにしてこの問題を克服するかに頭を悩ませ、自分たちのアイデアをグラウンドで採用してもらうためのよりよい示し方はないかと考えを巡らせた。これはチームに対して守備シフトを売り込むようなことだけにとどまらない。データによる発見を試合前のミーティングで選手やコーチに受け入れてもらいやすくするには、どうしたらいいのだろうか？

「僕の最大の発見は、これはダンやほかの人たちも同意してくれると思うけど、グラウンド内にいる人たちは視覚情報ならすぐに理解してくれるということさ」そう言いながら、フィッツジェラルドは指をパチンと鳴らした。「単に［統計の］データを並べた紙を渡すんじゃなくてね」

覚えているだろうか？　２０１３年のパイレーツがプレゼンテーションのために起こした

変化の一つが、トゥルーメディアからツールを購入したことだったのを。このツールにより、映像とリンクさせたパイレーツの統計データベースから、データを視覚化したヒートマップという図表を簡単に作成できるようになったのだ。試合前のミーティングに際して、これは必要不可欠なツールとなった。

「例えば、ある打者がストライクゾーンの低めに外れるチェンジアップの30パーセントを空振りしているとする。僕たちはそのすべてを映像として見ることができる」フィッツジェラルドは言う。「あるいは、『この打者はこの球種の時はこのあたりをよく打っていて、そのことを示すビデオはここだ』とか、『ここにこの打者の穴があるぞ。ビデオでこの穴を確認させてくれ』とか。それにより、弱点を発見するための時間の節約になる」

ロードの試合での移動の際、レイ・シーレッジは必ず大切な荷物を持参した。プラスチック製の容器で、1人で持つには少しかさばるほどの大きさだ。その容器を開けると、中身はタオルしか見えない。まるでホテルに備え付けのタオルがきちんと洗濯されているかどうか、信用していないかのようだ。しかし、パイレーツの投手コーチが数枚のタオルをどかすと、ゲームプランの作成において最も重要なものが姿を現す。ノートパソコンだ。

「これまでに2台、壊してしまったものでね」過去のノートパソコンの運命が、この過剰とも思える保護対策の理由だ。

ビジターのチーム用のクラブハウスは、選手用のロッカーに囲まれて、中央にソファーとテレビがあるというのが典型的なレイアウトだが、試合前にそんなクラブハウスの真ん中でノートパソコンを開き、相手打者やパイレーツの投手などの様々なヒートマップを熱心に調べるシーレッジの姿をしばしば目にすることができる。シーレッジは画面を見ながら思いついたことをリーガルパッドに書きとめ、その試合に合わせたゲームプランを組み立てていく。フォックスとフィッツジェラルドはビデオによる情報をチェックし、分析結果をシーレッジに提供するが、その際に疑問符が付きそうな箇所を明示しておく。例えば、あるスイッチヒッターはこのところ左打席でヒットを連発しているが、これまでを振り返ると右打席での打率の方がかなり高かった。このような打者に対して、投手はどう攻めればいいだろうか？芸術と科学が、主観と客観が出合うのは、こういったところだ。

シーレッジはある投手の先発予定日の2、3日前には、相手チームに関する統計およびビデオの報告書を受け取りたいと望んでいる。それからデータをじっくりと眺め、ラッセル・マーティンや投手たちの意見を聞き、ゲームプランを固めていく。パイレーツのここ20年間の歴史の中で、2013年のレギュラーシーズン最後の試合となるシンシナティでの3連戦ほど、この戦術会議の重要性が高まったことはなかった。

ホーム開催権を賭けて

9月最後の週末、シンシナティに乗り込んだパイレーツは、ナショナルリーグの地区シリーズ（NLDS）進出をかけた一発勝負のワイルドカードゲームで、再びレッズと顔を合わせることが決まっていた。パイレーツとレッズはともに、ナショナルリーグの2つのワイルドカード枠を獲得しており、中地区の優勝はすでにカージナルスが決めている。しかし、ある重要なことがまだ決まっていなかった。ホームでのワイルドカードゲーム開催権だ。パイレーツはホームのPNCパークでは50勝31敗、勝率6割1分7厘なのに対して、ロードでの勝率は5割2分5厘だった。一方、ホームのグレート・アメリカン・ボールパークでは勝率6割3分6厘、ロードでは5割のレッズにとって、ワイルドカードゲームを地元シンシナティで開催できるかどうかはより切実な問題だった。この週末の連戦に勝ち越した方のチームは、NLDSへ進出する可能性が10パーセントほど高くなる計算になる。

地元のチームの方が有利になる最も大きな理由は、一般的に考えられているものとは異なる。球場の広さでも、移動による疲労でも、馴染《なじ》みのある環境でもない。審判の判定に及ぼす影響だ。シカゴ大学の行動経済学者トビアス・モスコウィッツと『スポーツ・イラストレイテッド』誌のライターのL・ジョン・ワーサイムは、共著 *Scorecasting*（『オタクの行動経済学者、スポーツの裏側を読み解く』ダイヤモンド社）の中で、ホームのチームが有利になる理由はストライクかボールかきわどいコースの球で有利な判定をもらっているからで、それは主審が意識的にあるいは無意識のうちに、周囲の雰囲気に影響されているからだと結論づけている。モスコウィッツとワーサイムは、投球のコースを追跡するコンピューターシステム PITCHf/x と QuesTec が測定した何百万もの投球の検証から、この結論を導き出した。「野球の世界において、ホームのチームとビジターのチームとの間の最も顕著な違いは、ホームのチームはビジターのチームと比べて打席当たりの三振の数が少なく、四球の数が多い――はるかに多いということだ」モスコウィッツは書いている。

モスコウィッツはまた、観客の人数が多いほど、歓声が大きいほど、審判の判定が――意識してのことなのか無意識のことなのか――揺れる傾向にあるという。ワイルドカードゲームのようなその1試合で運命が決まるプレイオフの場合、球場内はかなりの騒がしさになることが予想される。

しかし、ホームで開催できるかどうかは別の理由からも重要だった。シンシナティのグレート・アメリカン・ボール・パークは、ナショナルリーグで有数の打者に有利な球場だからだ。レッズはジョーイ・ヴォット、秋信守、ジェイ・ブルースなどの強打者を揃え、点を取って勝つというチーム作りをしていた。一方、投手に有利なPNCパークを本拠地とするパイレーツは、失点を減らして勝つ野球をしている。

シンシナティに到着したパイレーツは、ワイルドカードゲームでレッズと対戦することがわかっていたが、その試合に誰を先発させるかもすでに決めていた。左投手のフランシスコ・リリアーノだ。

分析官、ビデオによる調査、先乗りスカウトからの報告書、すべての意見が一致していた。レッズで最も怖い3人の打者――ヴォット、秋、ブルースは、全員が左打者で、全員が低めから外に逃げるスライダー――リリアーノの決め球を苦手としている。シーレッジのノートパソコンの画面に表示されたヒートマップには、この弱点がくっきりと浮かび上がっていた。印刷された統計に基づく報告書とヒートマップの束は、連戦の始まる前に各選手のロッカーに配付される。こうした報告書から、選手たちは2013年にリリアーノと対戦した左打者の出塁率＋長打率（OPS）が3割2分1厘ということを知る。Baseball-Reference.com の「プレイインデックス」ツールによると、この数字は100人以上の左打者と対戦した左投手の1シーズンの数字としては歴代最高記録だという。野球の歴史上、左打者から最も恐れられた左投手と言われるランディ・ジョンソンは、1999年に左打者を3割3分1厘のOPSに抑えたが、リリアーノの数字はそれすらも上回っていた。身長2メートル8センチのジョンソンは、サイドスローに近いフォームから150キロ台の速球を投げ込むほか、横に大きく変化するスライダーも持ち球にしていた。マーティンのピッチフレーミングのおかげもあって、140キロ台後半から150キロ台半ばのツーシーム・ファストボールでストライクを先行させられるようになったリリアーノは、スライダーとチェンジアップをより効果的に使うことができた。不利なカウントに追い込まれることが多くなった打者は、リリアーノの緩急をつけた投球に翻弄《ほんろう》され、空振りをするか内野ゴロに倒れるばかりだった。

一発勝負の試合をホームで開催することは、パイレーツのチーム全体だけでなく、リリアーノ個人にとっても大きな意味があった。2013年、投手に有利なPNCパークでのリリアーノの防御率は1・47だったのに対して、ロードでの防御率は4・33だったからだ。9月27日金曜日に行われたレッズとの3連戦の初戦に勝ったパイレーツは、続く土曜日の第2戦で6本のホームランを放って快勝し、ホームでのワイルドカードゲーム開催権を獲得した。来たる火曜日にリリアーノが立つのはホームのマウンドに決まり、パイレーツは21年振りとなるポストシーズンの試合を地元で開催できることになった。ようやく10月のピッツバーグの街で、勝敗に意味のある野球の試合が行われることになったのだ。

ラッセル・マーティンとジャズ

ラッセル・マーティンの父は、朝9時から夕方5時までの仕事に就こうなどと考えたことはなかった。伝統的なライフスタイルは望まなかった。ジャズこそが彼の情熱だった。建築関係の仕事に就いていた彼は、手先が器用だった。家のテラスを造るなどのアルバイトの仕事をしていた理由は、モントリオールの地下鉄の駅を訪れ、朝夕の通勤客を相手にストリート・ミュージシャンとして演奏する時間を作るためだ。通勤客が立ち止まり、足を止め、聴き入ってくれることが彼の喜びだった。息子のラッセルに「コルトレーン」というミドルネームを付けたのは、偉大なジャズ演奏家ジョン・コルトレーンへの敬意からだ。マーティンの父は『ニューヨーク・タイムズ』紙に対して、ミドルネームはコルトレーンの音楽に対してだけでなく、彼の自由で独立した精神に対する敬意でもあり、息子にもそれを見習ってほしいと思ったと語っている。

パイレーツでマーティンはクラブハウスのステレオ係を務め、自分の iPhone を接続してはプレイリストをスクロールする姿がしばしば見られた。マーティンの木目模様のロッカーの外には、曜日ごとにかける音楽のリストが貼ってある。ラップとヒップホップの日もあれば、オルタナティブ・ロックの日も、ラテン音楽の日もある。土曜日のナイター明けの日曜日の朝には、のんびりしたムードを出すためにレゲエをかける。レゲエのリズムが流れる中、スターバックスのテイクアウトのカップを持った選手たちが、1人、また1人と、クラブハウスに入ってくる。選手たちの話では、音楽だけでなくクラブハウス内の雰囲気もマーティンが左右していたという。毎日の練習ではマーティンが模範となる。ここ数年のパイレーツで、マーティンほど練習熱心な選手はいない。9月には、ナイターの試合開始5時間前の午後2時30分になると、球場の階段を駆け上がるマーティンの姿が見られた。これはマーティン自身によれば、試合前に「スイッチを入れる」ための練習の一環だという。マーティンが選ぶ曲はどれも繰り返しのビートを持つ。ロックンロール、最近のポップスやロックの大半、ヒップホップがそれに当てはまる。だが、ジャズには繰り返しのビートがない。マーティンの父が愛したジャズは、即興的な音楽だ。

「父の生活ではジャズが今でも大きな部分を占めている。けれども、僕はあの音楽を十分に理解することができなかった。僕はビートが、パターンが好きなんだ」マーティンは言う。「ジャズの場合、1人がある方向に行き、もう1人が別の方向に行き、さらにもう1人がまた別の方向に行くような感じがする。一緒に演奏しているのに、パターンがないみたいだ。何だか奇妙なんだよ」

けれども、捕手としてのマーティンは繰り返しのビートを避けようとする。自分にとっての最も重要な仕事の一つにおいては、パターンを持たないように努めている。すべてのデータはダッグアウトの監督やコーチの手の中にあるが、プロの捕手にも試合中に重要な役目がある。配球だ。NFLやNBAでは、コーチがプレイを指定する。大学野球の場合も、捕手がダッグアウトを振り返ってコーチから次の球のサインを受け取る。しかし、プロの野球の世界では、捕手が配球の責任を負う。

マーティンはその責任を重く受け止めている。分析的な考え方をするマーティンは、ゲームプランの策定に重要な役割を果たしていて、対戦相手の打者とその日の先発投手の相性を検証するほか、分析チームの作成したスカウティングレポートを読み込む。打者が初球から振ってくるか、どのくらいの割合で振ってくるか、ストライクゾーンの外の球にどのくらい手を出すか、ツーストライクと追い込まれてからどう対応するか、そういった点を特に好んで検証する。また、打者の傾向だけではなく、積極的に打ってくるか、あるいはじっくり待つかといった、心理的な特徴もつかもうとする。打者がストライクゾーンのどこを得意としているかを突き止めるために、色分けしたヒートマップを利用する。例えば、サンディエゴでの試合で、パイレーツのテレビ解説者が視覚化したデータを用い、パドレスの左打者セス・スミスがストライクゾーン内のどこの球をどのくらい打っているかを示した。スミスは真ん中から外角寄りの球の打率が高かった。そこでマーティンは、先発投手のゲリット・コールに対して、スミスが得意とするコースの内側、下、上に投げるよう要求し、三球三振に打ち取った。

マーティンはビッグデータの重要性を理解している。目に見えない部分で優位を与えてくれるからだ。けれども、マーティンにとって野球はまだ直感的なところが大きいスポーツであり、自分の目による観察と調整に強く依存している。ミドルネームと父のジャズに対する愛から影響を受けた面があるとすれば、それはグラウンド上での配球だろう。配球において、マーティンはパターンを避けようと努めている。

「僕の捕手としての、およびサインを出すという面においてのスタイルは、いくらかジャズに似ている」マーティンは言う。「ビートもないし、決まった順番もない。あるのは感覚だけだ。サインを出す時にはほぼ感覚だけに頼っている。それがいいと感じたら、8球連続でチェンジアップを、あるいは8球連続でスライダーを要求するだろう」

データでは測定できない価値

マーティンの姿や、彼がチームメイトたちと交流する様子を間近で見るうちに、フォックスはあることに、すなわち別の隠れた価値に気づいた。リーダーシップや野球の資質といった実体のない要素を評価するのはおそらく不可能だが、フォックスはマーティンが野球に取り組む姿勢に驚かされ、そうした能力にも価値があるに違いないと考えるようになった。ピッチフレーミングや配球の妙や打席でのアプローチなど、自分の手法をはっきりと言葉で説明できるマーティンの才能に、感心させられたこともある。パイレーツの投手陣がマーティンを絶賛するのは、ピッチフレーミングの面だけではない。ゲームプランの才能も高く評価している。ジェフ・ロックは相手打者のタイミングを狂わせるマーティンの才能を称賛する。データによるそのような技術の数値化は、今のところ実現していないが、ロックはそこにも価値があると強く信じている。例えば、シーズンの前半戦でナショナルリーグ随一の打者と言われるジョーイ・ヴォットと対戦した際に、マーティンは配球の心理戦で相手を幻惑した。

「その［6月1日の］試合、ヴォットの第1打席で、速球を2球続けて投げた。その後にもう1球、速球を続けたんだ。ノーボール・ツーストライクと追い込まれていたにもかかわらず、ヴォットはバットを振らなかった。彼にしては珍しいなと思ったよ」マーティンは言う。「彼はどんなボールが来るか読んでいる。パターンを外したボールを投げたら、『何だと、チェンジアップを投げてきたのか？』みたいなことになる。そうすると、彼は頭の中で配球の予想をやり直さなければならなくなる。相手がどんな選手かを知ることが大切だ……ある球種で打ち取られた場合、彼は次の打席で同じ球種を狙うだろうか？　その答えを教えてくれる報告書は存在しない」

マーティンにとって配球は芸術の一形態で、データ分析がその役に立つこともある。大ざっぱなゲームプランを作成するために自由にデータを利用することができるが、ひとたび試合が始まれば、マーティンは打者から読み取った情報に基づいて調整し、練り直さなければならない。打者がボールを見送った時の様子を観察して、何かが得られることもある。驚いていたか？　それとも、バットを握る手をぴくりとも動かさず、ストライクゾーンから外れる球を平然と見送ったか？　PITCHf/x のデータからある投手の持ち球がスライダーだと示されていたとしても、ブルペンでの投球練習でボールの動きが気になったり、試合中にいつもの切れがないと感じたりしたら、スライダーのサインをなるべく出さないようにする。

「［データを］見直すのはいいことだ」マーティンは語る。「けれども、その時の判断で正しいと感じたことをしなければならない。頼りにできる情報をたくさん持っていたとしても、試合中はその情報が自分の判断の妨げになってはならないんだ」

投手と捕手の間の信頼関係

マーティンが最も重要視しているのは、自分や自分のやり方を投手が信用してくれなければ、どんな優れた配球術も意味をなさないということだ。自分の出すサインは単なる「提案」にすぎないということを、マーティンは承知している。最終的な拒否権は投手が握っていて、マウンド上からサインをのぞき込みながら首を横に一振りするだけでいいのだ。

２０１３年の春季キャンプが間近に迫った頃、マーティンはジェフ・ロックとフランシスコ・リリアーノという2人の投手のことをほとんど知らなかった。ロックはまだ若くてメジャーリーグに上がってきたばかりだし、リリアーノとは同じチームでプレイしたことがなかったためだ。そこで春季キャンプ前に、マーティンはパイレーツのビデオコーディネーターのケヴィン・ローチに依頼して、研究用に2人の投手のビデオを制作してもらった。春季キャンプ中、マーティンはある日の練習後にロックと一緒に温水と冷水に交互につかりながら、親交を深めた。2人は40分間ほど会話をしたが、野球の話ばかりではなかった。マーティンはロックの性格や、彼がどのくらい積極的な人間なのかを読み取ろうと努めたのだ。また、リリアーノやほかの選手たちとともにフライを捕る守備練習に参加しながら、彼らの知識の深さや投球哲学を知ろうとした。マーティンは何よりも、投手たちにはマウンド上で自信を持ってほしいと思っていた。あれこれと考えられては困る。投手にサインを信頼してもらいたかったのだ。

「野球とはそういうものなんだ。完全無欠な科学とは違う」マーティンは言う。「絶対に打たれることのない球なんて存在しない……せいぜい、投手が自信を持って攻めれば、いい結果が得られるだろうという程度かな」

パイレーツのリリーフ投手ジャレッド・ヒューズは、その春にどのようにしてマーティンを信頼するようになったかについて、ある記者に話している。キャンプ序盤のオープン戦で、マーティンはスライダーのサインを出したが、シンカーを得意とするヒューズは、ゴロを打たせてピンチを脱出しなければならない状況だったため、マーティンのサインに対して首を横に振った。するとマーティンはタイムを要求し、ヒューズと話をするためにマッケクニー・フィールドの内野の中央にあるマウンドに向かった。マーティンはヒューズがサインを拒んだ理由を知りたがった。ヒューズはゴロを打たせる必要があるからシンカーを投げなければならないと説明した。それに対してマーティンは、ヒューズのスライダーでもゴロに打ち取ることができると答えた。ヒューズはマーティンの言葉を考えてみた。どうせオープン戦なんだし、成績はそんなに関係しないし、自分がメジャーリーグの25人枠に入れることは確実だ。ヒューズはマーティンに同意してスライダーを投げたところ、見事にゴロでアウトを取ることができた。このような小さな出来事を積み重ねて、マーティンは投手との間に信頼関係を築いていった。

ピッツバーグの「ブラックアウト」

10月1日、PNCパークにレッズを迎えた一発勝負のワイルドカードゲームでリリアーノが先発した日は、芸術と科学を融合させ、ジャズにも似たマーティンのアプローチが、いつにも増して重要な意味を持つ日でもあった。リリアーノが最も自信を持ち、レッズ打線が最も苦手としている球種はスライダーだ。マーティンもそのことを十分に承知している。

試合当日の火曜日、ファンたちは早い時間からピッツバーグのノースショアに集まり始めた。そこはアレゲニー川の北岸で、ピッツバーグの中心的なビジネス街に隣接している。ノースショアを代表する地区がメキシカン・ウォー・ストリーツだ。何本もの狭い通りの両側に、木々と築１５０年の煉瓦《れんが》造りの建物が並ぶこの界隈《かいわい》は、米西戦争で名を馳《は》せたウィリアム・ロビンソン将軍が所有していた土地に、アレクサンダー・ヘイズの設計による街並みが建設された地域だ。通りには米西戦争の将軍や有名な戦いから名前が付けられている。ＰＮＣパークの正面入口は、ジェネラル・ロビンソン・ストリート[訳注17]とマゼロスキー・ウェイとの交差点にある。長年さびれていたこの界隈は再開発によって生まれ変わったが、そこを本拠地とする野球チームもまた生まれ変わった。

　デュケイン大学やピッツバーグ大学の学生たちは授業をさぼり、市の東部の高台からノースショアに向かう。アレゲニー川に架かる金色の塔とケーブルを備えたロベルト・クレメンテ橋は、市の中心部とノースショアを結んでおり、パイレーツの試合がある日には車両の通行が禁止されるが、この日は通常よりも早い時間からその措置が取られる。ペンシルバニア州西部では病人が大量発生し、子供たちやビジネスマンから学校や会社に病欠の連絡が相次ぐ。その前夜、控え捕手のマイケル・マッケンリーを中心として、チームはソーシャルメディアを駆使して応援を呼びかけていた。マッケンリーはツイッターで「ブラックアウト」を求めた。ファンに対して黒いＴシャツやユニホームやスエットシャツ――何でもいいから黒いものを着て球場を訪れ、一体感を示し、それによって相手を威圧してほしいと訴えたのだ。街中では試合のチケットが定価より何百ドルも高い値段で売られていた。野球の試合がこれほどの一大イベントになることはない。アメリカンフットボールの試合ならまだしも、野球は長いシーズンの間に162試合も行われるのだから。けれども、この日ばかりは、野球の試合が一大イベントとなった。

午後2時頃、球場内のオフィスにいたニール・ハンティントンは、PNCパークの東側に当たるレフトスタンドの先に隣接するフェデラル・ストリートが騒がしいので、何事かと思って窓に歩み寄った。

「オフィスにいた……2014年のシーズンの準備で忙しくて、缶詰めになっていたんだ」ハンティントンは語る。「すると突然、フェデラル・ストリートに面している窓の方から、『レッツ・ゴー、バックス』[訳注18]の大合唱が聞こえてきた。その時、こんな風に思ったのを覚えている。『ずいぶんと早いな。これは大変なことになるぞ』とね。ブラックアウトのことなど知らずに窓の外を見たら、8割から9割の人が黒い服を着ていて、フェデラル・ストリー

訳注17　この名前は1960年のワールドシリーズ第7戦でサヨナラホームランを放ったパイレーツのビル・マゼロスキーに由来。
訳注18　球団名のパイレーツ（Pirates）は「海賊」の意味だが、同じ海賊を意味する「バッカニアーズ」（Buccaneers）を略した「バックス（Bucs）」の愛称でも親しまれている。

トを埋め尽くしていた。それ以外の光景はぼんやりとしか見えなかったよ……今夜は本当に特別な試合なんだと痛感させられた」

試合開始の2時間前、フェデラル・ストリートは大勢のファンでいっぱいになり、音楽と喧騒《けんそう》が支配していた。試合開始の30分前、ハードルはいつものようにダッグアウトに入った。ダッグアウトに1人で座り、日没間近のやわらかい日差しを浴びながら、観客の熱気を感じるのが彼のお気に入りの時間だ。だが、選手や監督としてワールドシリーズに出場した経験のあるハードルでさえ、この日の試合前のようなファンの熱気は初めてだった。

「サッカーのワールドカップの試合を見にいったことはないが、たぶんあんな感じなのだろうと思う」ハードルは語る。「うちの選手たちがブラックアウトを呼びかけて、ファンもそれにこたえて球場に来てくれる。20年分の鬱憤《うっぷん》と情熱を……ファンは表現してくれたのだ」

異様なまでのファンの熱気

PNCパークは満員の観客と大歓声に包まれていた。その独特な雰囲気の真ん中にあるマウンドには、両チームの先発投手、フランシスコ・リリアーノとレッズのジョニー・クウェイトが立つことになる。

10か月前、メジャーリーグのチームのほとんどは、いつまでたっても復調の気配が見られないリリアーノに見切りをつけていた。２０１３年のシーズン、安売りの棚に置かれた品物も同然だったリリアーノは、ナショナルリーグのカムバック賞に輝くことになる。そのリリアーノが、１９９２年のアトランタ・フルトン・カウンティ・スタジアムで行われたナショナルリーグのリーグ優勝決定シリーズ第７戦のダグ・ドレイベック以来となる、この21年間のパイレーツにとって最も重要な試合の先発マウンドを託された。奇《く》しくも２０１３年のこの試合で始球式を行ったのは、今ではすっかり髪の毛に白いものが多くなったダグ・ドレイベックだった。

シーズン中、ハードルは日々の采配《さいはい》に関して批判を受けることがあった。例えば、四球を選ぶ率が低く、右投手を苦にしているにもかかわらず、スターリング・マルテを１番に起用し続けたことだ。しかし、この一発勝負のプレイオフの試合にリリアーノの先発が回ってくるようにローテーションを組んでいたという点で、ハードルとコーチ陣は評価されていいだろう。２０１３年のシーズン、リリアーノは左打者に対して２本しか長打を許していない。これは間違いではない。シーズン全体でたった２本しか長打を許さなかったのだ。

観客の熱気はすでに試合前から異様に高まっていた。試合開始前、アンドリュー・マカッチェンは三塁側ダッグアウトのいちばん前に立ち、その熱気に浸っていた。マカッチェンの母親がアメリカ国歌を独唱し、観客の熱気がいっそう高まる。チケットを入手できなかった数百人のファンはアレゲニー川に架かるロベルト・クレメンテ橋の上に立ち、センターの後方から試合をのぞきながら、気持ちは1つであることを、自分たちはここにいるぞという存在感を示そうとしていた。いくつもの旗が振られ、「レッツ・ゴー、バックス」の声があがった。

試合前の選手紹介が行われ、レッズの選手に対して激しいブーイングが浴びせられた後、PNCパークは揺れ始めた。4万人を超える観客がコンサートのメインアーティストの登場を今か今かと待ちわびているかのように、期待がふくれ上がる。グラウンド上から選手たちが消え、束の間の静けさが訪れた後、上は黒、下は白のユニホームに身を包んだパイレーツの選手たちがダッグアウトから姿を現した。スタンドのファンからこの日最初の大歓声があがる。20年間にわたってはけ口のない鬱憤をため続け、20年間にわたって無様なチームに耐え続け、ようやく地元でプレイオフの試合を開催できたのだ。リリアーノが小走りにマウンドに上がり、その夜の最初のボールを拾い上げると、「レッツ・ゴー、バックス」の大合唱が球場を包み込んだ。

リリアーノとマーティン、レッズ打線を翻弄

試合前の投球練習を行うリリアーノの頭の中には、その試合のゲームプランが入っていた。

それは単純明快なものだ。速球でカウントを取り、スライダーでレッズの左の強打者を始末する。粘り強いことで知られるレッズの先頭打者の秋信守に対して、リリアーノがその夜に投げた最初の2球はいずれも１４９キロの速球で、１球はボール、１球はストライクになった。3球目、マーティンはその試合で初めてスライダーを要求した。リリアーノの投じた切れのいいスライダーが、左打ちの秋から逃げるように鋭く曲がる。秋が強振したバットはボールの上で空を切った。ホームプレートの後方にしゃがむマーティンは、秋をちらりと見上げた。いつもは緻密《ちみつ》な計算をしている秋が、これほどまで強引なスイングをしたことに、これほどまでバットとボールが大きく離れていたことに、驚いたからだ。マーティンは再びスライダーのサインを出した。リリアーノの投げたスライダーは、ストライクゾーンよりもかなり低い。だが、秋はまたしても空振りした。黒一色のスタンドからうなり声のような歓声がとどろく。秋がダッグアウトに戻る中、ボールはマーティンから三塁手のペドロ・アルバレス、二塁手のニール・ウォーカー、ショートのクリント・バームズと内野を回り、リリアーノに戻された。

マーティンはレッズの2番打者ライアン・ルドウィックへの初球にもスライダーを要求したが、ストライクゾーンから外れてボールとなった。2球目はこの試合初めてのチェンジアップで、ルドウィックがボールの上を空振りしてストライク。リリアーノが次に投じたスライダーに、ルドウィックのバットが思わず動いて再び空を切る。もう1球続けたスライダーを打ったルドウィックの当たりはショートのバームズへのゴロとなり、ボールは一塁に送球されてツーアウトになった。

レッズの1番打者の秋と3番打者のジョーイ・ヴォットは、メジャーリーグ屈指の粘り強さと選球眼を誇る打者だ。２０１３年のシーズン、秋は相手投手に1打席平均で４・２３球を投げさせ、これはメジャーリーグ全打者の中で8位に当たる数字だ。ヴォットも４・１８球で13位につけている。ヴォットが左のバッターボックスに入り、スパイクで土を踏みしめて足場を固めた。その直後、めったにない場面が見られた。ヴォットが初球に手を出したのだ。ヴォットのスイングにはいつになく力みが見られ、タイミングもまったく合っていなかった。バランスを崩して右足がグラウンドから浮き、バッターボックスから飛び出しそうになりながら打ったボールは一塁手のジャスティン・モルノーへの弱いゴロとなり、ベースカバーに入ったリリアーノがモルノーからのトスをキャッチしてベースを踏んで、スリーアウトとなった。

イニングが終わってベンチに戻り、リリアーノおよび投手コーチのレイ・シーレッジと話をしながら、マーティンはレッズ打線が珍しく早いカウントから積極的に打ちに出ていることに気づいていた。球場内の熱気はいつもとは違い、肌で感じられるかのようだ。感情をほとんど表に出さず、ボールを打つロボットだと思われているようなヴォットでさえも、雰囲気にのまれている様子だった。球場内の熱気とこの試合の持つ意味――勝たなければシーズンが終わってしまう――が相まって、いつもならボールをよく見るレッズのスター選手たちの打席でのアプローチが変わってしまっている、マーティンはそう考えた。秋もヴォットも、自分が何とかしようと力が入りすぎていた。レッズ打線は早いカウントでの速球を強打してやろうと意気込んでいる。そのせいで、スピードを殺した球にもろさを見せているのだ。リリアーノが速球でカウントを稼いでから、左打者をスライダーで仕留めるというのがゲームプランだった。だが、マーティンはリリアーノのスライダーを、三振を取るためだけの球にしないことに決めた。どんな場面にでも使うことにしたのだ。レッズ打線が対応するまでは、早いカウントからでもスライダーを投げさせる作戦に切り替えた。

1回裏のパイレーツの攻撃が無得点に終わった後、2回表のリリアーノはレッズの二塁手で右打者のブランドン・フィリップスを2球で内野ゴロに打ち取った。続いて打席に入るのは、またしても左の強打者だった。ジェイ・ブルースはレッズ打線の中で最も長打力があり、秋と同じようにメジャーリーグ有数の選球眼のいい打者だ。相手投手に1打席平均で3・96球を投げさせ、この数字はメジャーリーグ全打者の中で44位に相当する。ブルースに対して、マーティンは典型的な配球をやめ、常識外れのことを行った。初球のスライダーをブルースは見送り、ワンボール。2球目と3球目、いずれも外に逃げるスライダーをブルースは空振りした。3球連続してスライダーを要求したマーティンは、素早くブルースの様子をうかがい、サインを盗もうとはしていないことを確認した。マーティンはミットの下の体の近くで2本の指を下に向け、四たびスライダーのサインを出した。マウンド上のリリアーノはうなずき、振りかぶり、またしても大きく曲がるスライダーを投げ込んだ。ブルースはまったくタイミングが合わずに空振りし、三振に打ち取られた。続くトッド・フレイジャーはチエンジアップを打って内野ゴロに倒れ、スリーアウトとなった。

「こういう試合では熱気［が高まるせい］で、打者はバットを振ってやろうという気になってしまう。じっくりと見極めて球数を投げさせようとするかって？　そんなことはありえない。何しろプレイオフの試合なんだから」マーティンは言う。「誰もが同じ気持ちだよ。気分が舞い上がっている。打つ気満々なんだ。あとはわかるだろ？　そんな時にはスライダーばかりを投げ込んでやればいい。こっちはその結果を楽しませてもらうというわけさ」

ファンの大合唱が打たせたホームラン

マーティンの配球とリリアーノの投球が重要な鍵《かぎ》を握っていた一方で、その試合を見ていた人の記憶に最も強く焼き付いたのは、クウェイトのボールの扱いと、マーティンのバットだった。「レッツ・ゴー、バックス」の大合唱は初回から始まっていたが、2回になるとその音量が球場を揺るがし始めた。何百人ものファンが海賊旗を振り回し、4万人が黒い服を着ている。同じ色の服に身を包み、声を張り上げるファンたちは、一体となってその存在感を誇示していた。イエングリングやアイアンシティのビールも一役買っていたに違いないそうした雰囲気は、イングランドのプレミアリーグの試合を髣髴《ほうふつ》させるものだった。

2回裏、クウェイトは最初のミスを犯した。パイレーツがシーズン終盤に獲得したマーロン・バードへのボールが真ん中に入る失投になり、ホームランを打たれたのだ。打球がスタンドを埋めた観客の中に飛び込み、バードがベースを一周する間、ファンの歓声はひときわ高まった。ＰＮＣパーク内のどこかで発生した新しい合唱が、まるで津波のように球場を包み込み始めた。マウンド上の投手に向かって、4万人が嘲笑《あざわら》うかのような調子で「クウェーーイトーー……クウェーーイトーー」と歌い始めたのだ。運悪く節をつけて歌いやすい名字だったクウェイトは、続くペドロ・アルバレスをセンターライナーに打ち取った。だが、ファンの大合唱は鳴りやまない。次の打者を迎えた時、信じられないことに、投球動作にすら入っていないクウェイトのグローブからボールがぽろりと落ちた。その光景を目にして、ファンの興奮はさらに高まった。レッズの先発投手がボールを落としたのは、自分たちの歓声で動揺したせいだと思ったのだ。その直後、クウェイトの投じた速球はまたしても真ん中寄りに入る。打席でその球を待っていたのはマーティンだった。マーティンのバットがはじき返した打球はレフトスタンドに突き刺さり、この回2本目のホームラン[訳注19]となった。ファンの熱狂は最高潮に達した。20年間にわたって無様な成績に耐え忍んできた鬱憤を、この日の夜にようやく晴らすことができた。その思いがまるで滝壺《たきつぼ》の近くにいるかのような大音響となって放たれたのだ。

「そのうちにこんな伝説が生まれるんじゃないかな」試合後、マーティンは記者たちに語った。「観客の大歓声から発生した音波が投手のグローブからボールを奪い、グラウンドに落とし、リズムを狂わせたって」

2回を終え、パイレーツは2対0とリードした。3回表、リリアーノはレッズの下位打線を問題にしなかった。その裏のパイレーツは、ヒットで出塁したマカッチェンがペドロ・アルバレスの犠牲フライで生還し、1点を加えた。

初めて迎えたピンチ

パイレーツが3対0とリードした4回表、リリアーノは再びレッズ自慢の上位打線を迎えた。マーティンはさらに積極的なリードを見せたが、その出だしは思うようにいかなかった。秋に対して初球のスライダーに続く2球目、リリアーノは手元が狂って速球をレッズの1番打者にぶつけ、走者を出した。マーティンは続く右打者のルドウィックの初球にもスライダーを要求した。だが、甘く入ったスライダーをレフト前に運ばれた。ノーアウトでレッズが2人の走者を出したこの場面、試合が始まってから初めて観客が静かになった。打席に迎えるのは、メジャーリーグで最も恐れられ、最も選球眼のいい打者の一人と言われるヴォット。リリアーノが再びミスを犯せば、一振りで試合が振り出しに戻ってしまう。

初球、マーティンの要求したスライダーにヴォットが手を出し、ファウルとなった。2球目、リリアーノの投じた低めのスライダーはワンバウンドになったが、ヴォットはこれにも手を出して空振りする。マーティンは両膝《ひざ》を突き、プロテクターでボールをブロックし、走者の進塁を防いだ。マーティンが困惑するほど、この日のヴォットはこれまで見たこともないような積極さでバットを振っていた。そのため、マーティンは通常の配球パターンから離れ、またしてもスライダーを要求した。初回の打席とは異なり、ヴォットはバットをやや短く握り、コンパクトなスイングをした。しかし、バットは変化したボールの上で空を切り、ヴォットは三振に倒れた。スタンドにいる何万人ものファンが飛び上がり、拳《こぶし》を高く突き上げ、タオルを振り回した。

訳注19　クウェイトがマウンド上でボールを落とし、その直後にマーティンがホームランを打った映像は、YouTube のＭＬＢ公式チャンネル内で見ることができる（CIN@PIT: Martin blasts homer after fans rattle Cueto　https://youtu.be/TcLUw3_oN1g）。

次打者のブランドン・フィリップスに対してワンボール・ワンストライクのカウントから、マーティンはチェンジアップを投げさせた。フィリップスの打球はウォーカーへの小飛球となってツーアウト。続く左打者のブルースへの1球目と2球目はスライダーで、この日のブルースに対しては6球続けてスライダーを投げ込んだことになる。ボールと空振りでワンボール・ワンストライクのカウントから、マーティンはようやく速球を要求した。ブルースは速球にバットを合わせ、守備シフトの逆を突いてレフト前に運んだ。走者が1人生還して3対1となり、パイレーツのリードは2点に縮まった。マーティンはレッズがいまだに速球を狙っていることに驚きを隠せなかった。最初の4イニングでリリアーノは左打者に対して12球のスライダーを投げ、そのうちの8球で空振りを奪っているにもかかわらず、レッズの打者の積極的なアプローチは変わっていない。

二死一・二塁の場面でトッド・フレイジャーを迎え、マーティンは4球続けて変化球を要求し、最後は低めに外れる140キロのスライダーで空振りの三振に打ち取った。リリアーノは最少失点でピンチを脱した。

4回裏、ウォーカーがタイムリー二塁打を放ち、塁に出ていたマルテをホームに迎え入れた。ウォーカーは続く内野ゴロの間に自らもホームを踏む。2点を加えたパイレーツは、4回を終わって5対1とリードを広げた。ファンの不安が消え、パイレーツの勝利への確信が高まるにつれて、球場を包む大音響も変わり始めた。その日、試合を観戦していたファンたちは、ＰＮＣパークのスタンドの2階席や3階席が、高校の体育館にあるおんぼろの観客席のように震動していたと証言している。

6回表、リリアーノは三たびレッズの上位打線を迎える。秋はぼてぼての一塁ゴロに倒れた。ヴォットはまたしてもスライダーの上を空振りして三振に倒れ、うなだれてレッズのダッグアウトに引き上げた。好投を続けるリリアーノと、大観衆を味方につけたパイレーツに対して、レッズは手の打ちようがないとあきらめてしまったかのようだった。テレビカメラの映像がスタンドからレッズのダッグアウトに切り替わると、うつろな表情でグラウンドを見つめるレッズの監督ダスティ・ベイカーの顔が映る。盛り上がるスタンドとは対照的な映像だった。7回表、ツーアウトで走者を1人置いて、リリアーノはレッズの捕手ライアン・ハニガンを三塁ゴロに打ち取った。リリアーノはレッズ打線を被安打4、奪三振5、与四球1、失点1に抑え、この回で降板した。

パイレーツ、レッズを下してＮＬＤＳへ

リリアーノを復活の見込みが高い投手だと判断したのはパイレーツの分析部門だったが、彼を立ち直らせたのはチーム一丸となっての取り組みだった。例えば、投手にささやきかけ

るかのようなレイ・シーレッジの存在。シーレッジはいくつもの変更を加えようとするのではなく、腕の角度を上げさせてストライクゾーンの内側あるいは外側に外れるボールの数を減らすなど、重要な点の微調整だけにとどめた。また、マーティンのピッチフレーミングのおかげでストライクと判定される投球が増えた結果、打者は大きく曲がるスライダーに手を出すことが多くなったし、マーティンのゲームプランや配球も効果的だった。さらに、マーティンが投手と心を通わせ、相手の信頼を勝ち取ることができたのも大きかった。そのすべてが、この夜の試合で実を結んだ。リリアーノのスライダー、マーティンの配球とピッチフレーミングは、2013年のパイレーツに力強い結果をもたらすことになった、新世代の野球と伝統的な野球の融合の一例だった。

7回裏、パイレーツの勝利はほぼ確実となった。ローガン・オンドルセクの投じた153キロの速球をマーティンがレフトスタンドに運んでこの試合2本目のホームランを放ち、6対1とリードを広げたのだ。「ブラックアウト」の観客は再び1つになって立ち上がった。ファンが黒いタオルを振り回し、拳を高く突き上げ、ハイファイブを交わす中、マーティンは一塁ベースを踏みながら両手をぽんと叩《たた》き、ベースを一周した。9回表、左中間のブルペンからクローザーのジェイソン・グリリーが姿を現し、マウンドに小走りで向かうと、誰もが勝利を確信した。4万人のファンから大歓声があがったが、3時間以上にわたって信じられないような音量で叫び続けていたその声はかすれ始めていた。レッズの攻撃もツーアウトになると、ファンは全員が立ち上がり、最後のアウトを、喜びの爆発を、今か今かと待ち構えた。

グリリーの速球を打ち返したレッズのザック・コザートの打球が内野に転がると、最後のアウトを確信したグリリーは両手を高く上げてマウンド上で飛びはねた。ウォーカーがゴロをすくい上げ、一塁手のジャスティン・モルノーに送球し、パイレーツは6対2で勝利を収めた。内野の中央に選手たちが集まり、スタンドでは赤の他人同士のファンたちが抱き合い、ハイファイブを交わし、フェデラル・ストリート沿いのバーからは試合をテレビで観戦していたファンが通りにあふれ出た。興奮したファンの一人がロベルト・クレメンテ橋からアレゲニー川に飛び込んだが、幸いなことに無事だった。

この試合の勝利はリリアーノの好投によるところが大きかった。絶好調のリリアーノは、スカウトが「二方向に変化するエリートクラスのスライダー」と評する球を繰り返し投げ込んだ。わかりやすい言い方に直すと、これは打者の手元に来てから鋭く変化し、左打者から見ると外角低めに落ちながら大きく曲がるスライダーのことで、リリアーノの場合は速球と区別がつきにくい。けれども、マーティンの貢献を見落としてはならない。マーティンはピッチフレーミングだけでなく、レッズ打線の作戦を正しく見抜き、超積極的なゲームプランを取り入れたことでも大きく勝利に貢献した。レッズ自慢の3人の左打者——秋、ブルース、ヴォットに対して、リリアーノが投げた全28球のうち20球がスライダーだった。3人はリリアーノに対して8打数1安打、4三振に終わった。この日のリリアーノは、速球が23球、チェンジアップが23球だったのに対して、腕がちぎれんばかりの44球ものスライダーを投げた。その44球のうちの34球がストライクで、13球は空振りだった。一方、この日のリリアーノが速球とチェンジアップで空振りを奪ったのは、合わせて4回だけだった。空振りを取った球種の比率がここまで偏ることは珍しい。

「打者が振ろうと思った時にはまだ曲がり始めていない。ホームプレートまで2メートル弱から2メートル50センチのところで、切れと落差が姿を現す」マーティンはリリアーノのスライダーをそう評価する。「ボールが手を離れた瞬間は速球に見える。たとえスライダーが来ると言い聞かせていたとしても、脳は速球だと判断するんだ」

リリアーノのいない祝勝会

試合終了後、クラブハウスでは再び祝勝会が開かれた。シャンパンやクアーズライト、ミラーライトのケースが、次々とパイレーツのクラブハウスに運び込まれる。この日もビニールシートがロッカーを保護していた。選手たちはマーティンとバードがクラブハウスに入るのを待って、シャンパンのコルクを抜いた。選手たちの輪ができ、その中央に押し出されたのはクリント・ハードルだった。ハードルは両手を高々と突き上げ、握り締めた拳を喜びで震わせながら、大量のシャンパンを浴びた。

数分後、アルコールがしみてひりひりと痛む目をどうにか開きながら、ハードルは騒々しいクラブハウス内で記者たちに話した。「みんなもあれを感じたかい？　信じられないね。すごかったな。我々が守備に就いた時から、ファンが味方してくれた。相手がそれに恐れをなしたかどうかはわからないが、ファンの存在を感じることができたよ」

大騒ぎのクラブハウスの中で、この試合の勝利のいちばんの功労者と思われる人物はどこにも見当たらなかった。祝勝会の輪の中に、リリアーノの姿はなかった。地元の記者たちはリリアーノが現れるのを待ち続けたが、彼はいつまでたっても姿を見せなかった。やがて記者たちは勝利投手へのインタビューをあきらめ、たった今目にしたばかりの興奮を雄弁な言葉で表現し、締め切りに間に合わせるために、1人、また1人と記者席に戻っていった。ロッカールームから記者たちの姿がほとんど消えた頃、ようやくリリアーノが登場した。私服姿のリリアーノは自分のロッカーにゆっくりと歩み寄り、中から薬の入った薄いオレンジ色の瓶を取り出しながら、祝勝会を欠席した理由を、記者と話ができなかった理由を説明した。リリアーノは鼻炎に苦しみながら投げていたのだ。これは高熱を押して試合に出場し、ユタ・ジャズを圧倒したマイケル・ジョーダン[訳注20]と並ぶ快挙だ。

その日の自分の活躍を、リリアーノは言葉少なに説明した。「とても冷静でいられた。多くのことをしようとはしなかった。この1年間ずっとやってきたのと同じことをしようとしただけだ」

彼がこの1年間ずっとやってきたのは、マーティンやコーチたちを信頼することだった。また、リリアーノは契約した年俸額をはるかに上回る活躍を見せた。シーズンオフに契約したフリーエージェントの中でチームに最も多くの価値をもたらした選手がリリアーノでなかったとすれば、ほかに候補となるのはその夜にバッテリーを組んでいた男しかいない。

パイレーツの復活劇には、データに基づいた守備シフトや投球戦術から、リリアーノやマーティンの隠れた価値の発見に至るまで、数学が非常に大きな役割を果たした。数学とビッグデータが、パイレーツの21シーズンぶりの勝ち越しとポストシーズン進出を後押しした。けれども、一発勝負のワイルドカードゲームを乗り越えるためには、マーティンによる試合中の判断力という芸術と、誰も耳にしたことがないような歴史に残る大観衆の魔法も必要だった。試合後、レッズの三塁手トッド・フレイジャーは、あんなにすごい観客は初めて見たと語った。ニューヨーク・ヤンキース時代にプレイオフへ出場したことがあるA・J・バーネットも、あのような観客は経験したことがないと感想を述べている。それはベテランの記者たちも、パイレーツの昔からの公式記録員も同じだった。野球に幻滅していた街が、再び野球と恋に落ちたのだ。それはビッグデータや複雑なアルゴリズムとは何の関係もなかった。ありのままの感情の発露だった。

訳注20　1997年のNBAファイナル第5戦で、シカゴ・ブルズのマイケル・ジョーダンは39度の高熱にもかかわらずユタ・ジャズ戦に出場し、チームトップの38得点を記録してブルズを勝利に導いた。

【野手】

	試合数	打数	得点	安打	二塁打	三塁打	本塁打	打点	盗塁	盗塁死	四球	死球	三振	犠打	犠飛	打率	出塁率	長打率
ペドロ・アルバレス	152	558	70	130	22	2	36	100	2	0	48	4	186	0	4	.233	.296	.473
ニール・ウォーカー	133	478	62	120	24	4	16	53	1	2	50	15	85	5	3	.251	.339	.418
ギャビー・サンチェス	136	264	29	67	18	0	7	36	1	0	44	4	51	0	7	.254	.361	.402
ギャレット・ジョーンズ	144	403	41	94	26	2	15	51	2	0	31	2	101	0	4	.233	.289	.419
トラヴィス・スナイダー	111	261	28	56	12	2	5	25	2	3	24	0	75	0	0	.215	.281	.333
ホセ・タバタ	106	308	35	87	17	5	6	33	3	1	23	5	45	5	0	.282	.342	.429
マーロン・バード	30	107	14	34	9	0	3	17	0	0	6	1	20	0	1	.318	.357	.486
クリント・バームズ	108	304	22	64	15	0	5	23	0	0	14	2	70	9	1	.211	.249	.309
ジョーディー・マーサー	103	333	33	95	22	2	8	27	3	2	22	4	62	5	1	.285	.336	.435
ラッセル・マーティン	127	438	51	99	21	0	15	55	9	5	58	8	108	1	1	.226	.327	.377
アンドリュー・マカッチェン	157	583	97	185	38	5	21	84	27	10	78	9	101	0	4	.317	.404	.508
マイケル・マッケンリー	41	115	9	25	6	0	3	14	0	0	5	2	24	0	0	.217	.262	.348
スターリング・マルテ	135	510	83	143	26	10	12	35	41	15	25	24	138	6	1	.280	.343	.441
ジャスティン・モルノー	25	77	6	20	4	0	0	3	0	0	13	1	12	0	1	.260	.370	.312

Baseball-Reference.comより

2013年のピッツバーグ・パイレーツ

94勝68敗(ナショナルリーグ中地区2位)
ワイルドカードゲームでシンシナティ・レッズを下してナショナルリーグ地区シリーズ(NLDS)に進出。NLDSではセントルイス・カージナルスに敗れる(2勝3敗)。

【投手】

	勝利	敗戦	勝率	防御率	試合	先発	完投	完封	セーブ	投球回	被安打	失点	自責点	被本塁打	与四球	与死球	奪三振
ジャスティン・ウィルソン	6	1	.857	2.08	58	0	0	0	0	73 2/3	50	17	17	4	28	3	59
ジェイソン・グリリー	0	2	.000	2.70	54	0	0	0	33	50	40	15	15	4	13	1	74
ゲリット・コール	10	7	.588	3.22	19	19	0	0	0	117 1/3	109	43	42	7	28	3	100
ジェンマー・ゴメス	3	0	1.000	3.35	34	8	0	0	0	80 2/3	65	35	30	6	28	3	53
A・J・バーネット	10	11	.476	3.30	30	30	1	0	0	191	165	79	70	11	67	9	209
ヴィン・マザーロ	8	2	.800	2.81	57	0	0	0	1	73 2/3	68	23	23	3	21	3	46
マーク・メランソン	3	2	.600	1.39	72	0	0	0	16	71	60	15	11	1	8	1	70
チャーリー・モートン	7	4	.636	3.26	20	20	0	0	0	116	113	51	42	6	36	16	85
ブライアン・モリス	5	7	.417	3.46	55	0	0	0	0	65	57	25	25	8	28	2	37
フランシスコ・リリアーノ	16	8	.667	3.02	26	26	2	0	0	161	134	54	54	9	63	0	163
ジェフ・ロック	10	7	.588	3.52	30	30	0	0	0	166 1/3	146	69	65	11	84	6	125
ワンディ・ロドリゲス	6	4	.600	3.59	12	12	0	0	0	62 2/3	58	26	25	10	12	4	46
トニー・ワトソン	3	1	.750	2.39	67	0	0	0	2	71 2/3	51	19	19	5	12	6	54

エピローグ　季節は巡りて

新たなシーズンを迎えて

２０１４年2月18日、春季キャンプの全体練習初日を迎え、フロリダ州ブレーデントンにパイレーツの選手たちが顔を揃えた。例年のように新しいメッセージを伝えるため、クリント・ハードルは選手たちをカフェテリアに集めた。前の年には、同じカフェテリアで選手たちにダン・フォックスとマイク・フィッツジェラルドを紹介し、警戒心と好奇心の入り混じったチームに革新的な守備戦術を発表した。

今回のミーティングはそれとは違った。１９９４年以降の春季キャンプ初日のすべてのミーティングとも違っていた。パイレーツが前年に勝ち越しでシーズンを終え、プレイオフに進出したチームとして春季キャンプを迎えるのは、１９９３年以来、21年振りだったからだ。すべてのチームにとっての究極の目標のワールドシリーズ制覇は果たせなかった。５試合制のナショナルリーグの地区シリーズ（ＮＬＤＳ）では、強豪のセントルイス・カージナルスを相手に最後の第5戦までもつれ込んだものの、惜しくも敗退した。ハードルには２０１４年のチームが新たな敵と戦わなければならないとわかっていた。今シーズンは相手チームも警戒しているだろうし、逆に自分のチームに慢心があってはならない。

新たな目標と挑戦に集中するとともに、昨シーズンを過去のものとするために、ハードルはビデオコーディネーターのケヴィン・ローチと地元のケーブルテレビ局のプロデューサーに対して、２０１３年のハイライトを6分間にまとめた映像を制作するように指示した。ＢＧＭにはエアロスミスの『ドリーム・オン』が使用された。スタッフがデジタルプロジェクターを設置し、ビデオを流し始めると、カフェテリア内は昨シーズンの思い出の場面を振り返る選手たちの歓声に包まれた。ビデオがクライマックスに差しかかり、20シーズン連続負け越しのきっかけとなった場面――１９９2年のナショナルリーグ優勝決定シリーズで、バリー・ボンズからの返球よりも早くシド・ブリームがホームに生還する映像が、21年振りのポストシーズン進出を決めた場面――２０１３年9月23日のリグレー・フィールドでの試合で、ジャスティン・モルノーからの返球を受けたラッセル・マーティンがカブスのネイト・シアーホルツをアウトにした映像に切り替わる。映像は２０１３年を象徴する静止画像で終わった。リグレー・フィールドのホームプレート上で両膝《ひざ》を突き、手に握ったボールを高々と頭上に掲げるマーティンの姿。

「正直に言うと、あんな形であの場面をもう一度見たら、首筋がぞわぞわする感覚に襲われたよ」マーティンはその映像の存在を初めて記事に書いた当時の『ピッツバーグ・トリビューン・レビュー』紙のコラムニスト、デジャン・コヴァチェヴィッチに語った。「あの瞬間はチームの我々みんなの、ピッツバーグ市民みんなのものだ」

映像が終わると、画面に「ＮＯＷ」という単語が表示された。それが意味するところは明確だ。２０１３年は終わった。昨シーズンの魔法も終わった。野球に戻り、新たな物語を書く時が訪れた。それが「今」だ。チーム力を向上させる新たな方法を見つけ、新たな優位を確立しなければならない。しかも、それは容易なことではなかった。

追う立場から追われる立場に

映像は２０１３年のシーズンの魔法を振り返ったものだったが、その魔法の大半は数学を用い、それまであまり利用されていなかった技術や戦術を取り入れた結果だった。けれども、新しいシーズンを迎えた今、パイレーツの大胆な守備戦術の３本の矢——守備シフト、ゴロ、ピッチフレーミングに対して、もはや２０１３年のような優位をもたらしてくれることは期待できない。少なくとも、同じような効果は得られないだろう。データに基づいた考え方は、選手の才能とは異なる。パイレーツが独自に持っている技術ではない。成功した戦術というのは、言ってみればコカ・コーラ社が製造方法を公開したようなものだ。ほかの業種の企業と同じように、野球のチームもライバルが成功した戦術を模倣する。極端な守備シフトを採用するチームが増えるだろうし、守備シフトを敷いた内野にゴロを打たせてアウトにしようとする投手が増えるだろうし、ピッチフレーミングももはや捕手が持つ隠れた価値ではなくなった。２０１４年のシーズンは21年振りに、パイレーツが追われる立場になるのだ。

ハードルはチームに対して要求しているだけでなく、自分自身の目も今に向けようとしていた。２０１３年のシーズンの成功の余韻に浸っている余裕はない。前の年の11月、ハードルは全米野球記者協会の投票で、全30票のうち25票の１位票を集めてナショナルリーグの最優秀監督に選出された。この名誉ある賞は、監督の価値を主に勝敗数で判断するような伝統的な考え方を持つ記者たちの投票で決められたものだが、ハードルは同時に、データを重視する新しい世代の人々が投票するインターネット・ベースボール・アウォーズのナショナルリーグ最優秀監督にも選ばれた。分析官の発見を取り入れ、伝統から離れることを厭《いと》わない監督のハードルは、統計オタクが長年待ち望んでいた人物だったのだ。

最近はメジャーリーグの監督の影響力が減少し、フロントがチーム編成の中心を担う傾向にあるとする声が多い。だが、データに基づく戦術をグラウンド内に入れるかどうか決める番人には、いまだに監督が君臨している。ほかの人と協力するという一面が、野球というスポーツから消えることはないだろう。監督はクラブハウス内の空気作りにおいては今も大きな役割を果たしており、ハードルが2013年に見事に成し遂げたように、チームに新しい方向性を納得させ、その方向にチームを導かなければならない。ハードルはチーム内に相手を敬う空気を作るうえでも重要な役割を果たした。そのおかげでパイレーツには分析官をクラブハウス内に受け入れる環境が整い、彼らの情報を最大限に生かせたのだ。

パイレーツのゼネラルマネージャー（GM）のニール・ハンティントンの功績も認められ、メジャーリーグの最優秀役員賞ではレッドソックスのGMベン・チェリントンに次ぐ2位の票数を集めた。ハンティントンが評価されたのはラッセル・マーティンおよびフランシスコ・リリアーノとの契約で、この2人は前年のシーズンオフのフリーエージェントの中では最もお買い得だった選手となった。また、セットアッパーとして活躍したマーク・メランソンをトレードで獲得し、ポストシーズン進出のためにシーズン終盤にはマーロン・バードとジャスティン・モルノーを補強していた。ハンティントンの先見の明は、チーム独自のデータベースの構築や、ダン・フォックスの雇用にも及び、この2つの決断も2013年に実を結び始めた。

2012年のシーズンオフには解任を求める声が強かったハンティントンとハードルだっ

たが、2014年の春には球団と3年間の延長契約を結んだ。大きなリスクを負うことで、2人は安定を手に入れたのだ。それでも、2人は自分たちの成功がまぐれではないことを証明したいと考えていたし、成功を続けることの方が連続負け越しシーズンの阻止よりも難しいことを理解していた。シーズン終了後、ハンティントンは次のように語っている。「1日目からずっと言い続けていた。何かを作り上げることは大変だが、それを維持し続けることはもっと大変なのだと」

他球団による模倣と対策

2014年3月下旬、フロリダ州フォートマイヤーズにあるレッドソックスの春季キャンプの本球場で、ダン・フォックスはホームプレート後方の砕いた煉瓦《れんが》が敷かれたフェンス際に立ち、打撃練習を見つめていた。パイレーツは州間高速道路75号線を2時間かけて移動し、オープン戦としては珍しいナイターでのレッドソックス戦に備えていた。その時、フォックスに1人の記者が歩み寄った。試合前のとりとめのない話は、いつしかピッチフレーミングについて、さらには2013年のシーズン前にパイレーツがいかにしてマーティンを見出《みいだ》し、ほかのチームに先駆けてピッチフレーミングの優位を活用できたのかについてに移っていく。それに対してフォックスは、自らの英断を誇ったりはしなかった。むしろ、その優位が消えてしまったことを嘆いた。

フォックスとフィッツジェラルドには、再び仕事に取りかからなければならない時が訪れていた。ピッチフレーミングに優れ、そこそこ打てる捕手は、今や多額の年俸で契約するようになっている。そのような捕手の一人、ブライアン・マッキャンは、数か月前にヤンキースと総額8500万ドルの5年契約を結んだ。打てないもののピッチフレーミングの技術ならある、そんな捕手までも引く手あまただった。2013年にレッズで1割9分8厘の打率しか残せず、打つ方ではさっぱりだったライアン・ハニガンを、レイズがシーズンオフにトレードで獲得しようと積極的に画策した。レイズはまた、年齢面が不安視され、打者としての評価も低い38歳の捕手ホセ・モリーナとも再契約していた。

ピッチフレーミングという隠れた価値は、2013年にパイレーツの分析官によって発掘され、2014年にはほかのチームも採用を始めていた。パイレーツは守備シフトに関しても、野球界全体でより広く受け入れられるだろうと予想していた。パイレーツは極端な守備シフトを採用した初めてのチームというわけではないが、彼らが見事な復活を遂げたシーズンには、その採用数が5倍に増えている。変化の遅い保守的な野球界において、これは前代未聞の方針転換であり、一躍注目を集めることになった。ベースボール・インフォ・ソリューションズ（BIS）によれば、2014年のメジャーリーグ全体での大胆な守備シフト採用数は、２０１３年と比べて2倍に増えている。各チームが守備シフトの採用数を増やしただけではない。対戦相手の打者たちも、守備シフト対策としてセーフティバントを積極的に試みるようになり、シフトの裏をかく流し打ちのヒットも多く見られるようになった。

パイレーツが実践した投手へのアプローチも模倣された。２０１４年、フォーシーム・ファストボールの代わりにツーシーム・ファストボールを多投するようになった投手の割合は増え続けた。多くのチームがパイレーツと似た投球哲学を採用するようになり、ゴロを打たせる投手を集めるようになった。２０１４年のシーズンの全球種を PITCHf/x のデータで見ると、ツーシーム・ファストボールの割合は14・6パーセントで、前の年の13・6パーセントから増えており、２００８年と比べると3・8パーセントの増加を示している。投手がツーシーム・ファストボールを多投するようになると、あるチームが対抗策を講じた。オークランド・アスレチックスのGMビリー・ビーンは、フライ性の打球が多い打者を揃え始めたのだ。２０１３年のアスレチックスの打者は、打球のうちのフライの割合が60パーセントを記録している。メジャーリーグで次にフライの割合が高かったチームの数字は、全打球の39パーセントにすぎない。フライを多く打つ打者の利点は、アンドリュー・クーが BaseballProspectus.com に寄せた「モア・マネーボール」という記事中に見られる。その記事の中でクーは、「*The Book: Playing the Percentages in Baseball* において、共著者のタンゴ、リッチマン、ドルフィンは、ゴロを多く打つ打者よりもフライを多く打つ打者の方が有利だということを発見した。理由は単純で、[訳注21]フライを打つ打者の方がいい打者だからだ――ゴロをいくら打ってもホームランにはならない。また、フライを多く打つ打者はゴロを打たせる投手に対して好結果を残していることも発見した。これは前者がボールの下を振る傾向があるのに対して、後者が打者にボールの上を空振りさせようとするからだ」と記している。

２０１３年と２０１４年のアスレチックスは、投手が圧倒的に有利な球場を本拠地としているにもかかわらず、メジャー屈指の得点力を誇った。

野球は常に進化している。打者と投手の間で、対戦する監督同士の間で、さらには対戦する分析官同士の間で、絶え間ないいたちごっこが続いている。このパンチとカウンターパンチの応酬に終着点はない。これは終わりのない戦いなのだ。自分とパイレーツが対応しなければいけないことを、立ち止まっていてはいけないことを、フォックスははっきりと自覚していた。フォックスにとって、それこそが楽しみでもあった。

2年連続でポストシーズン進出

リグレー・フィールドで21年振りのポストシーズン進出を決めてからちょうど1年後、長年にわたってパイレーツの用具係を務め、チームのみんなからは「ボーンズ」の愛称で親しまれているスコット・ボネットは、試合が7回に入るとアトランタのターナー・フィールドのビジターチーム用のクラブハウスに戻り、自分がまだ1度しか経験したことのないイベント――プレイオフ出場の祝勝会の準備を始めた。

メジャーリーグ機構の規定により、チームとして移動する全員に対して、1人当たり2本のシャンパンが認められている。パイレーツの一行の中には、選手、コーチ、フロント、およびオーナーが含まれる。ボネットは20ケースのシャンパンを注文していた。数個の深いプラスチック製の容器に氷を満たし、その中にボトルを入れ、ロッカーを保護するためにビニールシートで覆う。また、数十個のゴーグルも用意したほか、ピッツバーグから数百着の記念Tシャツやスエットも持参していた。

シカゴ・カブスを破って21年振りのプレイオフ進出を決めてからちょうど1年後のその日、パイレーツは3対2でブレーブスを下し、2年連続のプレイオフ進出を決めた。再びビジター用のクラブハウスの絨毯《じゅうたん》がシャンパンまみれになった。パイレーツは翌日と翌々日もアトランタでの試合が残っていたが、除湿機と扇風機を駆使してもクラブハウス内はなかなか乾かず、アルコールのにおいも抜けなかったという。94勝をあげた翌シーズン、パイレーツは

訳注21　この考え方と、データによる打球速度と打球角度の分析が、「フライボール革命」と呼ばれる新しい打撃理論を取り入れるムーブメントにつながっている。

88試合に勝ち、再びナショナルリーグ中地区の2位に入り、メジャーリーグ全30チームの3分の1にしか与えられないポストシーズン出場という栄誉を再び手にすることができた。チームの年俸総額7800万ドルは、メジャーリーグの中でも下から数えた方が早い30チーム中27位だったにもかかわらず、パイレーツは2年連続してメジャーリーグで最も優れたチームの一つに名前を連ねることができたのだ。

ある意味、2014年のパイレーツのポストシーズンへの道のりは、2013年の道のりと似ていた。2014年にはほとんどのチームが大胆な守備シフトを採用したが、パイレーツは採用頻度を高くしただけでなく、より精巧な守備シフトを敷くようになった。ほかのチームより一歩も二歩も先んじるために、パイレーツは守備シフトの採用回数を494回から659回に増やしただけではない。相手の各打者の打球の総体的な分布に基づいて内野手の守備位置を移動させただけでもない。相手の各打者のカウント別の傾向に基づいた守備位置の変更も行ったのだ。パイレーツは打者が自分に有利なカウントの時には打球を引っ張り、不利なカウントの時には逆方向に流す傾向が強いことをつかんでいた。そればかりか、外野手の守備位置を積極的に動かすという点でも、パイレーツはほかのどのチームよりも先行していた。外野に飛ぶ打球は、軌道、速度、飛距離が多岐にわたるため、打球のデータに基づいて外野手の守備位置を動かすことは内野手の守備シフトを敷くよりも複雑で、より多くの要素を考慮に入れなければならない。パイレーツの２０１４年の守備シフトは２０１３年ほどの成功を収めることができなかったが、それでも守備防御点36はメジャーリーグ全30チームの中で6位の数字だった。

２０１４年にはピッチフレーミングはもはや「隠れた」価値ではなかったが、パイレーツはその価値の倍増を図った。春季キャンプ前にヤンキースとのトレードで、打撃に大きな難のある捕手のクリス・スチュワートをマーティンの控えとして獲得したのだ。２０１３年のスチュワートは、ピッチフレーミングの面ではマーティンよりも優秀だった。ヤンキースでマスクをかぶった１０９試合で、スチュワートはピッチフレーミングにより21・7点分を防いだ価値を生み出していて、これはメジャーリーグ全体で見てもヤディエア・モリーナに次ぐ数字だった。スチュワートのピッチフレーミングは、平均的な捕手と比べてほぼ2勝分の上積みに相当する。スチュワート獲得の意味が大きいのは、捕手がほかの野手よりも多くの休養日を必要とするからだ。スチュワートの獲得により、パイレーツは正捕手の平均出場試合の１２０試合分だけでなく、レギュラーシーズンの全１６２試合で、ピッチフレーミングに優れた捕手を起用することが可能になった。

同時に、自己最低の成績に終わったものの、粗削りながらも才能があり、成長する可能性を秘めた投手を復調させる試みも、パイレーツは引き続き行った。Ａ・Ｊ・バーネットをトレードで獲得した時やフランシスコ・リリアーノと契約した時に批判されたのと同じように、パイレーツはエディンソン・ボルケスと５００万ドルの1年契約で合意した時にも嘲笑《ちょうしょう》の的になった。１５０キロ台の速球と、見えない崖《がけ》から落下しているかのような大きな落差のあるチェンジアップという強力な武器を持っているにもかかわらず、ボルケスは制球難に苦しんでいた。２０１３年はサンディエゴ・パドレスとロサンゼルス・ドジャースで投げ、防御率５・７１は規定投球回数に達したメジャーリーグの全投手の中で最悪の数字。ボルケスが所属していた両チームの本拠地は投手に有利とされている球場なのに、この有様だった。しかし、パイレーツは２０１４年にふたたび魔法を見せてくれた。レイ・シーレッジとジム・ベネディクトによる教え、さらにはマーティンのミットさばきのおかげもあり、ボルケスはストライクを多く投げられるようになり、バックの守備と自分のツーシーム・ファストボールに信頼を置くようになった。防御率が3点近く下がり（３・０４）、13勝をあげたボルケスは、移籍1年目でチームの最多勝に輝いた。移籍1年目の投手がチームの最多勝となるのは、パイレーツでは4年連続のことだった。

さらなる向上のために

予防医学の面におけるパイレーツの投資は、引き続き成果を生み続けており、Grantland.

com の数字によると、２０１４年のパイレーツは選手が故障者リスト入りした日数の合計がメジャーリーグ全チームの中で最も少なかった。また、多くの選手が試合中もゼファーのバイオハーネスを着用し始めたおかげで、データに基づいた医療をこれまで以上に活用できるようになった。バイオハーネスとはユニホームの下に着る圧力シャツで、胸の中央にある硬貨のような形をした電子機器を通じて、心拍数やカロリー消費量などを測定することができる。これにより、選手たちは自分たちの栄養状態をモニターするだけでなく、試合中のプレイとアドレナリンとの相関関係を見ることも可能になった。

分析スタッフの数も増え続け、２０１４年9月には元ブロガーのステュアート・ウォレスがフルタイムの分析官として採用された。ウォレスはフロリダ州ブレーデントンに常駐し、同地を拠点とするマイナーリーグおよび選手育成担当のスタッフと直《じか》に作業を行う。メジャーリーグのスタッフと分析官との日々の共同作業が好結果をもたらしたことで、パイレーツはマイナーリーグおよび選手育成担当のスタッフにも同様の体験をさせようと考えたのだ。

パイレーツを含めた多くのチームがマイナーリーグの球場にも PITCHf/x やトラックマンの技術を導入したことで、分析の及ぶ範囲はマイナーリーグにも拡大しつつある。投球追跡システムの価値をメジャーリーグで確認した各チームは、マイナーリーグにおいてもカーブの軌道から若手捕手のピッチフレーミング技術に至るまで、あらゆる要素を測定したいと考えるようになった。さらには、選手追跡システムのスタットキャストが２０１５年にはメジャーリーグのすべての球場で運用されるため、各チームは新たに押し寄せる大量のデータを読み解くために分析官を増やす必要に迫られるだろう。データの量は今後も加速度的に増えると予想されている。

２０１４年のパイレーツの取り組みにおいて最も重要だったのは、新しい世代と古い世代のスタッフの融合を引き続き進めたことだろう。２０１２年のシーズンにはハードルとの試合前のミーティングにフォックスを加えた。２０１３年にはホームでの戦術会議のすべてにフォックスとフィッツジェラルドを同席させ、ロードでのミーティングには電話会議で参加させた。２０１４年のパイレーツはそれをさらに一歩進め、ロードでの試合のほとんどにフィッツジェラルドを同行させるようになった。２０１３年にフィッツジェラルドが同行した遠征は、半分程度だった。パイレーツは以前から、相談相手としての分析官がクラブハウスに常に１人いるような体制を作りたいと考えていた。分析官をチームの遠征に帯同したメジャーリーグのチームは、パイレーツが初めてだと思われる。

アトランタでの祝勝会が終わりに近づき、シャンパンもほとんど空になった頃、パイレーツの二塁手ニール・ウォーカーは、選手やコーチたちが集まる喜びの輪の中心から離れてクラブハウスの隅に立つマイク・フィッツジェラルドの姿に気づいた。ウォーカーは氷の入った容器からバドワイザーの瓶を1本手に取り、フィッツジェラルドに歩み寄り、ビールを浴びせた。プロとしての野球経験のない数学の天才児フィッツジェラルドと、高校卒業時にドラフトで指名され、マイナーリーグでの数年間を経てメジャーの正二塁手に定着したウォーカーの2人は、笑い声をあげ、喜びを分かち合った。対極的な人生を歩んできた2人が、互いの存在を受け入れたこの姿は、クラブハウス内に相手を敬う空気を作り、重要なデータを受け入れる空気を作り上げたパイレーツというチームの象徴でもあった。

打席での新たなアプローチ

前のシーズンで成功した戦術の補完と強化に努めたため、パイレーツの2013年のシーズンと2014年のシーズンには共通点が多かったが、2年連続でのポストシーズン進出にはある劇的な変化が大きな役割を果たした。

2013年のパイレーツが、データに基づく守備シフトを採用した内野により多くのゴロを打たせることで各投手の成績の向上を図る戦術を取り入れたように、2014年には打撃コーチのジェフ・ブランソンが、全打者に対して打席での新たなアプローチを一律に取り入れさせた。その主眼は速球を打ち返してスタンドまで飛ばそうとするのではなく、グラウンド全体を広く使おうとすること——外角寄りの球を引っ張ろうとするのではなく、流し打ちを心がけるようにすることだった。それによりライナー性の打球が増えるとともに、ツーストライクと追い込まれた後でもバットに当てることを意識できるようになる。２０１３年のパイレーツ打線は速球に的を絞りすぎるあまり、スピードを殺した球にタイミングを狂わされて打ち損ねたり、空振りしたりする場面が目についた。ナショナルリーグ地区シリーズで敗退した理由の一つも、アダム・ウェインライトやマイケル・ワカといったカージナルスの先発投手のカーブやチェンジアップに対して、バットを振り回していたことだった。

しかし、新しいアプローチを採用した２０１４年のパイレーツ打線は、投手の代わりに指名打者が打席に立つアメリカンリーグ所属のチームではないにもかかわらず、メジャーリーグ全30チームの中で出塁率が２０１３年の17位から3位に急上昇した。右投手の時に主に起用される一塁手のアイク・デイヴィスを除くと、外部からの大きな補強はなかったにもかかわらず、パイレーツの得点数は２０１３年の20位から２０１４年には10位になった。ツーストライクと追い込まれた後の出塁率＋長打率（ＯＰＳ）は、２０１３年にはナショナルリーグ全15チーム中11位だったのが、２０１４年にはトップに躍り出た。

組織内での意見交換に関しては、パイレーツはメジャーリーグのどのチームよりも自由に行うことができた。２０１３年のシーズン終了後、レッズに移ったジェイ・ベルの後釜《あとがま》としてジェフ・ブランソンを打撃コーチに就任させた時、ハードルは「安い」人物で手を打ったと批判された。けれども、長年にわたってパイレーツのマイナーリーグで打撃コーチを務めていたブランソンは、パイレーツの多くの選手たちを指導した経験があり、選手からも信頼を集めていた。ツーストライクを取られた後の対応や、グラウンド全体を広く使うというブランソンの指示は、別に珍しいものではない。同じナショナルリーグのスカウトたちやフロントを感心させたのは、性格や技術やエゴや経歴が多岐にわたる野手たちに対して、その体系的なアプローチを受け入れさせたブランソンの手腕だった。２０１４年のパイレーツのリリーフ投手や先発投手は、２０１３年ほどの結果を残すことはできなかったが、向上した打撃力がそのマイナス分を補ってくれた。

しかし、打席でのアプローチがうまくいったのはジェフ・ブランソンのおかげだけではない。チームメイトから尊敬を集めるラッセル・マーティンの影響も大きかった。マーティンはクラブハウスにおける中心的なベテラン選手で、そんなマーティンがホームランを狙わずにバットに当てることを意識するようになれば、若手選手たちもそれを見習うことになる。２０１４年、マーティンはツーストライクと追い込まれた後はバットを短く握り、コンパクトなスイングで空振りを避けることを心がけた。長打を狙うよりも打球をフィールド内に飛ばすことを重視したマーティンは、そのことでチームに新たな価値をもたらした。

さらば、ラッセル・マーティン

２０１４年、マーティンは球団史上最高のフリーエージェント選手としての地位を固めることになる。ピッチフレーミング、強肩、さらには13人の気性の異なる投手陣と心を通わせる不思議な能力だけでなく、バットでも価値を生み出し続けた。パイレーツの分析官たちすらも、このことは予想していなかった。２０１４年のシーズンのマーティンの出塁率は４割２厘で、規定打席に達した打者ではメジャーリーグ全体で４位の数字だった。ＷＡＲでも自己最高の５・３を記録し、これはメジャー全体で21位に当たる。１つ付け加えておくと、ＷＡＲは累積的な統計数値であり、マーティンよりも上位の20選手は、その全員が彼よりも少なくとも29試合以上多く出場していたのだ。パイレーツに在籍した２年間のマーティンのＷＡＲは９・４で、これはフリーエージェント市場の金額に換算すると約５０００万ドルに相当する。だが、パイレーツがその２年間でマーティンに支払った年俸は１７００万ドルにすぎない。打撃が上向いたことで、ピッツバーグ市民はマーティンの価値を認識することになったが、投手に声をかけるためにマウンドに赴いたり、配球を工夫したり、クラブハウスでの規律を保ったりといった、数字では測定できない価値をチームにもたらしたことも学んだ。ピッツバーグのファンは野球にかけるマーティンの情熱や競争心の高さも愛するようになった。マーティンのおかげで野球を楽しめるようになった。

ラッセル・マーティンへのファンの評価の高さは、２０１４年のサンフランシスコ・ジャイアンツとのワイルドカードゲームの9回裏に、目と耳で確認することができた。再び「ブラックアウト」の観客で埋め尽くされたＰＮＣパークだったが、ジャイアンツのエースのマディソン・バムガーナーの前にパイレーツ打線は沈黙し、ファンが歓声をあげる機会もほとんど訪れなかった。２０１４年のポストシーズン、リーグ優勝決定シリーズとワールドシリーズのバムガーナーの歴史的な快進撃は、この日のピッツバーグから始まったのだった。ジャイアンツが8対0と大量リードで迎えた9回裏、完封勝利を目前にしたバムガーナーがマウンド上に立ちはだかる中、次打者のラッセル・マーティンの名前がアナウンスされた。ここまで球場の雰囲気は1年前とは対照的だったが、9回裏にマーティンがバッターボックスに向かうと、静まり返っていたスタンドが一変した。マーティンがパイレーツの選手として打席に立つのは、これが最後になるかもしれなかった。シーズン終了後にフリーエージェントとなるマーティンは、この2年間で大きく価値を上積みしている。胸に「ＰＩＲＡＴＥＳ」の文字が刺繍《ししゅう》されたユニホーム姿のマーティンは見納めになるかもしれないことを、球場中のファンが覚悟していた。1年前のレッズ戦での「クウェーーイトーー」と同じように、スタンドのどこからともなく声が起こり、1つにまとまり、「リサイン・ラス……リサイン・ラス（ラスと再契約しろ）」の大合唱となってまるで山火事のように瞬く間に広がり、球場全体を包み込んだ。かつてマーティンとの契約を疑問視していたファンたちは、彼がチームにもたらした価値を理解し、2年連続してプレイオフに進出したパイレーツにとって不可欠な選手だったことを理解したのだ。

試合後、記者に囲まれたマーティンは、うっすらと涙を浮かべながら、あれはこれまでの野球人生で「最高にクールな」瞬間だったと語っている。それまでのマーティンは、ピッツバーグでのようにファンから受け入れられたことがなかった。ニューヨークとロサンゼルスでは、大勢のスター選手の陰に隠れた存在だった。けれども、ピッツバーグでは、2013年のナショナルリーグのMVPに輝いたアンドリュー・マカッチェンと同じように愛された。マーティンへの大合唱は、パイレーツによるビッグデータ戦術の正しさが認められた瞬間だったのかもしれない。だが、そのようなファンの強い思いも、マーティンをピッツバーグに引き留めることはできなかった。2014年のシーズン終了後、フリーエージェントとなったマーティンは、トロント・ブルージェイズと総額8200万ドルの5年契約を結ぶ。この契約金額こそが、パイレーツでのマーティンの魔法に野球界全体が気づいた証拠で、守備が過小評価される時代の終わりを告げるものだと言えるだろう。

新たな価値を求めて

マーティンをピッツバーグへと連れてくるに際しては、フィッツジェラルドが大きな役割を果たした。彼の発見した数学的な要素が、パイレーツをマーティンの持つ隠れた価値に導いた。けれども、マーティンがいかにしてすべての投手をうまく生かし、いかにして常に能力を発揮してきたかは、目に見えない要素のままだ。野球に対する情熱や練習熱心な態度、さらにはクラブハウス内でかける音楽を決める方法にも価値がある。彼のおかげでチームの和が生まれた。こうした特徴を測定する方法はまだ存在しないが、分析の未来はソフトサイエンスに向かうだろうという意見もある。心理学や人との相性を数値化することにより、多くのものを得られるかもしれない。加速度的に増大を続ける大量のデータの中に、ソフトサイエンスならではの意味が隠されている可能性もある。けれども、野球のデータ測定に関して我々がいかに上達しようとも、必ず謎が残るはずだ。同時に、フォックスやフィッツジェラルドのように、その不思議な要素を解明しようとする人間も、必ず存在することだろう。

ワイルドカードゲームでの敗戦後、パイレーツのクラブハウス内は冷めていた。長かったシーズンは、この日をもって突然の終わりを迎えた。選手たちは「元気でな」の言葉を交わし、ハグを交わし、握手を交わしながら、自分のロッカーを片付け、国内の各地に散らばる自宅に向かって球場を後にしていく。パイレーツは2年続けて、年俸総額ではメジャーリーグの中で下から数えた方が圧倒的に早いにもかかわらず、限られた上位3分の1の中の1チームとしてシーズンを終えた。けれども、シーズンの終わりには後味の苦さと冷めた雰囲気が伴う。そのような思いをせずにすむのは、ワールドシリーズを制覇したただ1チーム――2014年の場合は、サンフランシスコ・ジャイアンツだけだった。

徐々にクラブハウスに残る人の数が少なくなる中、ビデオルームからフィッツジェラルドが姿を見せた。急いでいる様子だったが、彼は記者の前で足を止め、終わったばかりのシーズンを振り返った。フィッツジェラルドから落胆した様子はうかがえない。むしろ、すぐにでも新たなスタートを切りたがっているように見えた。フィッツジェラルドはパイレーツがもっとよくなるという手ごたえを感じていた。パイレーツにはチームの核となる若い選手がいるため、2015年、2016年、さらにその先も、もっといいチームになる可能性を秘めている。ただし、それはフィッツジェラルドとフォックスが、過小評価されたフリーエージェントや戦術を見出し、補強し続けることができればの話だ。短い話を終えると、フィッツジェラルドは歩き続け、その姿は通路の角を曲がって見えなくなった。彼は次の大きな何かを、新たな隠れた価値基準を探し求めているのだろう。ビッグデータ時代の野球には、シーズンオフなどない。次の大きな何かを探し求める旅にも、決して終わりはない。

謝辞

私は運よく――タイミングもよく――２０１３年に『ピッツバーグ・トリビューン・レビュー』紙に採用され、パイレーツ担当となった。担当記者としての1年目は、多くのピッツバーグ市民と同じように、シーズン前半戦のパイレーツの予想外の好成績を理解できずにいた。パイレーツは大金をはたいて何人ものスター選手を獲得したわけではない。マイナーリーグのチームが突如として有望な若手を輩出するようになったわけでもない。取材を続けながらパイレーツを追ううちに、私はチーム内の雰囲気に驚かされた。データに基づく新たな考え方を、進んで受け入れようとしている姿勢に驚かされた。私はそれまでジャーナリストとして、主に大学スポーツを取材してきていたが、野球におけるセイバーメトリクスの考え方には以前から興味を抱いていた。ピッツバーグではそれまでに見てきたどこよりも、データに基づいた理論がグラウンド内に取り入れられていたのだ。私は以前から、時代の流れ、新たな技術、伝統的な考え方への挑戦について書くことを好んでいた。時代の流れ、新たな技術、伝統的な考え方への挑戦というその3つの要素が、２０１３年に「スリー・リバー・シティ」の愛称を持つピッツバーグで合流した。

パイレーツの驚くべき成功の一因が守備シフトと関係あるのではないかということには、薄々感づいていた。シーズンが始まった当初から、チームが大胆な守備戦術を採用していることは、記者席からもテレビの画面からも明らかだったからだ。守備シフトに関して深く掘り下げ、それを投球の戦術と組み合わせればいかに機能するかを理解したことが、2013年9月に『ピッツバーグ・トリビューン・レビュー』紙に掲載された記事「シフティング・ギアーズ」の執筆へとつながることになる。その記事には大きな反響があった。やがて私は、パイレーツの話の重要さと幅広さを考えると、1本の新聞記事や数回の連載記事では収まり切らないのではないかと考え始めた。

本書に関わった多くの人たちには心からの感謝を捧《ささ》げなければならない。まずは『ピッツバーグ・トリビューン・レビュー』紙での私の編集長のデューク・マース。デュークは私を採用してくれただけでなく、2013年11月に本書の企画を持ちかけた時、自由に題材を追う許可を与えてくれた。

また、カーテンの向こう側を快く見せてくれたパイレーツ球団の協力なくして、本書は実現しなかっただろう。

『ビッグデータベースボール』は1人の主人公の話ではないし、1人の並外れた天才の話でもない。これはある組織全体の話だ。共同作業が生み出す力の話だ。本書のためのインタビユーに快く応じてくれた球団のすべての人たちに――フロントのスタッフ、コーチ、選手、スカウトに感謝している。球団内の何十人もの人と話をさせてもらい、その中には本書で名前のあがっている人もいれば、そうでない人もいる。けれども、全員が本書の中で何らかの役割を担っている。特にパイレーツのゼネラルマネージャーのニール・ハンティントン、監督のクリント・ハードル、データ分析官のダン・フォックスとマイク・フィッツジェラルドに対しては、成功に導いた戦術や練習に関して嫌な顔一つせず話してくれたことを感謝したい。彼らは扉を閉ざすこともできたのに、進歩とチームワークにとって重要な話だと私が考える内容に、辛抱強く耳を傾けてくれた。

『ビッグデータベースボール』の内容はパイレーツに限定されていない。ジョン・デュワンをはじめ、何百人もの野球マニアたちの、知識に対する渇望の話でもある。彼らの情熱が、技術力やコンピューターの処理能力の向上と相まって、野球のビッグデータ時代の到来を導いた。私はほぼ1年間、デュワンと彼が設立したベースボール・インフォ・ソリューションズ（BIS）の社長ベン・ジェドロヴェクに付きまとい、データを要求していたが、2人は進んで協力してくれた。ライアン・ザンダーをはじめとする、野球界初となる真のビッグデータ用のツール PITCHf/x を開発したスポーツビジョンの人たちも、この企画に対して信じられないほど協力してくれた。野球好きのブロガーやマニアたちも、驚くべき情報源となってくれた。今、私たちは野球関係の著述の黄金時代にいるのではないかと思う。その大きな要因が、データに基づいた執筆だ。インターネット上の様々な場所で、信じられないような調査が行われている。本書の執筆に際しては、そうした有能で聡明《そうめい》な分析官たちの調査を何度も参考にさせてもらった。そのような人たちは、かつては野球のグラウンドとは縁がなかったものの、今では多くのメジャーリーグの球団のフロントにおいて不可欠な存在となっている。中でも、データベース・ジャーナリストのショーン・レーマンは、私の多くの質問に答え、この企画を支援してくれた。

本の着想を得ることよりも、提案から実現へと導くことの方がはるかに大変な作業だ。どんな着想も、それにふさわしい有能な人の手を経なければ世の中に出ることはない。

作家仲間で『グラントランド』の野球ライターのジョナ・ケリには、感謝してもしきれない。ジョナはこの本の企画書をふさわしい人の手に渡す助けとなってくれた。初めて本を出そうとする人間にとって、出版に至るまでの中で最も難しい過程の一つが、企画書あるいは原稿を出版社に見てもらうことだ。ジョナは私の企画書を、彼の代理人を務めるスーザン・ラビナー著作権エージェンシーに送ってくれた。ラビナーで私の企画書はエリック・ネルソンの手に渡った。エリックは私が何者なのかをまったく知らなかったが、アイデアを気に入り、企画書を売り込んでくれた。

エリックは私をフラットアイアン・ブックスとボブ・ミラーに紹介した。ボブが新人作家とその着想を信じてくれなかったら、『ビッグデータベースボール』が本になることはなかっただろう。ボブは本のタイトルも決めてくれたのだ！　一緒に作業をしたフラットアイアン・ブックスの編集者ジャスミン・ファウスティノはとても辛抱強く、この本をよりよい作品にするうえで力になってくれた。ジャスミンの足跡は本書のいたるところに残っている。

ほかにも感謝をしなければならない人は大勢いて、その全員を紹介することはできないが、まずは母と父の名前をあげたいと思う。私は父から野球と統計への情熱を、母から芸術への愛を学んだ。本書はそうした関心の融合だ。両親は早い段階で――しかも無償で――校正者として目を通してくれたし、常に私の話に耳を傾け、支援してくれた。また、私の素晴らしい妻レベッカよりも多くを犠牲にした人はいないだろう。本の執筆に集中していると、1人きりの時間が必要になるし、頭がおかしくなりそうな時もある。1年以上にわたり、記者としての毎日の仕事に加えて、本書の準備と執筆にかかりきりになったが、その間レベッカが全面的に私を支えてくれたことへの感謝は一生忘れないだろう。妻は初期の原稿に真っ先に目を通し、的確に論評してくれた。いつも私の考えを聞いてくれた。そのような人生のパートナーを見つけることができた自分を、とても幸運な人間だと強く思う。

参考文献

本書『ビッグデータ・ベースボール』の大部分は、私自身が書いた記事やインタビュー、および私自身の目で見たことに基づいているが、『ピッツバーグ・トリビューン・レビュー』紙での仕事を通じて影響を受けたところも大きい。本書の執筆に際して大きな意味を持つ記事を以下にあげておく。また、内容や重要な事実を引用したり、インスピレーションを受けたりしたそのほかの記事や出版物も含まれている。

Arangure, Jr., Jorge. "Former 'phenom' Hurdle finds true calling as manager." *ESPN The Magazine*, October 23, 2007.

Bell, Robert; Koren, Yehuda; Volinksy Chris. "Statistics can find you a movie." *ATT.com* http://www.research.att.com/articles/featured_stories/2010_01/2010_02_netflix_article.html?fbid=vA7w673gpqL.

Bowman, Bob, and Joe Inzerillo. "MLBAM: Putting the 'D' in Data." SloanSportsConference.com, March 1, 2014. http://www.sloansportsconference.com/?p=13950.

Burjos Jr., Adrian. *Cuban Star.* New York: Hill and Wang, 2011.

Calcaterra, Craig. "Dan Turkenkopf got a job with a major league team. This tells us something." *HardballTalk*, NBCSports.com, June 16, 2013. http://hardballtalk.nbcsports.com/2013/01/16/danturkenkopf-got-a-job-with-a-major-league-team-this-tells-us-something/.

Cook, Ron. "Cook: Pirates manager's goal is to make a difference every day." *Pittsburgh Post-Gazette*, September 25, 2013.

Daugherty, Paul. "How Pirates' Morton fine-tuned his motion and saved his career." *Sports Illustrated*, June 5, 2011. http://www.si.com/more-sports/2011/06/15/charlie-mortonpirates.

Dewan, John. "To shift or not to shift." *Bill James Online*, March 30, 2012. http://www.billjamesonline.com/to_shift_or_not_to_shift/.

Fast, Mike. "Spinning Yarn: Removing the Mask — Encore Presentation." *Baseball Prospectus,* September 24, 2011. http://www.baseballprospectus.com/article.php?articleid=15093.

Fox, Dan. "Schrödinger's Bat: Simple Fielding Runs Version 1.0." *Baseball Prospectus,* January 24, 2008. http://www.baseballprospectus.com/article.php?articleid=7072.

Friend, Tom. "Love Clint." ESPN.com, September 30, 2013. http://espn.go.com/mlb/playoffs/2013/story/_/id/9726637/pirates-manager-clint-hurdle-inspiring-others-daily.

Isaacson, Walter. *The Innovators.* New York: Simon & Schuster, 2014.

Keith, Larry. "The Eternal Hopefuls of Spring." *Sports Illustrated,* March 20, 1978.

Keri, Jonah. *The Extra 2%.* New York: Random House, 2011.

Knight, Molly. "The Hurt Talker." *ESPN The Magazine,* August 13, 2012.

Kovacevic, Dejan. "Full text of Kyle Stark email." *Pittsburgh Tribune-Review,* September 20, 2012. http://blog.triblive.com/dejan-kovacevic/2012/09/20/full-text-of-kyle-stark-email/.

——. "Kovacevic: Pirates aim to be … Hells Angels?" *Pittsburgh Tribune-Review,* September 12, 2012.

——. "Kovacevic: Pirates' 2013 tale ends 'NOW.' "

——. "Russell Martin vs. Matt Morris, cage match." *Pittsburgh Tribune-Review,* November 29, 2012. http://blog.triblive.com/dejan-kovacevic/.

——. "Mistakes … I've made a few" *Pittsburgh Tribune-Review,* June 24, 2013.

Lahman, Sean. "Baseball in the Age of Big Data." *SeanLahman,* August 4, 2013. http://www.seanlahman.com/2013/08/baseball-in-the-age-of-big-data/.

Laurila, David. "Prospectus A & A: John Dewan." *Baseball Prospectus,* March 13, 2009. http://www.baseballprospectus.com/article.php?articleid=8616.

Mangels, John, and Susan Vinella. "Nothing Personal." *Cleveland Plain-Dealer,* September 22, 2013.

McCracken, Voros. "How Much Control Do Hurlers Have?" *Baseball Prospectus,* January 23, 2001. http://www.baseballprospectus.com/article.php?articleid=878.

Oliver, Jeff. "Ex-Pirates Owner Lustig: Nutting 'Too Rational.' " *Pittsburgh Tribune-Review,* April 2, 2013.

Renck, Troy. "Hurdle on hot seat in '07 season. " *Denver Post,* January 19, 2007.

Sawchik, Travis. "Despite illness, Liriano's mastery continues in victory over Reds." *Pittsburgh Tribune-Review,* October 2, 2013.

——. "Meet the man who built the Pirates' analytics department." *Pittsburgh Tribune-Review,* September 21, 2013.

——. "Pirates' catcher Martin offers hidden value." *Pittsburgh Tribune-Review,* June 10, 2013.

——. "Pirates' Gayo finds hidden gems." *Baseball America*, November 18, 2013.

——. "Pirates pitching coach Searage builds trust, foundation with pitchers." *Pittsburgh Tribune-Review*, March 13, 2014.

——. "Shifting Gears." *Pittsburgh Tribune-Review*, September 15, 2013.

Spirito, Lou. "Baseball's many physical dimensions." *Los Angeles Times*, March 31, 2013. http://www.snd.org/wp-content/uploads/2013/08/LAT_03312013-page-001.jpg.

Surowiecki, James. *The Wisdom of Crowds*. New York: Anchor, 2005.

Turkenkopf, Dan. "Framing the Debate." *Beyond the Box Score*, April 5, 2008. http://www.beyondtheboxscore.com/2008/4/5/389840/framing-the-debate.

Waldstein, David. "One Hard Way to Play Ball." *New York Times*, June 16, 2012.

そのほかに、Baseball-Reference.com、FanGraphs.com、MLB.com、BrooksBaseball.net、Grantland.com、SABRバイオ・プロジェクト、Forbes.com、CBSSports.com、TheSportingNews.com、PiratesProspects.com、Bloomberg.com、Deadspin.com、『ウォール・ストリート・ジャーナル』紙、ジョン・ローゲルのトミー・ジョン・データベース、『ROOTスポーツ』、BillJamesOnline.com、そしてもちろん、ビル・ジェームズの『ベースボール・アブストラクト』などが、データや記事の貴重な情報源となった。『ベースボール・アブストラクト』はビッグデータ革命の発祥の地で、ジェームズがよりよいデータを、そしてより大量のデータを集めようと呼びかけたのには、野球というこの美しくも謎めいたスポーツを私たちがより深く理解できるようにとの思いが込められていた。

その後のピッツバーグ・パイレーツ

２０１５年のシーズンは98勝64敗の成績で３シーズン連続の勝ち越し。エースのゲリット・コール、クローザーのマーク・メランソン、シーズン後半に加入したＪ・Ａ・ハップなどが投手陣を支え、主軸のアンドリュー・マカッチェンとスターリング・マルテ、韓国球界から入団した姜正浩《カン・ジョンホ》、ライトのレギュラーに定着したグレゴリー・ポランコ（レネ・ガヨがドミニカ共和国から発掘した選手）などが打線を牽引《けんいん》した。１００勝62敗のセントルイス・カージナルスに次いで３年連続のナショナルリーグ中地区２位になり、これも３年連続となった本拠地でのワイルドカードゲームではシカゴ・カブスを迎えた。ゲリット・コール対ジェイク・アリエータのエース同士の投げ合いとなったが、アリエータの前にパイレーツ打線は沈黙。０対４でワイルドカードゲーム２年連続の完封負けを喫し、ワールドシリーズ進出を果たすことはできなかった。２０１６年はゲリット・コールの負傷やフランシスコ・リリアーノの不振もあって78勝83敗、２０１７年はスターリング・マルテが薬物規定違反で80試合の出場停止処分を受けて戦力がダウンするなどで75勝87敗と２年連続で負け越し、それぞれ地区３位、地区４位に終わる。２０１８年には７月末のトレード期限直前にタンパベイ・レイズから右腕のクリス・アーチャーを獲得するなど、プレイオフ進出に意欲を見せ、82勝79敗と3年振りに勝ち越したものの、地区4位に終わった。

〈フロント〉

ニール・ハンティントン（GM）：2014年と2017年にそれぞれ延長契約を結び、2019年は2018年から2021年までの4年契約の途中。

ダン・フォックス（分析官）：引き続きパイレーツの分析チームを率い、「野球インフォマティクスのシニアディレクター」の地位にある。

マイク・フィッツジェラルド（分析官）：2016年のシーズン終了後、アリゾナ・ダイヤモンドバックスに引き抜かれ、研究・開発部門の部長として分析チームを率いている。

レネ・ガヨ（スカウト）：2017年11月、メキシカンリーグのチームから賄賂を受け取った疑惑でパイレーツを解雇される。

ジム・ベネディクト（GM特別補佐）：2015年のシーズン終了後、パイレーツを退団し、マイアミ・マーリンズの投手育成担当の球団副社長に就任。2017年にその職を解かれ、シカゴ・カブスのGM特別補佐となる。

〈監督・コーチ〉

クリント・ハードル（監督）：2014年と2017年、ハンティントンと同じ日にそれぞれ延長契約を結び、2019年は2018年から2021年までの4年契約の途中。

レイ・シーレッジ（投手コーチ）：引き続きパイレーツの投手コーチとして指導に当たっている。

ニック・レイバ（守備コーチ）：2016年のシーズン終了後にコーチを離れ、パイレーツの野球運営部門のシニアアドバイザーを務めている。

ジェフ・ブランソン（打撃コーチ）：2018年のシーズン終了後、打撃コーチを解任される。

ジェフ・バニスター（ベンチコーチ）：2014年のシーズン終了後、テキサス・レンジャーズの監督に就任し、翌2015年にチームをアメリカンリーグ西地区の優勝に導く。2018年のシーズン中に監督を解任された後、野球運営部門の特別補佐としてパイレーツに復帰。

〈投手〉

ジェイソン・グリリー（抑え）：2014年はロサンゼルス・エンゼルスに移籍、2015年はアトランタ・ブレーブスに在籍。ブレーブスでは前半戦で24セーブをあげるも、7月11日の試合でアキレス腱を断裂し、残りのシーズンを棒に振る。2016年のシーズン途中でトロント・ブルージェイズに移籍し、セットアッパーとしてチームのポストシーズン進出に貢献。2017年のシーズンを最後に引退した。

ゲリット・コール（先発）：2014年は負傷による離脱があったものの11勝、2015年はシーズンを通して活躍してリーグ2位の19勝と、名実ともにパイレーツのエースに成長する。2016年と2017年のシーズンは負傷もあって振るわなかったが、ヒューストン・アストロズに移籍した2018年には15勝をあげた。

A・J・バーネット（先発）：2014年はフィラデルフィア・フィリーズで8勝18敗。2015年はパイレーツに復帰し、開幕前にシーズン終了後の現役引退の意向を表明。自身初のオールスターゲーム出場を果たす。

ジャレッド・ヒューズ（中継ぎ）：2014年から2016年までの3年間で206試合に登板し、右の中継ぎとして投手陣を支える。その後も2017年はミルウォーキー・ブルワーズ、2018年からはシンシナティ・レッズで活躍を続けている。

マーク・メランソン（中継ぎ）：グリリーの後を継いでパイレーツのクローザーに昇格。2014年は33セーブ、2015年は両リーグを通じてトップの51セーブを記録。2016年のシーズン途中でワシントン・ナショナルズに移籍。そのシーズンオフにサンフランシスコ・ジャイアンツと総額6200万ドルの4年契約を結んだが、負傷続きで思うような成績を残せていない。

チャーリー・モートン（先発）：2014年は6勝12敗、2015年は9勝9敗とともに振るわず、2015年のシーズン終了後、フィラデルフィア・フィリーズにトレードされる。2016年は故障のため4試合の登板にとどまったが、2017年と2018年にはヒューストン・アストロズで14勝、15勝と活躍。2017年のアストロズのワールドシリーズ制覇では胴上げ投手となった。2019年はタンパベイ・レイズに在籍。

フランシスコ・リリアーノ（先発）：2014年は7勝に終わったものの、2015年は12勝7敗と復活、奪三振も205を数えた。2016年のシーズン途中でトロント・ブルージェイズにトレードされ、チームのポストシーズン進出に貢献。その後はヒューストン・アストロズ、デトロイト・タイガースを経て、2019年はパイレーツに復帰。左の中継ぎとして起用されている。

ジェフ・ロック（先発）：2014年は7勝、2015年は8勝、2016年は9勝と期待にこたえられず、フリーエージェントでマイアミ・マーリンズに移籍。2017年は開幕から5連敗でマイナー落ち、その後は負傷もあって登板していない。

ワンディ・ロドリゲス（先発）：2014年は負傷から復帰したが、6試合に先発して0勝2敗と結果を残せず自由契約に。2015年はテキサス・レンジャーズで6勝をあげたが、シーズン終了前に自由契約となる。その後はドミニカ共和国のウィンターリーグで投げるものの、メジャーでの登板はない。

〈野手〉

ペドロ・アルバレス（三塁手）：三塁の守備への不安から一塁手に転向。2015年はチームトップの27本塁打を放つ。年俸の高騰が予想されることからパイレーツから契約の申し出がなく、シーズン終了後フリーエージェントになる。2016年からボルティモア・オリオールズでプレイするが、出場機会は減っている。

ニール・ウォーカー（二塁手）：2014年と2015年のシーズンは2割7分前後の打率を残し、堅実な守備でファンにも人気があったが、2015年のシーズン終了後、ニューヨーク・メッツにトレードされる。その後はミルウォーキー・ブルワーズ、ニューヨーク・ヤンキースを経て、2019年はマイアミ・マーリンズに在籍。

クリント・バームズ（ショート）：ジョーディー・マーサーの台頭で出場機会が減り、2014年は内野の控えに回る。2015年はサンディエゴ・パドレスでプレイ。2016年に現役引退を表明。

ジョーディー・マーサー（ショート）：2014年からクリント・バームズに代わってショートのレギュラーになるが、2015年は打撃不振、姜正浩の加入、負傷などのため出場機会が減る。2016年にはレギュラーの座を取り戻し、2018年のシーズン終了後、フリーエージェントの資格を得てデトロイト・タイガースに移籍する。

ラッセル・マーティン（捕手）：2014年のシーズン終了後、トロント・ブルージェイズと総額8200万ドルの5年契約を結ぶ。2015年は自己最多の23本塁打を放ったほか、盗塁阻止率で44パーセントとリーグトップの数字を記録し、ブルージェイズの22年振りのポストシーズン進出に貢献。その後は負傷もあって思うような成績を残せず、2018年のシーズン終了後にロサンゼルス・ドジャースにトレードされた。

アンドリュー・マカッチェン（センター）：２０１４年と２０１５年も攻守に安定した成績を残し、それぞれナショナルリーグのＭＶＰの投票で３位と５位に入る。２０１７年のシーズン終了後、サンフランシスコ・ジャイアンツにトレードされ、２０１８年のシーズン中にニューヨーク・ヤンキースに移籍。シーズン終了後にフリーエージェントとなり、フィラデルフィア・フィリーズと総額５０００万ドルの３年契約に合意。

スターリング・マルテ（レフト）：２０１３年から４年連続して打率２割８分以上、30盗塁以上を記録し、走攻守揃った選手に成長。２０１７年に薬物規定違反で80試合の出場停止処分を受けるが、２０１８年には自己最多の20本塁打を放つ。

ジャスティン・モルノー（一塁手）：２０１３年のシーズン終了後、コロラド・ロッキーズと契約。２０１４年は打率３割１分９厘でナショナルリーグの首位打者に輝いたものの、２０１５年は負傷などによる欠場でわずか49試合の出場にとどまる。２０１６年はシカゴ・ホワイトソックスでプレイ。２０１８年に現役引退を表明、現在はミネソタ・ツインズの野球運営部門の特別補佐。

〈その他のチームの選手〉

ジョーイ・ヴォット（一塁手）：２０１４年は負傷のため１００試合に欠場したものの、２０１５年は復活し、シンシナティ・レッズの主砲として打率３割１分４厘、29本塁打を記録。その後も安定した成績を残し、

2016年から2018年まで3年連続で出塁率はナショナルリーグでトップの数字。

ジョニー・クウェイト（投手）：2015年のシーズン途中にカンザスシティ・ロイヤルズにトレードされ、ロイヤルズ30年振りのワールドシリーズ制覇に貢献。シーズン後、サンフランシスコ・ジャイアンツと総額1億3000万ドルの6年契約を結ぶ。2016年には18勝をあげるものの、2017年は8勝にとどまり、2018年8月にトミー・ジョン手術を受けた。

スティーブン・ストラスバーグ（投手）：2013年は8勝9敗と不本意な成績に終わる。2014年は14勝11敗でナショナルリーグの奪三振王に輝くも、2015年は首と背中の負傷で2か月以上の欠場を余儀なくされた。2016年のシーズン中に総額1億7500万ドルの7年契約を結ぶ。2014年から5年連続2桁勝利を記録している一方、故障がちでシーズンを通した活躍ができずにいる。

秋信守（外野手）：2013年のシーズン終了後、フリーエージェントとなり、テキサス・レンジャーズと総額1億3000万ドルの7年契約を結ぶ。好不調の波が大きく、走力の衰えや守備に難点があることから、高額の年俸への批判の声もある。

ジェイ・ブルース（外野手）：三振が多く打率も低いが、長打力が魅力で、2014年から2017年までの4年間で113本のホームランを記録。2016年のシーズン途中でニューヨーク・メッツにトレードされた後、クリーブランド・インディアンスへの移籍、メッツへの復帰を経て、2019年はシアトル・マリナーズでプレイ。

トッド・フレイジャー（三塁手）：２０１４年は29本塁打、２０１５年は35本塁打と長打力をつけ、２年連続してオールスターゲームに出場。２０１５年のシーズン終了後、シカゴ・ホワイトソックスにトレードされる。２０１６年には40本塁打を記録。その後はニューヨーク・ヤンキース、ニューヨーク・メッツでプレイするものの、メッツでは怪我もあって思うような活躍ができずにいる。

ジェイソン・ヘイワード（外野手）：２０１５年のシーズン終了後、フリーエージェントとなり、シカゴ・カブスと総額１億８４００万ドルの８年契約を結ぶ。この高額契約には、スタットキャストの数値への評価の高さがあると言われている。ただし、その後は打撃不振や怪我による欠場もあって、金額に対する疑問の声も出ている。

（所属、肩書きは２０１９年６月１日現在）

作成・桑田健

新書版訳者あとがき

『ビッグデータ・ベースボール：20シーズン連続負け越し球団ピッツバーグ・パイレーツを甦らせた数学の魔法』が刊行されたのは、２０１６年3月のことだった。『ピッツバーグ・トリビューン・レビュー』紙のトラヴィス・ソーチック記者による原書が発売されたのが2０１5年5月、記されているのは主に２０１3年の野球シーズンについてなので、内容はさらに前のことになる。このたび、『ビッグデータベースボール』として装いも新たに新書版で刊行されるに当たって読み返してみたが、選手の所属やチームの顔ぶれなどは6年間で大きく変わってしまった。２０１3年というと、昨シーズン「二刀流」としてメジャーリーグにデビューした大谷《おおたに》翔平《しょうへい》が、花巻東高校を卒業して北海道日本ハムファイターズに入団して1年目、まだ十代だった時だ。著者のソーチックも『ピッツバーグ・トリビューン・レビュー』紙を離れ、現在は「データジャーナリズム」のサイト FiveThirtyEight のスポーツライターになっている。

　そういったこの数年間の変化については後で触れるとして、まずは2つのキーワードと本書の内容について説明するとしよう。単行本の時の訳者あとがきと重なる部分がかなりあるが、今回初めて本書を手に取ったという読者も多いと思うので、改めて記しておきたい。「ピッツバーグ・パイレーツ」はナショナルリーグ中地区に所属するメジャーリーグのチームである。創設は1882年にさかのぼり、1903年に実施された第1回のワールドシリーズに出場した（この時はボストン・アメリカンズ（現在のボストン・レッドソックス）に敗れている）。1970年代には6回の地区優勝、うち2回はワールドシリーズを制覇し、1990年から1992年にかけても3年連続地区優勝を果たすなど、強豪チームとして知られていた。日本人のメジャーリーガーは、これまで桑田真澄《くわたますみ》（2007年）、岩村明憲《いわむらあきのり》（2010年）、高橋尚成《たかはしひさのり》（2012年）の3人が所属している。

だが、そんなパイレーツの日本における知名度は、決して高いとは言えなかった。その理由の一つは、1993年からの「20シーズン連続負け越し」だろう。1992年、ワールドシリーズ出場のかかったナショナルリーグの優勝決定シリーズでアトランタ・ブレーブスと対戦したパイレーツは、3勝3敗で迎えた第7戦、2対0とリードした9回裏に3点を奪われてサヨナラ負けを喫した。その翌年の1993年から2012年までの20年間、パイレーツは優勝争いではなく最下位争いの常連となる。野茂英雄《のもひでお》がロサンゼルス・ドジャースに入団し、新人王に輝いたのが1995年だから、パイレーツは日本でメジャーリーグ人気が高まって以降、ずっと低迷が続いていたことになる。そんなチームを応援しようという物好きなファンが大勢いるとは思えない。

20シーズン連続負け越しというのは、メジャーリーグだけでなく、NBA、NFL、NHLを含めた北米の四大プロスポーツ史上最長の記録に当たる。その不名誉な記録をストップするためにパイレーツが目を向けたのが、もう1つのキーワード「ビッグデータ」である。「ビッグデータ」とは、単に「大量のデータ」のことではない。既存のツールやプログラムでは処理できないような巨大かつ複雑なデータを意味する。したがって、ビッグデータを分析してそこから何かを導き出すためには、新たに専用のシステムを構築しなければならない。現在、ヒトゲノム計画や気象観測などの科学分野、軍事関係、身近なところではインターネットの検索や企業の顧客管理、SNSなど、様々な方面でビッグデータの収集・処理・管理・分析・活用が進められている。では、ピッツバーグ・パイレーツの連続負け越し記録更新の阻止とビッグデータの間には、どのような関係があるのだろうか？　野球の世界のビッグデータとは、具体的に何を指すのだろうか？

野球は「データのスポーツ」と言われる。テレビ中継の画面には、両チームの得点や、アウト、ボール、ストライクのカウントが常に表示され、選手ごとにその試合のそれまでの打席結果や投球内容、シーズンの通算成績が紹介される。試合のあった翌朝の新聞には、各試合の結果が掲載され、ボックススコアを見れば出場した各選手の結果が一目でわかる。インターネットでは試合経過がリアルタイムで1球ごとに更新され、投球がボールかストライクかだけでなく、視覚化されたシステムによってどのコースのストライクなのか、どのくらい外れたボールなのか、さらには球速や変化球の落差の数字までも表示される。打球に関してはヒットかアウトか、ゴロかフライか、どのコースに飛んだ打球かはもちろん、打球の飛距離、角度、速度までも測定される。

しかも、野球のデータ量は増え続ける一方だ。メジャーリーグでは30チームが1シーズンでそれぞれ162試合を戦う。その分が1球ごとに、1打席ごとに、蓄積されていく。また、本書で紹介したPICTHf/xやスタットキャストなど、新しいシステムが各球場に導入されたことにより、以前は測定できなかった、すなわち数値として存在していなかった大量のデータが流れ込むようになった。そうした今までなかったデータをどのように処理して、どのように分析するのか？　ほかのチームが目をつけていないデータはないか？　ほかのチームより優位に立つためには、どのデータを活用すればいいのか？

市場規模の小さいピッツバーグ・パイレーツは、選手獲得のための資金が限られている。ニューヨーク・ヤンキースやボストン・レッドソックスといった裕福な球団と、年俸額で対等に争えないため、フリーエージェントで大物選手を獲得することが難しい。圧倒的に不利な状況下で、資金の潤沢な球団が気づいていない、隠れた価値を持つ選手を、どのように見《み》出《いだ》せばいいのだろうか？　パイレーツはビッグデータの分析に基づいて、それまで過小評価されていた守備力に注目し、守備シフト、ピッチフレーミング、ゴロを打たせるためのツーシーム・ファストボールの多投という「3本の矢」を戦術として採用し、連続負け越し記録更新の阻止に乗り出した。戦術の具体的な内容とその効果についてはここでは繰り返さないが、ビッグデータの活用により、10年前や20年前には数値として存在していなかったデータが生まれ、そこから野球の新たな戦い方や楽しみ方が生まれたのである。

本書が扱うのはマニア向けの野球の話や、数字ばかりが並んだデータについてだけではない。ビッグデータの処理と分析を行い、チーム立て直しのための戦術を提案したのは、プロでの野球経験のないデータ分析官たちだった。そうした「野球オタク」による斬新《ざんしん》な戦術を、伝統的な教えのもとに野球界に携わってきた監督やコーチたちが素直に受け入れてくれるはずはない。また、たとえ監督たちが戦術の採用を決定したとしても、実際に試合でプレイするのは選手たちだ。一方的に押しつけるばかりでは、選手たちは納得しない。納得しないまま戦術を実行に移しても、その効果は半減する。

プロの世界で育った人間がいれば、その外の世界で育った人間もいる。古い世代の人間がいれば、新しい世代の人間もいる。現場で戦術を実行する人間がいれば、コンピューターの前で戦術を考える人間もいる。それぞれの間の距離を埋め、壁をなくし、意思の疎通を図らなければならない。本書にはピッツバーグ・パイレーツのフロントが、監督やコーチが、選手たちが、どのようにして心を開き、コミュニケーションを図り、大胆な戦術を取り入れたかについても、詳しく描かれている。

これは野球の世界に限った話ではない。新しい考え方と古い考え方の対立、異なる背景を持つ人への偏見は、どの世界にも存在する。最新のデータや新しい考え方が必ずしも正しいとは限らないし、昔ながらの伝統的な考え方をすべて改めなければならないわけでもない。機械による測定結果よりも、経験のある人間の目による判断の方が有効な場合もある。提案に対して意見を述べ、フィードバックを受けて提案を修正していくことで、よりよいものができあがっていく。パイレーツの場合、不名誉な連続負け越し記録の更新を阻止するために、わらにもすがる思いで戦術を採用した側面もあるだろうが、戦術を理解しよう、理解してもらおうと互いに努める中で組織が1つにまとまり、選手と監督とフロントが一丸となり、結果が生まれ、ついには懐疑的だったファンの気持ちもつかんだのである。

著者のトラヴィス・ソーチックは、フロントや監督、コーチ、選手などのチーム関係者だけでなく、測定システムの開発者、野球関係のブロガーなどにも取材している。2013年のパイレーツのシーズンを追いながら、選手、球団首脳、研究者、ファン、それぞれの探究心と野球への愛があふれた内容は、野球チームを追ったノンフィクションでもあり、目標に向かって進むある組織の物語でもあり、様々な考え方の人が存在することの重要さを説く教えでもあり、創意と工夫次第で小さな組織が大きな組織に勝てることを示した証拠でもある。

連続負け越し記録をストップさせたパイレーツは、２０１３年からは3年連続でプレイオフ進出を果たした。しかし、資金が豊富ではない球団の悲しさで、捕手のラッセル・マーティンとは再契約できなかったし、マーク・メランソン、ゲリット・コール、アンドリュー・マカッチェンといった中心選手をフリーエージェントになる前に放出せざるをえなかった。チームの顔ぶれはすっかり様変わりしてしまい、２０１３年の選手のうち、２０１９年までパイレーツでプレイし続けているのは外野手のスターリング・マルテだけだ。２０１６年以降のチームは勝率5割前後の成績で、3年続けてプレイオフ進出を逃している。所属が変わったのは選手だけではなく、分析官として陰でチームを支えたマイク・フィッツジェラルドもアリゾナ・ダイヤモンドバックスに引き抜かれた。今では分析官のような裏方のスタッフまでも他球団から狙われる存在になっているのだ。

メジャーリーグの野球そのものも変わりつつある。パイレーツの成功を見てほかのチームも守備シフトを取り入れるようになり、２０１９年のタンパベイ・レイズは、外野手を4人配置する守備シフト（内野手1人を外野の守備に回し、残る3人の内野手は相手打者に応じて内野の片側だけを守る）を積極的に採用している。そんな守備シフトに対抗する戦術が、エピログで触れられていたフライを打たせる作戦だ。スタットキャストのデータに基づき、打球速度と角度の組み合わせから打者が好結果を残すスイートスポット、「バレルゾーン」が見つかり、それに合わせてスイングを修正することでホームランが数多く生まれている。これは「フライボール革命」と呼ばれ、その代表的なチームが２０１７年にワールドシリーズを制覇したヒューストン・アストロズだ。そのシーズンのアストロズではジョージ・スプリンガーの34本を筆頭に、11人の選手が2桁ホームランを記録しており、身長１６８センチと小柄なホセ・アルトゥーベも2年連続で24本塁打を放った。

２０１９年のメジャーリーグでもホームランが量産されていて、5月は月間ホームラン数の歴代最高記録を更新した。だが、フライボール革命がこれからもメジャーリーグの主流であり続けるかというと、そうはならないだろう。ゴロを打たせるツーシーム・ファストボールに対抗するためにフライボール革命が生まれたように、今度はフライボール革命に対抗するための球種が研究されるはずだ。これは決して投手と打者だけの、または打者と守る野手だけの戦いではない。戦術を編み出すためにデータを研究する分析官や、その調査結果を検討し、試合ごとに指示を与える監督やコーチの存在を忘れてはならないし、選手たちから監督・コーチや分析官にフィードバックが行くこともあるだろう。そうしたグラウンド上には現れない面があることを頭に入れて野球を見ると、よりいっそう面白さが増すのではないかと思う。

最後になったが、本書の出版に当たっては、株式会社ＫＡＤＯＫＡＷＡの菅原《すがはら》哲也《てつや》氏と藏《くら》本淳《もとあつし》氏、オフィス宮崎《みやざき》の宮崎壽子《みやざきひさこ》氏と川口典成《かわぐちのりしげ》氏に大変お世話になった。この場を借りてお礼を申し上げたい。

２０１９年６月

桑田　健

本書は２０１６年３月に弊社より刊行した『ビッグデータ・ベースボール‥20年連続負け越し球団ピッツバーグ・パイレーツを甦らせた数学の魔法』に加筆・修正を行い、新書化したものです。

トラヴィス・ソーチック（Travis Sawchik）
オハイオ州クリーブランド生まれ。オハイオ州立大学卒業。『ピッツバーグ・トリビューン・レビュー』紙でメジャーリーグとピッツバーグ・パイレーツを担当。AP通信スポーツエディター賞などを受賞しているほか、ESPN、Grantland.com、MLBネットワークなどにも記事を執筆。現在はFiveThirtyEightのスポーツライター。

桑田 健（くわた・たけし）
1965年生まれ。東京外国語大学外国語学部英米語学科卒業。主な訳書に『すべてはゲームのために　マイ・ストーリー』（ソニー・マガジンズ）、「シグマフォース」シリーズ（竹書房文庫）、『プロジェクト・ネメシス』『プロジェクト・マイゴ』（以上、角川文庫）、『地球　驚異の自然現象』（河出書房新社）がある。

翻訳協力／オフィス宮崎　図版協力／舘山一大

ビッグデータベースボール

トラヴィス・ソーチック　桑《くわ》田《た》健《たけし》 訳

2019年 7月 10日　初版発行

発行者　郡司 聡
発　行　株式会社KADOKAWA
〒102-8177　東京都千代田区富士見 2-13-3
電話　0570-002-301（ナビダイヤル）
装丁者　緒方修一（ラーフイン・ワークショップ）
ロゴデザイン　good design company
オビデザイン　Zapp!　白金正之
印刷所　株式会社暁印刷
製本所　株式会社ビルディング・ブックセンター

角川新書

ISBN978-4-04-082328-7 C0298